国学经典精神家园丛书

唐 诗 三 百 首

陈伉◎编著

远方出版社

图书在版编目 (CIP) 数据

唐诗三百首 / 陈伉编著 . —— 呼和浩特 : 远方出版社，2018.1

（国学经典精神家园丛书）

ISBN 978-7-5555-0556-3

Ⅰ . ①唐… Ⅱ . ①陈… Ⅲ . ①唐诗 – 诗集 Ⅳ . ① I222.742

中国版本图书馆 CIP 数据核字 (2017) 第 312809 号

唐诗三百首
TANGSHI SANBAISHOU

编　　著	陈　伉
责任编辑	云高娃　刘洪洋
责任校对	蔺　洁　王　叶　武舒波
装帧设计	晓　乔　韩　芳
出版发行	远方出版社
社　　址	呼和浩特市乌兰察布东路 666 号　邮编 010010
电　　话	（0471）2236470 总编室　2236460 发行部
经　　销	新华书店
印　　刷	内蒙古爱信达教育印务有限责任公司
开　　本	170mm×240mm　1/16
字　　数	417 千
印　　张	21
版　　次	2018 年 1 月第 1 版
印　　次	2018 年 6 月第 1 次印刷
印　　数	1—3 000 册
标准书号	ISBN 978-7-5555-0556-3
定　　价	48.80 元

如发现印装质量问题，请与出版社联系调换

长风破浪会有时，直挂云帆济沧海

——诗歌发展史上的黄金时代

唐代是我国诗歌发展史上的黄金时代，它所呈现的繁荣景象可以说是空前绝后的。清代编辑的《全唐诗》收录唐人诗词48900多首，诗人2300余家，这还不包括更多的无名氏和他们的作品。

关于唐诗繁荣的原因，有关的文史著述皆有探讨，大略不外乎以下几个方面：唐代空前的经济繁荣，帝王宫廷的大力倡导，国际文化的广泛交流，海外水陆交通的空前开拓，各民族文化的频繁融合，儒释道等多元思想的并存等。我只想从三个方面谈谈唐诗繁荣的一个关键原因和唐诗发展过程中的四个时期以及唐代诗歌的形式美。

一、以诗取士形成了社会性的作诗、爱诗的群体效应

唐承隋制，完备了以科举取士选拔人才的制度，尤以进士科最被崇尚。朝廷要职、州县官员多为进士科出身者所占据。而进士科应试的主要科目就是诗歌。唐代诗人大都是来自不同阶层的学子，诗歌成了他们唯一进入仕途、扬名天下、光宗耀祖的捷径。以诗取士，使得整个知识分子阶层几乎都是诗歌创作者，这就形成了诗歌发展史中从未有过的诗词创作的群体效应。

与以诗取士的影响相呼应，诗歌在唐代的社会应用价值也得到了空前的提高。已知的两千多位诗词作者，上自帝王将相、宿儒名流，下至僧尼道士、渔樵隐逸、贩夫走卒、婢妾歌妓、江湖术士，总之，整个社会各色人等，无所不有。

名家巨匠的诗作，更是歌楼舞榭的艺妓成名的品牌。

二、唐诗发展的四个时期

1.初唐四杰。所谓"四杰"，是指为开创一代诗风贡献甚伟的卢照邻、骆宾王、王勃和杨炯。他们都年少而才高，官小而名大，行为都相当浪漫，遭遇却个个悲惨。这四位俊杰，诗文同工，辞藻绮妙，代表唐初风格，尚有六朝遗韵。

继"四杰"之后出现的张若虚以他的一篇《春江花月夜》而流芳千古，所谓"孤篇横绝，竟为大家"。闻一多赞之为"诗中的诗，顶峰上的顶峰"。

唐初诗歌之盛，实盛于武后之时，因武后好文学，大集文学之士，撰《三教珠英》1300卷，应制撰文者皆一时文豪。其中有文坛"四友"及沈佺期和宋之问。据王世贞《艺苑卮言》说，诗至沈、宋始称"律"。可见他们对五七言的贡献。

陈子昂在初唐作家中以古雅见称，独树一帜。他的思想较复杂，既好纵横任侠，又好佛老神仙。在文学方面，他是身体力行的革新者。他的《登幽州台歌》和38首《感遇诗》为新诗风开辟了道路，延绵一个半世纪的梁陈诗风的影响，到他手里才得以廓清。

2.以李、杜为代表的盛唐诗坛。盛唐诗苑，先以张说、张九龄等人开其端。到玄宗开元、天宝到唐代宗大历的50年间，国家虽然已呈败象，但诗人辈出，照耀今古，终于迎来了诗歌创作的辉煌。此外，如张九龄、贺知章、王之焕等，虽艺术造诣的深浅不同，存留作品的多寡不尽相同，但都能卓然名家，互不相掩。他们的诗歌，大都寓工力技巧于自然浑成之中，华美而不浓腻，雄健而不粗野，细致而不破碎，流利而不浮滑，清新而不僻涩，兴象超妙，韵律谐和，表现了这个时代共同的艺术特色。

唐代诗歌的内容异常丰富，大量流传千古的名篇，以边塞战争和田园山水为题材的占相当大的比重。这个时期的诗人，不少人有边地从军的生活经历，在他们的笔下，不仅描绘了壮阔苍凉、雄奇豪迈的边塞风光，而且抒写了请缨从戎的豪情壮志，洋溢着激昂慷慨的时代精神，当然也有乡思闺怨的凄婉哀伤。这类诗人中，以高适、岑参、李颀、王昌龄最为知名。

另一派以歌咏山水景物和田园生活称著的代表诗人，则有王维、孟浩然、储光羲、常建等。他们的作品主要是反映闲适自在的情调，色彩清雅，意境幽深。

国学经典精神家园丛书

这派诗人在发掘自然美、田园乐和禅悦性灵以及酒中趣、琴之乐方面，极大地拓展了诗歌的领域和题材，使诗歌的审美意趣和人性的内在意蕴，都开拓了无比广阔的天地。尤其是王维，他是诗人，是画家，又深悟禅定之妙趣，能做到"诗中有画，画中有诗"。他以精湛的艺术造诣，于李、杜外别立一宗，被尊为"诗佛"，对后世影响极大。

"李杜文章在，光焰万丈长"（韩愈《调张籍》），标志着盛唐诗歌最高成就的，是李白和杜甫。他们的诗歌风格不同，但在艺术上同样达到了出神入化的境界。

李白的名篇，多成于安史之乱前，其中有对叛乱势力的严厉谴责，有对民生疾苦的反映，有对侠士、商人、农工、戍卒、妇女等不同群体生活的描绘……从多方面反映了唐王朝由盛而衰的社会生活和时代心理。诗篇气势磅礴，语言清新自然而又瑰丽多彩，有强烈的抒情气息，形成天马行空、飘逸不群的艺术风格，成为后人追慕难及的典范。

如果说李白的诗歌是青春的勃发，理想的恣肆，因而被称为"诗仙"；那么，杜甫的诗歌则是动乱时代的"诗史"，他也被当之无愧地视为"诗圣"。如果说李白诗意化了道家的九天仙风；那么，杜甫的诗歌则是儒家思想最完美的诗化。

杜甫诗歌创作的鼎盛期是在安史之乱前后。杜甫的诗忠实地记录了国家的动荡和人民的苦难。他善于把时事政治与个人身世际遇紧密地结合起来，既有生活场景的典型概括，又有主观情感的感人抒发，理、事、情熔于一炉，稳练精湛，形成沉郁顿挫的独特风格。

3.中唐诗苑的绚丽多彩。李杜之后，大唐国力虽日显败象，但在诗歌创作上，一大批风情各异的诗人乘势而起，新人新作如雨后春笋，反而呈现出个性张扬、各具擅场的景象。有以刘长卿为代表的"大历十才子"。卢纶、李益的边塞诗格调苍凉，意境雄浑；韦应物的田园山水诗继王维、孟浩然之后，高雅闲淡，自成一家。特别是"新乐府运动"的大力倡导者白居易、元稹、张籍、王建等人的登场，奋进在盛唐开创的坦途，拓宽了叙事诗的表现手法。尤其是白乐天的平易流畅、情感跌宕的乐府诗，甚至在那时的日本，他的《香山集》都成了日本文人的必读之书。

与元白清丽平易的诗风相对峙的，则有以韩愈、孟郊、李贺、贾岛为代表的另一诗派。他们在艺术上，继承杜甫"语不惊人誓不休"的苦吟作风，标新立异，精思独运。韩诗气豪，孟诗寒峭，贾诗谲奇，向有"效寒岛瘦"之称。李贺的诗意趣奇诡，思情峭刻，旨蕴幽深，色彩瑰丽，人称"鬼才"。

在这两大诗派之外，卓然成家的是柳宗元和刘禹锡。柳宗元的田园山水诗"发纤秾于简古，寄至味于淡泊"（苏轼语），写景咏物，意境颇佳，风格近似陶潜；政治抒情诗则哀怨激越，近似楚骚。刘禹锡才力雄健，素有"诗豪"之誉。《竹枝词》以浓郁的生活气息和独特的音韵，成为后世文人学习民歌的范本。

4.晚唐：唯美派和朦胧诗。从唐文宗大和到宣宗大中年间，诗风渐趋绮丽深婉，成就卓著的诗人有李商隐、杜牧、温庭筠三人。应当说，李商隐是我们诗歌发展史上名副其实的朦胧诗的鼻祖。他以多愁善感的灵性、细腻丰富的感情，用象征、暗示、非逻辑结构的手法，表现朦胧情思与朦胧境界，把诗歌对心灵深层世界的表现推向无与伦比的高峰，创造了唐诗最后的辉煌。杜牧的诗则以俊爽快意称著。他的诗作画面鲜明，风调悠扬；咏史诗则能发人所未发，对历史的兴亡表达了独到的见解。与李商隐齐名的温庭筠是个杰出的才子，浪漫的诗人，才华绝世，诗思敏捷。

由于佛教在唐代的广泛传播和发展，许多优秀诗人都信奉佛教，如王维、岑参、陈子昂、白居易、柳宗元、刘禹锡等。佛教对唐诗的影响，突出表现为以禅入诗，用以表现山水田园，有助于突出清幽、静谧的自然美。唐代著名的诗僧有王梵志、寒山、贯休等。

三、唐代诗歌的形式美

任何文学体裁，成熟的标志是其形式的完备。诗歌是语言的艺术，对艺术形式的要求尤为严格、规范。而唐诗把这一形式发展到了美轮美奂的水平。

在唐以前，中国文学的各种体裁、题材、风格等已经历了漫长的历史发展过程，积累了丰富的艺术经验。《诗经》的现实主义传统、《楚辞》的浪漫主义滥觞、汉魏乐府的叙事抒情手法，都给唐代作家以丰富的营养。同时，六朝以后山水田园题材的开拓以及对声律、对偶等艺术技巧的运用，为唐代作家的创作提供了良好的借鉴。此外，四、五、七言、骚体、乐府、古诗、新体诗的发展，也在体裁形式方面为唐代诗人的艺术创作提供了广阔的空间。唐代的作家正是在此基础上继承前人的经验，把唐诗推向了高峰。

1.诗型。诗行长度的统一和有规则的变化，是世界各国诗歌格律的基本要素之一。而在我国的诗歌中，不仅能做到听觉长度的和谐一致，而且能做到视觉长度的整齐有序，从而造成听觉视觉的整齐美。如："白日依山尽，黄河入海流。欲穷千里目，更上一层楼。"每行在听觉上是五个音节，在视觉上是五个字，非常规整。这种追求规整对称的意识是在六朝时期逐步自觉，在唐代完美定型的。

2.平仄。所谓平仄，是将汉语的四声分为两大类（在现代汉语中，以阴平、阳平为"平"，上声去声为"仄"），通过它们的交替，构成诗歌音调的起伏抑扬，从而给人以极为丰富的音乐式的美感。如："两只黄鹂鸣翠柳（仄仄平平平仄仄），一行白鹭上青天（平平仄仄仄平平）。窗含西岭千秋雪（平平仄仄平平仄），门泊东吴万里船（仄仄平平仄仄平）。"

平仄律这种有规律的起伏抑扬的音乐美，使读者在吟咏的时候获得难以言喻的审美愉悦。音调之优美和谐，也象征着潜意识中对理性和秩序的向往，这使崇尚理性和秩序的我们在欣赏诗歌时，获得一种稳定安全感。

3.对仗。经过长期的探索总结，对仗在唐代诗歌中发展到了叹为观止的地步，律诗是其发展的最高形式。一般而言，律诗中间两联必须对仗，首联和尾联则较灵活。可以说，七绝是抽去了颔联和颈联的七律。有时七律的首联或尾联也有对仗的，如杜甫的《登高》："风急天高猿啸哀，渚清沙白鸟飞回。"《闻官军收河南河北》则尾联对仗："即从巴峡穿巫峡，便下襄阳向洛阳。"这是特殊现象，不构成规律。

字面的对仗要求名词对名词，代词对代词等等。唐诗的对仗非常严整，也非常优美。如："沧海月明珠有泪，蓝田日暖玉生烟。"杜甫的"星垂平野阔，月涌大江流"上下句都是五个字，五个音节，在视觉和听觉上都极对称；就音调而言，是"平平平仄仄，仄仄仄平平"，也构成了整齐的对偶；在意象上，星—月，垂—涌，平野—大江，阔—流，形成静对动，广阔对悠长，立体对平面，极为工整贴切。

4.句法。中国诗歌的句法也是由于汉语的固有特性产生的。汉语没有西语那种因人称、时态等等而引起的字形词形变化，也没有表示确指或泛指的冠词。由于是象形表意文字，因而也不像拼音文字那样，随着古今语音的变化而不得不经常改变词形。同时，作为诗歌，比作为散文的语言，更少语法联系和语法因素，比如常常省略散文中常用的联系动词、人称代词、介词等，而这些成分在其他语言的诗歌中往往是不可或缺的。

一是诗歌中人称或主语的省略，会造成一种客观化的非个人的抒情效果，使个人的体验获得普遍的和象征性的共性，从而使读者也置身其中，产生更大的共鸣与同情。在李商隐描写女性的诗里，主人公究竟是"我"还是"她"，这是一个无法说清的问题。

二是中国诗歌语言没有时态变化，这就造成一种绝对时间的感觉，从而使个人体验有了超越时空的非个人化的普遍意义。如李白的《越中览古》："越王勾践破吴归，战士还家尽锦衣。宫女如花满春殿，只今惟有鹧鸪飞。"

三是中国诗歌语言中，动词没有"性"的区别。这样上来，当人称代词被省略的时候，便很难知道究竟是男性还是女性在说话。尤其是在爱情诗中，这会使男女读者不受限制地自由进入诗的意境中，产生自我移入的感动和共鸣。比如杜牧的《赠别》："多情却似总无情，唯觉樽前笑不成。蜡烛有心还惜别，替人垂泪到天明。"

四是省略虚词也是中国诗歌的一大特点。这使语法因素降至最低限度，利用并置叠加的手法，以最精练的篇幅，表现最多最复杂的内容，使意象直接诉诸读者的感觉经验。西方汉学家常以王维的"日色冷青松"为例，指出由于省略了表示语法关系的虚词，又由于"冷"字具有不确定的词性，没有特指性的冠词或时态标志，因而产生了丰富含混的效果，到底是日色冷了青松，还是青松冷了日色，还是日色青松俱冷，都无法作逻辑分析，也无法作因果推论。

总之，我国诗人根植于阴阳相成、对称有序的哲学思维，和对传统审美意趣的追求，充分利用汉语固有的特性，创造出了举世无双的诗歌法则。到了唐代，诗人们更将这一法则发挥到了尽善尽美的境地，从而使诗歌在内容和形式两方面都达到了珠联璧合、交相辉映的极致。

目　录

国
学
经
典
精
神
家
园
丛
书

王梵志

　　王梵志（约590—660年），唐初白话诗僧，原名梵天。黎阳（今河南浚县东南）人。《全唐诗》未收其诗。诗集已佚，后人从唐宋诗话、笔记等古籍及敦煌残卷中辑得三百余篇。其诗在海外反而极有影响，尤其在日本，大约在八九世纪已广泛流传。

　　梵志诗以说理为主，不假雕琢，但诗味隽永。重视惩恶劝善的社会效用，极具讽刺世态人情的积极意义。其诗初问世，即风行一时，人人争诵，家家竞抄。王梵志曾说："家有梵志诗，生死免入狱。"可见他对自己作品的醒世作用何其自信！

吾富有钱时

吾富有钱时，妇儿看我好。吾若脱衣裳，与吾叠袍袄。
吾出经求[1]去，送吾即上道。将钱入舍来，见吾满面笑。
绕吾白鸽旋，恰似鹦鹉鸟。邂逅[2]暂时贫，看吾即貌哨[3]。
人有七贫时，七富还相报。图财不顾人，且看来时道[4]。

【注释】

　　[1]经求：犹言经商。

　　[2]邂逅：不期而至。

　　[3]貌哨：唐人口语，意为脸色难看。

　　[4]来时道：意谓从前贫穷时所经历过的种种苦难。

【赏析】

　　这首诗可与莎士比亚诅咒黄金的名言较读。莎翁在《雅典的泰门》一剧中通过主人公之口对金钱有过这样一段脍炙人口的控诉："金子！黄黄的，发光的，宝贵的金子！只这么一点点儿，就可以使黑的变成白的，丑的变成美的，错的变成对的，卑贱变成尊贵，老人变成少年，懦夫变成勇士……这黄色的奴隶可以使异教联盟，同宗分裂；它可以使受诅咒的人得福，使害着灰白色癞病的人为众人所敬爱；它可以使窃贼得到高爵显位，和元老们分庭抗礼；它可以使鸡皮黄脸的寡妇重做新娘，即使她的尊容可以使身染恶疮的人见了呕吐，有了这东西也会恢复三春的娇艳；它可以使冰炭化为胶漆，仇敌互相亲吻；它会说任何的方言，使每一个人唯命是从。它是一尊了不得的神明，即使它住在比猪巢还卑劣的庙宇里，也会受人膜拜顶礼。"

在现实生活中，金钱最明显的罪恶是能扭曲人性的，颠倒是非。对这一点的认知，一千多年前的诗僧王梵志和十九世纪资本主义原始积累时期的诗人莎士比亚几乎完全一致，所不同的是王梵志对此看得更深刻，那便是收尾的四句结论：金钱是一种周流不息的东西，穷富同样在周流不息。因此那些见钱不见人的暴发户们，在你们呼三喝四、春风得意之日，不要忘记自己也曾有过贫困潦倒、投亲靠友的时候。

无　题

造作〔1〕庄田犹未已，堂上哭声身已死。
哭人尽是分钱人，眼〔2〕哭原来心里喜。

【注释】

〔1〕造作：佛教用语，指所有招致报应的所作所为，包括心意识活动。

〔2〕眼：原缺。似应为"眼"字或"口"字，这样即可与"心"对称。

【赏析】

王梵志以白话诗对世态人情极尽嘲讽之能事，让世间所有伪善奸险、唯利是图的小人读之无不胆寒。此诗所描绘的画面，历朝历代不是都在上演吗？

从这首诗不难看出，他的诗似浅实深，其艺术魅力需要熟咏深思方可了然于心。这首诗也一样，初阅让人莞尔，三读之后不禁耸然悚然，感觉到句句机锋如芒，直指世人灵魂深处最隐蔽的卑鄙龌龊。

无　题

城外土馒头，馅草〔1〕在城里。
一人吃一个，莫嫌没滋味。

世无百年人，常作千年调。
打铁作门限〔2〕，鬼见拍手笑。

【注释】

〔1〕馅草：指坟墓中的死人，从前曾是城里人，如今成了"土馒头"中枯草般的肉馅。

〔2〕"打铁"句：王羲之后人智永善书，名重一时，求书者多至踏穿门限，不得不裹以铁皮。这里即用此典。

【赏析】

此诗颇具"黑色幽默"的特色，尽情嘲笑了世人妄想长生、贪婪痴迷的无明颠倒。

以土馒头比喻坟墓，虽不免残酷，还是让人忍俊不禁。坟墓既然是土馒头，坟中人便是枯草般的肉馅了——这草馅未死之前曾在城里也有过荣华富贵的生活，如今唯一的功效却只能给土馒头作填充物，思之怎能不觉得滑稽！生命只有一次，死亡不可避免，不论你爱不爱吃这个"土馒头"，都得吃一个，而且只能吃一个。死后在城外的孤寂生活自然不能与城里的繁花似锦相比，可是这个土馒头虽然了无滋味，却由不得你选，"嫌"也没用！

第二首的嘲讽多于幽默。人人都得死，人人都知道，可偏偏有许多人不愿、不敢正视这一事实。活着的时候，贪得无厌，生怕田产不广，钱财不多，还要妄想长生不死，此即"常作千年调"。岂止如此，而且唯恐不坚牢，想方设法加固做实。哪知这都徒劳无用，连鬼见了都在"拍手笑"呢！说见笑于鬼，是因为鬼是过来"人"，早已明白这是怎么回事了。

王梵志的诗对后代诗人影响甚巨，宋代范成大曾把这两首诗铸为一联："纵有千年铁门槛，终须一个土馒头。"《红楼梦》第六十三回也曾引述之。胡适选注《每天一首诗》，汇集自己特别钟爱的古代绝句时，曾将王梵志《翻着袜》一诗放在卷首。诗云："梵志翻着袜，人皆道是错。乍可刺你眼，不可隐（硌）我脚。"

慧　能

慧能（638—713年），亦作惠能。禅宗第六祖，南宗创立人。与神秀世称"南能北秀"。本姓卢，世居范阳（郡治今河北涿州市涿州镇），生于岭南新州（今广东新兴）。幼年贫穷，在南海卖柴度日。听人诵《金刚经》，发愿学佛。因"菩提本无树"一偈深得弘忍首肯，并传其衣钵。后在韶州曹溪宣讲"见性成佛"，门徒甚众，传承甚广，终成禅坛正宗。著有《六祖坛经》。

偈〔1〕

菩提本无树〔2〕，明镜亦非台。
本来无一物，何处惹尘埃？

【注释】

〔1〕偈：用韵语阐述佛理的特殊文体。

〔2〕"菩提"句：菩提树是梵文意译，亦作"觉树""道树"。印度产常绿乔木，树子可作念珠。佛祖在此树下结咖趺坐，证得菩提，后世遂用"菩提"表示对佛教真谛的彻悟而成佛。

【赏析】

世尊在灵山会上，拈花示众，是时众皆默然，唯迦叶尊者破颜微笑。世尊云："吾有正法眼藏，涅槃妙心，实相无相，微妙法门，不立文字，教外别传，付嘱摩诃迦叶。"微笑的心与拈花的心，彼此只可心领神会。这一拈花微笑的公案开启了禅宗无比美妙、无以言传的新天地。中土禅法自初祖达摩始，经慧可、僧璨、道信、弘忍至惠能，在思想和组织上日趋成熟壮大，遂发展为八大宗门中最具中国特色的一个宗派。到了六祖惠能，禅宗大盛，其缘由与慧能、神秀二人的偈有着极为密切的关系。

禅宗发展到惠能，《金刚经》受到极大重视，逐渐成了禅学思想的核心。偈子的前两句是佛学般若思想的精髓。菩提、明镜当体即空："凡所有相，皆是虚妄。若见诸相非相，即见如来。"其禅法以定慧为本，禅宗的一切思想可以说皆由此引申而来。在修行方法上，俗称"南顿北渐"，六祖慧能在南方主张当下明心见性的顿悟；而与此同时，北方神秀一系则推崇渐修。

对于"渐修"和"顿悟"，自来争论不休。其实并不矛盾，并无高下之分，正如水沸与加热的关系一样。不过由渐修而悟的道理容易说清，但由悟而起修的道理则比较难明。

所以说，神秀也是位独领风骚的奇人。奉《楞伽经》为心要，为北宗之祖。慧能死后，往洛阳传扬慧能学说，主张以"无念"为宗。武则天召至都，命于当阳山置度门寺以旌异之，封为国师。神通二年卒，年百余岁。谥"大通禅师"。

慧能在佛教史上的地位举足轻重，他顺应时代的要求，改变了禅学的品格，对于学习佛教经典、修习禅定、持守戒律都有所改革。毛泽东独爱《坛经》与此不无关系。

卢照邻

卢照邻（约636—约695年），字升之，号幽忧子。幽州范阳人（郡治今河北涿州市涿州镇）。"初唐四杰"之一。初任邓王（李元裕）府典签，后迁新都尉，染风疾辞官。居太白山中，服丹药中毒，手足残废，徙居阳翟县茨山（今河南禹县北）下，买园筑坟，偃卧其中。由于政治上的坎坷失意和长期病痛的折磨，投颍水而死。为自明遭遇，作有《五悲文》。诗作以七言歌行体为佳，风格辞彩富艳，内容广阔，意境清迥。代表作《长安古意》在初唐长篇歌行中成就突出。原有集已佚，后人辑有《幽忧子集》，存诗九十余首。

长安古意

长安大道连狭斜，青牛白马七香车[1]。
玉辇纵横过主第，金鞭络绎[2]向侯家。
龙衔宝盖承朝日，凤吐流苏带晚霞。
百尺游丝争绕树，一群娇鸟共啼花。
游蜂戏蝶千门[3]侧，碧树银台万种色。
复道交窗作合欢，双阙连甍垂凤翼[4]。
梁家画阁中天起，汉帝金茎云外直[5]。
楼前相望不相知，陌上相逢讵相识[6]？
借问吹箫向紫烟[7]，曾经学舞度芳年。
得成比目何辞死，愿作鸳鸯不羡仙。
比目鸳鸯真可羡，双去双来君不见？
生憎帐额绣孤鸾，好取门帘帖双燕[8]。

双燕双飞绕画梁，罗帷翠被郁金香。

片片行云着蝉翼，纤纤初月上鸦黄[9]。

鸦黄粉白车中出，含娇含态情非一。

妖童宝马铁连钱，娟妇盘龙金屈膝[10]。

御史府中乌夜啼，廷尉门前雀欲栖[11]。

隐隐朱城临玉道，遥遥翠幰没金堤[12]。

挟弹飞鹰杜陵北，探丸借客渭桥西[13]。

俱邀侠客芙蓉剑，共宿娼家桃李蹊[14]。

娼家日暮紫罗裙，清歌一啭口氛氲。

北堂夜夜人如月，南陌朝朝骑似云[15]。

南陌北堂连北里，五剧三条控三市[16]。

弱柳青槐拂地垂，佳气红尘暗天起。

汉代金吾千骑来，翡翠屠苏鹦鹉杯[17]。

罗襦宝带为君解，燕歌赵舞为君开。

别有豪华称将相，转日回天不相让。

意气由来排灌夫，专权判不容萧相[18]。

专权意气本豪雄，青虬紫燕坐春风[19]。

自言歌舞长千载，自谓骄奢凌五公[20]。

节物风光不相待，桑田碧海须臾改。

昔时金阶白玉堂，即今惟见青松在。

寂寂寥寥扬子居，年年岁岁一床书[21]。

独有南山桂花发，飞来飞去袭人裾。

【注释】

〔1〕"长安"二句：狭斜：小巷。七香车：用多种香木制成的华美小车。

〔2〕络绎：往来不绝，前后相接。

〔3〕千门：指宫门。

〔4〕"复道"二句：复道又称阁道，宫苑中以木架设空中的通道。交窗：有花格图案的木窗。合欢：一种图案花纹。指窗格都雕刻成合欢图案。阙：宫门前的望楼。甍：屋脊。垂凤翼：双阙上饰有金凤，作垂翅状。

〔5〕"梁家"二句：梁家指东汉外戚梁冀家。梁冀为顺帝梁皇后兄，以豪奢著名，

曾在洛阳大兴土木，建造宅第。金茎：铜柱。汉武帝刘彻于建章宫内立铜柱，高二十丈，上置铜盘，名仙人掌，以承露水。

〔6〕"楼前"二句：写士女如云，难以辨识。讵：同"岂"。

〔7〕"借问"句：吹箫：用春秋时萧史吹箫故事。《氏族大全》："萧史风神超迈，善吹笙，作凤鸣。秦穆公以女弄玉妻之。居十数年，有凤凰止其屋，公为作凤台。夫妇止其上。一日弄玉乘凤，萧史乘龙，升天去。秦人为作凤女祠。"向紫烟：指飞入天空。

〔8〕"生憎"二句：生憎：最恨。帐额：帐子前的横幅。孤鸾：比喻独居。好取：愿将。双燕：象征自由幸福的爱情。

〔9〕"片片"二句：行云：形容发型蓬松美丽。蝉翼：古代妇女类似蝉翼的一种发式。初月上鸦黄：额上用黄色涂成弯弯的月牙形，是当时女性面部化妆的一种样式。鸦黄：嫩黄色。

〔10〕"妖童"二句：妖童：泛指浮华轻薄子弟。铁连钱：指马的毛色青而斑驳，成连环状钱形花纹。娼妇：指上文所说的"鸦黄粉白"的豪贵之家的歌姬舞女。盘龙：钗名。崔豹《古今注》："蟠龙钗，梁冀妻所制。"此或指金屈膝上的雕纹。屈膝：铰链。用于屏风、窗、门、橱柜等物，这里指车门上的铰链。

〔11〕"御史"二句：写权贵骄纵恣肆，御史、廷尉都无权约束他们。御史：官名，司弹劾。廷尉：官名，掌刑法。乌夜啼、雀欲栖：均暗示执法官门庭冷落。

〔12〕"隐隐"二句：朱城：宫城。玉道：指修筑讲究的道路。翠幰：妇女所乘车上镶有翡翠的帷幕。金堤：坚固的河堤。

〔13〕"挟弹"二句：形容打猎的场面。杜陵：在长安东南，汉宣帝陵墓所在地。探丸借客：指行侠杀吏、助人报仇等蔑视法律的行为。《汉书·尹赏传》："长安闾里少年，群辈杀吏，受赇报仇，相与探丸为弹，得赤丸者斫武吏，黑丸者斫文吏，白者主治丧。"借客：助人。渭桥：在长安西北，秦始皇时所建，横跨渭水，故名。

〔14〕"俱邀"二句：芙蓉剑：古剑名，春秋时越国所铸。这里泛指宝剑。桃李蹊：指娼家的住处。

〔15〕"北堂"二句：北堂指娼家。人如月：形容娼妓的美貌。南陌：指娼家门外。骑似云：形容骑马的来客云集。

〔16〕"南陌"二句：北里：即唐代长安平康里，是妓女聚居之处，因在城北，故称北里。五剧：纵横交错的道路。三条：通达的道路。三市：许多市场。控：引，连接。"五剧""三条""三市"都是用前人成语，其中数字均非实指。

〔17〕"汉代"二句：金吾：即执金吾，汉代禁卫军官衔。唐代设左、右金吾卫，由金吾大将军统领。此处泛指禁军军官。"翡翠"句：写禁军军官在娼家饮酒。翡翠本为碧绿透明的美玉，这里形容美酒的颜色。屠苏：美酒名。鹦鹉杯：即海螺盏，用南洋出产的一种状如鹦鹉的海螺加工制成。

〔18〕"意气"二句：灌夫：字仲孺，汉武帝时的将军，勇猛任侠，好使酒骂座，交结魏其侯窦婴，与丞相武安侯田蚡不和，终被田蚡陷害诛九族（事见《史记·魏其武安侯列传》）。萧相：指萧望之，字长倩，汉宣帝朝为御史大夫、太子太傅。元帝即位，辅政，官至前将军，曾自谓"备位将相"。后被排挤，饮鸩自尽。

〔19〕"青虬"句：青虬、紫燕：均指好马。坐春风：在春风中骑马飞驰，形容其得意。

〔20〕五公：张汤、杜周、萧望之、冯奉世、史丹。皆汉代著名权贵。

〔21〕"寂寂"二句：扬子：汉代扬雄，字子云，在长安时仕宦不得意，曾闭门著《太玄》《法言》。左思《咏史》诗："寂寂扬子宅，门无卿相与。寥寥空宇中，所讲在玄虚。"一床书：指以诗书自娱的隐居生活。借用庾信《寒园即目》"隐士一床书"句意。

【赏析】

这是卢照邻的代表作，也是初唐七言歌行的代表作之一。汉魏六朝以来，有不少以长安、洛阳一类名都为背景，描写上层社会骄奢生活的作品。卢照邻即用传统题材写当时长安现实生活中的形形色色，托"古意"以抒今情。

诗人首先极力铺陈长安豪门贵族争竞豪奢、追逐享乐的情景，接着写长安的建筑。作者用几个特写镜头，便使读者通过这些金碧辉煌的局部，概见宫殿壮丽之全景。文采飞动的笔墨，纷至沓来的景象，令人目不暇接。然后用大段文字写豪门的歌儿舞女，通过她们来概括豪门生活之一斑。

第二部分以市井娼家为中心，写形形色色人物的夜生活。夜长安是"冒险家"的乐园，这里有挟弹飞鹰的浪荡公子，有暗算公吏的不法少年，有仗剑行游的侠客……白天各在一方的人似乎邀约好一样，入夜便都在娼家聚会了。人们在这里迷恋歌舞，陶醉于氤氲的口香，拜倒在紫罗裙下。娼门内"夜夜人如月"，似乎青春可以永葆；娼门外"朝朝骑似云"，似乎门庭永远不会冷落。除了上述几种逍遥人物，还有大批玩忽职守的禁军军官"金吾"，也纷纷来此饮酒取乐。

第三部分写长安上层社会除追逐难于满足的情欲之外，别有一种权力欲，驱使着文武权臣互相倾轧。这些被称为将相的豪强，权倾天下，互不相让。其得意者骄横一时，自谓富贵常在。接下来"节物风光不相待……"四句不但在内容上与前面的长篇铺叙形成对比，形式上也尽洗藻绘，词采上浓淡对比，更突出了扫空一切的悲剧效果。

结尾专写扬雄。前面长安市内轰轰烈烈，这里在终南山内却"寂寂寥寥"。前面是任情纵欲，倚仗权势；这里是清心寡欲，不慕荣利。而前者声名俱灭，后者却以文名流芳百世。这才是此诗旨趣之所在。

七古中出现这样洋洋洒洒的巨制，为初唐前所未见。有重点、有细节的描写回环照应，详略得宜，结尾耐人寻味。写作方法一般以四句一换景或一转意，形成跳动跌宕的节奏。同时，在转意换景处多用连珠格，使意换辞联，形成一气到底而又缠绵往复的旋律。所以，胡应麟赞叹道："七言长体，极于此矣！"

【名家评点】

在窒息的阴霾中，四面是细弱的虫吟，虚空而疲倦。忽然一声霹雳，接着的是狂风暴雨！虫吟听不见了，这样便是卢照邻《长安古意》的出现……放开了粗豪而圆润的嗓子，他这样开始："长安大道连狭斜……"这生龙活虎般腾踔的节奏，首先已够教人们如大梦初醒而心花怒放了。

——闻一多《唐诗杂论》

骆宾王

骆宾王（约619—约687年），字观光，婺州义乌（今属浙江）人。少年早慧，七岁能诗。初为道王李元庆府属，历官武功、长安主簿，作七言《帝京篇》，时称绝唱。入朝为侍御史，后被贬为临海县丞。徐敬业起兵反对武则天，代作《讨武曌檄》，兵败后下落不明，或云被杀，或云为僧。

骆宾王与王勃、杨炯、卢照邻合称"初唐四杰"。诗风波澜回阔，纵横激荡，豪迈奔放。清代辑有《骆临海集笺注》。

在狱咏蝉

西陆蝉声唱，南冠客思深[1]。

不堪玄鬓影，来对白头吟〔2〕。
露重飞难进，风多响易沉〔3〕。
无人信高洁，谁为表予心？

【注释】

〔1〕"西陆"二句：西陆：秋天。南冠：囚徒。

〔2〕"不堪"二句：玄鬓：以蝉黑翼代指蝉。白头：作者自称。

〔3〕"露重"二句：露重、风多：以蝉之处境自喻。言蝉因露重而沾翅难飞，因风多而鸣声易沉，犹已之以谗深而含冤莫白。

【赏析】

秋蝉因环境凄冷，不甘寂寞，放声高唱，虽近挣扎之态，然亮亢之声犹显。蝉居高而饮露，自古就是高洁品性之象征；蝉处寒秋，正是作者身陷囹圄之写照。三、四两句"白头吟"语涉双关，一说以蝉的黑翼来对比自己因忧惧愤怒而生的白发，表其苦闷深重无限。物我相通，借蝉鸣己。蝉之状态，蝉之感受，恰为作者在狱中时对人生的感受。蝉之惨状与作者之郁积和悲剧性的遭遇形异而神同，于是借蝉言己，形神兼备，深得咏物诗之神味。最后两句，直言其志，表达自己的恳切愿望。这首诗作于患难之中，感情充沛，取譬明切，用典自然，语多双关，于咏物中寄情寓兴，由物到人，由人及物，达到了物我一体的境界，是咏物诗的上乘之作。

【名家评点】

咏物之作，在借物以咏性情。凡身世之感，君国之忧，隐然蕴于其内，斯寄托遥深，非沾沾焉咏一物矣。

——［清］沈祥龙《论词随笔》

咏　鹅

鹅、鹅、鹅，曲项向天歌。
白毛浮绿水，红掌拨清波。

【赏析】

　　所有儿童古诗文普及读物都收辑了这首小诗。此诗相传为骆宾王七岁时作。虽是一首儿歌，但其清新可爱，让人读之难忘。

　　开头的"鹅、鹅、鹅"不单是模拟鹅的叫声，而且把儿童的那种跃动心理表现得淋漓尽致。小诗人用三个"鹅"字，便描写出了鹅由远至近的欢叫声，及其"曲项向天歌"的神态。鹅在水中嬉戏时有声有色的情景，表现了小诗人细微入神的观察力。小作者通过白描的手法、简单的勾勒，鹅鲜明的形象便脱颖而出。

　　诗中，小作者从自己的角度、自己的心态去理解和观察鹅，用拟人的手法把鹅的叫声说成是"歌"，同时把色彩的对比表达得格外醒目。

王　勃

　　王勃（650—676年），字子安，绛州龙门（今山西河津）人。其祖父王通是隋末著名学者，号文中子。兄弟三人皆有才名，时称"三株树"。王勃与杨炯、卢照邻、骆宾王以诗文齐名，并称"王杨卢骆"，亦称"初唐四杰"。王勃才华早露，未成年即被司刑太常伯刘祥道赞为神童，向朝廷表荐，对策高第，授朝散郎，当时王勃才十四岁。乾封初年（666年），沛王李贤征其为王府侍读，两年后因戏为《檄英王鸡》文，被高宗怒逐出府，随即出游巴蜀。咸亨三年（672年）补虢州参军，因擅杀官奴当诛，遇赦除名。其父亦受累贬为交趾令。王勃少负英才，抱负高远，他曾叹曰："七岁神童，与颜回早死何益！"孰料自己的生命比颜回还要短暂。上元二年（675年），王勃南下探亲，渡海溺水，惊悸而死。终年二十七岁。

　　王勃的诗清新自然，充满积极进取和愤世嫉俗之气。其诗文中的诸多警句早已深植于国人心中。原有集，已佚，明人辑有《王子安集》。

咏　风

肃肃凉风生，加我林壑清。
驱烟寻涧户，卷雾出山楹[1]。
去来固无迹，动息如有情。

日落山水静，为君起松声。

【注释】

〔1〕"卷雾"句：意谓卷走山上的雾霭，使山间的房屋显现出来。山楹：山中的房屋。

【赏析】

这首《咏风》是历代咏风诗中的佳作，被盛赞"最有余味，真天才也"（宋计有功《唐诗纪事》）。余味何在？在于诗人对青云之志淋漓尽致的抒发。

风在炎热未消的初秋"肃肃"吹起，顿时使林壑清凉，驱散了涧谷飘浮的烟云，卷走了山间缠绕的雾霭，带来的是一片明朗与清爽。你说它有意为之吗？不，它"来来去去，无形无迹"，完全是顺乎自然的性情，十足的"道家风范"。你说它无意为之吗？也不，我们分明看到了它的慷慨恩惠，平等普济，仿佛完全有情有义。栩栩如生的风的形象无疑是拟人化了的有为之士。只有拟人化了的风儿才会"有情"，才会"加我林壑清"，"为君起松声"。

【名家评点】

子安五言，独此篇语意皆到，可法。五、六近道之语，结飘逸有情。

——［明］顾云《批点唐音》

国学经典精神家园丛书

送杜少府〔1〕之任蜀州

城阙辅三秦，风烟望五津〔2〕。
与君离别意，同是宦游人。
海内存知己，天涯若比邻。
无为在歧路，儿女共沾巾〔3〕。

【注释】

〔1〕少府：当时县尉的通称。

〔2〕"城阙"二句：城阙：指长安。辅三秦：以三秦为辅。昔项羽分秦地为雍、塞、翟三国，封秦三降将为王，故曰"三秦"。五津：四川省从灌县以下到犍为的一段岷

江中有五个渡口，名为白华津、万里津、江首津、涉头津、江南津。此句言遥望朋友将去的地方，但见风烟迷茫而已。

〔3〕"无为"二句：意谓分手在即，在此揖别，不要因洒泪沾巾，共作儿女情长之态。

【赏析】

历来送别诗大都抒发黯然销魂之情感，给人以难离难舍、儿女情长的印象。此诗别开生面，摆脱常格，旷达豪放，不由使人心胸为之一振。首联遥接秦地的长安和蜀地的五津，在风烟迷离的壮阔图画中，把呆板的事物写得生动雄浑，境界无限。领联则重在引起共鸣，为下文蓄势。颈联乃友谊的誓言，饱含深情而富于哲理，表现出作者宽阔的胸襟，豁达乐观的感情跃然纸上，给人以莫大的欣慰和鼓舞，故而千百年来成了脍炙人口的名句。尾联告诫友人不要"儿女情长，英雄气短"，而应笑对人生。全诗在这壮大、昂扬、刚健的意境中展现了离别的"情深意长"。

【名家评点】

此等诗，气格浑成，不以景物取妍，具初唐之风骨。

——［清］王尧衢《唐诗合解笺注》

滕王阁 并序

豫章故郡，洪都新府。星分翼轸，地接衡庐。襟三江而带五湖，控蛮荆而引瓯越。物华天宝，龙光射牛斗之墟；人杰地灵，徐孺下陈蕃之榻。雄州雾列，俊采星驰。台隍枕夷夏之交，宾主尽东南之美。都督阎公之雅望，棨戟遥临；宇文新州之懿范，襜帷暂驻。十旬休暇，胜友如云；千里逢迎，高朋满座。腾蛟起凤，孟学士之词宗；紫电青霜，王将军之武库。家君作宰，路出名区；童子何知，躬逢胜饯。

时维九月，序属三秋，潦水尽而寒潭清，烟光凝而暮山紫。俨骖騑于上路，访风景于崇阿。临帝子之长洲，得仙人之旧馆。层峦耸翠，上出重霄；飞阁流丹，下临无地。鹤汀凫渚，穷岛屿之萦回；桂殿兰宫，列冈峦之体势。披绣闼，俯雕甍，山原旷其盈视，川泽盱其骇瞩。闾阎扑地，钟鸣鼎食之家；舸舰迷津，青雀黄龙之舳。虹销雨霁，彩彻区明。落霞与孤鹜齐飞，秋水共长天一色。渔舟唱晚，响穷彭蠡之滨；雁阵惊寒，声断衡阳之浦。遥襟俯畅，逸兴遄飞。爽籁发而清风生，纤歌凝而白云遏。睢园绿竹，气凌彭泽之樽；邺水朱华，光照临川之笔。四美具，二难并。穷睇眄于中天，极娱游于暇日。天高地迥，觉宇宙之无穷；兴尽悲来，识盈虚之有数。望长安于日下，指吴会于云间。地势极而南溟深，天柱高而北辰远。关山难越，谁悲失路之人？萍水相逢，尽是他乡之客。怀帝阍而不见，奉宣室以何年？

嗟乎！时运不济，命运多舛。冯唐易老，李广难封。屈贾谊于长沙，非无圣主；窜梁鸿于海曲，岂乏明时？所赖君子安贫，达人知命。老当益壮，宁移白首之心；穷且益坚，不坠青云之志。酌贪泉而觉爽，处涸辙以犹欢。北海虽赊，扶摇可接；东隅已逝，桑榆非晚。孟尝高洁，空怀报国之心；阮籍猖狂，岂效穷途之哭！

勃，三尺微命，一介书生。无路请缨，等终军之弱冠；有怀投笔，慕宗悫之长风。舍簪笏于百龄，奉晨昏于万里。非谢家之宝树，接孟氏之芳邻。他日趋庭，叨陪鲤对；今晨捧袂，喜托龙门。杨意不逢，抚凌云而自惜；钟期既遇，奏流水以何惭？呜呼！胜地不常，盛筵难再。

兰亭已矣，梓泽丘墟。临别赠言，幸承恩于伟饯；登高作赋，是所望于群公。敢竭鄙诚，恭疏短引。一言均赋，四韵俱成。

> 滕王高阁〔1〕临江渚，佩玉鸣鸾罢歌舞。
> 画栋朝飞南浦云，珠帘暮卷西山雨。
> 闲云潭影日悠悠，物换星移几度秋。
> 阁中帝子〔2〕今何在？槛外长江空自流。

【注释】

〔1〕滕王高阁：滕王阁是唐高祖李渊之子滕王李元婴任洪州都督时所建。故址在今江西省南昌市，前临赣江，为洪州胜迹。

〔2〕帝子：帝王之子。这里特指创建滕王阁的李元婴。

【赏析】

唐高宗上元三年（676年），二十六岁的王勃赴交趾看望父亲，途经洪州，参与阎都督宴会时即席作《滕王阁序》，序后附此诗。《滕王阁序》以语言流光溢彩、美不胜收而为千古传诵。由于序文的影响盖过了诗作，以致很多读者只知其序而不知其诗。

诗的首句开门见山，用质朴的笔法，点出滕王阁的形貌。"临"字从空间角度描绘滕王阁临江而建的高远气势。以下都是身处高阁时的望中所见，并且用"朝飞""暮卷"写高阁之气吞万象。高阁如此美好，可有谁来游赏呢？滕王已死，想当年骏马鸾铃，玉佩叮咚，登阁欢宴的豪华气派，如今已经一去不复返了。观美景，想往事，人生盛衰无常的怅惘不禁涌上诗人心头。

颔联融情于景，寄慨遥深。三联点明时光漫长，自然生出物换星移的感慨。人事难久，槛外的长江仿佛也因人去阁空而黯然神伤。"空"字生动地描画出了诗人的无奈，景物的无奈。

这首诗凝练含蓄地概括了序的内容，气度高远，境界宏大，与序双璧同辉，相得益彰。

【名家评点】

王勃著《滕王阁序》，时年十四。都督阎公不之信，勃虽在座，而阎公意属子婿孟学士者为之，已宿构矣。及以纸笔，延让宾客，勃不辞。公大怒，拂衣而起，专令人伺其下笔。第一报云："豫章故郡，洪都新府。"公曰："亦是老生常谈。"又报云："星分翼轸，地接衡庐。"公闻之，沉吟不语。又云："落霞与孤鹜齐飞，秋水共长天一色。"公矍然而起曰："此真天才，当垂不朽矣！"遂亟请宴所，极欢而罢。

——［五代］王定保《唐摭言》

刘希夷

刘希夷（约651—678年），一名庭芝，字延之，汝州（今河南临汝）人。上元进士，善弹琵琶。少有文才，落魄不拘常格。善为长歌，除此篇外，其他如《死马赋》《北邙篇》均慷慨可诵。其诗多写闺情，词意柔媚婉丽，悲苦伤感。传说他的舅父宋之问喜欢他的名句"年年岁岁花相似，岁岁年年人不同"，想据为己有，希夷不允，竟被宋之问派人用土囊压杀于别舍，年未及三十，人悉怜之。

代悲白头翁

洛阳城东桃李花，飞来飞去落谁家？

洛阳女儿惜颜色，坐见落花长叹息。
今年花落颜色改，明年花开复谁在？
已见松柏摧为薪，更闻桑田变成海。
古人无复洛城东，今人还对落花风。
年年岁岁花相似，岁岁年年人不同。
寄言全盛红颜子，应怜半死白头翁。
此翁白头真可怜，伊昔红颜美少年。
公子王孙芳树下，清歌妙舞落花前。
光禄池台文锦绣，将军楼阁画神仙[1]。
一朝卧病无相识，三春行乐在谁边？
宛转蛾眉能几时，须臾鹤发乱如丝。
但看古来歌舞地，惟有黄昏鸟雀悲。

【注释】

〔1〕"光禄"二句：光禄即光禄勋，用东汉马援之子马防的典故。马防在汉章帝时拜光禄勋，生活很奢侈。文锦绣：指以锦绣装饰池台。将军：指东汉贵戚梁冀。《后汉书·梁冀传》载：梁冀大兴土木，建造府宅。这两句说白头翁昔年曾出入权势之家，过着豪华的生活。

【赏析】

这是一首乐府诗，郭茂倩把它收在《乐府诗集·相和歌辞》里，题作《白头吟》。因为是拟古乐府，所以一般又题作《代白头吟》或《代悲白头翁》。

这首诗是刘希夷的代表作。诗中的洛阳女儿由自然界的花开花落，感悟到时光流逝，进而伤怀生命的短暂。"年年岁岁花相似，岁岁年年人不同"，花落可以复开，可岁岁年年，人在老去，其中伤痛颇深。今日的"红颜子"，将会变为"白头翁"。一切繁华，终将消歇；一切美貌，不可凭依。诗中欢乐与悲哀交织，一昂一低，大起大落，构思极其独特，情思宛转，音韵和谐、流畅、优美。作者告诫人们：青春和富贵都不是永恒的，谁都有衰老之时。诗中蕴含这样一个生命哲理：宇宙万物时刻都在变化，人生短暂，红颜易逝，富贵难久，世事无常。同时，流动于作者心灵深处的，是一种对未来极为不安的意识。诗人对时间的流逝感到恐惧，不知道自己的未来命运会是什么。

应当指出的是，《红楼梦》中甄士隐对跛足道人的《好了歌》的解注之词："陋室空堂，当年笏满床；衰草枯杨，曾为歌舞场"，特别是黛玉的《葬花词》："明媚鲜妍能几时，一朝漂泊难寻觅""试看春残花渐落，便是红颜老死时"等用语与意境，与《代悲白头翁》的题旨极其相似。刘希夷在几百年前对人生即已有此感悟，其洞察世事之深，文学造诣之高，显然是受佛法的影响。所谓曲高和寡，希夷之不为时人所重，良有以也。

【名家评点】

一意纡回，波折入妙，佳在更从老说至少年虚写一段。

——［清］毛先舒《诗辩坻》

宋之问

宋之问（约656—712年），一名少连，字延清，汾州（今山西汾阳）人，一说虢州弘农（今河南灵宝）人。上元进士，官至考功员外郎。曾先后谄事张易之和太平公主。睿宗时贬钦州，赐死。宋之问在政治上无足称道，品行也多有可讥，但却是知名当世的诗人。诗与沈佺期齐名，时称"沈宋体"，然多歌功颂德之作。放逐途中的诗作则较为充实。

宋之问的律诗谨严精密，技巧成熟，对律诗形式的确立颇有贡献。原有集，已佚，明人辑有《宋之问集》。

渡汉江

岭外音书断，经冬复历春。
近乡情更怯，不敢问来人。

【赏析】

这是宋之问从泷州（今广东罗定市）贬所逃归，途经汉江时所作。

一"断"一"复"，不事雕琢，却把诗人孤独难耐之情，全无精神慰藉之苦，尽现无遗。逃离穷山恶水，家乡日近，该是多么令人兴奋啊！可接下来两句，却道"近乡情更怯，不敢问来人"。缘何"情更怯"？缘何"不敢问"？其在岭外时，经年隔岁，音书断绝，不知自己"交通张易之"是否累及亲人。如今渐近家乡，这种牵念和担忧更是充斥胸扉，在此忧思交集之时，内心起伏难平，急剧跌宕，既盼家人安宁幸福，但更怕他们由于自己或其他意外，遭遇不测，所以心中抱怯，见来人而不敢问。"更怯"的"更"字，妙不可言地传达出诗人此时此刻矛盾复杂并承受着痛苦煎熬的心理活动。这首诗不只真切地再现了作者当时的特殊心境，更深刻的是他以自己独特的生活经历，凭他擅长捕捉情感的才情，道出了天下游子在久居异乡而无家中音信的情境中，一旦行近家乡时的共通心态。

宋之问的《冬宵引·赠司马承祯》一诗，歌咏友情，意韵清越，委婉深沉："明月的寒潭中，青林幽幽吟劲风。此情不向俗人说，爱而不见恨无穷。"

沈佺期

沈佺期（约656—约714年），字云卿，相州内黄（今属河南）人。上元进士，预修《三教珠英》。曾因贪污及谄附张易之，被流放岭南。经儋州，过交趾。遇赦，移台州录事参军。景龙中入修文馆为文学侍从。其诗多属应制，带六朝绮靡文风，然前期山水之作，及流放中感时伤怀之章，尚有骨力。原集已佚，明人辑有《沈佺期集》。

古　意

卢家少妇郁金香，海燕双栖玳瑁梁[1]。
九月寒砧催木叶，十年征戍忆辽阳。
白狼河北音书断，丹凤城南秋夜长[2]。
谁为含愁独不见，更教明月照流黄[3]。

【注释】

〔1〕"卢家"二句：梁武帝萧衍《河中之水歌》，"河中之水向东流，洛阳女儿名莫愁。十五嫁为卢家妇，十六生儿字阿侯。卢家兰室桂为梁，中有郁金苏合香。"此句用其意。郁金：别本多作"郁金堂"。郁金香为百合科植物，可浸酒涂壁，旧谓产自大秦国（即今小亚细亚地区）。

〔2〕"白狼"二句：白狼河：亦名白狼水，即今辽宁境内的大凌河。丹凤城：一说因秦穆公女吹箫，凤降其城，故名。后为京城之别称。

〔3〕"谁为"二句：谁为："为谁"之倒装。流黄：黄紫间色的绢。

【赏析】

此诗韵味绵长不尽，意境极佳，是沈佺期的代表作。

诗写少妇怀念戍边丈夫的别离相思之情，表现了"伤思而不得见"的孤独愁苦。首联以少妇起兴，浓墨重彩地写出少妇居室之华美：屋子四壁用郁金香和泥涂饰，顶梁也用玳瑁壳装点。"海燕双栖"义兼比兴，既暗示少妇往日的生活如海燕双栖般和谐美好，又反衬今日独处的孤单寂寞。次写九月里在急切的捣衣声中，落叶纷纷，正是天寒授衣之时，触景生情，少妇再次勾起心中的愁思。"十年"点明分别时间之长，加重了相思的分量。人的一生能有几个十年！十年征戍，十年相忆，不知何时才能团聚？不知还能否团聚！再从空间上分写两地，征人在遥远的戍地，音信全无，存亡未知；而住在长安城南的少妇不仅在盼望丈夫早日归来，而且更加担心他一个人在这凄冷的秋夜忍受着怎样的煎熬。"秋夜长"与上句"九月"照应，渲染了愁的氛围。最后写少妇的内心独白：秋声寒砧，寂寞长夜，已令人思绪难禁，愁苦至极；更其难耐的是明月也来恼人，空照孤帷，挥之不去，丈夫离家，盼之不回。不尽的夜，不尽的月，不尽的凄凉与等待，给人以持久的回味与思索。

诗篇构思新巧，处处描写环境，渲染气氛，烘托人物的心情。全诗情景交融，境界广远，多方面多角度地刻画了一个深秋月夜身居华室之中，辗转反侧，久不能寐的孤独愁苦的少妇形象。

【名家评点】

前解，以卢家少妇起兴，形已之独处凄凉。后解，从忆辽阳"忆"字作转，而以含愁不得见为合。

——［清］王尧衢《唐诗合解笺注》

贺知章

贺知章（约659—约744年），字季真，一字维摩，号石窗，晚年更号四明狂客。越州永兴人。少以文辞知名，后以"清谈风流"为人所倾慕。证圣进士，官至秘书监。开元中，因张说推荐，入丽正殿修书，同撰《六典》《文纂》。后迁礼部侍郎，累迁秘书监。

知章性放旷，晚尤纵诞。与张旭、张若虚、包融齐名，号"吴中四士"。好饮酒，与李白友善。醉后属词，动成卷轴。更善草隶，《述书赋》中赞其草书"落笔精绝，与造化相争，非人工即到"。天宝初，请为道士还乡里，诏赐镜湖，建千秋观以隐居其内。

咏　柳

碧玉妆成一树高，万条垂下绿丝绦。
不知细叶谁裁出，二月春风似剪刀。

【赏析】

　　这首咏柳之作是唐诗中的名篇。诗的前两句，用"碧玉"作比，写出了柳树的茂盛与色彩；用"丝绦"作比，写出了千条柳丝随风摇曳的美妙。后两句用拟人手法写二月柳叶的细长美好。柳叶如此细巧，造化之功，真是匪夷所思，作者自然联想到只有用剪刀才可裁得出。但又是用什么样的剪刀呢？又自然想到二月的春风。拟人笔法贴切而新巧。

　　此外，这首咏物诗，不但善于描摹物态，而且写出了依稀扑面而来的融融春意，诗人的喜悦之情亦贯注其中，做到了"赋物入妙，语意温柔"。

回乡偶书（二首）

少小离家老大回，乡音无改鬓毛衰[1]。
儿童相见不相识，笑问客从何处来。

离别家乡岁月多，近来人事半消磨[2]。
惟有门前镜湖[3]水，春风不改旧时波。

【注释】

　　〔1〕衰：疏落。

　　〔2〕消磨：变化殆尽之意。

　　〔3〕镜湖：在今浙江绍兴会稽山的北麓，东汉会稽太守马臻主持筑塘蓄水而成，周围三百余里，水平如镜，风景绝佳。贺知章的故居即在其旁。

【赏析】

此诗是贺知章于天宝三年（744年）辞官归乡时所作。当时诗人已是八十六岁高龄，离家已有五十多年。久客回乡，一旦踏上故土，自然倍感亲切；而所接触的种种景物，最亲切的莫过于多年难忘的家乡话。儿童笑问的场面极富戏剧性。由于"少小离家老大回"的关系，家乡的孩子们竟将他当作远方来客，有礼貌而又好奇问讯他。全诗在这有问无答处悄然作结，弦外之音却如空谷传响，久久不绝。其妙处有如背面敷粉，了无痕迹：虽写哀情，却借欢乐场面表现；虽写自己，却从儿童一面翻出。"少小"与"老大"的对比，暗示诗人离开故乡时间之久；不改的"乡音"，表示了诗人始终不衰的思乡之情。

第二首可看作是续篇。诗人到家后，通过与亲朋的交谈，得知家乡人事的变迁，在叹息久客伤老之余，又不免发出人事无常的慨叹。在湖波不改的衬映下，人事日非的感慨显得益发深沉。

陆游说过："文章本天成，妙手偶得之。"《回乡偶书》二首之成功，归根结底在于诗作展现的是一片化境。诗的感情自然、逼真，语言声韵仿佛从肺腑中流出，朴实无华，毫不雕琢，读者在不知不觉之中被引入了诗境，如见其人，如闻其声。

【名家评点】

杨衡诗云："正是忆山时，复送归山客。"张籍云："长因送人处，忆得别家时。"卢象《还家诗》云："小弟更孩幼，归来不相识。"贺知章云："儿童相见不相识，笑问客从何处来。"语益换而益佳，善脱胎者，宜参之。近时严坦叔《还家诗》亦有"旧时巷陌浑忘记，却问新移来住人"，颇得知章之遗意。

——［宋］范晞文《对床夜话》

张若虚

张若虚（约660—720年），扬州人。其生平历来仅知曾任兖州兵曹，中宗神龙（705—707年）年间与贺知章、包融等以文辞俊秀驰名京都。"吴中四士"之一。今仅存诗二首，而《春江花月夜》乃千古绝唱，有"孤篇盖全唐"之誉，被闻一多先生誉为"诗中的诗，顶峰上的顶峰"，一千多年来使无数读者为之倾倒。

春江花月夜[1]

春江潮水连海平，海上明月共潮生。
滟滟[2]随波千万里，何处春江无月明？
江流宛转绕芳甸，月照花林皆如霰[3]。
空里流霜不觉飞，汀上白沙看不见。
江天一色无纤尘，皎皎空中孤月轮。
江畔何人初见月？江月何年初照人？
人生代代无穷已，江月年年望相似。
不知江月照何人？但见长江送流水。
白云一片去悠悠，青枫浦[4]上不胜愁。
谁家今夜扁舟子？何处相思明月楼？
可怜楼上月徘徊，应照离人妆镜台。
玉户帘中卷不去，捣衣砧上拂还来。
此时相望不相闻，愿逐月华流照君。
鸿雁长飞光不度，鱼龙潜跃水成文[5]。
昨夜闲潭梦落花，可怜春半不还家。
江水流春去欲尽，江潭落月复西斜。
斜月沉沉藏海雾，碣石潇湘无限路[6]。
不知乘月几人归，落日摇情满江树。

【注释】

〔1〕诗题：陈后主与宫中女学士及朝臣相和为诗，采其尤艳者，名《春江花月夜》。

〔2〕滟滟：水面闪光貌。

〔3〕"江流"二句：芳甸：遍生花草的平野。花林：喻树上之花美如冰珠，晶莹剔透。

〔4〕青枫浦：今湖北浏阳市有此地名，一名双枫浦，但此处只是泛指。

〔5〕"鸿雁"二句：意谓遥望长空，恰有鸿雁单飞，想请鸿雁带去对恋人的思情，孰料鸿雁展翅飞去；低头察看水中鱼龙，孰料鱼龙潜入水底，只留下一片波纹。

〔6〕"碣石"句：碣石：山名，在今河北省；潇湘：水名，在今湖南省。这里以前

者代表北方，以后者代表南方，比喻离人相隔遥远。

【赏析】

《春江花月夜》语言清新优美，韵律婉转悠扬，完全洗去了宫体诗的浓脂艳粉，给人以澄澈空明、清丽自然的感觉。后人评价称"张若虚《春江花月夜》用《西洲》格调，'孤篇横绝，竟为大家'。李贺、商隐，挹其鲜润；宋词、元诗，尽其支流"，足见其非同凡响的崇高地位和悠悠不尽之深远影响。

诗篇题目本身就令人心驰神往。春、江、花、月、夜，这五种事物集中体现了最动人的良辰美景，构成了诱人探寻的奇妙的艺术境界。

诗人一开篇便勾勒出一幅春江花月夜的壮丽画面：江潮连海，月共潮生。诗人对月光的观察极其精微：月光荡涤了世间万物的五光十色，将大千世界浸染成梦幻一样的银灰色。细腻的笔触，创造了一个神话般美妙的境界，使春江花月夜显得格外幽美恬静。八句由大到小，由远及近，笔墨逐渐凝聚在一轮孤月上。

清明澄澈的天地宇宙，仿佛使人进入了一个纯净的世界。诗人神思飞跃，但又紧紧联系着人生，探索着人生的哲理与宇宙的奥秘。

江月有恨，流水无情。下半篇写男女相思的离愁别恨。"徘徊"二字极其传神：浮云游动，故光影明灭不定；月光似乎对思妇满怀怜悯之情，在楼上徘徊不去。此时此刻，月色不也照着远方的爱人吗？思妇于是望长空，看江面，可向以传信为任的鱼雁，如今也无法传递音讯。这自然会平添她几多愁苦！

结句的"摇情"指代不绝如缕的思念之情，将月光之情，游子之情，诗人之情交织成一片，洒落在江树上，也洒落在读者心上。情韵袅袅，摇曳生姿，令人心醉神迷。

《春江花月夜》在思想与艺术上都超越了以前那些单纯模山范水的景物诗，将屡见不鲜的传统题材，注入了新的含义，融诗情、画意、哲理为一体，从而渲染出一种情、景、理水乳交融的幽美而邈远的意境。

有如此冠世才情的张若虚，仅存的另一首诗《代答闺梦还》，不大被提起。现不妨附录于下，与读者共赏："关塞年华早，楼台别望违。试衫著暖气，开镜觅春晖。燕入窥罗幕，蜂来上画衣。情催桃李艳，心寄管弦飞。妆洗朝相待，风花暝不归。梦魂何处入，寂寂掩重扉。"

【名家评点】

更夐绝的宇宙意识！一个更深沉更寥廓更宁静的境界！在神奇的永恒面前，作者只有错锷，没有憧憬，没有悲伤。……他得到的仿佛是一个更神秘的更渊默的微笑，他更迷惘了，然而也满足了。……这里一番神秘而又亲切的，如梦境的晤谈，有的是强烈的宇宙意识。……这是诗中的诗，顶峰上的顶峰。

——闻一多《唐诗杂论·宫体诗的自赎》

陈子昂

陈子昂（661—702年），字伯玉，梓州射洪（今属四川）人。家境富裕，轻财好施，慷慨任侠。成年后始发愤攻读。举进士，以上书论政为武则天所赞赏，拜麟台正字，转右拾遗，世称"陈拾遗"。

子昂正直敢言，一度因反对武则天株连而下狱。垂拱二年（686年）随军到西北居延海、张掖河；万岁通天元年（696年），又随建安王武攸宜出征契丹。两次从军，使他对边塞和民生有了较为深切的认识。圣历元年（698年），因父年老而解官回乡，不久父死；居丧期间，权臣武三思指使射洪县令段简罗织其罪名，冤死狱中。

陈子昂是唐代诗歌革新的先驱。他的诗峥嵘悲壮，寓意深远，苍劲有力。他在诗歌创作理论上的"风骨"说与"兴寄"说，为盛唐诗歌的繁荣揭开了序幕。

有《陈伯玉集》传世。今有《陈子昂集》较为完备。

登幽州台[1]歌

前不见古人，后不见来者。
念天地之悠悠，独怆然[2]而涕下！

【注释】

〔1〕幽州台：即蓟北楼。遗址在今北京市西南。

〔2〕怆然：凄恻貌。

【赏析】

陈子昂随武攸宜征讨契丹，任参谋之职。因向武建言，被贬为军曹。诗人登上幽州台，写下此诗。诗的头二句，用"前"与"后"，以及两个"不见"，表现了独立苍茫、孤独无偶之感。这里所谓古人，是指尧舜禹、汤文武、周公、孔子等先贤。

诗人有着强烈的建功立业的志向，却受到无情打击，因而赋此壮歌，抒写孤独。陈子昂的孤独，贯通古今，充塞天地，而不作秋蝉哀吟、断雁悲鸣，故其"孤独感"，可以用"伟大"二字形容。这首诗之所以成为千古绝唱，是因为它将个人经验置于横贯古今的时空背景中来表现。时空背景构成了个人经验的纵横坐标，而个人是这个坐标系上的一点，它因此获得了超越性的效果。

【名家评点】

陈子昂写这首诗的时候是满腹牢骚、一腔愤慨的，但它所表达的却是开创者的高蹈胸怀，一种积极进取、得风气先的伟大孤独感。

——李泽厚《美的历程·盛唐之音》

胸中自有万古，眼底更无一人。古今诗人多矣，从未有道及此者。此二十二字，真可以泣鬼神。

——［明］黄周星《唐诗快》

张九龄

张九龄（678—740年），字子寿，曲江（今属广东）人，世称"张曲江"。少年早慧，七岁能文。受张说赏识，向玄宗推荐，得任中书令。后被李林甫排斥，贬为荆州刺史。

九龄忠贞正直，为相贤明，敢于直谏，卓有政绩。他是最早发现安禄山将图谋不轨的人，惜其忠言未被唐明皇采纳。

张九龄文章高雅，宏博典实。其诗清丽淡雅，被贬后诗风趋于质朴遒劲，雄浑刚健。十二首《感遇》诗是其代表作。有《张曲江集》传世。

望月怀远

海上生明月，天涯共此时。

情人怨遥夜〔1〕，竟夕起相思。
灭烛怜光满〔2〕，披衣觉露滋。
不堪盈手赠，还寝梦佳期〔3〕。

【注释】

〔1〕遥夜：长夜。

〔2〕"灭烛"句：灭烛见月光满屋而觉其可爱。

〔3〕"不堪"二句：意谓月光虽可爱，却不能掬一把赠送远方的亲人，倒不如回屋做个美梦。

【赏析】

起句写景，有如张若虚"春江潮水连海平，海上明月共潮生"之雄浑阔大，但更自然平浑。次二句写情，与谢庄《月赋》"美人迈兮音尘绝，隔千里兮共明月"意思相近，但更温厚清洁。此联承上"怀远"，遥想"共此时"的"情人"也在对月相思，"竟夕"不眠，更觉长夜漫漫，故而生"怨"。然后由怨而不眠，索性披衣望月，却惹出无尽的相思。整首诗构思奇妙，意境幽雅，情韵悠长，读来令人回味无穷。首句已成千古名句。

【名家评点】

通篇全以骨力胜，即"灭烛""光满"四字，正尽月之神。用一"怜"字，便含下结意，可思不可言。

——［明］周珽《唐诗选脉会通评林》

王之涣

王之涣（688—742年），字季凌，并州（今太原市及其附近地区）人，或曰蓟门人或绛州人，皆非。官文安（今河北文安）县尉。性豪放，常与乐工制曲击剑高歌，名动一时。后来折节读书，文名日振。其诗以描写边塞风光为主。后世传诵的几首诗皆为盛唐之代表作。惜其诗仅存六首。

登鹳雀楼

白日依山尽，黄河入海流。
欲穷千里目，更上一层楼。

【赏析】

这是王之涣的名作。古人云，士大夫登高必赋。据说20世纪60年代，鹳雀楼的所在地山西永济市有一位中学老师，写信给中国文学研究所，说他读不懂这首诗，因为永济的西边无山。有人说"依山尽"指的是日出。后找到社科院的钱钟书先生，钱说："好解释。西边无山不等于心中无山；西边的西边肯定有山。"这一解释是符合文学创作的形象思维的。诗人之眼，可以穿越千山万水。俞陛云所说的"凡登高能赋者，贵有包举一切之概。前二句写山河胜概，雄伟阔远，兼而有之"，大概就暗含着这一层意思吧。后两句"虚写"。登高方能望远，眼界更为开阔。这一哲理自然地融入其中，无丝毫勉强造作，这也形成了这首诗的特色。

【名家评点】

二十字中，有尺幅千里之势。同时畅当亦有《登鹳雀楼》五言诗云："迥临飞鸟上，高出世尘间。天势围平野，河流入断山。"二诗工力悉敌。但王诗赋实景在前二句，虚写在后二句。畅诗先虚写而后实赋。诗格异而诗意则同。以赋景论，畅之平野断山二句，较王诗为工细。论虚写，则同咏楼之高迥，而王诗更上一层，尤有余味。

——［清］俞陛云《诗境浅说续编》

凉州词

黄河远上白云间，一片孤城万仞山。
羌笛何须怨杨柳，春风不度玉门关[1]。

【注释】

〔1〕"羌笛"二句：古人有临别折柳相赠的习俗（柳谐音留，赠柳表示留念）。这

里是说，羌笛吹奏《折杨柳》曲，其声哀怨，似在怨柳（实即怨别），其实不必对玉门关外的杨柳抱怨，因为春风吹不到那里。

【赏析】

首句写极目远眺，黄河溯流而上，远入云间，空旷奇渺。次句在天高地阔的背景中，突出一片孤城，形单影只，兀然独立于万仞群山之中，更觉荒远苍凉，大漠边塞风光一览无余，与王维"大漠孤烟直，长河落日圆"异曲同工。

杨慎在《升庵诗话》中说："此诗言恩泽不及于边塞，所谓君门远于万里也。"可见，这里的"春风"语意双关，既是说玉门关本就荒凉，不必埋怨春风，又是用"春风"比喻朝廷的恩泽。言外之意，朝廷早已把边疆戍卒的生死置之度外了。因此这两句实则巧妙地流露了作者对守边士兵的同情，但是用语十分含蓄，用情十分婉约。

乐府凉州词是宫词曲。据《西域记》云："龟兹国王与臣庶知乐者，于大山间听风水之声，约节成音，其曲后传入中国。"

【名家评点】

首二句笔势浩瀚，次句尤佳，再接再厉，有隼立华峰之概。且词为凉州而作，其言万仞山者，凉州之贺兰山脉，远接天山，见地之荒远，故春光不度也。其言一片孤城者，以孤城喻孤客，故羌笛吹怨也。后二句言莽莽山河，本皇恩所不被，犹春光之不度。玉关杨柳，亦同苦春寒。托羌笛以寄愁者，何必错怨杨枝不肯依依向客耶？此诗前二句之壮采，后二句之深情，宜其传遍旗亭，推为绝唱也。

——［清］俞陛云《诗境浅说续编》

孟浩然

孟浩然（689—740年），襄阳人。一位不甘隐沦却不得不以隐沦终老的诗人。少好节义，喜济人患难。早年隐居鹿门山，年四十游长安，唐玄宗诏咏其诗，有"不才明主弃"之语，玄宗谓："卿自不求仕，朕未尝弃卿，奈何诬我？"因放还未仕，后隐居鹿门山，著诗二百余首。一生交游甚广，与王维、张九龄、李白、王昌龄友情深厚，多有唱和，与王维合称"王孟"。其诗清幽恬淡，韵味浓郁，意境清远。长于写景，多反映田园风光和隐逸生活。在盛唐之际，他的诗独具一格。无论身前身后，都颇享盛名。有《孟浩然集》。

夏日南亭怀辛大

山光忽西落，池月渐东上。
散发乘夕凉，开轩卧闲敞[1]。
荷风送香气，竹露滴清响。
欲取鸣琴弹，恨无知音[2]赏。
感此怀故人，中宵劳梦想[3]。

【注释】

〔1〕闲敞：安闲而敞亮的地方。

〔2〕知音：典出《吕氏春秋·本味》，楚人钟子期通晓音律。伯牙鼓琴，志在高山，子期品道，"峨峨兮若泰山"；志在流水，子期品道，"洋洋兮若流水。"子期死而伯牙绝弦，不复演奏。

〔3〕"中宵"句：整夜苦于想念。

【赏析】

此诗是浩然的代表作。

起句日落月升，表现了诗人心理的快感；承句进而从嗅觉、听觉继续加强这种快感：风送荷香，清淡幽微；竹露滴池，清脆动听。这天籁自然会让人想到音乐。古人抚琴，先得沐浴焚香，摒去杂念。诗人此刻的心境，正宜操琴。然而知音不在，有谁会欣赏我的雅曲呢？由水亭纳凉到对故友的怀想，过渡得十分自然。而且这种怀念的情绪一直持续到进入梦乡。诗结以梦，有情有味。

全诗感情细腻，语言流畅，文字如行云流水，层递自然，由境及意而达于浑然一体，极富韵味。

过故人庄

故人具鸡黍，邀我至田家。
绿树村边合，青山郭外斜。

开轩面场圃，把酒话桑麻。
待到重阳日，还来就菊花。

【赏析】

　　孟浩然以写山水田园诗著称。这首《过故人庄》是其代表作之一。

　　故人准备好了农家饭，邀请我去。这"故人相邀，鸡黍为供"，包含着浓浓的故人情。青山隐隐、绿树环抱中的故人庄，格外幽雅。"合"字写树之多，"斜"字写山之遥，用词极为讲究。面对场圃，把酒闲话农事，其情其景，真是再亲切再自然不过了。结末诗人与故人约好，等到重阳节时，还要到这里来赏菊呢。

　　在古代诗人的生活观念中，与大自然亲密接触同样重要的，是充满真诚与温情的人际交往。他们在没有功利目的的人际交往中，在充满深情厚谊的温馨中抵足夜谈，把酒言欢，真正享受着人生之乐趣。对于功利主义深深植入潜意识中的人来说，大概是永远无法体会古人的那份快乐和那种境界的。

　　这首诗似不经意而作，自然而然，毫不雕饰，于冲淡自然中包含至情至味，十分高妙，实为艺术之至境。正如闻一多所说："淡到看不出诗"，才是真正的孟浩然的诗。

春　晓

春眠不觉晓，处处闻啼鸟。
夜来风雨声，花落知多少？

【赏析】

　　舒适的春夜，酣畅的睡眠，一睁眼，有亮光穿窗而入，柔柔的，暖暖的，那种舒爽感真是无以言表。而此时窗外正鸟声大作，在鸟儿的鸣叫声中，作者戛然止笔，想到昨夜的风雨不知吹落了多少美丽的花儿？今夜，明夜，不知还会有多少风雨……春的脚步真是来也匆匆，去也匆匆。

　　诗是诗人心灵深处的一股清泉，读之如饮佳酿；诗人感受到了大自然的真趣，体味到了人生的真意。难怪千百年来，人们不厌其烦地歌颂它、品味它，但仍然不能穷尽它。

李 颀

李颀（690—751年），东川（今四川东部）人。少时居颍阳（今河南许昌附近）。开元十三年（725年）进士，曾任新乡县尉。因久不升调，归乡隐居。所作边塞诗风格豪放，气势雄壮。七言歌行尤具特色。他的成就虽不限于边塞诗，却以此著名。有《李颀诗集》。

古从军行

白日登山望烽火，黄昏饮马傍交河[1]。
行人刁斗风沙暗，公主琵琶幽怨多[2]。
野营万里无城郭，雨雪纷纷连大漠。
胡雁哀鸣夜夜飞，胡儿眼泪双双落。
闻道玉门犹被遮，应将性命逐轻车[3]。
年年战骨埋荒外，空见蒲桃入汉家[4]。

【注释】

〔1〕交河：故址在新疆吐鲁番西北五千米处，唐时为安西都护府治所。

〔2〕"行人"二句：刁斗：古代军中使用的铜炊具，夜里则为报警之器，或敲击打更。公主琵琶：汉代乌孙公主刘细君的代称，这里是泛指。

〔3〕"闻道"二句：意思是说皇帝派人遮断玉门关，不准罢兵，要士兵拼着性命跟随将军打仗。轻车：轻车将军的省称。据《史记·大宛传》载："汉武帝太初元年，汉军攻大宛，攻战不利，请求罢兵。汉武帝闻之大怒，派人遮断玉门关，下令，'军有敢入者辄斩之。'"

〔4〕"年年"二句：意谓每年牺牲许多战士，换来的只不过是用葡萄种子进贡汉天子而已。汉武帝时为了求天马（即今阿拉伯马），开启战端，用兵西域。当时随天马入汉的还有葡萄和苜蓿的种子，汉武帝把它们种在离宫别馆之旁，弥望皆是。这里即用此典。

【赏析】

用乐府古题写塞外凄凉的景象和征戍生活的悲苦，借史事谴责唐代统治者的穷兵黩武，表现了对广大士兵（包括"胡儿"）的深切同情。诗一开始便写戍边战士紧张的战地生活和恶劣的生存环境，结尾两句对于统治者牺牲无数战士的生命换来塞外葡萄之类的贡物，提出了尖锐而愤恨的控诉。

王昌龄

王昌龄（698—756年），字少伯，京兆长安人；一作河东晋阳人。开元十五年（727年）进士，授汜水尉、校书郎，贬岭南。北还后又于开元末贬江宁丞，再贬龙标尉，世称王江宁或王龙标。安史乱起，还乡途中为刺史闾丘晓所忌而被害。与高适、岑参、王维、李白等均有交往。

王昌龄擅长七绝，在当时即享盛誉，被称为"七绝圣手"，所存一百七十余首诗，绝句居多。边塞诗气势雄浑，格调高昂。亦有愤慨时政及刻画宫怨之作。诗作构思精巧，新颖洗练，往往在短小的篇幅中概括着广阔的内容和深远的意境。许多绝句流传久远，深受历代读者所喜爱。原有集，已佚，明人辑有《王昌龄集》。

从军行（七首选四）

烽火城西百尺楼，黄昏独坐海风秋。
更吹羌笛关山月，无那〔1〕金闺万里愁。

【注释】

〔1〕无那：无奈，意谓无法消除思亲之愁。

【赏析】

主人公在黄昏时独坐戍楼，从青海湖上吹来阵阵秋风，寒意袭人。"烽火城西"点明寂寞荒凉的边塞环境，"独坐"突出主人公的孤独。在这寂寥孤独的环境里，远处有人在用羌笛一遍遍地吹奏着《关山月》，激起他万端愁绪，此刻他情不自禁地想起远在万里的妻子，伊人一定也在这秋风吹起时因思念自己而满腹愁绪吧？"无那"一句描写征人的心里很有特色，作者所要写的本是征人思念家乡、思念亲人的感情，但不直写，而是从想象深闺妻子的万里怀愁写起，将相隔万里的征人和思妇的感情联结起来，更具艺术魅力。

琵琶起舞换新声，总是关山旧别情。
撩乱边愁听不尽，高高秋月照长城。

【赏析】

仍写边愁，但场景已转换，由黄昏独坐、高楼闻笛而变为军中歌舞宴乐：琵琶不断弹奏出新的曲调，音乐声中，人们翩翩起舞。然后笔锋一转，点出离别相思的主题：曲调虽新，但内容总是在歌咏离别之情，因此引动缭乱的边愁。"听不尽"极写边愁之浓。结句宕开一笔，以景结情——军中置酒，乐曲引起愁思，已经使人不堪再听，何况眼前又出现一轮秋月照长城的苍莽景象呢？

青海长云暗雪山，孤城遥望玉门关。
黄沙百战穿金甲，不破楼兰终不还[1]。

【注释】

[1] "黄沙"二句：穿金甲意谓身经百战，铁甲磨穿。楼兰：汉时西域的鄯善国，在今新疆鄯善县东南一带。西汉时，楼兰国王与匈奴串通，屡杀汉使臣。傅介子奉命前往，以计刺杀楼兰王。这里泛指侵扰西北的敌国。

【赏析】

写在边关长期戍守的战士，虽身经百战，但仍还乡无期的悲壮和痛苦。青海湖上层层浓雾，使雪山暗淡无光，战士思念家乡，登上孤城，向玉门关的方向望去。青海是战士戍守的地方；玉门关是边境的重要关隘。战士遥望玉门关，是希望活着回到家乡。尽管将士戍边已经很久，战事频繁而残酷，但如不彻底消灭敌人，将士们终无还期。唐时已无楼兰，此处是以汉事喻唐。用一"终"字，使人读之凄然，战士悲壮沉痛的心情溢于言表。

大漠风尘日色昏，红旗半卷出辕门。
前军夜战洮河北，已报生擒吐谷浑[1]。

【注释】

〔1〕"前军"二句：写后军出营增援，前军捷报已到。洮河：即洮水，源出甘肃临潭县西北西倾山，是黄河上游支流之一。吐谷浑：晋时鲜卑族慕容氏的后裔，占据洮水西南等地，时扰边境，后为唐高宗和吐蕃的联军击败。这里泛指俘获敌人。

【赏析】

和前几首写征人思乡、闺妇思夫的诗不同，这一首描写的是奔赴前线的戍边将士听到前方部队首战告捷的消息时的欣喜心情，歌颂了他们奋勇杀敌、忘我报国的英雄主义精神。这首诗气魄宏大，热情洋溢，一扫边塞诗凄婉悲凉的一贯风格。

起承句采用倒装法，描绘戍边部队奉命开拔及行军情景。虽然气候恶劣，但战士们为加快行军速度，半卷红旗，向前挺进，如一柄利剑，直指敌营。结尾初看之下，似乎有因情节发展过快而出人意料之感，用心体味，却完全合乎情理，因为前两句所呈现出来的那种大军出征时迅猛凌厉的声势，充分暗示了唐军的士气和威力。这支强大剽悍的增援部队，已经足以说明前锋的胜利并非偶然了。

诗人避开对战争过程的正面描写，从侧面进行烘托，让读者从"夜战洮河"去想象前锋战事的艰苦与辉煌。由此看出作者才情之卓绝，手法之高超。

【名家评点】

个人、民族、阶级、国家在欣欣向荣的上升阶段的社会氛围中，盛极一时的边塞诗是构成盛唐之音的一个基本的内容和方面。它在中国诗史上确乎是前无古人的。

——李泽厚《美的历程》

出 塞

秦时明月汉时关，万里长征人未还。
但使龙城〔1〕飞将在，不教胡马度阴山。

【注释】

〔1〕龙城：据诗评家考辨，龙城应为卢城。《史记·李广列传》载："匈奴人，杀辽西太守，天子召拜广为右北平太守。广居右北平，匈奴闻之，号曰'汉之飞将军'。"

右北平，唐为北平郡，治卢龙县。而龙城在匈奴治中，非属李广统戍之地。

【赏析】

这首名作，曾被明代李攀龙推奖为唐人七绝压轴之作。

开篇即从秦汉落笔，巧用秦汉两个时间性的名词来修饰限定明月、边关，表示时间的悠长，历史的遥远；月还是秦时的月，关还是汉代的关，古往今来，边疆一直在进行着无休止的战争，一代代的战士在此抛洒热血，拼死征战，唯有明月临关，则古今一辙，见证了无数战争的残酷和征人的痛苦。诗句中蕴含着巨大的历史与现实的沉痛和伤感。尾联以议论转出正意：从古到今，总有边患，总要防御，但在汉代有飞将军李广那样的英雄人物，足以慑服敌人，使之不敢进犯。因此作者设想，假使李广还活着的话，绝对不会让胡马越过阴山，边境就会平安无事，征人也有望早日回家了。言外之意，暗含着对现今边关将领的不满，表现了诗人渴望出现英勇善战、体恤士卒的将帅，从而巩固边防的心愿。此诗言少意多，精警而耐人寻味，不愧为流传千古的七绝上乘之作。

【名家评点】

王元美（世贞）曰：于鳞（李攀龙）言唐人绝句当以"秦时明月汉时关"压卷。余始不信，以少伯集中有极工妙者。既而思之，若落意解当别有所取，若以有意无意、可解不可解间求之，不免此诗第一耳。

——［明］唐汝询《唐诗解》

采莲曲

荷叶罗裙一色裁，芙蓉向脸两边开。
乱入^[1]池中看不见，闻歌始觉有人来。

【注释】

〔1〕乱入：杂入、混入之意。

【赏析】

此诗具有南朝民歌的风味，描写了一幅意境优美的江南采莲图。诗一开始就将采莲少女和周围环境组成一个和谐统一的整体：美丽的采莲女置身于一片绿荷红莲丛中，绿罗裙融入碧绿的荷叶之中，美丽的脸庞和鲜艳的荷花相映俱红，人花难辨，俨然一体。正当诗人望而不见、心生怅惘之际，莲塘中歌声四起，这才明白原来那些本已"看不见"的美丽女子仍在这荷花丛中。"闻歌"才知"有人"，但依然不见她们的身影面容，这就更增加了画面的意趣和韵味。这首诗将清水芙蓉和采莲女子这两种充满生命力的健康、美好的形象交叠在一起，以清晰自然的白描笔法写来，风味优雅之极。

国学经典精神家园丛书

长信秋词

奉帚[1]平明金殿开，且将团扇共徘徊。
玉颜不及寒鸦色，犹带昭阳日影来[2]。

【注释】

〔1〕奉帚：指扫除庭院。

〔2〕"犹弗"句：昭阳：即昭阳宫，为汉成帝宠妃赵飞燕、赵合德姐妹所居。日影：借阳光象征君王的恩宠。

【赏析】

此诗以汉喻唐，拟托汉代班婕妤的故事，反映唐代宫女的苦闷生活和幽怨之情。长信即长信宫，汉成帝时，班婕妤曾受到宠爱，后来汉成帝移爱赵飞燕姐妹，班婕妤失宠后害怕受到赵飞燕姐妹的迫害，请求到长信宫去侍奉太后，从此寂寞度过一生。诗中前两句写天色方晓，金殿已开，主人公拿起扫帚打扫宫殿，可见她是一失宠宫女；打扫之余，寂寞无聊，于是手执团扇，心神不定，人与团扇一道徘徊。团扇夏用秋弃，正好比君恩中断的失宠。后两句仍承班婕妤的故事，进一步用巧妙的比喻发挥这位宫女凄婉的怨情。成帝宠爱合德，常驻昭阳宫。主人公虽有洁白如玉的容颜，却无法面见君王，反不如日暮的寒鸦，它从东边飞来，尚能沾一点昭阳宫的阳光。主人公这种"以多情之人而及无情之物"的移情之想，表现了她内心极度的悲苦和哀怨，读之令人鼻酸。

【名家评点】

秋词凡三首，其第一首云：重笼玉枕无颜色，卧听南宫清漏长。第二首云：火照西宫知夜饮，分明复道奉恩时。皆意嫌说尽，不若此首之凄婉也……渊明《赋闲情》云：愿在发而为泽，愿在履而为丝。夫泽与丝安知情爱，犹空际寒鸦安知恩宠，以多情之人，而及无情之物，设想愈痴，其心愈悲矣。

——［清］俞陛云《诗境浅说续编》

闺　怨

　　闺中少妇不知愁，春日凝妆上翠楼。
　　忽见陌头杨柳色，悔教夫婿觅封侯。

【赏析】

　　此诗的成功之处在于细腻生动地刻画出一位"闺中少妇"微妙的心理变化。作者写她的愁思，却出人意外地从"不知愁"写起。"春日凝妆上翠楼"是"不知愁"的具体表现。前两句似乎已将读者引向了快乐轻松的氛围中，第三句陡转一笔，抖出真意：少妇忽然望见远处陌头上杨柳青青，又吐新芽，春光再现，这才想到夫婿从军已久，自己一人孤单寂寞，不由勾起心中无限的相思。在这万物复苏的时节，少妇春心萌动，生命意识也觉醒了。"悔教夫婿觅封侯"是少妇真实的内心活动，当初教他从军求取功名富贵，却不料因此辜负了自己的青春年华和幸福的家庭生活，不禁后悔起来，心中无限怅惘。短短四句诗，主人公的情绪却层层波澜，极富姿态，堪称绝句之妙品。

芙蓉楼[1]送辛渐

　　寒雨连江夜入吴，平明送客楚山孤。
　　洛阳亲友如相问，一片冰心在玉壶[2]。

【注释】

　　〔1〕芙蓉楼：故址在今江苏镇江市。
　　〔2〕玉壶：或言冰壶、玉壶冰，皆喻为官清廉。唐代名相姚崇有《冰壶诫》曰："夫洞澈无瑕，澄空见底，当官明白者，有类是乎！故内怀冰清，外涵玉润，此君子冰壶

之德也。"王昌龄将此意概括为简练生动的名句，表示自己为官清廉。

【赏析】

这首送别赠答诗写于天宝元年（742年），当时王昌龄正在江宁丞任上。诗借送友以自写胸臆，表现其高洁的情操。诗题点出送别的地点和人物。前两句写作者在连江雨色的凄寒之夜，被谪入吴地；第二天清晨，送朋友辛渐去洛阳，登楼北望，只见一片楚山孤影而已。想到朋友即将回到洛阳与亲友相聚，孤寂之感油然而生，自然而然率出后两句临别叮咛之词。当时诗人因不拘小节，一度处于众口交毁的恶劣环境之中，一再遭贬。作者以这种剖露心迹的方式，告慰了解和信任自己的洛阳亲友，表现出对谤议和谗枉的蔑视，展现了诗人开朗的胸怀和坚强的性格。

【名家评点】

自元嘉以还，四百年之内，曹（植）、刘（祯）、陆（机）、谢（灵运），风骨顿尽。逮储光羲、王昌龄，颇从厥迹，两贤气同而体别也。王稍声峻，奇句俊格，惊耳骇目。奈何晚途不矜小节，谤议腾沸，两窜遐荒，使知音者喟然长叹。至归全之道，不亦痛哉！

——［元］辛文房《唐才子传》

王 湾

生卒年不详。洛阳人，先天年间（712—713年）进士，开元初为荣阳主簿，曾两次参与政府校理典籍的工作。仕终洛阳尉。曾往来于吴楚间。多有著述。开元中卒。《全唐诗》存其诗十首。

次北固山下〔1〕

客路青山外，行舟绿水前。
潮平两岸阔，风正一帆悬。
海日生残夜，江春入旧年〔2〕。

乡书何处达？归雁洛阳边[3]。

【注释】

〔1〕次：停宿。北固山：在今江苏镇江市，北临大江，与金、焦二山并称京口三山。

〔2〕"海日"二句：晓日生于"残夜"，意谓江日早出；春天入于"旧年"，意谓春天早到。

〔3〕"乡书"二句：此写感时怀乡，意欲将家书托付北飞的鸿雁带回洛阳。鸿雁传书之典源自《汉书》：苏武被单于拘于匈奴，说雁足系着帛书给汉皇，泄露了苏武被拘之地，单于这才释放苏武归汉。

【赏析】

这是一首千古名篇，写的是冬末江行途中所见所感。在青山、绿水、平潮、帆悬的江南水乡风光中，诗人夜泊北固山下，此时海上朝阳初升，残夜犹存；江上春意微露，而旧年未尽。诗人以自然景观写光阴流逝，新旧替换。最后一笔宕开，从江面风景写到空中飞雁，并以"雁足传书"的典故引出乡思之愁绪。诗人怀乡思亲，归心似箭，但又不能马上回到家里，于是只好把希望寄托给北归的鸿雁。

据说燕国公张说对这首诗极为赏识，曾亲笔将诗抄写在政事堂上，常常展示给作诗的人看，让他们以此为范本进行创作。

王　翰

字子羽，生卒年不详。晋阳（今山西太原）人。出身富贵之家。能写歌词，常常自歌自舞。景云进士，官仙州别驾。任侠使酒，恃才不羁。因狂放而贬道州司马，旋卒。其诗清华疏旷，色彩明丽，富于阳刚之美。有集已佚，今存诗十三首。

凉州词[1]

葡萄美酒夜光杯[2]，欲饮琵琶马上催[3]。

醉卧沙场君莫笑，古来征战几人回？

【注释】

〔1〕凉州词：又作凉州曲，即凉州地区流行的歌曲。郭茂倩《乐府诗集》卷七十九《近代曲辞》载有《凉州歌》，并引《乐苑》云："《凉州》，宫调曲，开元中西凉府都督郭知运进。"唐陇右道凉州治所在姑臧县（今甘肃省武威县）。

〔2〕夜光杯：精美的酒杯。汉东方朔《海内十洲记》云："周穆王时，西胡献昆吾割玉刀及夜光常满杯……杯是白玉之精，光明夜照。"

〔3〕催：催饮。

【赏析】

王翰诗多豪气壮采，不乏报国情怀。如《饮马长城窟行》："长安少年无远图，一生唯美执金吾。麒麟前殿拜天子，走马西击长城胡。壮士挥戈回白日，单于溅血染朱轮。归来饮马长城窟，长城道边多白骨。"

《凉州词》以豪迈的情调写军中出征时饮酒壮行的情景。大意是说，正要开怀畅饮的时候，琵琶手在马上奏起了助饮的乐曲，这就更激起了将士们把生死置之度外的慷慨壮烈之情。这是壮行之诗，然亦深含悲慨。《增订唐诗摘钞》云："诗意在末句，而以饮酒引之，沉痛语也。若以豪饮解之，则从所知，非古人之意。"《唐诗别裁》云："故作豪饮旷达之词，而悲感已极。"

祖　咏

祖咏（约699—746年），字和生，洛阳人。开元十二年（724年）进士。祖咏卓有文名，然仕途失意，中年后迁居汝水，从此隐居终生。他是王维的好友，互有唱和之作。王维在济州赠诗云："结交二十载，不得一日展。贫病子既深，契阔余不浅。"其流落不遇的情况可知。

诗作以山水田园诗为主，意境清丽自然，恬静闲适，文字洗练。其边塞诗则雄浑壮丽，奋发昂扬。"万里寒光生积雪，三边曙色动危旌"为有名的佳句。《全唐诗》编存其诗一卷。事迹见《唐诗纪事》《唐才子传》。

终南山望余雪

终南阴岭〔1〕秀，积雪浮云端。
林表明霁色〔2〕，城中增暮寒。

【注释】

〔1〕阴岭：终南山之北面。

〔2〕霁色：雨雪停止后出现的阳光。

【赏析】

诗为祖咏应试所作。唐代科举写诗，规定五言六韵十二句，祖咏只写了这四句就交卷了，问他为什么只写四句，他回答："意尽。"试题是让描写远望终南山余雪的感想。从长安城遥望终南山，"阴岭"景色秀美，高出云端，山上积雪终年不化。"秀"是终南山给人的总体印象。"浮"表现出远望终南山上高出云端的积雪时给人的印象。此时林上之雪已消，北面的积雪在雨雪初晴后阳光的照射下，景色更加明丽；日暮时分，由于积雪寒光的映照，城中不觉增添了几分寒意。

清人王士禛把这首诗与陶渊明的几首山水诗并列，称之为咏雪的"最佳"之作。

望蓟门〔1〕

燕台〔2〕一望客心惊，笳鼓喧喧汉将营。
万里寒光生积雪，三边曙色动危旌〔3〕。
沙场烽火连胡月，海畔云山拥蓟城。
少小虽非投笔〔4〕吏，论功还欲请长缨。

【注释】

〔1〕蓟门：当时幽州的治所，一作关名，即今居庸关。

〔2〕燕台：即幽州台。见陈子昂《登幽州台歌》注。

〔3〕"三边"句：三边：古称幽、并、凉为三边。天宝末，安禄山兼领三镇（平

卢、范阳、云中）。此处"三边"指此。危旌：高挂的旗帜。

〔4〕投笔：东汉班超年轻时曾为抄写文章的小吏，一天他投笔长叹曰，"大丈夫无它志略，犹当效傅介子、张骞立功异域，以取封侯，安能久事笔砚间乎？"长缨曰，西汉终军出使南越，向汉武帝作豪语曰，"愿受长缨，必羁南越王而致之阙下。"

【赏析】

诗写作者在边地见到的壮丽景色，抒发立功报国的壮志。"心惊""寒色""危旌"数语，透露出作者对安禄山拥兵自重的担忧。不久果然发生了几乎颠覆唐王朝的"安史之乱"，证明了作者的先见之明。接着写听到军中不断传来鼓角声，使人感到浓厚的战争气氛。中间四句具体描绘登台所见的紧张情况，从而激发了诗人投笔从戎、平定边患、为国立功的壮志。全诗一气呵成，体现了盛唐诗人的昂扬情调。

王　维

王维（699—761年），字摩诘，原籍祁县（今山西祁县），后迁居蒲州（今山西永济西）。开元九年（721年）进士。张九龄为中书令，王维被擢为右拾遗。安史乱前，官至给事中。天宝十五年（756年），安史乱军陷长安，玄宗入蜀，王维为叛军所获，被迫出任伪职。两京收复后，受伪职者分等定罪，王维仅降职为太子中允，后复累迁至给事中，终尚书右丞，故人称"王右丞"。晚年居蓝田辋川别墅，长期过着半官半隐的生活。

王维多才多艺，能诗善画，精通音乐，其诗明净清新，精美雅致，李杜之外，自成一家。王维诗作的显著特色是描绘山水田园的自然风光及歌咏隐居生活的精微禅理。前期的边塞诗虽很出色，但最高成就是山水田园诗。这使他在盛唐诗坛独树一帜，成为个中翘楚，与孟浩然并称，是唐代山水田园诗派的代表人物。五律和五绝、七绝造诣最高，同时也擅长其他体裁，这在整个唐代诗坛是颇为突出的。他的七律或雄浑华丽，或澄净秀雅，为明七子所师法；七古形式整饬而气势流荡，堪称盛唐七古中的佳构。兼其善画山水，在创作中善于将乐理禅理、诗情画意融为一体，故苏东坡赞美他说："味摩诘之诗，诗中有画；观摩诘之画，画中有诗。"清代王渔洋将王维与李、杜并称，崇李为"诗仙"，杜为"诗圣"，王为"诗佛"。

今有《王右丞集》传世。清赵殿成《王右丞集笺注》是迄今为止较好的注本。

洛阳女儿行

洛阳女儿对门居，才可[1]容颜十五余。

良人玉勒乘骢马，侍女金盘脍鲤鱼[2]。

画阁朱楼尽相望，红桃绿柳垂檐向。

罗帷送上七香车，宝扇迎归九华帐[3]。

狂夫富贵在青春，意气骄奢剧[4]季伦。

自怜碧玉亲教舞，不惜珊瑚持与人[5]。

春窗曙灭九微火，九微片片飞花琐[6]。

戏罢曾无理曲时，妆成祇是熏香坐[7]。

城中相识尽繁华，日夜经过赵李家[8]。

谁怜越女[9]颜如玉，贫贱江头自浣纱！

【注释】

〔1〕才可：恰好，刚够。

〔2〕"良人"二句：玉勒：用美玉装饰的马具。骢马：青白色相间的良马。脍：细切的鱼肉。

〔3〕"罗帷"二句：罗帷：绫罗制作的帏幔。宝扇：迎娶仪仗的羽扇。九华帐：用九华图案绣成的彩帐。

〔4〕剧：胜过。

〔5〕"自怜"二句：接写"狂夫"即良人的骄奢放纵。碧玉：本为梁汝南王侍妾，后作小妾代称。梁元帝萧绎《采莲曲》："碧玉小家女，来嫁汝南王。"晋石崇字季伦，与晋室贵戚王恺斗富，王以皇帝赏他的三尺多高的珊瑚树炫耀，石拿铁如意将其击碎，然后搬出六七株更高的珊瑚树赔偿王。

〔6〕"春窗"二句：九微：花灯之名。花琐：雕花窗格。

〔7〕"戏罢"二句：写洛阳女儿生活的单调空虚，除了戏乐，连温习歌曲的时间也没有，只知打扮好了熏香枯坐。

〔8〕"城中"二句：相识交往的皆为富贵之家。赵李是以汉成帝的宠妃赵飞燕、李平的亲属代指皇亲国戚。

〔9〕越女：西施，贫贱时曾在江边浣纱。这里是说，贫女虽美，因其微贱而无人怜爱。

【赏析】

题下原注"时年十六"。这是王维少年时期的得意之作。

不少诗评家说这首诗是写贵妇人的生活况味。这是因为没读懂这首诗所致。

从诗中"碧玉"典故的运用，我们知道"对门居"的这位洛阳女儿，其出身与青春富贵的狂夫并不门当户对。富家的花花公子也没有将她明媒正娶，而是当作姬妾迎娶进门的。吸引"良人"的不是她的门第，而是她的美貌。诗人为什么会在结尾写到浣纱江头的越女？因为浣纱女与贫贱度日的小家碧玉身份相应。从嫁入豪门后的遭遇也可以看出她的身份和地位。

诗的开篇点出女主人公的身份和容貌、年龄后，接下来的六句着意渲染了迎娶婚礼的隆重和张扬。但我们由许多与古代婚礼相关的文史资料不难得知，这貌似华奢的婚礼却并不是迎娶正妻的仪式（因考证太烦琐，只好省略）。不过从洛阳女儿初入豪门，乍见骄奢而惊诧不已，也不难发现她并非生活于权贵之家。

诚然，洛阳女儿嫁入豪门的婚礼算得上风光无限，但这并不能说明娶她的那个纨绔子弟多么爱她，反倒是暴露出他因贪恋美色、急于夺人的骄慢轻狂。所以进门不久，她便遭到冷落，独守空房，也就不奇怪了。固然贵公子新得佳人，也曾有过似乎怜香惜玉的表现——亲自教习歌舞，为邀欢寻乐，甚至不惜财宝；"春窗"二句描写的正是豪门狂夫通宵达旦寻欢作乐的疯狂。然而这一切都只不过是过眼烟云，短暂的狂欢之后，陪伴洛阳女儿的是一个又一个寂寞无聊的耿耿长夜。她现在只有一个人梳妆停当，伴着一炉沉香独坐。而"良人"又回到那个日日夜夜花天酒地的"赵李家"了。

全诗写尽一个小家碧玉被豪门狂夫玩弄后的孤独与凄凉。诗人无情地揭露了富贵之子形同禽兽的放浪，并对那些出身贫寒的女子寄予了无限同情。

四四

桃源行

渔舟逐水爱山春，两岸桃花夹古津[1]。
坐[2]看红树不知远，行尽青溪不见人。
山口潜行始隈隩[3]，山开旷望旋平陆[4]。
遥看一处攒云树[5]，近入千家散花竹[6]。
樵客[7]初传汉姓名，居人未改秦衣服。
居人共住武陵源[8]，还从物外[9]起田园。

月明松下房栊〔10〕静，日出云中鸡犬喧。

惊闻俗客争来集，竞引还家问都邑。

平明闾巷扫花开，薄暮渔樵乘水入。

初因避地去人间〔11〕，及至成仙遂不还。

峡里谁知有人事，世中遥望空云山。

不疑灵境难闻见，尘心未尽思乡县〔12〕。

出洞无论隔山水，辞家终拟长游衍〔13〕。

自谓经过旧不迷，安知峰壑今来变。

当时只记入山深，青溪几度到云林。

春来遍是桃花水，不辨仙源何处寻。

【注释】

〔1〕古津：古渡口。

〔2〕坐：因为。

〔3〕隈隩：河岸弯曲处。

〔4〕"山开"句：旷望：指视野开阔。旋：不久。

〔5〕攒云树：云树相连。攒：聚集。

〔6〕散花竹：到处都有花和竹林。

〔7〕樵客：原本指打柴人，这里指渔人。

〔8〕武陵源：指桃花源，相传在今湖南桃源县（晋代属武陵郡）西南。武陵即今湖南常德。

〔9〕物外：世外。

〔10〕房栊：房屋的窗户。

〔11〕"初因"句：避地：迁居此地以避祸患。去：离开。

〔12〕"尘心"句：尘心：普通人的感情。乡县：家乡。

〔13〕游衍：流连不去。

【赏析】

这是王维十九岁时写的一首七言乐府诗，题材取自陶渊明的叙事散文《桃花源记》。作诗应如醇酒，能令人陶醉方佳。而将散文改为诗歌，不仅仅是改变语言形式而已，必须进行艺术再创造。王维这首《桃源行》，正是由于成功地进行了这种艺术上的再创造，因而具有独立的艺术价值，得以与《桃花源记》并世流传。

所谓艺术再创造，主要表现在意境的开拓上。诗一开始，就展现了"渔舟逐水"的生动画面：远山近水，红树青溪，一叶渔舟，在夹岸的桃花林中悠悠行进。在画面与画面之间，诗人巧妙地用一些概括性、过渡性的描述，引导着读者的想象，循着情节的发展向前推进。中间是全诗的重心。月光松影，房栊沉寂，桃源之夜一片静谧；太阳云彩，鸡鸣犬吠，桃源之晨一片喧闹。"惊""争""集""竞""问"一连串动词，把人们的神色动态和感情心理刻画得惟妙惟肖，表现了桃源中人之淳朴、热情和对故土的怀念。最后四句与开篇呼应。始而无意迷路却从迷中得之，终则有意觅之却反而失之，个中奥妙充满哲理。

诗章展现的一个个画面，调动着读者的想象力，去玩味那画面外的景况，并从中获得一种美的感受。此则诗之所以为诗也。

【名家评点】

唐宋以来，作《桃源行》最佳者，王摩诘（维）、韩退之（愈）、王介甫（安石）三篇。观退之、介甫二诗，笔力意思甚可喜。及读摩诘诗，多少自在；二公便如努力挽强，不免面红耳热，此盛唐所以高不可及。

——［清］王士禛《池北偶谈》

酬张少府

晚年惟好静，万事不关心。
自顾无长策，空知返旧林[1]。
松风吹解带，山月照弹琴。
君问穷通[2]理，渔歌入浦深。

【注释】

〔1〕"自顾"二句：长策：高见。旧林：故居。

〔2〕穷通：困厄与显达。语出《庄子·让王》："古之得道者，穷亦乐，通亦乐，所乐非穷通也；道德于此，则穷通为寒暑风雨之序矣。"

【赏析】

摆脱了现实的种种压力，迎着松林吹来的清风，解带敞怀，在山间明月的伴照下，独坐弹琴，自由自在，悠然自得，这是多么令人舒心惬意啊！"松风""山月"均含有高洁之意。王维追求这种隐逸生活和闲适情趣，说他逃避现实也罢，自我麻醉也罢，无论如何，总比同流合污、随波逐流好吧？用前面四句抒写胸臆之后，抓住隐逸生活的两个典型细节加以描绘，展现了一幅鲜明生动的画面，将松风、山月写得似通人意，情与景相生，意和境相谐，主体客体融为一体，这就大大增强了诗的形象性。从写诗的技巧上来说，也是很高明的。

最后用一问一答照应"酬"字；同时，又妙在以不答作答："您要问有关穷通的道理吗？我可要唱着渔歌向河浦的深处去了。"诗的末句又淡淡勾出一幅画面，含蓄而富有韵味，耐人咀嚼，引人深思。

这是一首赠友诗。全诗着意自述"好静"之乐。王维早年原也有过政治抱负，在张九龄任相时，他对现实充满希望。然而没过多久，张九龄罢相贬官，朝政大权落到奸相李林甫手中，忠贞之士一个个受到排斥、打击，政治局面日趋黑暗，王维的理想随之破灭。在严酷的现实面前，他既不愿意同流合污，又感到无能为力，因此隐逸山林，一心向佛，诗画消遣成了他晚年生活的主要内容。

山居秋暝

空山新雨后，天气晚来秋。
明月松间照，清泉石上流。
竹喧归浣女，莲动下渔舟。
随意春芳歇[1]，王孙自可留[2]。

【注释】

〔1〕"随意"句：意谓山中春天的花草即使衰微，也还可以留在山中。

〔2〕"王孙"句：语出《楚辞·招隐士》，"王孙兮归来，山中兮不可久留。"原本是淮南小山为淮南王刘安招致隐士之辞，作者反其意而用之。

【赏析】

欲赏此诗，需先立一意：这是一首禅诗。

众所周知，王维既是诗人，又虔诚信佛。这首诗就是诗人的艺术心灵与参禅妙悟碰击出的一束火花。

自来有许多解家被苏轼的"味摩诘之诗，诗中有画"这句习语框住了，陈陈相因，把这首诗定格在"诗中有画"的框子里。这样解诗，根本无法体味诗人为我们营造的美轮美奂的意趣。客观地说，这首诗既有鲜明的画意，也有流动的乐韵，而融贯其中的是启人心智的禅机。

禅宗的精髓是"空灵"，而诗起首第一字便点出主题为"空"。其实，只要潜心读诵"空山新雨后，天气晚来秋"二句，我们就已经被诱入一种澄淡脱俗、清雅淡泊之境，"空"字也有了超越凡尘的特殊魅力，为全诗意境奠定了基调。明乎此，颔联颈联无须饶舌，读者自然会发挥自己的想象力去领悟其中之妙趣。

总之，《山居秋暝》有绘画之美，有音乐之韵，更有禅悟之悦。其内涵已经超越了所谓的画境画意。诗人在使读者融入诗境的同时，精神得到了审美的升华；读者在玩味诗作的同时，也构建了自己的审美意境。

观　猎

风劲角弓鸣，将军猎渭城[1]。
草枯鹰眼疾，雪尽马蹄轻。
忽过新丰市，还归细柳营[2]。
回看射雕处，千里暮云平。

【注释】

〔1〕渭城：秦时咸阳城，汉代改称渭城。在今西安市西北，渭水之北。

〔2〕"忽过"二句：极言驰骋之疾速。新丰市：故址在西安临潼区东北。细柳营：在今陕西西安市长安区，原为汉代名将周亚夫屯兵处。

【赏析】

发端一笔，要妙处全在突兀，先声夺人，"如高山坠石，不知其来，令人惊绝"（方东树）。在此初冬之日、北风烈烈、百草枯折之时，野行打猎自有一番壮阔的景象与气氛。我们可以想象一队军马外出打猎，雄赳赳、气昂昂，其气势不是战场，胜似战场。"草枯""雪尽"四字如素描一般简洁、形象，颇具画意。"鹰眼"因"草枯"而特别锐利，"马蹄"因"雪尽"而略无滞碍。颔联体物极为精细。"忽过"句写出将军满载猎物归来的喜悦。胜利归来后回首猎场，茫茫雪原，莽苍壮阔。尾联以写景作结，与篇首遥相呼应、对照：当初风起云涌，与出猎时的紧张气氛相应；此时风定云平，与猎归后的踌躇志满相称。于景的变化中，见情的消长，堪称妙笔。

综观全诗，半写出猎，半写猎归，起得突兀，结得意远，中两联一气流走，承转自如，又能首尾回环映带。诗中藏三地名而使人不觉，用典无迹，写景传情、遣词用字准确锤炼，所以此诗完全当得起盛唐佳作之誉。

【名家评点】

首美将军猎不违时，声响高华。中写出猎之景与已猎之事，绮丽精工，神凝象外。结见非疆域宁靖，曷得此举，闲谈超逸，机圆气足。玩"回看"二字味深，转出前此为目中所见，不失'观猎'题面。摩诘诗中尽画，岂虚语者！

——［明］陈继儒《唐诗选脉会通评林》

使至塞上

单车欲问边，属国过居延[1]。
征蓬[2]出汉塞，归雁入胡天。
大漠孤烟直，长河落日圆。
萧关逢候骑，都护在燕然[3]。

【注释】

〔1〕"单车"二句：意谓轻车出使，慰问塞上将士。问边：慰问边防。属国：典属国（秦汉官名），唐人有时以属国代称使臣。这里是指前往吐蕃的使者。王维奉使问边，所以自称"属国"。林庚、冯沅君主编《中国历代诗歌选》，认为此句是写唐王朝"边塞的辽阔，附属国直到居延以外。"居延：汉末设县，在今甘肃张掖县北。

〔2〕征蓬：言蓬草遇秋，随风远去。

〔3〕"萧关"二句：意谓在萧关遇到侦察骑兵，得知首将（都护）正在前线。萧关：在今宁夏原州区东南。候骑：骑马的侦察兵。都护：镇守边疆重镇的长官，这里指河西节度使。燕然：即杭爱山，在今蒙古国境内。这里指前线，并非实指。

【赏析】

开元二十五年（737年）夏，河西节度副大使崔希逸战胜吐蕃，诗人奉使出塞宣慰，并在河西节度府兼为判官。本篇即写其出使塞外沿途的所见所感。

颈联写出了大漠的莽苍壮阔，读来使人颇感壮美。"孤烟直""落日圆"使画面富有立体美和律动感。诗人用四种景物对比构图：宽广的大漠拥抱着悠远的长河，浑圆的落日映衬着直冲霄汉的一束孤烟。从画面构图的角度说，在碧天黄沙之间，添上一柱白烟，成为整个画面的中心，自是点睛之笔。大、长、圆、孤、直都富于空间感，而且都是诗人主观的审美感受。在如此辽阔苍凉的天地间，驰骋疆场的将士们破敌靖边，其悲壮的英雄气概可与日月同辉，长河共远。

清徐增《说唐诗》因这首诗意境之雄浑，语言之简练，说"大漠、长河一联，独绝千古"。

相　思

红豆生南国，春来发几枝？
愿君多采撷，此物最相思。

【赏析】

据《云溪友议》载："安史之乱时，唐宫乐师李龟年流落江南。一次于湘中采访使筵上唱这首诗，满座遥望玄宗所在的蜀中，泫然泪下。"诗题一作《江上赠李龟年》，可见此诗即作于当时现场。后来《相思》广为梨园弟子传唱，而且传诵至今，经久不衰。

关于红豆，有一个凄美的传说："古时有一女子，因丈夫客死边地，哭于树下，气绝而殁，其魂化为红豆，因此人们又称红豆为'相思子'。"

不过，现代读者对这首诗，一般是不会去考究它的本事或背景，也不会去管红豆是一种什么植物，什么形状，有什么传说……但这一点儿也不影响他们欣赏赞叹这首精美的杰作，而且百分之百会把重心放在"此物最相思"这一句上。

西施咏

艳色天下重，西施宁久微[1]。
朝为越溪女，暮作吴宫妃。
贱日岂殊众，贵来方悟稀。
邀人傅脂粉，不自著罗衣。
君宠益娇态，君怜无是非。
当时浣纱伴，莫得同车归。
持谢邻家子，效颦安可希！[2]

【注释】

〔1〕宁久微：意谓怎么会永久微贱呢？

〔2〕"持谢"二句：典出《庄子·天运》："故西施病心而矉其里，其里之丑人见而美之，归亦捧心而矉其里。其里之富人见之，坚闭门而不出；贫人见之，挈妻子而去之走。"此联是奉告盲目效颦的"丑人"，学美人捧心皱眉是不会美丽起来的，想得到世人的赞赏也是徒劳的！

【赏析】

盛唐时代，在繁荣的表象后面，因用人不当，吏治腐败，隐伏着巨大的政治危机。奸邪小人把持朝廷，纨绔子弟凭借裙带关系飞黄腾达，甚至连一些斗鸡走狗之徒也得到了君王的恩宠，身价倍增，飞扬跋扈；才俊之士却屈居下层，无人赏识。

这首诗便是借咏西施以喻世态，抒发怀才不遇的感慨。诗人悲愤地指出：世人所看重的是外貌的美丑，而不是内在的品质与才能。有此世风，西施才会凭借她的美貌脱颖而出，从一个越溪的浣纱民女，摇身一变而成为吴王夫差的宠妃。这类人一旦得势，没有不趾高气扬、颐指气使的。作者最后大有深意地劝告效法西施、妄图一夜"走红"的丑女们，捧心效颦不是真美，希求博取宠幸终归徒劳。

【名家评点】

情艳诗到极深细、极委曲处，非幽静人原不能理会，此右丞所以妙于情诗也。彼专以禅寂闲居求右丞幽静者，真浅且浮矣。

——［明］钟惺《唐诗归》

杂　诗

君自故乡来，应知故乡事。
来日绮窗〔1〕前，寒梅著花未〔2〕？

【注释】

〔1〕绮窗：雕刻着花纹的窗户。

〔2〕著花未：开花没有？未：用于句末表示疑问，相当于"否"字。

【赏析】

诗的抒情主人公"我"是一个久居异乡的人，忽遇来自故乡的友人，自然急欲知道与故乡有关的方方面面的人和事。首联表达的正是这种心情。

初唐的王绩写过一篇《在京思故园见乡人问》，从友朋童孩、宗族弟侄、旧园新树、茅斋宽窄、柳行疏密一直问到院果林花，仍然意犹未尽；而这首诗却只问对方："来的时候窗前的寒梅开花没有？"看似简单的一问，却言有尽而意无穷。

古诗中这种质朴平淡而诗味浓郁的佳构时有所见。这些诗章常常质朴到似乎不用任何技巧，实际上却蕴含着最高明的诗法。譬如这首诗，看似淡淡的一问，恰恰令人回味无穷。读者从中不难体会到正因为诗人想说的话、想问的事太多太多，反而化作淡淡的一问，却给读者留下了许多想象的空间。这正是所谓"不着一字，尽得风流"。摩诘对这一诗法可以说运用到了炉火纯青、出神入化的地步。我们只要在王维的诸多短什中去用心体味，受益定然不浅。

山　中

荆溪〔1〕白石出，天寒红叶稀。
山路元无雨，空翠湿人衣。

【注释】

〔1〕荆溪：本名长水、浐水，源出陕西蓝田县西北，于长安东北流入灞水。

【赏析】

　　前两句写山中景色之局部，后两句则是全貌。湿衣之"空翠"，点出苍松翠柏的葱茏茂密，给人以滋润之感，从而让人产生一种心境上的快意。末联使人想起张旭的那句诗来："纵使晴明无雨色，入云深处亦沾衣。"同样是写山中的浓翠，但引发的审美意趣却是如此不同。

鸟鸣涧

　　人闲桂花落，夜静春山空。
　　月出惊山鸟，时鸣春涧中。

【赏析】

　　读者单刀直入，想象春山月出、鸟鸣花落的美景，让读者自然而然地享受到那种静谧的春夜之美。

　　诗人在这里借桂花、月光、春山春涧、鸟鸣花落烘托出一个意境而已。在这花落月出之夜，诗人指向的仅是环境之怡然、人心之禅定而已。

【名家评点】

　　"人闲桂花落"，心上无事人，浩然太虚，一切之物，皆得自适其适。见花开，则开之而已；见花落，则落之而已。人自去闲，花自去落，各有本位，互不侵犯。吾读此五字，觉此身不在堪忍世界中也……夜静，即是大雄氏入涅槃之时；春山空，即是大雄氏成佛之境。右丞精于禅理，其诗皆合圣教。

　　夫鸟与涧同在春山之中，月既惊鸟，鸟亦惊涧，鸟鸣在树，声却在涧。纯是化工，非人为可及也。昔善财参德云："七日不见，见却在别峰。"人若知此，可读是诗。

——［清］徐增《说唐诗》

竹里馆

　　独坐幽篁里，弹琴复长啸。

深林人不知，明月来相照。

【赏析】

诗以"独坐"二字为"眼"，处处写出独坐之幽雅。独坐于竹林深处，其清幽可想，竹之脱俗风骨亦可见。弹琴本雅事，竹间抚弦更添雅意。弹琴未已，而蹙口出声以舒清啸。琴声于竹间轻轻飘荡，再加上诗人的吟啸，于是雅上加雅。这里只需要幽幽弹唱，不需要有人相和，或许这就是诗人所追求的宁静幽远之境。在此境中，方可卸下所有的矜持，方可随心所欲，放声长啸，如此才有啸傲竹林的旷达之风。

明月有情，似解人意，若不约而来者，把其清辉倾泻于此片竹林。月光竹影中，有琴声、啸声缓缓流淌，明月是啸声的倾听者，是诗人的知音。有了清明的月光，把全诗"幽"与"独"的色调又添加了一抹亮色，读来更觉清爽。

送元二使安西〔1〕

渭城朝雨浥〔2〕轻尘，客舍青青柳色新。
劝君更尽一杯酒，西出阳关〔3〕无故人。

【注释】

〔1〕安西：唐代安西都护府，在今新疆维吾尔自治区。

〔2〕浥：湿润。

〔3〕阳关：故址在今甘肃敦煌市西南。《元和郡县志》说因在玉门关之南，故称。

【赏析】

这首诗又名《赠别》《渭城曲》《阳关曲》《阳关三叠》。

正当春日细雨纷纷的清晨，雨中的旅馆和青翠的杨柳，使作者和即将离别的朋友感到异常的亲切，又隐隐产生离别的伤感，含蓄地表达了难分难舍的情绪。朋友即将去塞外，要经历独行跋涉之艰辛寂寞，因此多敬一杯饯行之酒，可多一刻相叙的时间，其恋恋不舍之情突出表现在作者临别的这句话里：阳关外如有故人，君可不饮；如无故人，则这杯酒怎可不尽！情真语切，故成千古绝调。

【名家评点】

作诗不可以意徇辞，而须以辞达意。辞能达意，可歌可咏，则可以传。王摩诘"阳关无故人"之句，盛唐以前所未道。此辞一出，一时传诵不足，至为三叠歌之。后之咏别者，千言万语，殆不能出其意之外。

——［明］李东阳《麓堂诗话》

九月九日忆山东^[1]兄弟

独在异乡为异客，每逢佳节倍思亲。
遥知兄弟登高处，遍插茱萸^[2]少一人。

【注释】

〔1〕山东：作者家居蒲州（今山西永济市），在华山以东，故称。

〔2〕茱萸：一种香气浓烈的植物，一名越椒。传说重阳节扎茱萸袋，登高饮菊花酒，可避灾。

【赏析】

这是作者少年时的作品，原注"时年十七"。

王维十五岁开始游学长安，二十一岁中进士第。写这首诗时，是他开始寻觅进身之阶的时候。王维"九岁知属词"，才名卓著，但官场自古险恶，一个满怀梦想的年轻人，也必然会经历失意与落寞的纠缠。对于十七岁的王维来说，"独在异乡为异客"是一种不得仕途之门而入的漂泊感，也是一种身世浮萍的孤独感。人生初次经历的客游，给他那稚嫩的心灵既新鲜而又锐利的刺激。这首游子思乡怀亲的名作就是在这样的背景下产生的。

诗人一开头便紧扣题旨，写因异乡生活之孤独，故而时时怀念亲人，遇到佳节良辰，思念倍加。然后想象远在家乡的兄弟，按照重阳的习俗登高时，也在怀念自己吧。诗意反复跳跃，含蓄深沉，既朴素自然，又曲折有致。千百年来，"每逢佳节倍思亲"因其写情之深刻，用语之平常而传诵千古，已成为游子思乡的名言，打动过无数游子离人之心。

积雨辋川庄作

积雨空林烟火迟[1]，蒸藜炊黍饷东菑[2]。
漠漠水田飞白鹭，阴阴夏木啭黄鹂。
山中习静观朝槿[3]，松下清斋折露葵[4]。
野老与人争席罢[5]，海鸥何事更相疑[6]。

国学经典精神家园丛书

【注释】

〔1〕"积雨"句：积雨：久雨。烟火迟：因久雨林野润湿，故烟火凝重，飘升缓慢。

〔2〕"蒸藜"句：意谓做好藜叶菜和黍米饭，送去给田里干活的人。饷：送饭。菑：已开垦一年的土地，这里泛指田地。

〔3〕朝槿：即木槿，落叶灌木，夏秋之季开花，朝开暮谢，古人以之比喻人生无常。

〔4〕"松下"句：清斋：素食。露葵：经霜的葵菜。葵为古代重要蔬菜，习称"百菜之王"。

〔5〕"野老"句：意谓自己退隐田园，与人无争，海鸥为什么对自己还要怀有戒心呢？野老：诗人自谓。争席罢：表示与人无碍，与世无争。

〔6〕"海鸥"句：《列子·黄帝篇》载，"有人住在海边，与海鸥相亲相习。他父亲知道后，要他捕捉海鸥。他再去海边，海鸥飞舞不下，不再接近他了。"

【赏析】

《积雨辋川庄作》是王维山水田园诗的代表作。据《旧唐书·王维传》："维兄弟俱奉佛，居常蔬食，不茹荤血，晚年长斋，不衣文采。"在这首诗里，诗人把自己幽静的禅修生活与辋川优美的田园风光结合起来描写，创造出一个物我相惬、情景交融的意境。

首联写田园景象。诗人先写空林炊烟，再写农家劳作。颔联写自然景观：雪白的白鹭，金色的黄鹂；白鹭飞行，黄鹂鸣啭。"漠漠"形容水田广布，视野苍茫；"阴阴"形容夏木茂密，境界幽深。

下面两联转入诗人禅修生活之乐。独处空山，静观木槿，悟人生之短暂；幽栖松林，戒斋食葵，体养怡之长乐。这在凡夫俗子看来，未免孤寂单调，然而对于早已厌倦尘世喧罢的诗人来说，却从中参悟到了人生的真味，比起被贪、嗔、痴、慢、疑搅得污秽混浊的红尘世界来，不啻天壤云泥。

戎 昱

　　荆南（治今湖北江陵）人。少年进士落第，游名都山川。大历初在荆南节度使卫伯玉幕府任从事。中进士后任侍御史，翌年贬为辰州刺史，后任虔州刺史。诗多吟咏山水，或忧时虑世。明人辑有《戎昱诗集》。

移家别湖上亭

好是春风湖上亭，柳条藤蔓系离情。
黄莺久住浑相识，欲别频啼四五声。

【赏析】

　　这首诗作于搬家时，抒写对故居一草一木依恋难舍之情。诗人采用拟人化手法，创造了一个近乎童话般的意境。在诗人眼里，似乎柳条、藤蔓、黄莺也像他一样痴情，当此离别之际，显得难舍难分。他视花鸟为挚友，达到了物我交融的地步，发而为诗，才能出语如此天真，诗趣这般盎然。

　　这首诗的用字非常讲究情味。"系"字切合柳条、藤蔓修长的特点；"啼"字很容易使人联想到离别时伤心的啼哭。普普通通的字，只要融情合景，便会动人心弦，也只有汉语的象形文字才有如此魅力。

李 白

　　李白（701—762年），字太白，号青莲居士，祖籍陇西成纪（今甘肃省秦安县），隋末其先人迁徙至中亚碎叶城（今吉尔吉斯斯坦北部托克马克附近），李白即诞生于此。五岁时，其家迁入绵州彰明县（今四川江油市）青莲乡。李白少时，好任侠，喜纵横。据魏颢《李翰林集序》说："少任侠，手刃数人。"

二十岁后，李白开始长期漫游，先是在四川境内，后南到洞庭、湘江，东至吴越，寓居在安陆（今湖北省安陆市）。他在游历各地时，希望结交朋友，拜谒社会名流，从而得到引荐，一举登上高位，去实现他的抱负。然而十年漫游，一事无成。他又继续北上太原、长安，东到齐鲁各地，并寓居山东任城（今山东济宁）。这时他已结交了不少名流，创作了大量优秀诗篇，诗名满天下。天宝初，由道士吴人筠推荐，唐玄宗召他进京，命他供奉翰林。贺知章一见李白，惊呼他为"谪仙人"，称赞他的诗可以惊天地、泣鬼神。可惜不久因权贵谗毁，被排挤出京。此后，他在江淮一带盘桓，心情极度烦闷。

天宝十四年（755年）冬，安禄山叛乱，李白这时正隐居庐山，适逢永王李璘的大军东下，邀李白下山入幕府。后永王败灭，李白受牵累，流放夜郎（在今贵州省境内），中途遇赦放还，往来于浔阳、宣城等地。代宗宝应元年（762年），客死当涂令李阳冰所。

李白的诗歌今存九百多首。他的诗篇既反映了那个时代的繁荣气象，也揭露和批判了统治集团的荒淫与腐败，表现出蔑视权贵，反抗传统束缚，追求自由和理想的进取精神。李白才气横溢，纯任自然，不拘泥于格律和规范，凭着他的天才和激情，创作出了前无古人后无来者的最伟大的诗章。在艺术上，他的诗想象新奇、感情强烈、意境奇伟瑰丽、语言清新明快，形成豪放、超迈的艺术风格，且善于从民歌、神话中汲取营养，构成其特有的瑰丽绚烂的色彩，把我国古代浪漫主义诗歌艺术推向了高峰。

蜀道难[1]

噫吁嚱[2]，危乎高哉！蜀道之难，难于上青天。蚕丛及鱼凫[3]，开国何茫然。尔来四万八千岁，不与秦塞通人烟。西当太白有鸟道，可以横绝峨眉巅。地崩山摧壮士死[4]，然后天梯石栈相钩连。上有六龙回日之高标[5]，下有冲波逆折之回川。黄鹤之飞尚不得过，猿猱欲度愁攀援。青泥[6]何盘盘，百步九折萦岩峦。扪参历井[7]仰胁息，以手抚膺坐长叹。问君西游何时还，畏途巉岩[8]不可攀。但见悲鸟号古木，雄飞雌从绕林间。又闻子规[9]啼夜月，愁空山。

蜀道之难，难于上青天，使人听此凋朱颜。连峰去天不盈尺，枯松倒挂倚绝壁。飞湍瀑流争喧豗[10]，砯[11]崖转石万壑雷。其险也如此，嗟尔远道之人胡为乎来哉！剑阁峥嵘而崔嵬，一夫当关，万夫莫开。所守或匪亲，化为狼与豺。朝避猛虎，夕避长蛇，磨牙吮血，杀人如麻。锦城〔12〕虽云乐，不如早还家。蜀道之难，难于上青天，侧身西望长咨嗟〔13〕。

【注释】

〔1〕蜀道难：乐府旧题，属《相和歌辞·瑟调曲》，内容多写蜀道的艰险。

〔2〕噫吁嚱（xū hū）：蜀方言。宋庠《宋景文公笔记》卷上："蜀人见物惊异，辄曰'噫吁嚱'。"

〔3〕"蚕丛"句：蚕丛、鱼凫：传说中古蜀国两位国王的名字。

〔4〕"地崩"句：据《华阳国志·蜀志》记载："秦惠王知蜀王好色，许嫁五女于蜀。蜀遣五丁迎之。还到梓潼，见一大蛇入穴中。一人揽其尾掣之，不禁，至五人相助，大呼拽蛇，山崩时压杀五人及秦五女并将从，而山分为五岭。"

〔5〕"上有"句：六龙回日：古代神话，略言替太阳驾车的羲和，每日驾驶六条龙从东到西飞行。高标：指蜀山中可作一方之标识的最高峰。一说是高标山，又名高望山，是嘉定府之主峰。

〔6〕青泥：青泥岭，在今甘肃徽县南，陕西略阳县北。《元和郡县志》曰："青泥岭，在县西北五十三里，接溪山东，即今通路也。悬崖万仞，山多云雨，行者屡逢泥淖，故号青泥岭。"

〔7〕扪参历井：参、井是二星宿名。参星为蜀之分野，井星为秦之分野。历：经过。

〔8〕巉岩：山势险峻。

〔9〕子规：又名杜宇，即杜鹃鸟。《华阳国志·蜀志》云："古时有蜀王名杜宇，号望帝，后禅位。死后魂化为杜鹃，昼夜啼鸣，其声哀苦，啼至出血方止，声似'不如归去'。"

〔10〕喧豗：瀑布急流的喧嚣声。

〔11〕砯：水击岩石之声。

〔12〕锦城：即今四川成都市。

〔13〕咨嗟：叹息。

【赏析】

《蜀道难》以神奇莫测之笔，凭空起势，艺术化地表现了古老蜀道峥嵘高峻的面貌，以夸张手法写出了不可逾越的险阻，融汇五丁开山神话，增添了神奇色彩。诗人言其山之高可阻挡太阳的运行，连善飞的黄鹤和善攀的猿猴都一筹未展。这种对比映衬的手法创造了雄奇浩大的艺术境界，充满浪漫主义色彩。

在纵横捭阖地大写特写蜀道之难后，又用"悲鸟号古木""子规啼夜月"等景物烘托山中的空寂恐怖气氛，使全诗具有一种惊心动魄的审美魅力。黄鹤、猿猱、悲鸟、子规是夸张的点缀，然后插入胁息、抚膺、凋朱颜的叙述，作为全诗的骨干。最后写到蜀中要塞剑阁，从剑阁的险要引出对时局的担忧，警示世人要以史为鉴，警惕战乱的发生，并揭露据守蜀中的豺狼"磨牙吮血，杀人如麻"，从而表达了对国事的忧虑与关切。唐天宝初年，太平景象的背后正潜伏着危机，后来发生的安史之乱，证明诗人的忧虑不无先见之明。

诗中反复咏叹"蜀道之难，难于上青天"，获得了一唱三叹的艺术效果。诗论家说："此千古绝调也，后人妄意学步，何其不自量也！"

【名家评点】

倏起倏落，忽虚忽实，真如烟水杳渺，绝世奇文也。

——［清］黄生《增订唐诗摘钞》

太白《蜀道难》《远别离》等篇出鬼入神，惝恍莫测。

——［清］吴震方《放胆诗》

将进酒

君不见黄河之水天上来，奔流到海不复回；君不见高堂明镜悲白发，朝如青丝暮成雪。人生得意须尽欢，莫使金樽空对月。天生我材必有用，千金散尽还复来。烹羊宰牛且为乐，会须[1]一饮三百杯。岑夫子，丹丘生[2]，将进酒，杯莫停；与君歌一曲，请君为我侧耳听。钟鼓馔玉[3]不足贵，但愿长醉不愿醒。古来圣贤皆寂寞，惟有饮者留其名。陈王昔时宴平乐，斗酒十千恣欢谑[4]；主人何为言少钱，径须沽取对君酌。五花马[5]，千金裘[6]，呼儿[7]将出换美酒，与尔同销万古愁。

【注释】

〔1〕会须：应当。

〔2〕丹丘生：元丹丘，李白好友。

〔3〕钟鼓馔玉：泛指豪门贵族的奢华生活。钟鼓：指富贵人家宴会时用的乐器。馔玉：精美的饭食。

〔4〕"陈王"二句：指陈思王曹植。其赋《名都篇》："归来宴平乐，美酒斗十千。"平乐：观名。恣欢谑：尽情欢乐。

〔5〕五花马：马毛呈五色花纹；一说将马鬣剪成五瓣为五花马。

〔6〕千金裘：孟尝君有一狐白裘，值千金，天下无双。

〔7〕儿：此处指年轻的仆人。

【赏析】

李白一生爱酒好饮，作有多篇饮酒豪歌。可以说，李白既是酒的知己，也是酒的情人。而这篇《将进酒》便是他的代表作。

饮酒有聚饮、对酌和独酌之别。与朋友一起畅饮的美妙之处，在于可以和朋友同享酪酊之乐。李白的这首诗把这种豪情快意描绘到了前无古人的境界——真不愧是千古绝唱！

"君不见"两组排比长句，犹如排天巨浪，扑面而来，一泻千里，势不可挡；猛然间又一落千丈，鼓吹起来的高涨情绪又直堕谷底：人生由青春至衰老，只不过是朝暮之间。于是人生易逝，有如黄河之水一去不返；生命之渺小脆弱，永远无法与大自然的伟大永恒比拟，顷刻之间都注入了读者的潜意识。这种惊心动魄的艺术力量，是我们以前读任何诗都没有体验过的。

"人生得意须尽欢，莫使金樽空对月。"这是全诗情感的中心，是"诗眼"也是主旨。在这里，我们没有看到世俗之流挂在口头上的那种借酒浇愁的伤感，而是横扫一切卑微的自信："天生我材"二句因此成了千百年来激励世人的名言。这是怎样的一次豪饮狂欢啊！全羊全牛地"烹宰"，不喝"三百杯"决不甘休。多痛快的筵宴，又是多么豪壮的情怀！想到诗人"曩者游维扬，不逾一年，散金三十余万"（《上安州裴长史书》），便知这绝非夸张。人有生便有死，人的一生，如黄河之水，势不可挡，逝不可回，倏然而亡；面对金樽美酒，理当尽兴。若逢美酒，又见知己，自然是不醉不归。当其时，放浪形骸之态，高声劝酒之声，如见如闻。

至此，狂情趋于高潮，诗人的醉态也跃然纸上。他高声劝酒："岑夫子，丹丘生，将进酒，杯莫停！"他还要为朋友高歌一曲，要朋友洗耳恭听。因为他要论述饮酒的真谛，醉酒的理由了。诗人首先鄙夷不屑地否定了荣华富贵，也不把圣贤放在心上，只有豪饮的男子汉大丈夫如陈思王曹植辈，才会扬名后世。这里，诗人已经全然不管他的豪言壮语是否在理，纯粹是在用古人之酒杯，浇自己之块垒。古来酒徒历历，他偏举陈王，就因为曹植不但有"斗酒十千"的故实，更重要的是曹植当年也曾备受疑忌，有志难伸，与诗人有着相同的际遇。

呼喊仆人拉出"五花马"、提上"千金裘"去换美酒之壮举，显示出诗人今晚定要与朋友将胸中所积的愁绪和愤懑统统用酒冲掉的决心。要干什么呢？"与君同销万古愁"，万古不仅指过去和现在，还包括直到未来的永恒。这"万古愁"的具体内涵到底是什么呢？读者只好凭自己的想象力去慢慢感悟了。

清人潘德舆说："长篇波澜贵层叠，尤贵陡变；贵陡变，尤贵自在。"李白的《将进酒》可说是一个典范。诗人的感情汹涌澎湃，似游龙腾跃云雾之中，又如江流蜿蜒山岭之间，时而低落，时而高昂，时急时缓，陡转突兀，飘然不群。全篇大起大落，诗情忽翕忽张，由悲转喜、转狂放、转激愤、再转狂放，最后归结于"万古愁"回应篇首，如大河奔流，纵横捭阖，力能扛鼎。全诗五音繁会，句式长短参差，气象不凡，如鬼斧神工，足以惊天地、泣鬼神，确是诗仙李白的巅峰之作。

【名家评点】

"君不见"是点醒人语。太白此歌，最为豪放，才气千古无双。

——［清］徐增《说唐诗》

盛唐之音在诗歌上的顶峰当然应推李白，无论从内容或形式，都如此。因为这里不只是一般的青春、边塞、江山、美景，而是笑傲王侯，蔑视世俗，不满现实，指斥人生，饮酒赋诗，纵情欢乐。……他们要求突破各种传统的约束和羁勒；他们渴望建功立业，猎取功名富贵，进入社会上层；他们抱负满怀，纵情欢乐，傲岸不驯，恣意反抗。而所有这些，又恰恰只有当他这个阶级在步上坡路，整个社会处于欣欣向荣并无束缚的历史时期中才可能存在。

——李泽厚《美的历程·盛唐之音》

行路难[1]

金樽清酒斗十千，玉盘珍羞直[2]万钱。

停杯投箸不能食，拔剑四顾心茫然〔3〕。
欲渡黄河冰塞川，将登太行雪满山。
闲来垂钓碧溪上，忽复乘船梦日边〔4〕。
行路难！行路难！多歧路，今安在？
长风破浪会有时，直挂云帆济沧海〔5〕。

【注释】

〔1〕行路难：为乐府古题，历代诗人多有创作。大多备言世路艰难及离别伤悲之意，且多以"君不见"为首。李白原作三首，这是第一首。

〔2〕珍羞：精美的菜肴。"羞"同"馐"。"直"同"值"。

〔3〕"停杯"二句：化用鲍照诗"对案不能食，拔剑击柱长叹息"与《古诗》"四顾何茫然！"

〔4〕"闲来"二句：以吕尚（姜太公）与伊尹的典故，表示对自己的政治前途心存企望。姜太公未遇文王时，曾在渭水磻溪（今陕西宝鸡市东南）垂钓；伊尹应汤武聘用前，曾梦乘船过日月之旁。

〔5〕"长风"二句：《宋书》载："宗悫少时，叔父问其志。悫曰：'愿乘长风破万里浪。'"此言自己必定前程远大。

【赏析】

天宝元年（772年），李白奉诏入京，任翰林供奉。他满怀希望来到长安，本想能像管仲、张良、诸葛亮那样干一番事业，可是入京后表面上受到玄宗礼贤下士的优待，但是暗中却被权臣谗毁排挤，两年后被逼离京，朋友们都来为他饯行。他有感于现实的阴暗险恶，满怀愤慨，写下了这篇《行路难》。

开篇首写朋友对自己的深情厚谊，不惜钱财设盛宴为他饯行。平日"嗜酒见天真"的李白，此时却心境茫然：欲渡黄河冰塞川，将登太行雪满山。因为诗人想到了两位政治上并不顺利却终成大器的人物吕尚和伊尹。

"行路难，行路难，多歧路，今安在？"吕尚、伊尹的迹遇，固然增加了他对未来的信心，但当他的思路回到现实中来的时候，再次感到人生道路的艰难。可以想象，诗人此时正在遥望烟波浩渺的远方，前途茫茫，不知路在何方。

这是感情在尖锐复杂的矛盾中的再次回旋。但积极用世的强烈要求，终于使他再次摆脱了歧路彷徨的苦闷，唱出了充满信心的最强音："长风破浪会有时，直挂云帆济沧海。"他相信终将会有一天挂满云帆，乘风破浪，横渡沧海，到达理想的彼岸。这是诗人对未来充满信心的宣示，表现了他傲岸、倔强而又自信的个性。这二句又何尝不是在和朋友共勉呢！

【名家评点】

冰塞雪满，道路之难甚矣。而日边有梦，破浪济海，尚未决志于去也。后有二篇，则畏其难而决去矣。此篇被放之初，述怀如此，真写得"难"字意出。

——［清］乾隆《唐宋诗醇》

国学经典精神家园丛书

关山月

明月出天山，苍茫云海间。
长风几万里，吹度玉门关。
汉下白登[1]道，胡窥青海湾。
由来征战地，不见有人还。
戍客望边色，思归多苦颜。
高楼当此夜，叹息未应闲。

【注释】

〔1〕白登：公元前200年，汉高祖刘邦被匈奴围困于白登山（今山西省大同市东北马铺山），被困七日。后采用陈平之计，贿赂匈奴阏氏，匈奴大军网开一面，方得以脱险。

【赏析】

此诗旨在叹息征战之士的苦难和后方思妇的悲愁。

诗开头写边塞之关、山、月三种景象的辽阔，表现征人的战斗环境；中间四句具体写战场的残酷；最后自然而然过渡到征人边地思乡和妻子的月夜哀叹。

清平调^{〔1〕}词三首

云想衣裳花想容^{〔2〕}，春风拂槛露华浓^{〔3〕}。
若非群玉山头见^{〔4〕}，会向瑶台月下逢。

一枝红艳露凝香，云雨巫山枉断肠。
借问汉宫谁得似？可怜飞燕倚新妆^{〔5〕}。

名花倾国两相欢，长得君王带笑看。
解释春风无限恨^{〔6〕}，沉香^{〔7〕}亭北倚阑干。

【注释】

〔1〕清平调：一种歌的曲调，"平调、清调、瑟调"皆周房中之遗声。

〔2〕"云想"句：见云之灿烂想其衣之华艳，见花之艳丽想美人之容貌照人。实际上是以云喻衣，以花喻人。

〔3〕露华浓：意思是说，牡丹花沾着晶莹的露珠，更显得颜色艳丽。

〔4〕"若非"二句："若非……会向……"：关联句"不是……就是……"的意思。群玉：山名，传说中西王母所住之地。全句形容贵妃貌美惊人，怀疑她不是群玉山头所见的飘飘仙子，就是瑶台殿前月光照耀下的神女。

〔5〕倚新妆：形容女子艳服华妆的姣好姿态。

〔6〕"解释"句：解释：消散。春风：借指唐玄宗。

〔7〕沉香：亭名，沉香木所筑。

【赏析】

据载，开元中，李白供奉翰林。时禁中芍药盛开，杨贵妃从明皇游，选梨园子弟歌舞。李龟年捧檀板，众乐伎欲歌，明皇曰："赏名花对妃子，焉用旧词？"遂命龟年持金花笺宣李白。白宿醒未解，挥笔而就清平调词三章进。明皇亲调玉笛为之谱曲伴奏。每曲将换，迟其声以媚贵妃。太真饮罢，敛衣再拜。高力士因李白曾命之脱靴捧笔，进谏曰："李诗飞燕之瘦，讥杨妃之肥云云。白因此而获宠，亦因此而失宠。"

辞章将花之色香美艳与名妃之倾国倾城交相比拟，语语浓艳，字字流香，花光人面，难分彼此。如春风送香，仙人飞降，妖媚风流，令人魂荡。从篇章结构上说，第一首以花写人，从空间上把读者引入蟾宫阆苑；第二首既写色，也写香，从时间上把读者引入楚襄王的阳台，汉成帝的宫廷；第三首归到目前的现实中来，点明唐宫中的沉香亭北，花在阑外，人倚阑干，可谓优雅风流，举世无双。

三首诗，读之依稀春风满纸，花光满眼，真有勾魂夺魄之魅力。无怪乎当时就深为唐玄宗所赞赏。

【名家评点】

合花与人言之，风流旖旎，绝世丰神。

——［清］沈德潜《唐诗别裁》

静夜思

床前明月光，疑是地上霜。
举头望明月，低头思故乡。

【赏析】

李白这篇著名的思乡之作，我们都能背诵。诗人见地上洒满月光，如霜一样洁白，不觉油然而兴思乡之情。"因望而有思，惟思，故低头。他乡此月，故乡亦此月，静夜思之，真有情不自禁者。"俯仰之间，情思飞越，由此及彼，情不自禁。全诗由月贯穿，始而疑月，继而望月，终而思月，一片神行。"思"字给读者留出了丰富的想象和再创造空间：那家乡的父老兄弟，亲朋好友，一山一水，一草一木，童年时代的历历往事……都会被一一勾起。

诗的语言明白如话，信口而成，不追求新颖奇特，摒弃了辞藻的华美，情感、意境却那么逼真，那么动人。有人赞赏它"妙绝古今"，千百年来，广泛地吸引着国内外众多读者。

说几句也许并不多余的话。有一个时期，不知为什么，学术界突然讨论起了诗前之"床"到底是指睡床，还是"井上的围栏"；诗人是躺在床上望月，还是站在井旁望月？有人甚至考证出这是马扎式的绳床。有这必要吗？我觉得，如果真有时间和精力，好好学学如何能像李白那样，用最朴实最平常的语言写出内涵最丰富意境最高雅的诗文，岂不更有意义？

【名家评点】

　　太白诸绝句，信口而成，所谓无意于工而无不工者。

　　　　　　　　　　　　　　　　　　——［明］胡应麟《诗薮》

长相思

　　长相思，在长安，络纬[1]秋啼金井阑，微霜凄凄簟[2]色寒。孤灯不明思欲绝，卷帷望月空长叹，美人如花隔云端。上有青冥之长天，下有渌水之波澜。天长路远魂飞苦，梦魂不到关山难。长相思，摧心肝。

【注释】

　　[1]络纬：又名促织，俗名纺织娘；络纬谓其鸣声如纺织。

　　[2]簟：竹席。

【赏析】

　　首句点出思念对象的所在地，"秋啼"点明时令。金井旁的促织鸣叫一夜，使人心乱如麻。接着诗人将视线由灯转向月。因美人远隔万水千山，思之不得，只好暗自叹息。天水相隔，远不可及，连魂魄也不可能飞到那里。如此沉痛的悲叹，深刻道出诗人心中的无奈与感伤。以"长相思，摧心肝"作为首尾呼应，收束全诗，诗句短促，音韵铿锵。王夫之赞叹此诗道："题中偏不欲显，象外偏令有余，以为风度，以为淋漓，呜呼，观止矣。"（《唐诗评选》）

【名家评点】

　　此太白被放之后，心不忘君而作。不敢明指天子，故以京都言之，意谓所思在此。而当秋虫鸣号，微霜凄厉之夕，孤灯耿耿，愁可知矣。于是望月长嗟，而想美人之所在，杳然若云表而不可至也。以此天路辽远，即梦魂犹难仿佛，安能期其会面乎？是以相思益深，五内为之摧裂也。

　　　　　　　　　　　　　　　　　　——［明］唐汝询《唐诗解》

赠孟浩然

吾爱孟夫子，风流[1]天下闻。
红颜弃轩冕，白首卧松云[2]。
醉月频中圣[3]，迷花不事君。
高山安可仰，徒此揖清芬[4]。

【注释】

〔1〕风流：古人以风流赞美文人，主要是指有文采、善辞章、风度潇洒，不钻营苟且。王士源《孟浩然集序》说孟"骨貌淑清，风神散朗，救患释纷，以立义表，灌蔬艺竹，以全高尚"。

〔2〕"红颜"二句：意谓从青年时代起就对轩冕荣华（仕宦）不感兴趣。

〔3〕中圣："中圣人"的简称，醉酒的意思。古人称饮清酒而醉者为圣人，饮浊酒而醉者为贤人。

〔4〕"高山"二句：高山：言孟品格高尚，令人敬仰。出自《诗经·小雅·车辇》："高山仰止，景行行止。"揖清芬：向品格高尚之人作揖礼敬。二句意谓这座高山太巍峨了，怎么可能仰望呢？只能在此向他高洁芳馨的品德顶礼膜拜。

【赏析】

诗约作于开元二十三年（735年）孟浩然离长安回襄阳隐居之后。

李白性爱自由，毕生对隐逸之士特怀敬重神往之情。孟长李白十二岁，且既有清誉，又有诗名，李白因此为之心仪。此诗前六句以叙述语写传说中的孟浩然飘逸脱俗的风采神韵。李白此时尚未见其人，故在想象之辞中，洋溢着一种不无神秘色彩的称誉之意和敬仰之情。七八句于仰慕之外，又含未能谋面的遗憾。诗人采用"抒情—描写—抒情"的手法，情感由"吾爱"过渡到描写其"可爱"，最后归结到"敬爱"。情感流淌得极其自然，语言有如行云流水，舒畅自如，对友情的表达十分真诚动人。"爱者"与"被爱者"都散发出淡泊超旷、潇洒风流的俊逸之气。

国学经典精神家园丛书

赠汪伦

李白乘舟将欲行，忽闻岸上踏歌[1]声。
桃花潭[2]水深千尺，不及汪伦送我情。

【注释】

〔1〕踏歌：一边唱歌，一边用脚踏地打着拍子。

〔2〕桃花潭：在今安徽泾县西南。

【赏析】

李白平生有大鹏扶摇而上之志，不幸仕途失意，一生中的大部分时间放浪湖山，诗酒为友，以解心忧。其诗其人皆少尘世俗气，其情亦非常人可比。汪伦及其村人以纯真朴拙之情礼待谪仙人，"既酝酒以候之，复临流以祖之"，此等行为自是"情固超俗"。《本集注》："白游泾县，桃花潭村人汪伦，常酝美酒以待白。伦之裔孙至今宝其诗。"

结语变无形之情谊为可见可触之有形物象，自然情真。所以这首小诗向为后人赞赏，"桃花潭水"也成了人们抒写离别之情的常用语。

关于这篇佳作，无论从诗中所描写的"踏歌声"的送行氛围，还是生动的比喻，我们都不难发现它与民歌的血肉联系。民歌作为诗歌的一个分支，是后来的事，其实民歌恰恰是一切诗歌的唯一远祖。在文人诗出现之前，它就与我们的祖先同步而行了。民歌纯朴自然的风貌，韵味浓郁的情调，悠扬跳脱的音节，生动活泼的形象，丰富多彩的比喻，神奇美丽的想象，灵动多变的手法以及强烈敦厚的生活气息，像大地母亲的乳汁一样哺育着诗国的儿女。盛唐时期之所以会出现诗歌发展无以企及的高峰，其中一个重要原因，就在于当时的诗歌作者善于向民歌学习，从民间创作中吸取营养。我们看李白的那些绝美的诗作，都是那么朴素自然，形象生动，基本上摒弃了文人诗中最容易犯的那种毛病——雕镂词句，搬弄书本，炫耀学问，故作艰深曲折，摆出一副很有学识的神气。这也是他的诗所以能流传千古的奥秘之所在。

【名家评点】

伦一村人耳，何亲于白？既酝酒以候之，复临流以祖之，情固超俗矣。太白于景切情真处，信手拈出，所以调绝千古。

——［明］唐汝询《唐诗解》

庐山谣寄卢侍御虚舟〔1〕

　　我本楚狂人〔2〕，凤歌笑孔丘。手持绿玉杖，朝别黄鹤楼。五岳寻仙不辞远，一生好入名山游。庐山秀出南斗傍，屏风九叠云锦张〔3〕，影落明湖〔4〕青黛光。金阙前开二峰长，银河倒挂三石梁〔5〕。香炉瀑布遥相望，回崖沓嶂凌苍苍。翠影红霞映朝日，鸟飞不到吴天长。登高壮观天地间，大江茫茫去不还。黄云万里动风声，白波九道〔6〕流雪山。好为庐山谣，兴因庐山发。闲窥石镜清我心，谢公〔7〕行处苍苔没。早服还丹无世情，琴心三叠道初成〔8〕。遥见仙人彩云里，手把芙蓉朝玉京〔9〕。先期汗漫九垓上，愿接卢敖游太清〔10〕。

【注释】

　　〔1〕卢侍御虚舟：卢虚舟字幻真，范阳（今北京大兴区）人，以"遁世颐养，操持有清廉之誉"，被唐肃宗任为殿中侍御史。曾与李白同游庐山。

　　〔2〕楚狂人：孔子去楚国游说楚王，接舆在他车旁唱道："凤兮凤兮，何德之衰？往者不可谏，来者犹可追！已而！已而！今之从政者殆而！"（《论语·微子》）嘲笑孔子迷于仕途。

　　〔3〕"庐山"二句：南斗：斗宿星。浔阳属南斗分野。江西星子县即晋浔阳郡地，庐山在星子县西北，故称南斗傍。屏风九叠：庐山五老峰东北有九叠云屏，亦名屏风谷，下为九叠谷。

　　〔4〕明湖：指鄱阳湖。

　　〔5〕"金阙"二句：金阙：庐山金阙岩，又名石门。二峰：指香炉峰和双剑峰。三石梁：三叠泉在九叠屏之左，水势三折而下，如银河之挂石梁，与诗句正合。

　　〔6〕白波九道：长江至浔阳分为九派。这里的"白波""雪山"形容江流激起的波浪。

　　〔7〕谢公：指谢灵运。

　　〔8〕"早服"二句：还丹：道家术语。谓丹砂烧成水银，积久又还成丹砂。《抱朴子·金丹》："若取九转之丹，内神鼎中，夏至之后，爆之鼎热，翕然辉煌，俱起神光五色，即化为还丹。取而服之一刀圭，即白日升天。"琴心三叠：道家语。意谓心和则神

悦，故言"道初成"。

〔9〕玉京：道教所奉天神元始天尊所居之府。

〔10〕"先期"二句：意谓我已预先和不可知之神在九天之外约会，并愿接待卢敖共游仙境。汗漫：意谓不可知，这里比喻神。九垓：九天。太清：最高的天空。《淮南子·道应训》载："卢敖游北海，遇一怪仙，想同他做朋友，怪仙笑道，'吾与汗漫期于九垓之外，吾不可以久驻。'遂入云中。"李白在这里反用其意，以怪仙自比，卢敖借指卢虚舟。

【赏析】

诗作于诗人流放夜郎遇赦回来的次年，即从汉口到江西途中。诗中写了庐山的秀丽雄奇，意在表现诗人的狂放不羁和旷古豪情。

起句以楚狂自比，表示诗人对政治前途的失望，暗示要像楚狂那样游诸名山，过隐居生活。接着以充满神话传说的色彩描述了他的行程：拿着仙人所用的嵌有绿玉的手杖，于晨曦中离开黄鹤楼。为什么到庐山来呢？因为"一生好入名山游"。这是序曲。然后转入第二段，以浓墨重彩描绘庐山和长江的雄奇风光。用笔绚丽多姿，迂回别致，把山的瑰玮和秀丽写得淋漓尽致，引人入胜。大自然之美激发了诗人的无限诗情。李白经过永王李璘事件的挫折后，重登庐山，感慨万千，不禁油然产生寻仙访道的思想，希望超脱现实，希求解决内心的矛盾。最后两句，诗人仿佛真的已随仙人飘飘然凌空而去。全诗戛然而止，但余韵犹自萦绕不已。

诗的思想内容比较复杂，既嘲笑儒家孔子，又迷恋道家；既希望摆脱俗世，与仙同游，又留恋现实，热爱尘世风物。诗的感情豪迈开朗，磅礴着震撼山岳的气概。想象丰富，境界开阔，给人以雄奇的美感享受。诗的韵律随着感情的变化而显得跌宕多姿，极富抑扬顿挫之妙。

【名家评点】

太白天仙之词，语多率然而成者，故乐府歌词咸善。……今观其《庐山谣》等作，长篇短韵，驱驾气势，殆与南山秋气并高可也。

——［明］高棅《唐诗品汇》

梦游天姥吟留别[1]

　　海客谈瀛洲[2]，烟涛微茫信难求。越人语天姥，云霓明灭或可睹。天姥连天向天横，势拔五岳掩赤城。天台四万八千丈，对此欲倒东南倾[3]。我欲因之梦吴越，一夜飞度镜湖[4]月。湖月照我影，送我至剡溪。谢公宿处今尚在，渌水荡漾清猿啼。脚著谢公屐，身登青云梯[5]。半壁见海日，空中闻天鸡[6]。千岩万转路不定，迷花倚石忽已暝。熊咆龙吟殷岩泉，栗深林兮惊层巅[7]。云青青兮欲雨，水澹澹兮生烟。列缺霹雳，丘峦崩摧。洞天石扉，訇然中开[8]。青冥浩荡不见底，日月照耀金银台[9]。霓为衣兮风为马，云之君[10]兮纷纷而来下。虎鼓瑟兮鸾回车，仙之人兮列如麻。忽魂悸以魄动，恍惊起而长嗟。惟觉时之枕席，失向来之烟霞。世间行乐亦如此，古来万事东流水。别君去兮何时还，且放白鹿青崖间，须行即骑访名山。安能摧眉折腰事权贵，使我不得开心颜[11]。

【注释】

　　〔1〕诗题《河岳英灵集》收此诗题为《梦游天姥山别东鲁诸公》。后世版本或题为《梦游天姥吟留别诸公》，或作《梦游天姥吟留别》，或作《别东鲁诸公》。天姥山：在今浙江天台县西，临近剡溪。传说曾有登此山者，听到天姥歌谣之声，故名。剡溪在今浙江嵊州市南，曹娥江上游，附近名山甚多，自晋以来名流都喜欢隐居于此。

　　〔2〕瀛洲：古代传说东海中有三仙山——蓬莱、方丈、瀛洲，皆为仙人隐居之所。

　　〔3〕"天姥"四句：写天姥山之高，意谓天台山虽高，还不及天姥，相比之下，天台好像要拜倒在天姥脚下一样。赤城、天台：皆山名，在今浙江天台县北。赤城为天台山的南门，土色皆赤。

　　〔4〕镜湖：即鉴湖，在今浙江绍兴县。

　　〔5〕"脚著"二句：谢公指谢灵运，他游览天姥山时曾在剡溪住过，所作《登临海峤》诗有"暝投剡中宿，明登天姥岑"之句。谢灵运游山时穿一种特制木鞋，鞋底下安着活动的锯齿，上山时抽去前齿，下山时抽去后齿，人称"谢公屐"。

　　〔6〕天鸡：据《述异记》载，"东南有桃都山，上有大树，名曰桃都，枝相去三千

里。上有天鸡，日初出照此木，天鸡则鸣，天下鸡皆随之鸣。"

〔7〕"熊咆"二句：可解为熊咆龙吟震荡山山水水，使深林和山峰都惊惧战栗；也可解为在这样熊咆龙吟的山林中，人的心灵被震惊了。殷：形容声音宏大。

〔8〕"列缺"四句：列缺：闪电。洞天：神仙所居的洞府，意谓洞中别有天地。石扉：即石门。訇然：形容声响极其洪亮。

〔9〕金银台：神仙所居之处。郭璞《游仙诗》："神仙排云出，但见金银台。"

〔10〕云之君：《楚辞·九歌》有《云中君》篇。此处泛指神仙。

〔11〕"安能"二句：陶渊明为官八十日，因不愿"为五斗米折腰"，遂弃官归里，无复仕进之意。

【赏析】

此系太白南游吴越期间留别友人的诗篇。作者以梦游的形式，虚构了一个超脱现实的奇异美妙的神仙世界，旨在"托言梦游以见世事皆虚幻也"。

我们知道，李白一生过着浪迹天涯的漫游生活，写有不少游历名山大川的美妙诗章。他那种酷爱自由、追求个性解放的性格，常常是借这类诗歌表现出来的。当他政治失意之后，这种诗写得特别多也特别好。他喜欢的山水不是宁静的丘壑、幽雅的林泉，而是奇绝雄险的名山，因为这特别契合他那叛逆不羁的心性。他登涉这样的山川，是要与天地星辰同呼吸，和天仙神灵相往来。这篇令人目眩神迷的诗歌，就是其代表作之一。

全诗可分三部分。第一部分（"海客谈瀛洲"至"对此欲倒东南倾"），写梦之缘起，因海上来客对他谈起过瀛洲，又听到越人介绍天姥山的雄奇壮丽而生向往之情。梦境从静谧幽美的湖月到奇丽壮观的海日，从曲折迷离、千岩万转的道路到令人惊恐战栗的深林层巅，境界愈转愈奇。

第二部分（"我欲因之梦吴越"至"仙之人兮列如麻"）由梦境幻入仙境，以疾风闪电的笔力，从四面八方抒写彩色缤纷的神话世界，以及云开万里、阳光明媚、金碧辉煌之宫阙，以霓虹为衣、风云为马的仙人纷纷从空而降，老虎鼓瑟，鸾鸟拉车，此等光华璀璨景象真是令人迷离恍惚，目不暇接。诗人以淋漓酣畅、心花怒放的笔墨，写梦中"登天梯""见海日""闻天鸡""熊咆龙吟""山林战栗"，似乎只有这样，诗人苦闷的灵魂才能得到释放。

第三部分（"忽魂悸以魄动"至"使我不得开心颜"），写由梦到醒，回到现实。梦境的自由美好，更加强了他对黑暗现实的不满、愤恨，表现了他蔑视权贵，不妥协、不屈服的抗争精神。最后点出梦醒之后的主题——"安能摧眉折腰事权贵，使我不得开心颜"，一吐长安三年的郁闷之气。这石破天惊般的宣言，有凌云气概流注其间，闪耀着诗人心灵中的最强音，也唱出了无数怀才不遇者的心声。

全诗雄奇豪放，瑰丽飘逸，确然是继屈原《离骚》《九歌》之后浪漫主义的优秀诗篇。

【名家评点】

"湖月照影"以下，皆述梦中所历。其中浩荡无极、日月所照皆仙境矣。所见之人皆霓衣风马，来往迅疾，鸟兽皆能鼓瑟、回车，而仙者又不胜其众。于是，魂魄动而惊起，乃叹曰：此枕席间岂复有向来之烟霞哉！乃知世间行乐亦如此梦耳。古来万事亦岂有在者乎？皆如流水之不返矣。我今别君而去，未知何时可还。且放白鹿于山间，归而乘之以遍访名山。安能屈身权贵使不得豁我之襟怀乎！

——［明］唐汝询《唐诗解》

金陵酒肆留别

风吹柳花满店香，吴姬压酒〔1〕劝客尝。
金陵子弟来相送，欲行不行各尽觞〔2〕。
请君试问东流水，别意与之谁短长？

【注释】

〔1〕压酒：压糟取酒。古时新酒酿熟，临饮时方压糟取用。

〔2〕"金陵"二句：欲行：要走的人，指李白自己。不行：送行的人，指金陵子弟。尽觞：干杯。

【赏析】

这是李白离金陵东游扬州时留赠友人的一首话别诗。全诗热情洋溢，反映了李白与金陵友人的深厚友谊及其豪放性格。全诗情感饱满，丰采华茂，清新俊逸，意韵悠长。尤其结尾两句，兼用拟人、比喻、对比、设问等手法，构思新颖奇特，借滔滔不绝的大江流水，来倾吐自己的真挚感情，亲切而且深情，有强烈的感染力。

那是在春光春色中江南水乡的一家酒肆，当垆姑娘劝酒，金陵少年相送，一幅令人陶醉的画图。和风吹着柳絮，酒店里溢满芳香；吴姬捧出新压的美酒，劝客品尝。"金陵"

点明地点，"柳花"点明时节。"柳花"本无香气，而言其香，并为下文的酒香埋下伏笔，是诗人的特有情怀。故明人杨升庵说："其实柳花亦有微香，诗人之言非诬也；柳花之香，非太白不能道；竹之香，非子美不能道。"此所谓心清闻妙香也。

走的痛饮，留的尽杯。情绵绵，意切切，句短情长，吟来多味。沈德潜《唐诗别裁集》说此诗"语不必深，写情已足"。全诗表现了诗人青壮年时代的风华正茂，风流倜傥。

【名家评点】

太白《金陵留别》……妙在结语。……谢宣城《夜发新林》诗："大江流日夜，客心悲未央。"阴常侍《晓发金陵》诗："大江一浩荡，悲离足几重。"二语突然而起，造语雄深，六朝亦不多见。太白能变化为法，令人巨测，奇哉！……刘禹锡"欲问江深浅，应如远别情"，不如太白"请君……谁短长"。

——［明］谢榛《四溟诗话》

黄鹤楼送孟浩然之广陵

故人西辞黄鹤楼，烟花三月下扬州。
孤帆远影碧空尽，惟见长江天际流。

【赏析】

这首诗之所以被千古传唱，甚或衍生了许多其他体裁的文学艺术创作，是因为它实在写得太美了！《唐宋诗醇》谓此诗"语近情遥，有手挥五弦、目送飞鸿之妙"。

作者起手便将送别之人、送别之地、送别之意笼于句中，且以一"西"字"紧照扬州"，寥寥七字说尽四事。"烟花"两字点染出柳如烟、花似锦的一派春光。次句言送别之时，将往之处。"烟花三月"之际，送别"风流天下闻"的友人，要去的是"烟花之地"的扬州。此句意境优美，文字秀丽，无以复加。无怪乎清人孙洙称其为"千古丽句"。

颔联写友人去后，作者返身登楼凝望之所见。只见天空也被这明丽感动了，变得一碧如洗的空明；天空下面顺流飞进的"孤帆远影"，牵引着海阔天空般的生命向往。生命如流水，别情如流水，无限的关注和依恋追随着消失在视野中的孤帆远影，化作水天一色、千古长存的长江。名楼送名士赴名城的一瞬而永恒的情景，便成了盛唐诗人旅游豪兴的诗化象征。

　　诗人还在依依不舍地凭高遥望：唯见一点白帆愈行愈远，直到模糊的影子也消失在碧空尽处；而长江水依然浩荡东流，远处水天一色，茫茫无际。这奔腾不息的江水如流逝的时光，带走多少繁华盛衰，荣辱成败；又有多少人曾在这里送别亲友，将一腔依依深情付与大江流水呢？思及永恒与短暂，生命与自然，也许一如苏东坡《赤壁赋》水月之辨。此中"神理"，读者不同，所思亦必不同。此诗无一字虚言，似平平道来，又字字相扣，皆有用意，换一字而不可；而意境淡远，余韵悠然，令人思之良多。

　　诗中无一字说到离愁别思，字里行间却分明流露出朋友远去的惆怅与留恋。在诗人的笔下，深厚的感情寓于动人的景物描绘之中，情与景达到了高度完美的融合。

宣州谢朓楼饯别校书叔云[1]

弃我去者，昨日之日不可留。
乱我心者，今日之日多烦忧。
长风万里送秋雁，对此可以酣高楼。
蓬莱文章建安骨，中间小谢又清发[2]。
俱怀逸兴壮思飞，欲上青天揽日月。
抽刀断水水更流，举杯销愁愁更愁。
人生在世不称意，明朝散发弄扁舟。

【注释】

　　〔1〕诗题：今安徽宣城一带。谢朓楼：又名北楼、谢公楼，在陵阳山上，谢朓任宣城太守时所建，今改名为叠嶂楼。饯别：以酒食送行。校书：官名，即秘书省校书郎，负责朝廷图书整理工作。叔云：名李云，当时著名的古文家，任秘书省校书郎。李白称他为叔，但并非族亲关系。

　　〔2〕"蓬莱"二句：蓬莱指东汉藏书楼东观。蓬莱文章：借指李云的文章。建安骨：汉末建安年间，"三曹"和"七子"等作家所作之诗风骨遒劲，后人称之为"建安风骨"。小谢：指南朝齐诗人谢朓。这里作者用以自喻。清发：清新秀发的诗风。

【赏析】

此诗作于天宝末年，安史之乱前，李白流寓安徽宣城饯别校书李云之时。诗借离别抒写心绪的烦忧，似水难断的悲愁。此诗发端既不写楼，更不叙别，只为抒发怀才不遇之情，表达遗世高蹈的豪迈情怀。

全诗起落无端，大开大合。开篇起句尤其突然，陡起壁立，如风雨之骤至，将心中的烦忧郁闷一齐倾泻，不做半点掩饰，表现出诗人极其忧愤的心情。"昨日之日"与"今日之日"，是指许许多多弃我而去的"昨日"和接踵而来的"今日"。也就是说，每一天都深感日月不居，时光难驻，心烦意乱，忧愤郁闷。破空而来的发端，重叠复沓的语言，以及一气鼓荡的长句，都生动形象地显示出诗人郁结之深、忧愤之烈、心绪之乱，以及一触即发、发则不可抑止的心态。

三、四两句突做转折：面对寥廓明净的秋空，遥望万里长风吹送鸿雁的壮美，不由得激起酣饮高楼的豪情逸兴。之后由畅饮忽然转而议论诗文：用"蓬莱文章"赞叹李云，且以谢朓自况。李白非常推崇谢朓，自比小谢，说明他对自己才能的自信。而且这两句自然顺当地关合了题目中的谢朓楼和校书，十分巧妙。接下来的两句笔酣墨饱，淋漓尽致，把面对"长风万里送秋雁"的境界所激起的昂扬情绪推向高潮，仿佛现实中一切黑暗污浊都已一扫而光，心头的一切烦忧都已丢到了九霄云外。

"抽刀"二句写得十分峻拔，读之有如金石铿锵。结尾在表现无限哀伤的同时，始终贯注着豪迈慷慨的情怀，我们听到的是一个伟大心灵对美好理想的强烈诉求，而不是阴郁绝望的哀吟。忧愤至极而又无可如何，故唯有散发弃世。

全诗跳跃转折，腾挪变化，代表了太白诗歌的主体风格特色，诚如明代人所说："如天马行空，神龙出海。"

【名家评点】

此厌世多艰，思栖逸也。言往日不返，来日多忧。盍乘此秋色登楼以相酣畅乎？子校书蓬莱官，所构之文有建安风骨，我若小谢亦清发多奇。此皆飞腾超拔者也。然不得近君，是以愁不能忘。而以"抽刀断水"起兴，因言人生既不称意，便当适志扁舟，何栖栖仕宦为也！

—— ［明］唐汝询《唐诗解》

月下独酌（四首选一）

花间一壶酒，独酌无相亲。
举杯邀明月，对影成三人。
月既不解饮，影徒随我身。
暂伴月将影，行乐须及春。
我歌月徘徊，我舞影零乱。
醒时同交欢，醉后各分散。
永结无情游，相期邈云汉[1]。

【注释】

〔1〕"永结"二句：意谓与明月结下忘却世情之永久因缘，同游高远的仙境。无情：没有世俗之情的意思。相期：相约。邈：高远。云汉：本指天河，此处指仙境。

【赏析】

这首诗突写一个"独"字。李白有抱负，有才能，想干一番事业，但得不到统治者的赏识和支持，所以陷入孤独的包围之中，感到苦闷彷徨。从他的诗里，我们常常可以听到一个孤独者的灵魂的呼喊，这喊声里有对社会不合理的抗议，也有对凌云壮志的渴望。

表达孤独寂寞之情，却写得狂放恣肆，酣畅淋漓。似为脱口而出，实则纯乎天籁。想象力之奇绝也让读者叹为观止。"对影成三人"句构思奇妙，表现了他孤独而豪放的情怀。诗旨表现孤独，却举杯邀月，幻出月、影、人三者；然而月不解饮，影徒随身，仍归孤独。其时诗人已经渐入醉乡了，酒兴一发，既歌且舞。歌时月色徘徊，依依不去，好像在倾听佳音；舞时自己的身影在月光下零乱跳跃，仿佛是在与自己共舞。醒时相互欢欣，直到酩酊大醉，玉山颓然，才与月光、身影无可奈何而分别。

最后写诗人执意与月、与影永结忘却世情之游，并相约在邈远的天上仙境重逢。正面看，似乎真能自得其乐；背面看，却极度凄凉难耐。

以月和影为友的这种"无情"的交游，是人和自然毫无功利色彩的最纯洁的交游，正因为其"无情"，所以才会超越一切世俗之庸俗，才会摆脱人与人之间交往所必然产生的冷暖欺诈，才会万古长青。因此他真诚地与月亮和孤影相约，希望同他们永结"无情"之游，在不久的将来，在远离人世的云汉再度相会，再度痛饮。

值得注意的是，从这首和前面及后面的几首诗里，我们发现李白对明月情有独钟。关于他的出生，传说他母亲夜梦太白星而身怀六甲，因此说他是禀赋上天星宿之精灵的天才。他之所以名白，字太白，显然与此有关。就连他的死，也据传是因醉后入水中捉月而致。可以说，明月陪伴了诗人一生，明月也是他不厌其烦歌咏的对象。他在明月中寄寓得太多太多。似乎对于孤高遗世、傲岸不群的大诗人李白，只有明月才是他真正的知己，真正的酒友。

【名家评点】

题本独酌，诗偏幻出三人，月影伴说，反复推勘，愈形其独（"举杯"四句下）。严沧浪曰：饮情之奇，于孤寂时，觅此伴侣，更不须下酒物。且一叹一解，若远若近，开开阖阖，极无情，极有情。如此相期，世间岂复有可"相亲"者耶？

——〔清〕蘅塘退士《唐诗三百首》

山中与幽人对酌

两人对酌山花开，一杯一杯复一杯。
我醉欲眠君且去，明朝有意抱琴来〔1〕。

【注释】

〔1〕"我醉"二句：《宋书·隐逸传》载，"（陶）潜不解音声，而畜素琴一张，无弦，每有酒适，辄抚弄以寄其意。贵贱造之者，有酒辄设。潜若先醉，便语客，'我醉欲眠，卿可去。'其真率如此。"

【赏析】

我们说过，饮酒有独酌、对酌、聚饮之别。这首诗写的就是诗人与"幽人"（隐居的高士）的对饮。山花盛开的时节，面对的又是意气相投的幽人，于是乎"一杯一杯复一杯"地开怀畅饮了，于是乎酩酊大醉了。"我醉欲眠卿且去"，话很直率，却表现出对酌的双方是"忘形到尔汝"的知交。尽管颓然醉倒，诗人还余兴未尽，还不忘招呼朋友"明朝有意抱琴来"呢。朋友间那种随心所欲、挥之即去、招则须来的自在随意，今人有几个能做到！

结尾活用陶渊明的故事，所以"抱琴来"显然也不在乎声乐的享受，在乎的是"抚弄以寄其意"的尽兴悦情而已。

登金陵凤凰台

凤凰台^[1]上凤凰游，凤去台空江自流。
吴宫花草埋幽径，晋代衣冠成古丘。
三山^[2]半落青天外，一水中分白鹭洲^[3]。
总为浮云能蔽日^[4]，长安不见使人愁。

【注释】

〔1〕凤凰台：相传，南朝刘宋元嘉年间有凤凰集于此山，乃筑台，山和台也由此得名。

〔2〕三山：在金陵西南长江边上，三峰并列，南北相连。

〔3〕白鹭洲：古代长江中的沙洲，在今南京市水西门外。洲上有很多白鹭，故名。现在已与陆地相连。

〔4〕浮云能蔽日：语出陆贾《新语·察征》，"邪臣之蔽贤，犹浮云之障日月也。"此处比喻谗臣当道，暗示皇帝已被奸邪包围。

【赏析】

这首诗写于唐玄宗天宝年间，为李白奉命"赐金还山"、南游金陵时所作。开头两句从凤凰台的传说落墨，自然而然，明快畅顺，点明了凤去台空，六朝繁华一去不返，只剩下浩瀚的长江水与巍峨的凤凰山依旧长流不息，屹立古今。颔联就凤凰台进一步发挥，东吴、东晋的一代风流也进入坟墓，灰飞烟灭了。

颈联写大自然的壮美，对仗工整，气象万千。最后两句，遥望长安，皇帝被奸邪包围，自身报国无门，十分沉痛。全诗把江山风物与人事代谢交织在一起，气魄宏大，感慨深沉，确有"大家风范"。

【名家评点】

妙则妙于吴宫、晋代二句，立地一哭一笑。何谓立地一哭一笑，言我欲寻觅吴宫，乃惟有花草埋径，此岂不欲失声一哭。伐吴，晋也。因而寻觅晋代，则亦既衣冠成丘，此岂不欲破涕一笑。

——［明］金圣叹《评唐诗》

把酒问月

青天有月来几时？我今停杯一问之。
人攀明月不可得，月行却与人相随。
皎如飞镜临丹阙[1]，绿烟灭尽清辉[2]发。
但见宵从海上来，宁知晓向云间没？
白兔捣药[3]秋复春，嫦娥孤栖与谁邻？
今人不见古时月，今月曾经照古人。
古人今人若流水，共看明月皆如此。
唯愿当歌对酒时，月光长照金樽里。

【注释】

〔1〕丹阙：朱红色的宫门。

〔2〕"绿烟"句：绿烟：指遮蔽月光的浓重的云雾。清辉：指月光。

〔3〕白兔捣药：古代传说，嫦娥奔月，后羿化为玉兔相随。或曰嫦娥奔月触犯了玉帝的旨意，使她变为玉兔，每逢月圆之夜，令其捣药，以示惩罚。

【赏析】

　　明月高挂于天，令人生出攀明月却不可得的感慨，然而当人无意追攀时，月却万里相随，依依不舍。两句一冷一热，亦远亦近，若即若离，正所谓"道是无情却有情"，写尽了明月之于人既亲切又神秘的奇妙。紧接二句是对月色的描绘：皎皎明月如明镜飞升，下照宫阙，绿烟散尽，清光焕发。月色之美形容得如可揽接。不料下文又是一问，将明月推远，月初出东海，消逝西天，踪迹难以猜测，偏能夜夜循环不已。"但见""宁知"的呼应，传达着诗人的惊奇，从而浮想联翩，进而究及有关月亮的传说：月中白兔年复一年不辞辛劳地捣药，为的是什么？碧海青天夜夜独处的嫦娥该是多么的寂寞？其间流露着诗人自己的孤苦情怀。这遐想又引出一番人生哲理地探求：今人、古人交替更换，不知已有几世几劫，月亮却还是那个月亮。二句造语备及重复、错综、回环之美，且有互文之妙。最后结穴到及时行乐的主题上来。曹操诗云："对酒当歌，人生几何？"此处略用其字面，流露出同样的人生感慨。

　　全诗从酒写到月，从月归于酒，从空间感受写到时间感受。其中将人与月反反复复加以对照，又穿插景物描绘与神话传说，塑造了一个崇高、永恒、美好而又神秘的月的形象，其中也显示出孤高出尘的诗人自我。虽然意绪多端，随兴挥洒，但潜气内转，脉络贯通。诗人用行云流水般的抒情方式，在时间和空间的主观感受中，表达了对宇宙和人生哲理的深层思索。其立意上承屈原的《天问》，下启苏轼的《水调歌头》，情理并茂，富有极强的艺术感染力和审美价值。

望天门山

天门中断楚江开[1]，碧水东流至此回。
两岸青山相对出，孤帆一片日边来。

【注释】

　　[1] 天门山：安徽当涂县的东梁山（古代又称博望山），与和县的西梁山的合称。两山夹江对峙，像一座天设的门户，形势非常险要，"天门"即由此得名。楚江：安徽古属楚国，因此称流经此地的长江为楚江。

【赏析】

　　此诗作于开元十三年（725年）李白出蜀舟过天门山之际。起句写山断江开，以江对山的冲破，突出楚江"凤舞龙飞，东趋荆楚"的气势。诗句破空而来，豪迈雄奇。次句以缓势接之，写江流至此稍折而北，复言山对水之阻碍，曲折疏宕。此二句以开阔有致的句法，写山水依绕回环而不减其势，相得益彰。三、四两句描绘"山势中分，江流益纵，递见一白帆痕，远在夕阳明处"（俞陛云）之景。近处青山似有情迎客，举首则见孤帆远来，带斜晖而至。写景极为自然，且点出诗题中之"望"字。与《早发白帝城》一诗比较，一狭急险峻，一曲折明丽。以太白之才力，虽皆以浅易之语写江山，而风味不同，情态各异。"出"字逼真地表现了舟行山来的相对动感，仿佛夹江对峙的天门山正在迎接江上来客，显现出诗人的欣喜激动。

　　青山既然对远客如此有情，则远客自当更加兴奋。所以诗人结句用"孤帆一片日边来"传神地描绘出孤帆乘风破浪，逼近天门，目接神驰的激情。诗明写天门山的雄美，却于不知不觉中突出了诗人的自我形象。

望庐山瀑布

日照香炉生紫烟[1]，遥看瀑布挂前川。
飞流直下三千尺，疑是银河落九天。

【注释】

〔1〕"日照"句：语出《庐山记》，庐山东南有香炉山，孤峰秀起，游气笼其上，是为樊蕴若烟。

【赏析】

庐山是我国最著名的风景与文化圣地之一，有风光无限的仙人洞，有天下奇观之称的飞流瀑布，与远处隐约可见的万里长江和千顷鄱阳湖互为映衬，组成了气象万千的天然画卷。庐山的南麓有两条著名的瀑布，一条从鹤鸣、龟背两峰中溢出，水势充沛而崖口狭小，强大的水流从崖口喷洒而下，形同马尾，故有"马尾水"之称；另一条从双剑峰东麓凌空而下，悬挂数十百丈，一泻千尺，蔚为壮观，古称"开先"瀑布。《望庐山瀑布》写的正是这条瀑布。

"香炉"是指庐山的香炉峰，秀峰孤立高耸，瀑布飞泻，水气蒸腾，紫雾缭绕。泉自峰顶而出，故以香炉发端。从天际而下，故以银河取譬。在丽日的照耀下，香炉峰俨然一顶天立地的香炉，冉冉升起团团紫烟。瀑布的源头就在香炉峰的峰顶，一个"生"字把烟云冉冉上升的景象写得十分鲜活。此句为瀑布设置了雄奇的背景，为下文直接写瀑布渲染了气氛。第三句"飞流直下三千尺"又极写瀑布的动态，一个"飞"字，表现瀑布喷涌而出、凌空飞泻的神奇景象。"直下"写出了山势高峻陡峭，山流湍急。飞瀑"从天际而下"，自然使人联想是银河从九天倾泻下来，所以用银河来做比喻。"三千尺"本是夸张，极写瀑布神奇自然之伟力，极富表现力，引人遐想无限。

中唐诗人徐凝也写有一首《庐山瀑布》。诗云："虚空落泉千仞直，雷奔入江不暂息。千古长如白练飞，一条界破青山色。"

公正地说，诗写得也还不错，却遭到了苏轼的嘲笑，原因是徐诗的气派与谪仙李白无法比拟。苏诗曰："帝遣银河一派垂，古来唯有谪仙辞。飞流溅沫知多少，不与徐凝洗恶诗。"

早发白帝城〔1〕

朝辞白帝彩云间，千里江陵〔2〕一日还。
两岸猿声啼不住〔3〕，轻舟已过万重山。

【注释】

〔1〕白帝城：故址在今重庆市奉节县白帝山上。杨齐贤注，"白帝城，公孙述所筑。初，公孙述至鱼复，有白龙出井中，自以承汉土运，故称白帝，改鱼复为白帝城。"

〔2〕江陵：今湖北荆州市。从白帝城到江陵约一千二百里，其间包括七百里三峡。

〔3〕"两岸"句：郦道元《三峡》，"自三峡七百里中，两岸连山，略无阙处。重岩叠嶂，隐天蔽日，自非亭午时分，不见曦月……每至晴初霜旦，林寒涧肃，常有高猿长啸，属引凄异。空谷传响，哀转久绝。故渔者歌曰：'巴东三峡巫峡长，猿鸣三声泪沾裳。'"

【赏析】

李白因永王李璘事件，获罪流放夜郎。西行到白帝城，中途遇肃宗宣布大赦，当时正在白帝城的李白，犹如挣出牢笼的飞鸟，立即乘船东下，返回江陵。这首《早发白帝城》便写于此时。

人常说"归心似箭"，普通人尚且如此，更何况诗人是中途遇赦、重获自由呢！不妨设想一下李白当时的心情：本来他以一刑徒的身份，正在一步步向荒僻的远方走去，满怀冤屈，无从申说，情绪之恶劣可想而知。万万想不到一声大赦，恢复了自由，此时他最急切的欲望是什么？自然是马上回到亲朋好友的身边，与之同享重获自由的喜悦啦！而滔滔长江，似乎也乐观其成，以从未有过的速度向三峡冲去。浮在江水上面的一叶扁舟比箭还快，白帝城刚才还在云端，一眨眼已经脱出视野之外，只见两岸青山一排排地飞快后退，山上的猿声此起彼落，也在为诗人东归同声欢唱。这时他想起从前书上说过的："有时朝发白帝，暮到江陵，其间千二百里，虽乘奔御风不以疾也。"此时真是亲历其境了。

首句"彩云间"修饰、形容白帝城之高不言而喻，但这里着意要写的是心情之愉悦。第二句不仅表现出诗人"一日"而行"千里"的痛快，也透露出遇赦后的欣喜。第三句的境界更为神妙。诗人说"啼不住",是因为轻舟飞快地行驶在长江上,猿啼声不止一处,山影也不止一处,使得啼声和山影在耳目之间成为"浑然一片"。身处如脱弦之箭、顺流直下的船上,一般游人都会感到畅快、兴奋,更何况诗人是遇赦还乡(李白的故乡本是四川青莲乡,这里诗人将江陵当作故乡,是与流放夜郎对比而言)。清代桂馥称赞说:"妙在第三句,能使通首精神飞越。"(《札朴》)"危乎高哉"的"万重山"一过,诗人历尽艰险、进入坦途的快感,也自然而然表现出来了。这最后两句,既是写景,又是比兴;既是个人心情的表达,又是人生经验的总结。因物兴感,精妙无伦。

整首诗,情感勃发,一泻千里,畅达流走,读者都不由得为之欢呼雀跃。前人对这首诗好评如潮,千百年来,一直被人们视若珍品。

【名家评点】

顺风扬帆,瞬息千里,但道得眼前景色,便疑笔墨间亦有神助。三四设色托起,殊觉自在中流。

——[清]乾隆《唐宋诗醇》

客中作

兰陵美酒郁金香^[1],玉椀盛来琥珀光。
但使主人能醉客,不知何处是他乡。

【注释】

〔1〕郁金香:古人用以浸酒,浸后酒带金黄色,故曰"琥珀光"。

【赏析】

这首诗赞美了酒的清醇、主人的热情,表现了诗人的豪迈洒脱,同时也反映了盛唐社会的繁荣景象。

兰陵美酒是用香草郁金加工浸制,醇浓芬芳,现又盛在晶莹润泽的玉碗里,看去犹如琥珀的光艳。诗人面对美酒,愉悦兴奋之情可想而知。

与其他诗人不同,李白是一个喜欢漫游于异乡的流浪诗人。在李白的意识深处,总是一边向往着新的旅游景点,一边怀念着自己的故乡。这首名作,不就是既感受到了异乡人情风物之可爱，同时又强烈地意识到了自己毕竟置身于异乡吗？在"不知何处是他乡"中，纠结着的正是这两种矛盾的感情。当他写"蜀国曾闻子规鸟，宣城还见杜鹃花。一叫一回肠一断，三春三月忆三巴"时，他不是一面为宣城的美丽所感动，一面又为思乡之情所萦绕吗？正是在这种纠结的情感中，才会有出人意料的结尾二句："客中"常常是写乡愁客怨的题目，可在李白的笔下，完全变作另一种情调。诗人并非不知道身在异乡，但是在兰陵美酒面前，这一切都被冲淡了。由身在客中，发展到乐而不觉其为他乡，正是这首诗的独特之处。

全诗语奇意新，形象潇洒飘逸，读之令人如饮醇醴，如坐春风。

拟　古（十二首选一）

生者为过客，死者为归人[1]。
天地一逆旅，同悲万古尘。
月兔空捣药，扶桑[2]已成薪。
白骨寂无言，青松岂知春。
前后更叹息，浮荣安足珍？

【注释】

〔1〕归人：《列子·天瑞篇》，"古者谓死人为归人。夫言死人为归人，则生人为行人矣。"

〔2〕扶桑：相传东海上有高二千丈、大二千余围的参天神树，太阳就从那里升起，故有日出扶桑之成语。

【赏析】

诗人坎坷的经历不免使他深感荣华富贵的虚幻，流露出人生飘忽的伤感。天地如迎来送往的旅舍，人生如匆匆来去的过客，这是古往今来无数人的同声悲叹。天上的神仙，地下的冥府，更是幽冥难知。草不谢荣于春风，木不怨落于秋天，都不过是"万物兴歇皆自然"（李白《日出入行》）罢了。诗人纵观上下，浮想联翩，感到宇宙间的一切都在瞬息万变，并没有什么永恒的东西，就连阳光明媚的春天，青翠苍绿的树木，也不过是无知无觉的自然现象而已。这种艺术构思超凡脱俗，给人以特殊的刺激，使人不得不掩卷深思。

越中览古

越王勾践破吴归，义士还家尽锦衣。
宫女如花满春殿，只今惟有鹧鸪飞。

【赏析】

　　倘一佳作能真正引起读者心灵的共振，它从任何一个角度都能逆射出异样的光辉，所谓横看成岭，侧看成峰也；倘一极品能真正沉淀到受众思想的底层，它恒久的馨香依旧芬芳于读者的心中，所谓饮醇自醉，历久弥新也。李白的这首诗，就是这样的佳构。

　　为诗之道，起句最难。太缓则难成风景，太陡则难乎为继。本诗则起步疾飞，一笔说尽越王灭吴复国，什么卧薪尝胆，什么范蠡谋略，统统略去，让本可作结尾的内容作为开篇，入手即写勾践凯旋。那么下句该如何接续呢？"义士还家尽锦衣"，诗人用笔何其高妙。当班师的战马驰过，战士们回到家中脱下铠甲，尽着锦衣，呈现出的是多少美妙的庆功场面啊！走笔至此，我们才明白，诗人的着力处，根本不是在那吴越的争雄图霸，而是在战争结束之后容易被人忽略的况味。

　　第三句推出的是一个美女如云的画面。然而如此始料不及浓墨重彩的渲染，美则美矣，但绝句写法的起、承、转、合完全被打破了，该转的这句不转，那收束的一句如何做法？

　　"只今惟有鹧鸪飞"——以前的喜庆华美立马化作乌有，只留下一片萧条满眼的荒芜。神来之笔陡然让时间跨过千年，回到当下，让人在古今盛衰的强烈对比中领悟到了诗人的真正用意。

　　诗是写的，更是品的。所谓书读百遍，其义自见。或许，面对《越中览古》这样鬼斧神工的作品，最好的办法还是倾心诵读，将其架构分析得支离破碎，并不是明智之举。诗无达诂，文无定评。会稽山下，在那个有着无数传说的地方，我们的谪仙妙笔生花，咳唾成珠，让才情喷涌成骇古惊今的华章，我们该如何欣赏、感激、膜拜呢？

高　适

　　高适（约704—约765年），字达夫，沧州（今河北省景县）人，久居宋中（今河南商丘一带）。少孤贫，爱交游，有游侠之风，以建功立业自期。早年曾游历长安，后到过蓟门、卢龙一带，寻求进身之路，都没有成功。天宝八年（749年），经睢阳太守张九皋推荐，应举中第，授封丘尉。十一年，因不忍"鞭挞黎庶"和不甘"拜迎官长"而辞官，又一次到长安。次年入陇右、河西节度使哥舒翰幕，为掌书记。安史之乱后，曾任淮南节度使、彭州刺史、蜀州刺史、剑南节度使等职，官至左散骑常侍，封渤海县侯，世称"高常侍"。与李白、杜甫等诗人皆有交往。其边塞诗成就最高，与岑参齐名，世称"高岑"。诗风感情深挚，意气俊爽，语言端直，笔力浑厚。歌行长篇，波澜浩瀚，声情顿挫，最是沉雄激壮。五古质朴古直，接近汉魏古诗。注本有今人刘开扬《高适诗集编年笺注》、孙钦善《高适集校注》，皆附年谱。

燕歌行[1]

汉家烟尘在东北，汉将[2]辞家破残贼。
男儿本自重横行，天子非常赐颜色[3]。
摐金伐鼓下榆关，旌旗逶迤碣石间[4]。
校尉羽书飞瀚海，单于猎火照狼山[5]。
山川萧条极边土，胡骑凭陵[6]杂风雨。
战士军前半死生，美人帐下犹歌舞。
大漠穷秋塞草衰，孤城落日斗兵稀。
身当恩遇常轻敌，力尽关山未解围。
铁衣远戍辛勤久，玉箸[7]应啼别离后。
少妇城南欲断肠，征人蓟北空回首[8]。
边风飘摇那可度？绝域苍茫更何有[9]！
杀气三时作阵云，寒声一夜传刁斗[10]。
相看白刃血纷纷，死节[11]从来岂顾勋？
君不见沙场争战苦，至今犹忆李将军[12]。

【注释】

〔1〕燕歌行：乐府《相和歌·平调曲》题名。以三国时曹丕所作二首为最早，均写女子怀念远行的丈夫，为较早的七言体。后人所作多写征戍之事，尤以此诗最为著名。

〔2〕汉将：皆借汉指唐。

〔3〕赐颜色：破格赐予荣耀。

〔4〕"摐金"二句：摐金伐鼓：军中鸣金击鼓。榆关：山海关。碣石：山名，在今河北昌黎县北。此借指东北沿海一带。

〔5〕"校尉"二句：校尉：次于将军的武官，泛指边防长官。狼山：阴山山脉西段，在今内蒙古自治区中部。此外借瀚海、狼山泛指当时战场。

〔6〕凭陵：侵扰。

〔7〕玉箸：本义为白色筷子，此处比喻思妇泪水如注。

〔8〕"少妇"二句：城南：借指家乡。蓟北：唐蓟州治所在渔阳（今天津蓟县）。此处泛指东北战场。

〔9〕"边风"二句：意谓边塞战场动荡不宁，遥远的边陲更加荒凉。

〔10〕刁斗：古代军器，形如锅，昼用以烧饭，夜用以打更。

〔11〕死节：为节义而死，此指为国捐躯。

〔12〕李将军：指汉名将李广。

【赏析】

《燕歌行》不仅是高适的"第一大篇"，而且是整个唐代边塞诗中的杰作。千古传诵，良非偶然。全诗以浓缩的笔墨，写了一次战役的全过程：第一段八句写出师，第二段八句写战败，第三段八句写被围，第四段四句写决战的结局。各段之间，脉理绵密。

开元十五年（727年），高适北上蓟门。二十年，信安王李祎征奚、契丹，他又北去幽燕，希望到信安王幕府效力，未能如愿。二十一年，幽州节度使张守珪经略边事，初有战功。后两次战败。"守珪隐其状，而妄奏克获之功"。高适对此感慨甚深，因此写下了这首边塞诗的名篇。序虽点明此诗是唱和之作，实为对边塞战争的高度概括。诗的前四句交代出兵原因及士卒献身沙场的精神。从辞家去国到榆关、碣石，再到瀚海、狼山，八句概括了出征的历程，逐步推进，气氛也从宽缓渐入紧张。"战士军前半死生，美人帐下犹歌舞"，这一严酷的对比，有力地揭露了唐军将军和兵士的矛盾，暗示了失败的原因。接着写力竭兵稀，重围难解，孤城落日，衰草连天，边塞特点异常鲜明，烘托出出兵败卒的凄凉。"铁衣"以下三联，一写征夫，一写思妇，错综相对。城南少妇，日夜悲愁，但是"边庭飘摇那可度"；蓟北征人，徒然回首，毕竟"绝域苍茫更何有！"相去万里，永无见期，人生到此，天道遑论！更哪堪白天所见，只是"杀气三时作阵云"；晚上所闻，唯有"寒声一夜传刁斗"。如此危急的绝境，真是死亡就在眉睫之间。至此，读者不禁要问：把他们推到这种绝境的究竟是谁呢？

最后四句总束全篇，淋漓悲壮，感慨无穷。士兵们与敌人短兵相接，浴血奋战，那种视死如归的精神，哪里是为了个人的功勋！他们是何等质朴、善良，何等勇敢，然而又是何等可悲呵！

全诗气势畅达，笔力矫健，经过惨淡经营而至于浑化无迹。气氛悲壮淋漓，意旨深刻含蓄。不仅写了边战的严酷，而且意蕴极为深刻。此外，战地气氛的渲染，战士心理的刻画，对比手法的运用，都有助于全诗深刻思想的表达。

【名家评点】

刺边将佚乐，不恤士卒。通首叙关塞之苦，只以"战士"二句；"君不见"二句点睛。运意绝高。

——［清］章燮《唐诗三百首注疏》

别董大〔1〕

十里黄云白日曛〔2〕，北风吹雁雪纷纷。
莫愁前路无知己，天下谁人不识君？

【注释】

〔1〕董大：董庭兰，唐玄宗时著名琴客，是一位"高才脱略名与利"的音乐圣手。崔珏《七绝》云："七条弦上五音寒，此艺知音自古难。惟有河南房次律（盛唐宰相房琯），始终怜得董庭兰。"

〔2〕曛：黄昏，落日余晖。

【赏析】

高适写此诗，应是在不得意的浪游时期。他的《别董大》之二说："六翮飘摇私自怜，一离京洛十余年。丈夫贫贱应未足，今日相逢无酒钱。"

在这首诗中，诗人于慰藉中寄希望，因而给人一种满怀信心的感觉。前两句用白描手法写眼前之景：黄沙千里，遮天蔽日；大雪纷飞，北风呼啸。唯见遥空断雁出没寒云，使人难禁日暮天寒、游子路茫之慨。就是在这荒寒壮阔的环境中，诗人送别身怀绝技却又无人赏识的音乐家的。后两句说得响亮有力，充满信心和力量。因为是知音，所以才把话说得如此朴质豪爽。

在唐人的赠别诗篇中，那些凄清缠绵、低回流连的作品固然感人至深，但另有一种慷慨悲歌、出自肺腑的诗作，以其真诚情谊，坚定信念，为送别诗平添豪放健美。高适的《别董大》便是一首这样的佳构。

【名家评点】

云黄，则将下雪；白日曛，则天又晚矣。以"十里"说黄云，妙。北风吹雁阵，与雪搅乱而来，日又晚，雪又大，岂不要愁前路之无贤主人？乃慰之曰："莫愁。前路，只在所去路之前头，乃甚近之处。知己，亦只在今宵相遇。君子声名远扬，天下之人，那个不识君，那个不欲识君也。君何愁此雪天前路哉！"此诗妙在粗豪。

——［清］徐增《说唐诗》

崔　颢

崔颢（约704—754年），汴州（今河南开封）人。开元进士，官司勋员外郎。早年诗多写闺情，流于浮艳轻薄；后历边塞，诗风变为雄浑奔放。游武昌登黄鹤楼，感慨赋诗，李白自叹不及。后代诗评家说他"好蒲博，嗜酒，娶妻择美者，稍不惬即弃之"。诗名甚大，但事迹流传较少。现存诗仅四十几首。明人辑有《崔颢集》。

黄鹤楼

昔人已乘黄鹤去，此地空余黄鹤楼。
黄鹤一去不复返，白云千载空悠悠。
晴川历历汉阳树，芳草凄凄鹦鹉洲[1]。
日暮乡关何处是？烟波江上使人愁。

【注释】

〔1〕鹦鹉洲：在湖北江夏区西南，据《后汉书》载，"汉黄祖任江夏太守时，在此大宴宾客，有人献鹦鹉，故称鹦鹉洲。"或言因东汉末祢衡作《鹦鹉赋》而得名。

【赏析】

这首诗不仅是崔颢的成名之作，也为他奠定了一世的诗名。《唐诗三百首》就把这首诗列为七律第一首，可见对此诗有多么器重。严羽《沧浪诗话》说："唐人七言律诗，当以崔颢《黄鹤楼》为第一。"这样一来，崔颢的《黄鹤楼》名气就更大了。连李白都说："眼前有景道不得，崔颢题诗在上头。"

崔颢流传至今的四十余首诗大致可分为三类：描写妇女的诗，边塞诗和山水诗，赠言记事。描写妇女的诗不但不"浮艳"，而且风格清新，活泼自然，读之令人感到非常亲切。

《黄鹤楼》这首诗写出了那个时代登楼者的共同感受，气概苍莽，感情真挚。"黄鹤"二字再三重出，却因其气势奔腾直下，使读者无暇觉察到它的重叠。

颔联与破题意气贯注，浑然一体。颈联一变而为晴川草树萋萋满洲的眼前景象，这一对比，不但能烘染出登楼远眺者的愁绪，也使文势因此而显起伏波澜。

最后两句，抒发乡关之思，令人黯然。结以烟波浩渺之景，有迷离惆怅之致。这首诗纵笔写来，畅达无碍，兴会淋漓，意境开阔，气魄宏大，不能不令人叹为观止。

【名家评点】

意得象先，神行语外，纵笔写去，遂擅千古之奇。

——［清］沈德潜《唐诗别裁》

常　建

708年生，字号、籍贯皆不详，开元十五年（727年）与王昌龄同榜进士，只做过盱眙尉。《唐才子传》说是长安人。后隐居武昌。一生沉沦失意，耿介自守，交游无显贵。其诗意境清迥，语言洗练自然，艺术上有独特造诣。现存诗五十七首。今有《常建集》二卷。

题破山寺后禅院

清晨入古寺，初日照高林。

曲径通幽处，禅房花木深。
山光悦鸟性，潭影空人心。
万籁此俱寂，惟余钟磬音。

【赏析】

破山寺即今江苏常熟兴福寺。诗中写的是清晨游寺后禅院的观感。

徐增有评："潭虽有影，而虚体自在，人见此湛然空明，尘胸顿涤。"他又说：闻钟磬之音，"则上人俱是古德可知"。此评道出了"万籁此俱寂，惟余钟磬音"的意境：仿佛大自然和人世间的所有声响都寂灭了，只有这钟磬之音，这悠扬而洪亮的佛音，才能指引人们进入清净自在的无上境界。

此诗的特点在于构思巧妙，善于引导读者在平易中入其胜境，全不以描摹和辞藻取胜。

张 谓

生年不详，字正言，河内（今河南泌阳县）人。登进士第，乾元中为尚书郎，大历年间任潭州刺史，后官至礼部侍郎。其诗词精意深，讲究格律，诗风清正，多饮宴送别之作。代表作中以《早梅》为最著名。存诗一卷。

早 梅

一树寒梅白玉条，迥临村路傍溪桥。
不知近水花先发，疑是经冬雪未销。

【赏析】

自古诗人以梅花入诗者不乏佳篇，有人咏梅的风姿，有人颂梅的神韵，这首咏梅诗，则侧重一个"早"字。

首句写出了寒梅傲雪的英姿。第二句一"迥"一"傍"，点明梅开之环境。这一句承上启下，是全诗意境拓展的必要的过渡，"溪桥"二字引出下句。结尾二句回应首句，意谓诗人远望疑是瑞雪，最后细观，才发现原来这是近水先发的寒梅，早梅之"早"俏丽秀出。

此诗从似玉非雪、近水先发的梅花着墨，读者透过首尾照应的笔法，自可领略到此诗只可意会、难以言传的韵味。

题长安壁主人

世人结交须黄金，黄金不多交不深。
纵令然诺暂相许，终是悠悠行路心。

【赏析】

诗以浅显的语言，揭露了世俗小人唯钱是问、两面三刀的卑劣行径。

诗的后两句形象地刻画出以长安壁主人为代表的势利之徒的虚情假意与冷漠无情。这类人总是表面上拍着胸脯许诺，但那只不过是暂时的敷衍，其实他们的心像路人一样冷漠。用"悠悠"两字形容"行路心"，看似平淡，实则传神，刻画世态人情入木三分。

李 冶

生年不详，字季兰，乌程（今浙江吴兴）人，后为女道士，是中唐诗坛上享有盛名的女诗人。晚年被召入宫中，因上诗与叛将朱泚，被德宗处死。

李冶容貌俊美，天赋极高，从小显露诗才，为世所重。出嫁为女道士后，她又与许多诗人鸿儒交游，酬咏甚多。她神情潇洒，专心翰墨，生性浪漫，爱作雅谑，又善弹琴，尤工格律。刘长卿对其诗极为赞赏，称她为"女中诗豪"。与薛涛、鱼玄机、刘采春被称为唐代四大才女。

明月夜留别

离人无语月无声，明月有光人有情。
别后相思人似月，云间水上到层城[1]。

【注释】

〔1〕层城：一指昆仑山最高处即天庭；亦可指京城。

【赏析】

　　唐人写月夜留别或相思的诗很多，这一首却非常别致。诗的前两句都是复叠句，首句用两个"无"字，次句用两个"有"字，读起来抑扬顿挫，使人感到很有节奏。不仅如此，诗的前两句，每一句都有"人"和"月"，这就使诗的句法更加工整。从第一句看，两人分离时都没有什么话说，月亮也没有声音，四周很寂静，似乎没有什么感情；第二句马上一变，明月虽然无声，但有洁白的光亮；两人分离时虽然沉默，内心却百感交集。这样一写，句与句之间就有一种起伏，一种变化。不仅使人感到人有情，连明月似乎也有了感情。后二句写别后情景。"人似月"三字看似平淡，言外之意却很多，说明人的相思如月之运行，周而复始，永无尽头。

　　诗从月光下离人的依依惜别，到月光下女子的独自相思，从头至尾都将人月合写，以人喻月，以月形人，意蕴十分别致。

八　至

至近至远东西，至深至浅清溪。
至高至明日月，至亲至疏夫妻。

【赏析】

　　"至近至远"统一于"东西"，是常识，却具有深刻的辩证法。如果说前一句讲的是事物远近的相对性，"至深至浅"说的则是现象与本质的矛盾统一。

　　"日月"句意在引出下句。前三句虽属三个范畴，都偏于物理的辩证法，唯有末句专指人情言之，显然是全诗结穴所在。

　　从肉体和利益关系看，夫妻是世界上距离最近的；另一方面，夫妻之间的心理活动又是最难让人捉摸的，甚至有时又是永远无法触摸的，因此"至疏"。如果说诗的前两句妙在饶有哲理意趣，那么末句之妙，专在针砭世情，极为冷峻。

　　李冶还有一首名曰《相思怨》，同样词语率直，耐人寻味。"人道海水深，不抵相思半。海水尚有涯，相思渺无畔。携琴上高楼，楼虚月华满。弹著相思曲，弦肠一时断。"

刘长卿

　　刘长卿（709—约780年），字文房，宣城（今安徽宣州）人，一说河间（今属河北）人。玄宗天宝进士。肃宗至德年间任监察御史、长洲县尉，贬岭南南巴尉，后旅居江浙。代宗时历任转运使判官，知淮西、鄂岳转运留后，被诬，再贬睦州司马。德宗建中二年（781年），任随州（今属湖北）刺史，世称"刘随州"。生平坎坷，有一部分感伤身世之作，但也反映了安史之乱后中原一带荒凉凋敝的景象。与杜甫为同时代人，其创作活动主要在中唐。他的诗气韵流畅，音调谐美。诗以五七言近体为主，尤工五言。五律简练浑括，于深密中见清秀，自诩为"五言长城"。《全唐诗》编录其诗五卷。

逢雪宿芙蓉山〔1〕

日暮苍山远，天寒白屋〔2〕贫。
柴门闻犬吠，风雪夜归人。

【注释】

　　〔1〕芙蓉山：在今湖南省郴州市桂阳县境内。

　　〔2〕白屋：屋顶用白茅覆盖或木材不加油漆的房舍。

【赏析】

　　此诗写的是风雪之夜，旅人投宿山庄的情景。单就字面而言，该诗用语浅近，明白如话。但反复吟咏之余，体会到的是一种来自生活底层平常而又可贵的人间温情。开篇两句营造了一种旅途漫漫、日暮沉沉、天寒地冻的旅愁氛围。"柴门闻犬吠，风雪夜归人"展现的则是一幅旅者前去投宿的感人的"夜归"图。诗的真正妙处在于，全诗收住之后留给读者以无尽的想象：一个路途劳顿、渴望歇息的旅人，当主人出门询问时，定然要迫不及待地道明来意；乐善好施的主人引之入屋之后，可以想见，旅人该是多么感动。接下来的情景不难想象：忽明忽暗的油灯，似有似无的风声；温暖的寒暄，热热的茶饭……一句简简单单的结尾所内含的温馨，与诗题和开篇的风雪寒夜形成了多么意蕴深长的对照！

　　诗以平实之语，白描之法，客观地再现旅途的见闻经历。诗人寓情于景，将丰富的想象空间留给了读者，让读者自己去细细咀嚼人间的那份温暖。

重送裴郎中^[1]贬吉州

猿啼客散暮江头，人自伤心水自流。
同作逐臣君更远，青山万里一孤舟。

【注释】

〔1〕裴郎中：不详待考。

【赏析】

　　诗题"重送"，是因为这以前诗人已写过一首同题的五言律诗。刘、裴曾一起被召回长安，又同遭贬谪，同病相怜，发此悲歌。首句七字，描写送别之氛围，字字托实，没有一笔架空，将送别的环境，点染得"黯然销魂"。

　　通篇直陈其事，紧紧扣住江边送别的特定情景，使写景与抒情自然而巧妙地结合在一起。前人论刘长卿"诗体虽不新奇，甚能炼饰"（高仲武《中兴间气集》）。此诗写得清新自然，足见其"炼饰"功夫。

杜　甫

　　杜甫（712—770年），字子美，自号少陵野老。原籍湖北襄阳，迁河南巩义市。远祖为晋代功名显赫的杜预，乃祖为初唐诗人杜审言，乃父杜闲。杜甫举进士不第，漫游各地。天宝年间到长安，仕进无门，困顿十年。安史乱军陷长安，他流亡颠沛，竟为叛军所俘；脱险后，逃至凤翔，谒见肃宗，授官左拾遗。乾元二年（759年），弃官西行入蜀，定居成都，一度在剑南节度使严武幕中任工部员外郎，故又有杜工部之称。晚年举家东迁，途中留滞夔州二年，出峡，漂泊鄂、湘一带，贫病而卒。

　　他生活在唐朝由盛转衰时期。一生写诗一千四百多首，其诗多涉笔社会动荡、政治黑暗、人民疾苦，被誉为"诗史"；其人忧国忧民，人格高尚，诗艺精湛，被奉为"诗圣"。

　　杜甫善于运用古典诗歌的许多体制，并加以创造性地发展。他是新乐府诗体的开拓者。他的乐府诗促成了中唐时期新乐府运动的发展。五七古长篇，亦诗亦史，标志着我国诗歌艺术的最高成就。有《杜工部集》传世。后世注本、集注本颇多。

望 岳

岱宗[1]夫如何？齐鲁青未了[2]。
造化钟神秀[3]，阴阳割昏晓[4]。
荡胸生层云，决眦入归鸟[5]。
会当凌绝顶[6]，一览众山小。

【注释】

〔1〕岱宗：泰山亦名岱山，在今山东省泰安市城北。古代以泰山为五岳之首，诸山所宗，故又称"岱宗"。历代帝王举行封禅大典，皆在此山。

〔2〕"齐鲁"句：齐鲁：古代齐鲁两国以泰山为界，齐国在泰山北，鲁国在泰山南。青未了：意谓郁郁苍苍的山色无边无际，浩茫浑涵，难以尽言。

〔3〕"造化"句：造化：天地，大自然。钟：聚集。神秀：指山色的奇丽。

〔4〕"阴阳"句：阴阳：这里指山北山南。割：划分。这句是说，泰山横天蔽日，山南向阳，天色明亮；山北背阴，天色晦暗。同一时刻却是两个世界。

〔5〕"决眦"句：决：张大。眦：眼角。决眦形容极目远视的样子。入归鸟：目光追随归鸟。

〔6〕"会当"句：会当：唐人口语，意即"一定要"。凌：登上。

【赏析】

这是杜甫现存作品中最早的一首。大约作于开元二十四年（736年）第一次游齐赵时，诗人当时二十五岁。这是一首展示巍峨秀丽的泰山景观的气势宏大的写景诗。诗中洋溢着诗人对祖国壮丽河山的热爱和青年时代胸怀大志、积极进取、乐观自信的精神。泰山名气很大，文化内涵很深，历代文人墨客多慕名到此登临游览，留下许多诗文。但自从杜甫《望岳》一出，提起泰山，大家首先想到的就是这篇名作。

首联以设问提起，既包含着酝酿已久的神往之情，又写出泰山莘拔于齐鲁大地的雄姿，可谓意出高远。既将作者觉得难以下笔而沉吟不已之状描摹得十分传神，又极言惊叹、赞慕之情。刘须溪曰："只五字（齐鲁青未了）雄盖一世。"

颔联写近望泰山之势，气象磅礴。大自然似乎对泰山情有独钟，把神奇和秀美都集中在了它的身上。高高的山峰，把泰山南北分割成两个世界。一"钟"字，仿佛天地有情，示"造化独加意于此";泰山拔地而起,不可测识,包含万有,故曰"神秀"。这两句已体现出了杜甫造句炼字"语不惊人誓不休"的特点。

颈联写凝视既久,细望之景。山间云气生发,层层叠叠,令人心胸激荡起伏。目不转睛,觉眼眶欲裂,又忽见归鸟若箭之离弓,向山而去。一舒缓,一迅疾;一显阔达,一显峭刻。刘勰谓"登山则情满于山,观海则意溢于海",此则是也。

结尾两句写望之不足,而欲登览。语出《孟子·尽心上》:"孔子登东山而小鲁,登泰山而小天下。"不仅写出了泰山五岳独尊的雄伟气势,更见出诗人心胸气魄的宏大,"天下之山,皆在目中",不但令全诗有含蓄不尽之味,更可看成是杜甫的自我期许,展示了一个青年诗人的雄心和气概。

杜甫一生写过三首《望岳》。题目虽一样,但背景、旨趣、体裁、风格各有不同。三首诗分别写于杜甫二十五岁、四十七岁和五十八岁,把它们并读比较,可从中略窥杜甫青年、中年、暮年不同时期的际遇和情怀。咏泰山的《望岳》表现了杜甫青年时期的积极进取;咏华山的《望岳》表现了杜甫中年时期的失意彷徨、动极思静;咏衡山的《望岳》则表现了杜甫晚年的内敛安命、与人为善。

【名家评点】

末联则以将来之凌眺,剔现在之遥观,是透过一层收也……杜子心胸气魄,于斯可观。取为压卷,屹然作镇。

——[清]浦起龙《读杜心解》

春日忆李白

白也诗无敌,飘然思不群。
清新庾开府,俊逸鲍参军[1]。
渭北[2]春天树,江东日暮云。
何时一樽酒,重与细论文。

【注释】

〔1〕"清新"二句:庾开府:指庾信,北周时人,官至骠骑大将军、开府仪同三司(司马、司徒、司空),世称庾开府。鲍参军:指鲍照,刘宋时任荆州前军参军,世称鲍

参军。此二人均参见《古诗三百首》庾信、鲍照篇。

〔2〕渭北：指杜甫当时所在的长安一带。

【赏析】

在盛唐诗歌创作空前繁荣的大背景中，杜甫和李白结下了深厚感人的友谊。两位大诗人于唐玄宗天宝三年（744年）在洛阳第一次见面，与高适同游梁、宋，相伴一年，于次年分手之后，从此虽然别多聚少，但是二人无时不在互相惦记着对方。杜甫写有忆念李白的四首诗都感人至深，我们把它们放在一起来欣赏。

《春日怀李白》是杜甫旅居长安时所作。作者起首便对李白的诗歌创作赞誉备至，说他的诗冠绝当代，卓异不凡，像庾信那样清新，鲍照那样俊逸。四句是因忆其人而忆及其诗。从这几句坦荡直率的赞语中，也可以看出杜甫对李白的钦仰，不仅表达了他对李白诗章的喜爱，也体现了他们的深情厚谊。杜甫曾在另一首寄给李白的诗中赞叹道："昔年有狂客，号尔谪仙人。笔落惊风雨，诗成泣鬼神。"颈联表面上看，好像只是平平淡淡地点出两个地名，言外之意却是在说，当春天来到渭北，我在殷殷思念江东的李白之时，也正是李白在江东遥望夕阳暮云，思念我的时候；回忆在一起时的美好时光，悬揣分别后的和此时的种种情状，这当中该有多么丰富的内容啊！

上面将离情写得极深极浓，这就自然引出了末联的热切希望：什么时候才能再次欢聚，像过去那样，把酒论文呢？以"论文"结，由诗转到人，由人又回到诗，转折对接，极其自然，通篇始终贯穿着一个"忆"字，把对人和对诗的倾慕怀念，结合得水乳交融。以景寓情的手法，更是出神入化，把作者的思念之情，写得深厚无比，情韵绵绵。

【名家评点】

首句自是阅尽甘苦上下古今，甘心让一头地语。窃谓古今诗人，举不能出杜之范围；惟太白天才超逸绝尘，杜所不能压倒，故尤心服，往往形之篇什也。

——［清］杨伦《杜诗镜铨》

梦李白二首

死别已吞声，生别常恻恻[1]。
江南瘴疠地，逐客无消息[2]。

故人入我梦，明我长相忆。

恐非平生魂，路远不可测〔3〕。

魂来枫林青，魂返关塞黑〔4〕。

君今在罗网，何以有羽翼〔5〕？

落月满屋梁，犹疑照颜色〔6〕。

水深波浪阔，无使蛟龙得〔7〕！

浮云终日行，游子久不至。

三夜频梦君，情亲见君意〔8〕。

告归常局促〔9〕，苦道〔10〕来不易：

江湖多风波，舟楫恐失坠。

出门搔白首，若负平生志〔11〕。

冠盖满京华，斯人独憔悴〔12〕。

孰云网恢恢，将老身反累〔13〕。

千秋万岁名，寂寞身后事〔14〕。

【注释】

〔1〕"死别"二句：意谓生别比死别还要悲苦。吞声：因极端悲恸而哭不出声来。恻恻：悲凄。

〔2〕"江南"二句：浔阳和夜郎都在长江南。瘴疠：因南方潮湿，气候炎热而流行的一种疾病。逐客：被放逐的人，此指李白。

〔3〕"恐非"二句：怀疑李白已遭意外。当时谣传李白已于途中坠水而死。

〔4〕"魂来"二句：枫林：李白放逐的西南之地多枫林。关塞：杜甫流寓的秦州之地多关塞。李白的魂来魂往都是在夜间，所以说"青""黑"。

〔5〕"君今"二句：意谓既已身陷法网，怎么能这样来去自由呢？

〔6〕颜色：指梦中李白的面容。此写诗人梦醒后迷离恍惚的情状。

〔7〕"水深"二句：表面上是叮咛李白的灵魂归去时要一路警惕，实际上是叮嘱他在险恶的政治环境中要多加小心，以免被恶人（蛟龙）陷害。

〔8〕"三夜"二句：你一连三夜来我梦中，足见对我情意深厚。

〔9〕局促：匆促不能久留。

〔10〕苦道：再三地说。下面二句是梦中李白临别时说的话。

〔11〕"出门"二句：写梦中李白临别时的神态。

〔12〕冠盖：冠冕和车盖，代指官贵。

〔13〕"孰云"二句：思谓谁说天网宽疏，可对你这样一个老者却不放过。

〔14〕"千秋"二句：你活着的时候虽然寂寞困苦，但必将获得不朽美名。

【赏析】

这两首诗作于乾元二年（759年）秋，杜甫流寓秦州时。李白与杜甫在天宝四年（745年）秋于山东兖州石门分手后，就再没见面，但彼此一直深深怀念着。至德二年（757年），李白因曾参与永王李璘的幕府受牵连，下狱浔阳（今江西省九江市）。乾元元年（758年）初，又流放夜郎（今贵州省桐梓县）。乾元二年（759年）二月，在流放途中，遇赦放还。杜甫这时流寓秦州，地处僻远，消息隔绝，尚不知放还之事，仍在为李白担忧，与好友梦中相会，感而成诗。诗写得情深意切，《而庵说唐诗》云："子美作是诗，肠回九曲，丝丝见血，朋友至情，千载而下，使人心动。"

上篇写作者疑幻疑真的心理，下篇写故人清晰真切的形象。上篇写对他当前处境的关注，下篇写对他生平遭际的同情；忧惧之情专为李白而发，不平之气兼含诗人自身的感慨。

诗一开头便如阴风骤起，吹来一片弥漫全诗的悲怆气氛。"故人入我梦，明我长相忆。"不说梦见故人，而说故人入梦；李白在梦中倏忽而现，表现了诗人乍见故人的喜悦和欣慰。但转念之间便觉不对："君今在罗网，何以有羽翼？"你既累系于江南瘴疠之乡，怎可能插翅飞出罗网，千里迢迢来到我身边呢？联想关于李白的种种不祥的传闻，诗人不禁暗暗思忖：莫非他真的死了？眼前的他是生魂还是死魂？乍见而喜，转念而疑，继而生出深深的忧虑和恐惧。诗人对自己梦幻心理的刻画十分逼真细腻。

梦归魂去，诗人依然思量不已：故人魂魄星夜从江南来，又星夜自秦州返，来时要飞越南方青郁郁的千里枫林，归去要渡过秦陇黑沉沉的万丈关塞，遥远艰辛，而且是孤零零一人。凝视满屋明晃晃的月光，诗人忽又觉得李白那憔悴的容颜依稀尚在，凝神细辨，才知是一种朦胧的错觉。想到故人魂魄一路归去，夜又深，路又远，江湖之间，风涛险恶，诗人内心祈祷着、叮咛着："水深波浪阔，无使蛟龙得。"这惊骇可怖的景象，正好是李白险恶处境的象征；这惴惴不安的祈祷，体现着诗人对故人命运的殷忧。

上篇所写是诗人初次梦见李白的情景，此后数夜，又连续出现类似的梦境，于是有下篇的咏叹。天上浮云终日飘去飘来，天涯故人却久望不至；所幸李白一往情深，魂魄频频前来探访，使诗人得以聊释愁怀。"告归"以下六句，选取梦中魂返前的片刻，描述李白的幻影：每当分手的时候，李白总是匆促不安地苦苦诉说："来一趟真不容易啊，江湖上风波迭起，我真怕会沉船呢！"看他出门时用手搔弄白发的背影，分明是在因壮志不遂而怅恨。寥寥三十字，从不同的侧面刻画李白的形象，其形可见，其声可闻，其情可感，枯槁惨淡之状，如在目前。

梦中的李白给人的触动太强太深了，最后终于发为浩叹。生前遭遇如此，纵使身后名垂万古，人已寂寞无知，夫复何用！"千秋万岁名，寂寞身后事。"在这沉重的嗟叹之中，寄托着对李白的崇高评价和深切同情，也包含着诗人自己对人生命运的无尽思索。

【名家评点】

真朋友必无假性情。通性情者，诗也。诗至《梦李白》二首，真极矣！非子美不能作，非太白亦不能当也。

——朱光潜《诗论》

天末怀李白

凉风起天末[1]，君子意如何？
鸿雁几时到，江湖秋水多。
文章憎命达[2]，魑魅[3]喜人过。
应共冤魂语，投诗赠汨罗[4]。

【注释】

〔1〕天末：天的尽头。当时杜甫在秦州，地处边塞，故有此说。

〔2〕"文章"句：意思是说，文才与命运似乎从来势不两立，一个人的文章好，命运就肯定不好。

〔3〕魑魅：传说中的山精水怪，它喜欢有人经过，以便吞食。魑魅在这里是比喻奸邪小人。

〔4〕"应共"二句：冤魂指屈原。屈原被放逐，投汨罗江（在湖南湘阴县东北）而死。长江、洞庭是李白流放必经之地，所以设想李白一定会作诗投赠汨罗江，向屈原诉冤。

【赏析】

　　这一首和《梦李白二首》当是同一时期的作品。诗中设想李白于深秋时节，在流放途中，从长江经过洞庭湖一带时的情景，表达了诗人对李白深切的怀念和同情。《唐宋诗醇》："悲歌慷慨，一气舒卷，李杜交好，其诗特地精神。"

前出塞（九首选一）

　　挽弓当挽强，用箭当用长。
　　射人先射马，擒贼先擒王。
　　杀人亦有限，列国自有疆[1]。
　　苟能制侵陵[2]，岂在多杀伤。

【注释】

　　〔1〕自有疆：本来应该有个疆界。
　　〔2〕制侵陵：制止侵犯、侵略。

【赏析】

　　天宝末年，边将哥舒翰贪功于吐蕃，安禄山构祸于契丹，于是征调半天下。巨大的战争灾难和负担落到了人民头上。《前出塞》九首集中描写一个战士戍边十年的经历，第一首写这位战士告别家人，应召出征；最后一首写立功回乡，他所面对的却是比边战更加残酷的内乱。这一组诗反映了唐王朝发动的开边战争给人民带来的深重苦难，抨击了唐玄宗穷兵黩武的国防政策。本篇原列第六首，是其中较有名的一篇。

　　在如何对待战争的问题上，诗人认为，强兵只为守边，赴边不为杀伐。不论是为制敌而"射马"，还是不得已而"杀伤"，以及为平定叛乱、讨伐贼寇而"擒王"，都应以"制侵陵"为限，不应以黩武为能事。这种反对以战去战、以暴制暴的思想，是恢宏正论、安边良策，反映了国家的利益和人民的愿望。

贫交行

翻手作云覆手雨，纷纷轻薄何须数。
君不见管鲍贫时交[1]，此道今人弃如土。

【注释】

〔1〕管鲍贫时交：《史记》载，管仲早年与鲍叔牙游，鲍知其贤。管仲贫困，与叔牙一同做生意，常常贪占便宜，而鲍终善遇之。后来鲍事齐公子小白（即后来的齐桓公），又荐举管仲任齐相。管仲遂佐齐桓公成霸业，他感喟地说："生我者父母，知我者鲍叔也。"

【赏析】

诗作于天宝中作者困守京华时。他曾在一首诗中这样描述当时的生活情景："朝扣富儿门，暮随肥马尘。残杯与冷炙，到处潜悲辛。"可知作者对世态炎凉、人情反复的感慨之深，此诗即因此感愤而作。

劈空一句"翻手作云覆手雨"，便将世俗之交形容殆尽：得意时如云之趋合，失意时如雨之纷散，翻手覆手之间，忽云忽雨，变化无常，令人不测。"只起一语，尽千古世态"。

虽然世风浇薄如此，但人们偏偏好把"友情"挂在嘴上，诗人把这种世风斥之为"纷纷轻薄"，谓之"何须数"，轻蔑之极，愤慨之极。寥寥数字，有力地表现出作者对假、恶、丑的极度憎恶。

黑暗冷酷的现实不免使人绝望，于是诗人想起了古人鲍叔牙待管仲贫富不移的交友之道，将古道与现实进行对比。古人以友情为重，重于磐石，相形之下，"今人"之"轻薄"益显。可惜古人的美德被"今人"像土块一样抛弃了。

此诗由于发唱惊挺，造型生动，通过正反对比手法和夸张语气的运用，造成"慷慨不可"的情韵，特有震撼力。

春 望

国破山河在，城春草木深。
感时花溅泪，恨别鸟惊心[1]。
烽火连三月，家书抵万金。
白头搔更短，浑欲不胜簪[2]。

【注释】

〔1〕"感时"二句：意谓因伤时感世，见花而洒泪；为生离死别，闻鸟鸣而心惊。

〔2〕"白头"二句：白发稀疏，简直插不住发簪了。浑：简直，完全。

【赏析】

唐肃宗至德元年（756年）六月，安史叛军攻陷长安，肃宗在灵武即位，改元至德。七月，杜甫听到这一消息，把家小安顿在鄜州（今陕西富县）的羌村，投奔肃宗，在灵武途中，被叛军停至长安。诗作于次年三月。全篇忧国伤时，念家悲己，表现出诗人一贯心系天下、忧国忧民的博大胸怀。本诗所以沉郁悲壮、感动千古，其因即在于此。

诗人先以长安城里草木丛生、人烟稀少来衬托国家之残破。颔联写诗人见春花而落泪，闻鸟鸣而心惊，足见时局动荡给人带来的伤痛何其深重！国家动乱不安，战火经年不息，人民妻离子散，音书不通，这时候能收到家书，真可抵得万两黄金。结尾"搔"字用得极妙，说明诗人为国事家事搔首低徊，一筹莫展，愈搔愈稀，最后连簪子都插不住了。全诗情景交融，感情深沉，而又含蓄凝练，言简意多，充分体现了诗人"沉郁顿挫"的艺术风格，所以能一千多年来脍炙人口，历久不衰。这首诗写的虽然是个人在战乱时的体验，但对于经历过或正在经历着战乱的人们而言，具有普遍性和典型性，因而成为饱受战争之苦的人们的共同心声。据说在二战期间，一个法国人就"在逃难时经常吟诵"这首诗。（保尔·戴密微《中国古诗概论》）

附带说一下。对于"感时花溅泪，恨别鸟惊心"这二句如何理解，向来有分歧，主要表现在"溅泪"和"惊心"的是花、鸟还是人。有人认为作者将花和鸟拟人化，落泪和惊心的是花和鸟；有人主张是人。中学语文课程教材研究中心编著《语文》的研讨和练习里，竟然要求学生对这个问题展开讨论。倘若了解杜甫作此诗前，在当时洛阳的文化活动中，"看花落泪，听鸟心惊"已成撰文作诗的习用语，杜甫突破习见的流行话语，推陈出新为艺术性更强的诗句，这在文学创作中是很自然的事情。所以这两句诗的行为主体应该理解为是人，而不是花和鸟。

【名家评点】

老杜寄身于兵戈骚屑之中，感时对物，则悲伤系之，如'感时花溅泪'是也，……言人情对境，自有悲喜，而初不能累无情之物也。

——［宋］葛立方《韵语阳秋》

石壕吏

暮投石壕村^{〔1〕}，有吏夜捉人；
老翁逾墙走，老妇出看门。
吏呼一何怒，妇啼一何苦。
听妇前致辞：三男邺城^{〔2〕}戍；
一男附书至，二男新战死。
存者且偷生，死者长已矣。
室中更无人，惟有乳下孙；
有孙母未去，出入无完裙。
老妪力虽衰，请从吏夜归；
急应河阳^{〔3〕}役，犹得备晨炊。
夜久语声绝，如闻泣幽咽。
天明登前途，独与老翁别。

【注释】

〔1〕石壕村：故址在今河南省陕县东七十里。

〔2〕邺城：三国时曹魏都城，故址在今河北临漳县境内。

〔3〕河阳：今河南省孟州市，当时唐官兵与叛军在此对峙。应：应征。

【赏析】

唐肃宗乾元二年（759年）春，郭子仪、李光弼、王思礼等九节度使各率所部围安庆绪于邺城，由于指挥不统一，为安庆绪所败，六十万大军溃于邺城之下。郭子仪退守洛阳，朝廷紧急征兵拉夫。这时杜甫正从洛阳回华州司功参军任所，因途中亲见而作组诗《新安吏》《石壕吏》《潼关吏》《新婚别》《垂老别》《无家别》，后人简称为"三吏""三别"。

　　《石壕吏》全诗可分为三个部分。前四句为第一部分，"暮投石壕村"交代故事发生的时间、地点，揭开了序幕。在夜幕掩映下，正发生着一场惊心动魄的人间悲剧，"有吏夜捉人"点到了故事情节的核心。一片惊恐之中，老翁在慌忙中越墙逃走，老妇人可怜兮兮地前去开门察看。仅仅四句诗，用简洁的语言展开了故事的情节，交代了出场人物（投宿的诗人、捉人的差吏、逃跑的老翁、出门看的老妇），说明了兵荒马乱时的真实背景。

　　中间十八句为第二部分，写"抓人"事件的整个经过，将矛盾展开并推向高潮。一"怒"一"苦"，将虎吏咆哮、老妪哀吁写得活灵活现。老妇人出去开门，见差吏在凶恶地发怒，逼她交出能当兵的人，于是只好凄凄然陈词。老妇的话可分三层：我的三个男儿都已应征，两个已经牺牲，存者也朝不保夕；现在家中的孤儿寡母生活贫困，衣不蔽体；我虽然年老力衰了，但愿意跟你们去军营给士兵做饭。老妇的"致辞"写出她思绪的不断变化：起初，她理直气壮，据理力争，阐述自己已经为国家献出了三个儿子，言外之意，是说不应该再到她家来征兵；但因差吏蛮不讲理，于是哀求差役行行好，免去她家的这一次服役。可是，差吏拒不应允，不得已她最后下了决心，只身应役。老妇所言，始而心存幻想，继而尚存侥幸，最后大失所望，令人沉痛至极。

　　最后四句为第三部分。"如闻"二字一方面表现了儿媳妇因丈夫战死、婆婆被"捉"而泣不成声，另一方面也说明诗人因关切事态的发展而侧耳倾听，彻夜未眠。前一天傍晚投宿之时，老翁、老妇双双迎接诗人；而今时隔一夜，老妇被捉走，儿媳泣不成声，天明独与老翁相别。人生乱世，离别之苦如此，强烈的愤慨与无限的同情尽在这孤凄的告别中流露出来。老翁的心情怎样？诗人做何感想？这些都留给读者去想象了。

【名家评点】

　　古者有兄弟始遣一人从军。今驱尽壮丁，及于老弱。诗云：三男戍，二男死，孙方乳，媳无裙，翁逾墙，妇夜往。一家之中，父子、兄弟、祖孙、姑媳残酷至此，民不聊生极矣！当时唐祚，亦岌岌乎危哉！

——［明］仇兆鳌《杜少陵集详注》

国学经典精神家园丛书

羌村三首

峥嵘[1]赤云西，日脚[2]下平地。
柴门鸟雀噪，归客千里至。
妻孥[3]怪我在，惊定还拭泪。
世乱遭飘荡，生还偶然遂[4]。
邻人满墙头，感叹亦嘘唏。
夜阑更秉烛，相对如梦寐。

晚岁迫偷生，还家少欢趣[5]。
娇儿不离膝，畏我复却去。
忆昔好追凉，故绕池边树。
萧萧北风劲，抚事煎百虑[6]。
赖知禾黍收，已觉糟床注[7]。
如今足斟酌，且用慰迟暮。

群鸡正乱叫，客至鸡斗争。
驱鸡上树木，始闻叩柴荆。
父老四五人，问我久远行。
手中各有携，倾榼[8]浊复清。
苦辞[9]酒味薄，黍地无人耕。
兵革既未息，儿童尽东征。
请为父老歌，艰难愧深情。
歌罢仰天叹，四座泪纵横。

【注释】

〔1〕峥嵘：山高峻貌。这里形容云峰。

〔2〕日脚：落日穿过云层的光柱。

〔3〕妻孥：妻子和儿女。

〔4〕遂：如愿以偿。

〔5〕"晚岁"二句：意谓晚年在战乱的逼迫下偷生苟活，虽久别还家，仍然没有多少乐趣。

〔6〕"抚事"句：抚念家事，满目凄凉；抚念国事，胡骑猖獗，因而忧心如焚。

〔7〕"赖知"二句：赖：幸亏。糟床：制酒用的榨床。注：流，指酒已制成。

〔8〕榼：酒杯。

〔9〕苦辞：因觉得抱歉，于是再三地说。

【赏析】

　　组诗作于唐肃宗至德二年（757年）秋。这年二月，唐朝政府由彭原进驻凤翔。四月，杜甫由长安逃出至凤翔，五月授左拾遗，因疏救房琯，触怒肃宗。八月，放还鄜州探望妻子。《羌村三首》即作于这次还家后。三首诗内容各异，通过三个不同的角度描述诗人回家省亲时的生活片断，客观真实地再现了安史之乱中黎民苍生饥寒交迫、妻离子散、朝不保夕的悲苦境况。三诗蝉联，构成了诗人的"还乡三部曲"，也构成了一幅"唐代乱离图"。

　　第一首前四句先写作者在薄暮时分回到家中，此时正值夕阳西下，晚霞满天，门前荒落，鸟雀躁鸣，一幅凄凉的荒村晚景图，很好地衬托出远客初归时既喜且悲的心情。中间四句写诗人初见家人时悲喜交集的场面，细致入微地刻画了动乱年代人们的心理：诗人离家已经一年多了，正值兵荒马乱，消息阻隔，没有音讯，妻子原以为他已不在人世，如今意外归来，深感惊喜。善良淳朴的邻人听说诗人回来了，爬满了墙头，为他与家人的团聚而感叹落泪。最后一句写一家人深夜秉烛，犹疑是在梦中。

　　第二首写诗人还家后的矛盾心情。诗人想到自己年事已高，国难未平，却无力报国，故偷生之感涌上心头，倍受煎熬；娇儿依偎膝旁，怕他又离家而去。最后四句写秋收已毕，新酒即将酿出，足够自己借酒消愁，以慰迟暮之年了。

　　第三首写邻居来访。来访的四五人都是上了年纪的"父老"，这些老人携酒而来，酒色清浊不一，却代表着乡亲们的一片心意。接下来写父老因酒味薄而一再表示歉意，并由此说到因战争农事受到了影响，青壮年应征从军去了，收成不好。最后四句写诗人听到这些话，感念父老的一片深情，酒味虽薄但情谊深厚，因此主动以歌答谢。"歌罢"仰天长叹，四座父老涕泪滂沱。

　　在艺术上，诗人融叙事、抒情、写景于一体，结构严谨，语言质朴，运用今昔对比、高度概括的手法，表达了诗人崇高的爱国情怀，体现了杜甫沉郁顿挫的诗风。这组诗的意蕴超越了文字本身的表象意义，为读者留下了巨大的想象空间。

【名家评点】

一字一句，镂出肺肠，才人莫知措手；而婉转周至，跃然目前，又若寻常人所欲道者。

——［清］杨伦《杜诗镜铨》

曲江〔1〕二首

一片花飞减却春，风飘万点正愁人。
且看欲尽花经眼，莫厌伤多酒入唇。
江上小堂巢翡翠〔2〕，苑边高冢卧麒麟。
细推物理须行乐，何用浮名绊此身？

朝回日日典春衣，每日江头尽醉归。
酒债寻常行处有，人生七十古来稀。
穿花蛱蝶深深见，点水蜻蜓款款飞。
传语风光共流转〔3〕，暂时相赏莫相违。

【注释】

〔1〕曲江：当时长安东南的风景区。

〔2〕巢翡翠：倒置句式，意谓翡翠鸟正在筑巢。

〔3〕"传语"句：意思是说，告诉春光，与美景一起流连盘桓，让我欣赏吧。风光：春光。

【赏析】

诗人通过对曲江风物的描写，将曲江与国事融为一体，以曲江的盛衰比喻大唐的盛衰，将全部的哀思寄托在对曲江的描写中，从侧面形象地写出了世事的变迁。

开篇用风吹花瓣，春色正减，"风飘万点"的景象，把读者引入的不是春光明媚、繁花似锦的胜地，而是需要借酒浇愁的"愁人"现实。可谓圣手妙笔，令人折服！

为什么如此良辰美景，却让人忧愁满怀呢？因为诗人的目光随着那"风飘万点"的春花落到江上，看见了原来住人的堂室，如今却成了翡翠鸟筑窝的地方。落到苑边，看见了原来雄踞高冢之前的石麒麟倒卧在地。面对如此残败景象，只能是"莫厌伤多酒入唇"

了。可难道"天理良心"真是这样的吗？如果只能如此，无法改变，那就只好及时行乐，何必让浮荣绊住此身，失去自由呢？

为什么要日日尽醉呢？为什么要典当春衣，到处赊欠酒债呢？——"人生七十古来稀"。人生能活多久，既然不得行其志，就"莫思身外无穷事，且尽生前有限杯"吧！伤病本是痛苦之事，杜甫因醉后骑马摔伤，躺在床上却十分满足，因为来探望的朋友们都是携酒带肉来的，杜甫免了无钱沽酒的困窘，不禁有些陶陶然了："酒肉如山又一时，初筵哀丝动豪竹。共指西日不相贷，喧呼且覆杯中渌。"有人统计过，杜甫诗作现存一千四百多首，其中有三百多首说到酒。杜甫的诗歌被誉为"诗史"，那么其中的五分之一可作"酒史"的资料。至于李白，那就更不用说了。言归正传。

"穿花"一联写江头风景，在杜诗中也是别具一格的名句。这一联"体物"有天然之妙，但不仅妙在"体物"，还妙在"缘情"。"穿花蛱蝶深深见，点水蜻蜓款款飞"，这是无比恬静、无比自由、无比美好的境界。可这一切都难以久存了。于是诗人写出了这样的结句：

可爱的春光呀，你就同穿花的蛱蝶、点水的蜻蜓一起流转，让我欣赏吧，哪怕是暂时的；可别连这点心愿也违背了啊！

这两首诗的艺术特点，套用传统的美学术语，就是含蓄，就是有神韵。诗论家云："二诗以仕不得志，有感于暮春而作。"但如何不得志，为何不得志，却秘而不宣，只是通过描写暮春之景抒发惜春、留春之情；而惜春、留春的表现方式，也只是吃酒，只是赏花玩景，只是及时行乐。然而仔细探索，就发现言外有意，味外有味，弦外有音，景外有景，情外有情，"测之而益深，究之而益来"，真正体现了"神余象外"的艺术特点。

【名家评点】

诗语固忌用巧太过，然缘情体物，自有天然工妙，虽巧而不见刻削之痕。老杜……"穿花蛱蝶深深见，点水蜻蜓款款飞"：深深字若无"穿"字，款款字若无"点"字，皆无以见其精微如此。然读之浑然，全似未尝用力，此所以不碍其气格超胜。使晚唐诸子为之，便当如"鱼跃练波抛玉尺，莺穿丝柳织金梭"体矣。

——［宋］叶梦得《石林诗话》

赠卫八处士〔1〕

人生不相见，动如参与商〔2〕。
今夕复何夕，共此灯烛光。
少壮能几时？鬓发各已苍。
访旧半为鬼〔3〕，惊呼热中肠〔4〕。
焉知二十载，重上君子堂。
昔别君未婚，儿女忽成行〔4〕。
怡然敬父执〔5〕，问我来何方。
问答未及已，儿女罗〔6〕酒浆。
夜雨剪春韭，新炊间黄粱〔7〕。
主称会面难，一举累十觞。
十觞亦不醉，感子故意长。
明日隔山岳〔8〕，世事两茫茫。

【注释】

〔1〕卫八处士：卫宾。年最少，与杜甫友善，号小友。里籍生平已不可考。

〔2〕参与商：二星名。商星居于东方卯位（上午五点到七点），参星居于西方酉位（下午五点到七点），一出一没，永不相见，故以为比。

〔3〕"访旧"句：意谓彼此打听故旧亲友，竟死亡已半。

〔4〕"惊呼"句：见故友而惊喜欢呼，使人感到心里热乎乎的。

〔5〕父执：父亲的挚友。

〔6〕罗：罗列酒菜。

〔7〕间黄粱：掺和着黄米的饭，即二米饭。

〔8〕山岳：此指西岳华山。

【赏析】

诗作于唐肃宗乾元二年（759年），作者自洛阳返华州之时。杜甫与老友分别二十载，今重逢于动荡的时局中，悲喜交集，感慨万千。前四句写久别重逢，抒今昔聚散之情。以岁月如流，世事多变，不见之久，与一夕重逢，灯下聚首对写；虽以寻常之语出之，却将人生的无限感叹包含其中。以下八句写别后老少之状。旧友半入鬼录，尔我鬓发苍然；昔日未娶之人，今已儿女成行。心中想必半是惊悸，半是悲酸。再八句述故人殷勤留客招待之况。儿女彬彬，怡然敬问；春韭黄粱，罗酒十觞。俱是家常之事，然真挚淳朴，情意绵绵。后四句直抒诗人此时所感。先概括今夕感受，与三句、四句照应，做一归结。但思及明日之别，不禁又起感慨，复以"世事"对开首之"人生"，知别易而会难。"后会难期，世事难料，回首之处，两下茫然矣。"

全诗用语平易，但情真意切，似信手拈来，但字字感慨；且层次井然，内中颇多苍凉怅惘之概。杜诗沉郁顿挫之风于此可见。

国学经典精神家园丛书

佳　人

绝代有佳人，幽居在空谷。
自云良家子，零落依草木。
关中昔丧乱，兄弟遭杀戮。
官高何足论，不得收骨肉。
世情恶衰歇，万事随转烛[1]。
夫婿轻薄儿，新人美如玉。
合昏[2]尚知时，鸳鸯不独宿。
但见新人笑，那闻旧人哭。
在山泉水清，出山泉水浊。
侍婢卖珠回，牵萝补茅屋。
摘花不插发，采柏动盈掬[3]。
天寒翠袖薄，日暮倚修竹。

【注释】

〔1〕"世情"二句：慨叹人情势利，世态炎凉，因娘家衰落，竟被丈夫遗弃。转烛：以烛焰随风而动，比喻世态反复无常。

〔2〕合昏：即夜合花，朝开夜合。这里是以花鸟的守信反衬夫婿的"轻薄"。

〔3〕"侍婢"四句：写佳人自甘清贫，志趣高洁。

【赏析】

关于这首诗的旨意，向有争论。有人认为是寄托，有人则认为是写实，大部分人的意见折中于二者之间。杜甫身逢安史之乱，身陷贼手而不忘君国；对大唐朝廷，竭尽忠诚，竟落得降职弃官，漂泊流离。但他在关山难越、生计困窘的情况下，也始终不忘忧国忧民。这样的遭际，这样的气节，可嘉可叹，与诗的女主人公很有些相像。所以，作者借他人之酒杯，浇胸中之块垒，在她的身上寄寓了自己的身世之感。杜甫的《佳人》应该看作是一篇客观反映与主观寄托相结合的诗作。

诗的开头托出这位幽居空谷的绝代佳人，接着以"自云"领起，由佳人诉说自己的身世遭遇。女主人公的长篇独白，边叙述、边议论，倾诉个人的不幸，慨叹世情的冷酷，言辞之中充溢着悲愤不平。

但是女主人公没有被不幸压倒，没有向命运屈服，她吞下生活的苦果，独向深山而与草木为邻。诗的最后六句，着力描写深谷幽居的凄凉景况：茅屋需补，翠袖已薄，卖珠饰以度日，采柏子而为食，首不加饰，发不插花，天寒日暮之际，倚修竹而临风……诗人赞美佳人就像那经寒不凋的翠柏，挺拔劲节的绿竹。山中泉水同样是比喻空谷佳人品格之清。

末两句以写景作结，画出佳人的孤高和绝世而立，画外有意，象外有情。在体态美中，透露着意态美。这种美，不只是一种女性美，也是古代士大夫追求的理想美。

杜甫很少写专咏美人的诗，《佳人》以其格调之高而成为咏美人的名篇。山中清泉见其品质之清，侍婢卖珠见其生计之艰，牵萝补屋见其隐居之志，摘花不戴见其朴素无华，采柏盈掬见其情操贞洁，日暮倚竹见其清高寂寞。诗人以纯客观叙述的方法，兼以夹叙夹议和形象比喻等手法，描述了一个在战乱时期被遗弃的上层社会妇女遭遇的不幸，并在逆境中揭示她的高尚情操，从而使人物形象显得格外丰满可敬。

蜀　相 [1]

丞相祠堂何处寻，锦官城外柏森森。
映阶碧草自春色，隔叶黄鹂空好音。
三顾频烦天下计，两朝开济 [2] 老臣心。
出师未捷身先死，长使英雄泪满襟 [3] 。

【注释】

〔1〕蜀相：指诸葛亮。诗题下原有注：诸葛亮祠在昭烈庙西。

〔2〕两朝开济：指诸葛亮辅助刘备开创帝业，后又辅佐刘禅。开济：开创扶助。

〔3〕"出师"二句：意思是说，出师没有取得最后的胜利就去世了，常使后代的英雄泪满衣襟。诸葛亮六次出师伐魏，未能获胜。蜀建兴十二年（234年）卒于五丈原（在今陕西岐山东南）军中。

【赏析】

唐肃宗乾元二年（759年）十二月，杜甫结束了为时四年寓居秦州的颠沛流离的生活，到了成都，在朋友的资助下，定居在浣花溪畔。第二年春，他探访诸葛武侯祠，写下了这首感人的千古绝唱。

前四句写祠堂之景。诸葛亮的祠堂为晋代李雄所建，位于成都（锦官城）南。"映阶"二句，景中含情。既写了绿草青青、黄鹂鸣啭，又从"自""空"二字透出作者对祠堂少人光顾、冷落空寂的感叹。后四句写丞相之事。"三顾"二句，高度概括了诸葛亮一生的德业操守。上句是宾，下句是主，是以宾衬主。抒发凭吊的悲慨，感人至深。整首诗扣住诸葛亮一生的事业，重点突出其耿耿忠心，感慨其未捷先死的遭际，沉郁悲壮，概括力强，颇具艺术感染力。人称杜诗"沉郁顿挫"，《蜀相》是典型的代表之作。

江　村

清江一曲抱村流，长夏江村事事幽。
自去自来梁上燕，相亲相近水中鸥。
老妻画纸为棋局，稚子敲针作钓钩。
但有故人供禄米，微躯此外更何求？

【赏析】

诗作于唐肃宗上元元年（760年）。诗人经历了四年的流亡生涯，来到这暂时还宁静的成都郊外的浣花溪畔。他靠亲友故旧的资助，经营的草堂已初具规模；饱经离乡背井的苦楚，备尝颠沛流离的诗人，终于有了一个暂时安居的栖身之所。时值初夏，浣花溪畔，江流曲折，水木清华，一派恬静幽雅的田园景象。诗人放笔咏怀，愉悦之情可以想见。

首联"事事幽"三字是诗眼。在诗人眼里，燕子、鸥鸟都给人以乐群适性的意趣。人事的幽趣尤其使诗人称心快意：老妻画纸为棋局的痴情憨态，望而可亲；稚子敲针做钓钩的天真无邪，弥觉可爱。村居乐事，件件如意。经历长期离乱之后，重新获得家室儿女之乐，怎能不感到欣喜满足呢？但诗人也没有忘记，自己眼前优游闲适的生活，是建筑在"故人供禄米"的前提下的。所以，我们无妨说，这结句与其说是幸词，毋宁说是苦情。

杜甫有两句诗曾自道其作诗的甘苦："愁极本凭诗遣兴，诗成吟咏转凄凉。"（《至后》）此诗本写闲适心境，但他写着写着，又吐露出了落寞之情，怅惘之感。杜甫很多登临感怀之作，几乎都是如此。

客　至

舍南舍北皆春水，但见群鸥日日来。
花径不曾缘客扫，蓬门今始为君开。
盘飧市远无兼味[1]，樽酒家贫只旧醅[2]。
肯与邻翁相对饮？隔篱呼取尽余杯[3]。

【注释】

〔1〕兼味：各种味道的菜食。

〔2〕旧醅：隔年的酒。

〔3〕"肯与"二句：意谓如果客人愿意的话，就把邻居老翁喊过来一起痛痛快快地喝酒吧。

【赏析】

诗作于上元二年（761年）春。题下原有作者自注："喜崔明府相过。"明府是唐人对县令的尊称。可见诗人所待之客是位县太爷。

首联是说舍南舍北都是漫漫春水，群鸥"日日来"，表明人迹断绝。二联说，客不来而花径不扫，门也不开；今客人光顾，始扫径开门。以上四句总写喜客之至。三联是说家中酒菜简单，盘无兼味，酒只家酿。为使客人高兴，结末两句诗人以商量的口吻说：能否招呼邻翁来聚饮，以尽今夕之欢？这四句写待客之情。全诗无论是写喜客之至，还是写待客之情，都洋溢着诗人真挚的喜悦。诗为七律，一气贯注，畅达流走，不见拘滞。"不曾""今始""无兼味""只旧醅""肯与""呼取"等词句的运用，均可从中想见诗人的性情。

茅屋为秋风所破歌

八月秋高风怒号，卷我屋上三重茅。茅飞渡江洒江郊，高者挂罥[1]长林梢，下者飘转沉塘坳。南村群童欺我老无力，忍能[2]对面为盗贼，公然抱茅入竹去。唇焦口燥呼不得，归来倚杖自叹息。俄顷[3]风定云墨色，秋天漠漠向昏黑[4]。布衾多年冷似铁，骄儿恶卧踏里裂[5]。床头屋漏无干处[6]，雨脚如麻未断绝。自经丧乱[7]少睡眠，长夜沾湿何由彻[8]？安得广厦千万间，大庇天下寒士俱欢颜[9]，风雨不动安如山。呜呼！何时眼前突兀[10]见此屋，吾庐独破受冻死亦足！

【注释】

〔1〕挂罥：悬挂。

〔2〕忍能：竟能忍心这样干。

〔3〕俄倾：不久，顷刻之间。

〔4〕"秋天"句：意谓秋空中浓云密布，很快就昏暗下来了。向：将近。

〔5〕"娇儿"句：指稚子睡觉时双脚乱蹬，把被里蹬破了。恶卧：睡相不好。

〔6〕"床头"句：许多诗论家认为应是"床床"，意谓无床不漏。似较"床头"为妥。

〔7〕丧乱：指安史之乱。

〔8〕何由彻：意谓怎样才能熬到天亮呢？

〔9〕"大庇"句：大庇：全部遮盖、保护起来。寒士：士本指士人，即文化人，但此处泛言贫寒的人们。

〔10〕突兀：高耸貌。

【赏析】

"每饭不忘君"的杜甫，经常牢骚满腹。向被注家称赏的这首诗，便是这样的一篇诗作。上元二年（761年）八月，大风刮破草堂，连夜大雨，屋漏不止。诗人即以歌纪事，诉说了他的穷困和懊恼，继而设想能得广厦，为天下寒士也为自己请命。

写大风卷茅，村童欺老，接着转发入寒夜之凄凉，足见诗人当时生活得多么艰难！可是同样是在这一时期写的其他诗章，证明诗人的实际生活状况并非如此。乾元二年（759年）十二月，诗人举家入蜀，卜居成都浣花溪畔。春天，在亲友的资助下，经营草堂。"诛茅初一亩，广地方连延"，两年内渐次栽种桃树百株及其他果树，植新松，置桤林十亩、竹林一顷有余；开辟菜畦药圃，构筑荷池水槛，饲养有大群鹅鸭，建成了一处大宅院。"榉柳枝枝弱，枇杷树树香"（《田舍》），"桤林碍日吟风叶，笼竹和烟滴露梢"（《堂成》），环境颇为宜人。住进"层轩皆面水"的新居，或柴门送客，或江畔寻花，"昼引老妻乘小艇，晴看稚子浴清江"，享受着难得的人生乐趣。诗人此时的诗中屡屡说到饮酒，又有童仆使唤。如此广阔的住宅，如此优裕闲适的生活，如今的中产阶级能有吗？

古代文人都好诉苦哭穷，这是通病。郭沫若在《李白与杜甫》一书中多处指出杜甫"总是喜欢诉说自己的贫困"，"夸大自己的贫困"。而这种诉苦、夸大，几乎全与功名仕途有关。失意不遇，仕途蹭蹬，必有所郁结。杜甫一生钟爱，不能纵情发泄，只有极写穷苦，以抒其愤，以鸣不平。从前面所选的几首诗，我们已经知道，他为匡时济世，为了一个八品大的小京官，经历了多少磨难！现在一家人虽然有了安身之所，可他的精神还在受罪。客居蜀都的失落感，报国无门的挫败感，依然压在心头。所以，如今遭风雨一击，以往所经历的卑屈、贬谪、颠沛流离，种种恨事愁事一齐涌上心头，这次正好借茅屋为秋风所破，可以好好诉一次苦了。

作者截取南村群童抱茅入竹去的戏剧性画面，形象地表达了诗人不堪被人冷落的心态。手足无措之际，竟指责群童"忍能对面为盗贼"！莫名恼怒，事出有因："男儿生不成名身已老"，不仅"厚禄故人书断绝"，连小孩子也公然"欺我老无力"。虽然对世态炎凉出了口恶气，心里仍旧不平衡——"归来倚杖自叹息"。叹息什么呢？叹息自己是平民一个，无权无势！

成都的农历八月正是秋分时节，风破茅屋，秋雨彻夜，屋漏床湿，自然不能像达官权贵那样有"广厦"庇护，但也不至于布衾"冷似铁"。诗人之所以要全方位地营造如此凄戾寒峭的氛围，目的就是要把这破庐之灾、身世之痛与时代的艰辛联系起来，呼喊出那一声最急切的企盼。

虽言及死，丝毫不存在什么自我牺牲精神，只不过是针对"何时""安得"，宣达急于求成然求而未成的焦灼情绪罢了。可以说，只要触景遇事，能借机诉苦哭穷，杜甫总会乘势代表寒士亦即渴望在仕途上一展身手的知识阶层，提出强烈的政治诉求。这首诗不就是假托"安得广厦"，委婉地企望朝廷任用贤能，使"天下寒士"摆脱困境，尽其所能，以施展经纶，匡时济世吗？

循诗人的心路历程，以杜解杜，不难破译这首诗的主旨。注家以往孤立地表象地欣赏此诗，习非成是，至今误导着对这一名篇的解读，实为憾事。

春夜喜雨

好雨知时节，当春乃发生。
随风潜入夜，润物细无声。
野径云俱黑，江船火独明。
晓看红湿处，花重〔1〕锦官城。

【注释】

〔1〕花重：花沾雨露，显得饱满沉重。

【赏析】

这是描写春夜雨景，表述喜悦心情的千古名作。

起首直呼"好雨"，好就好在适逢春天，可使万物萌生。颔联写春雨无声无息地随春风飘洒于夜间，默默润泽万物，所以是"好雨"。颈联用云暗衬托渔船的闪烁独明的灯火，夜景如画。最后以畅想收束，展望整个锦官城将变为花的海洋。境界开阔，美不胜收。

【名家评点】

诗非读书穷理，不能到绝顶。然一堕理障，带水拖泥，岂复有诗？入理深沉，而毫无腐气，惟公一人耳。

——〔清〕边连宝《杜律启蒙》

赠花卿^[1]

锦城丝管日纷纷，半入江风半入云。
此曲只应天上有，人间能得几回闻？

【注释】

〔1〕花卿：花敬定。成都尹崔光远部将，曾在平定梓州刺史段子璋叛乱中立功。

【赏析】

关于此诗的意旨，前人说法不一。一说为讽刺，宋杨慎持此说。一说无讽刺，是赠歌妓之作，如清佚名《唐风怀》云："南村曰，少陵篇咏，感事固多，然亦未必皆有所指也。杨用修以花卿为敬定，颇似傅会。元端云是'歌妓'，于理或然。"也有不究意旨者，如清仇兆鳌《杜诗详注》："此诗风华流丽，顿挫抑扬，虽太白、少伯，无以过之。"多数论家取杨说。

花卿敬定因平叛有功，便居功自傲，骄恣不法，放纵士卒大掠东蜀；又目无朝廷，僭用天子音乐。杜甫赠诗予以委婉的讽刺。但作者并未直言贬责，而是采取一语双关的巧妙手法。字面上看，这俨然是一首十分出色的乐曲赞美诗：悠扬动听的乐曲声，从花卿家的宴席上飞出，随风荡漾在锦江上空，冉冉飘入蓝天白云间。乐曲如此之美，作者禁不住慨叹说："此曲只应天上有，人间能得几回闻。"全诗四句，前两句对乐曲做形象地描绘，是实写；后两句与天上的仙乐媲美，是遐想。因实而虚，虚实相生，将乐曲的美妙赞誉到了极点。

然而这仅仅是字面上的意思，其弦外之音却意味深长。这可以从"天上"和"人间"的对比看出端倪。"天上"者，天子所居皇宫也；"人间"者，地方郡县、庶民百姓也。说此乐曲"只应天上有"，那么，"人间"当然就不应"得闻"。于是乎，作者的讽刺之旨就从这种矛盾的对立中，既婉转又有力地显现出来了。

【名家评点】

（花卿）蜀之勇将也，恃功骄恣。杜公此诗讥其僭用天子礼乐也。而含蓄不露，有风人言之无罪，闻之者足戒之旨。公之绝句百余首，此为之冠。

——［宋］杨慎《升庵诗话》

江畔独步寻花（七首选一）

黄四娘家花满蹊，千朵万朵压枝低。
留连戏蝶时时舞，自在娇莺恰恰^[1]啼。

【注释】

〔1〕恰恰：形容声音和谐动听。

【赏析】

《江畔独步寻花》为七首绝句组诗，这是其中的第六首。

首联写春花之繁茂绚丽，尾联从侧面写春花的鲜艳芬芳。说黄莺特意为自己赏花而欢唱，与说彩蝶流连春花，翩翩起舞一样，都是移情笔法。读这首绝句，仿佛自己也走在千年前成都郊外那条通往"黄四娘家"的路上，和诗人一同享受着春光带来的赏心悦目，感到十分舒心快意。

绝　句

两个黄鹂鸣翠柳，一行白鹭上青天。
窗含西岭千秋雪，门泊东吴万里船。

【赏析】

唐代宗宝应元年（762年），成都尹严武入朝，蜀中发生动乱，杜甫一度避难于梓州。次年严武还镇成都，杜甫得知这一消息，也回到草堂故居。当时他的心情特好，面对眼前生机勃勃的景象，情不自禁，写下一组即景绝句四首，此为其中的第三首。这是杜诗写景的佳作。四句诗一句一景，两两对杖，写法非常精致考究，但读起来一点儿也不觉得雕琢，十分自然流畅。此诗犹如一幅绚丽的彩画：黄鹂、翠柳、白鹭、青天、江水、雪山，色调淡雅和谐，图像有动有静，视角由近及远，再由远及近，给人以既细腻又开阔的审美享受。空间感和时间感运用巧妙，使人觉得既在眼前，又及万里；既是瞬间观感，又通连古今甚至未来；既是写实，又富于想象。短短四句小诗，能把读者由眼前的景观引向邈远的空间和悠长的时间之中，引入对历史和人生的哲思理趣之中，真让人叹为观止。

《艇斋诗话》引韩子苍语云："古人用颜色字，亦须配得相当方用。'翠'上方见得'黄'，'青'上方见得'白'，此说有理。"《唐宋诗醇》："虽非正格，自是绝唱。"

【名家评点】

此诗虽是绝句，须要当一律看去，方知此诗之妙，子美之苦心处。

——［清］徐增《说唐诗》

闻官军收河南河北[1]

剑外忽传收蓟北[2]，初闻涕泪满衣裳。
却看[3]妻子愁何在？漫卷[4]诗书喜欲狂。
白日放歌须纵酒，青春[5]作伴好还乡。
即从巴峡穿巫峡，便下襄阳[6]向洛阳。

【注释】

〔1〕诗题：唐代宗广德元年（763年）正月，官军先后收复洛阳、相州、幽州等地，历时七年多的安史之乱终于平息。杜甫当时正流落在梓州（今四川三台县），听到这一消息后，写下了这首诗。

〔2〕剑外：剑门关以南的地方。蓟北：泛指蓟州、幽州即今河北省北部和北京市一带。

〔3〕却看：回头看。

〔4〕漫卷：胡乱卷起。

〔5〕青春：此指草木萌发的春天。

〔6〕襄阳：指今湖北襄樊市。

【赏析】

此诗被称为子美平生第一快诗。代宗宝应元年（762年）十月，唐王朝各路官军会讨史朝义，收复河南、河北等地，杜甫在梓州听到这一胜利消息，狂喜不已，以饱含激情的笔墨，写下了这篇脍炙人口的名作。

全诗除首句叙事点题外，通篇抒情，专写一个"喜"字。首二句饱含诗人喜出望外之眼泪，"剑外"点明诗人远在剑南，离乡万里。写明"初闻"，则"涕泪"应声而落，这喜极而泣的眼泪，将诗人初闻喜讯的且惊且喜、极度兴奋倾泻无遗。次二句写回顾妻子一洗愁容，胡乱卷起诗书，以作还乡准备，喜极欲狂、手足无措的情态跃然纸上。五、六两句进一步表现了诗人的狂喜，白日因喜而放歌纵酒；还乡之际又值阳春，一路之上，柳暗花明，山清水秀，着实令人高兴。最后两句则径直点明返乡路线，由水路从西而东出蜀入楚，再从陆路自南而北由襄向洛，"一气奔驰，如洪注下"。全诗喜悦、跳动之情洋溢充沛，信笔直书，语无停滞，使人如见其人，如闻其声。

此诗在技法上运用今昔对比、妻儿衬托、以悲写喜等手法，把狂喜之情表现得淋漓酣畅。诗中意象频繁转换，诗脉大幅度跳跃，节奏急促欢快，读之都能感觉到自己的血脉仿佛也在跟随着诗的节奏在律动。

【名家评点】

一片真气流行，此为神来之笔……一气流注，而曲折尽情。篇法之妙，不可思议。

——［清］章燮《唐诗三百首注疏》

旅夜书怀

细草微风岸，危樯[1]独夜舟。
星垂平野阔[2]，月涌[3]大江流。
名岂文章著？官应老病休。
飘飘何所似？天地一沙鸥。

【注释】

〔1〕危樯：高耸的桅杆。

〔2〕"星垂"句：星空低垂，原野显得格外广阔。

〔3〕月涌：月亮倒映，随波涌动。

【赏析】

这首诗是杜甫五律中的名篇，历来为人称道。《瀛奎律髓汇评》引纪晓岚语："通首神完气足，气象万千，可当雄浑之品。"

诗作于杜甫乘舟行经渝州（今重庆）、忠轴（今重庆市忠州）时。当时的杜甫已五十三岁，且常年有病，国家时局不稳，自己生活没有着落，行踪不定，因此一路上心情十分沉重。前半首描写"旅夜"情景：微风吹拂着江岸上的细草，竖立着高高桅杆的小船在月夜下孤独地停泊着。诗人这时突然感到自己像江岸边上的细草一样渺小，像江中孤舟一般寂寞。明星低垂，平野辽阔；月随波涌，大江东流，处处更加衬托出了江夜游客之孤苦伶仃，颠连凄怆。

后半首抒怀，意思是说，我虽然有点名声，哪里是因为诗章优秀？做官，也该因年老多病退休了。这是反话，立意至为含蓄。诗人素有远大的政治抱负，但长期被压抑而不能施展，自己诗名满天下，可那时候的知识分子不会因文章好而被世人敬重。诚然，杜甫此时既老且病，但他并非因此休官，而是由于被排挤。最后两句说：飘然一身像什么呢？不过像天地间的一只沙鸥罢了。即景自况，以抒悲怀，水天空阔，沙鸥飘零；人似沙鸥，转徙江湖。这一联借景抒情，一字一泪，感人至深。

秋兴八首

玉露凋伤[1]枫树林，巫山巫峡气萧森[2]。
江间波浪兼天涌，塞上风云接地阴[3]。
丛菊两开[4]他日泪，孤舟一系故园[5]心。
寒衣处处催刀尺[6]，白帝城高急暮砧[7]。

夔府孤城落日斜，每依北斗望京华。
听猿实下三声泪，奉使[8]虚随八月槎。
画省香炉违伏枕[9]，山楼粉堞隐悲笳。
请看石上藤萝月，已映洲前芦荻花[10]。

千家山郭静朝晖，日日江楼坐翠微。
信宿渔人还泛泛，清秋燕子故飞飞[11]。
匡衡[12]抗疏功名薄，刘向[13]传经心事违。
同学少年多不贱，五陵[14]衣马自轻肥。

闻道长安似弈棋，百年世事不胜悲。
王侯第宅皆新主，文武衣冠异昔时。
直北〔15〕关山金鼓振，征西车马羽书驰。
鱼龙寂寞秋江冷，故国平居有所思〔16〕。

蓬莱宫阙对南山〔17〕，承露金茎〔18〕霄汉间。
西望瑶池降王母，东来紫气满函关〔19〕。
云移雉尾开宫扇，日绕龙鳞识圣颜〔20〕。
一卧沧江惊岁晚，几回青琐〔21〕点朝班。

瞿塘峡口曲江头，万里风烟接素秋。
花萼夹城通御气，芙蓉小苑入边愁。
珠帘绣柱围黄鹄，锦缆牙樯起白鸥〔22〕。
回首可怜歌舞地，秦中自古帝王州。

昆明池〔23〕水汉时功，武帝旌旗在眼中。
织女机丝虚夜月，石鲸鳞甲动秋风。
波漂菰米〔24〕沉云黑，露冷莲房坠粉红。
关塞极天惟鸟道，江湖满地一渔翁。

昆吾〔25〕御宿自逶迤，紫阁峰阴入渼陂〔26〕。
香稻啄余鹦鹉粒，碧梧栖老凤凰枝〔27〕。
佳人拾翠春相问，仙侣同舟晚更移。
彩笔昔曾干气象，白头吟望苦低垂。

【注释】

〔1〕"玉露"句：玉露：秋天的霜露，因其白，故以玉喻之。凋伤：草木衰败零落。

〔2〕巫山巫峡：指夔州（今奉节）一带的长江和峡谷。萧森：萧瑟阴森。

〔3〕"塞上"句：塞上：指夔州一带的群山，包括巫山。因山势险峻，故称

"塞"。阴：暗。

〔4〕丛菊两开：杜甫去秋在云安（今属四川），今秋在夔州，从离开成都算起，已历两秋，故云"两开"。"开"字双关，一谓菊花开，又言泪眼开。

〔5〕故园：指长安。杜甫把长安视为第二故乡。

〔6〕催刀尺：赶裁冬衣。

〔7〕急暮砧：意谓黄昏时分家家户户捣衣声十分紧急。

〔8〕奉使：奉命出使。

〔9〕"画省"句：因上朝时间已到，只好起床。画省：尚书省。汉时尚书省以胡椒粉涂壁，画古烈士像，故称。

〔10〕"请看"二句：意谓当年辉照长安石上藤萝的明月，如今却在夔州的芦获花丛中清波荡漾。

〔11〕"信宿"二句：信宿：连住两夜。故飞飞：故意飞来飞去。

〔12〕匡衡：字雅圭，西汉东海人。汉元帝时任给事中等职，上疏议政，为人弹劾，后免官。

〔13〕刘向：字子政，沛县人。西汉经学家、目录学家。楚元王刘交四世孙，宣帝时官谏大夫。曾因反对宦官而下狱。

〔14〕五陵：一指西汉高祖、惠帝、景帝、武帝、昭帝的陵园；亦指唐高祖、太宗、高宗、中宗、睿宗的陵园。前者在咸阳附近，后者在长安附近。

〔15〕直北：指长安之北。当时京城北有回纥的威胁。

〔16〕"故国"句：意谓当年在长安平日起居，就已有所忧虑了。平居：平常起居。

〔17〕"蓬莱"句：蓬莱宫：唐宫句，在西安市长安区东，原名大明宫，高宗时改为蓬莱宫。南山：指终南山。

〔18〕承露金茎：用以擎承露盘的铜柱。《三辅黄图》载："建章宫有神明台，武帝造，祭仙人处。上有承露台，有铜仙人舒掌捧铜盘玉杯，以承云表之甘露，和玉屑服之。"

〔19〕"东来"句：典出刘向《列仙传》，"老子西游，关令尹喜望见有紫气浮关，而老子果乘青牛而过也"。后来常以"紫气东来"表示祥瑞。

〔20〕"云移"二句：描写皇帝临朝或出巡时的威严仪仗——宫扇的开合像彩云在聚合移动；龙袍金光闪烁，仿佛日光缭绕在帝王身上。雉尾：用雉（野鸡）尾羽制成的供皇帝用以障面的羽扇。

〔21〕青琐：装饰皇宫门窗的青色连环花纹，借指宫廷。

〔22〕"珠帘"二句：大意是说，皇帝的行宫亭台林立，黄鹄被围着飞不出这皇家园林；彩丝饰的舟船漂浮在水面，惊起一群群白鸥落不下来。

〔23〕昆明池：汉时所开，武帝演练水战之处。宋时已湮没。这里是借汉指唐。

〔24〕菰米：菰之茎为茭白，果实为菰米，又名雕胡米，色黑，六谷之一。可做饭，古人以为美食。

〔25〕昆吾：地名。在长安南，靠终南山，汉代属上林苑。

〔26〕"紫阁"句：紫阁：金碧辉煌的殿阁。多指帝王居处。唐代曾改中书省为紫微省，中书令为紫微令。因称宰相府第为紫阁。渼陂：古代湖名。在今陕西省户县西，汇终南山诸谷水，西北流入涝水。一说因水味甜美得名，一说因所产鱼味美得名。

〔27〕"香稻"二句：倒装句式。正常词序为"鹦鹉啄香稻余粒，凤凰栖碧梧老枝"。意思是说：鹦鹉啄食剩余的稻粒，凤凰栖息在苍老的梧桐枝上。

【赏析】

《秋兴八首》是大历元年（766年）秋，杜甫在夔州时创作的一组七言律诗，因秋而感发诗兴，故曰《秋兴》。组诗八首蝉联，结构严密，抒情深挚，总结性地体现了诗人晚年的思想感情和艺术成就。

杜甫的七律，是初唐和盛唐七律的集大成和突破。所谓集大成，是指他比较全面地继承了当时七律的语言艺术及格律、法度等因素，并后来居上，青出于蓝。所谓突破，是指他开拓了七律的表现范围，写实性增强了，风格更加多样化了。通过他的实践，七律这一体裁的表现力和艺术性不仅达到了前无古人的水平，恐怕后人也难再超越。《秋兴》八首则是杜甫长期探索律诗艺术的结晶和升华，代表着他在七律创作史上的高峰，自然也是整个唐诗的高峰。可以说，诗人的这一组诗，在艺术技巧、思想感情的表现上，是对此前几个时期的七律中关切时事、咏叹自然、感慨身世以及在艺术上的种种探索的一个总结。所以清人黄生说："杜公七律，当以《秋兴》为裘领，乃公一生心神结聚之作。"

从《秋兴》具体的时空安排来看，前三首是以写夔府秋感为主，通过抒发思念故国的感情带出长安。后五首则是直接写对长安的回忆与对现状的挂怀，以写长安为主，而又不时点出自己今日之处境。

第一首总写夔府峡江之深秋及个人的浓愁，用笔浓重，境界以满实为特点，写实写满之后，返于空灵。前四句写境，主观性很强。三、四两句对仗和句法皆妙。"丛菊"与"他日泪"，"孤舟"与"故国心"，以及上下联之间都有着极强的衔接性。尾联以一个典型的意象来交代秋深岁暮的时间。由于制"寒衣"这一意象传统上有怀征夫等内涵，所以这两句兼有隐含时事和直贯第四首描写战事之意。

　　第二首正面写夔府流寓的现实，重笔浓墨地感怀身世。"夔府孤城"直接从上首末句引出。《秋兴》不但每首有章法，八首组成一体，也创造了前后勾连照应的组诗章法。这一首俯仰开合的幅度很大。"请看"两句，似为闲笔，实从空灵处传神，不知为悲耶！喜耶！为物华可玩？为时令堪惊？

　　第三首继续写夔府闲居情事，但换一境界，写江头坐赏。前四句若许闲适之情，江山之兴，览物之趣，下面突起身世之感，情绪全变，但不能不说仍在境界之内。"五陵"一联恰恰说到人事今昔之变，直接引起下一首"百年世事"之悲。这一首是组诗之转折和枢组。

　　第四首全为感怀世事之笔，为下四首写长安之总领。这一首的写法以议论为主，少用比兴，风格上以骨骼矫健取胜。

　　第五首正面写长安。此首之妙，在于没有点明是写昔日所历之物象，还是现时想象之情景。七、八两首都是以忆昔游的方法描写，分别写曲江、昆明池、昆吾御宿等景点。风格皆以浓丽为特色，不无瑰异之感。第六首前四句章法变幻莫测，无一笔平铺直叙，全为夺人意表的连接。其实这也是此组诗的特点，不但为前人所无，后人也不易模仿。比如"通御气""入边愁"，全以"接素秋"映带，不显突兀。"朱帘"两句，一写当畔之豪宴，一写水中之贵游。盖盛时景象如此。愈是以满腔热情歌唱往昔，愈使人感受到诗人虽老衰而忧国之情弥深，其"无力正乾坤"的痛苦也越重。"回首"直接前两句，侧接三、四两句，勾锁之紧密，是所谓的"铁网珊瑚"章法。

　　第七首句面上看是怀古，实则暗示唐帝国之盛衰。最后两句写想象、回忆中的昆明池从记忆的屏幕上褪去，眼前则是"关塞极天惟鸟道，江湖满地一渔翁"的现实景象，以现实中的水景叠映回忆中的水景。可见这组诗对境界之美感效果是多么考究。

　　第八首写渼陂之游，但以无限怀恋之笔出之。八首诗之中，唯此诗意境最美，情感最和谐。"香稻""碧梧"为昔游所见之景，"拾翠""同舟"乃昔游所行之事。个人的所历所见，在这里似乎无关国家时事，因国力强盛，方有此等事。如此看来，这些看似闲挥之笔，都是回顾升平岁月。于是第七句"彩笔旧曾干气象"总揽而出，是写昔日之事；"白头吟望"则是总结今日之作。可见这两句不仅是第八首的总束，也是全篇的总束。

　　《秋兴》八首在表现的内容上，结合了自然意象与社会事象两个方面。自然意象的主题是"秋"。杜诗总是将高度的写实性与抒情性结合在一起。第一首完全是写秋之意象，秋之人事。后面几首，"秋"退到次要地位，但也处处有点染之笔，时时提醒读者"秋兴"命题的用意所在，以加强组诗的整体性特色。

在风格的创意上，组诗继承了盛唐七律的华丽，但有很大突破。诗人最重要的创新是将写实的方法引入到七律中，尤其是他对思想深度和感情强度的注重。在这一组诗中，他将感怀时事、俯仰身世的写实精神、沉郁顿挫的艺术风格，与典雅华丽相结合，形成自己独特的壮丽厚实的审美意趣。而八首之中，风格又各有差别：第一首雄浑沉郁，第三首清新疏淡，第五首典雅高华，第七首瑰丽幽迥……从而形成交相辉映之美，具有一种在统一的审美情调下的丰富多彩的特征。循环往复是《秋兴》的基本表现方式，也是它的特色。

组诗在境界的时空安排上，表现的是一种立体感。作者贯穿一线的是感怀今昔的主题，也就是说，作者把夔州的现在与长安的往昔，也包括对长安时下的想象与思念架构在一个有机的立体时空结构中。在确定了这样一个时空结构后，作者的感情活动与想象力就显得异常活跃，真正是情驰万里，思接今昔，时空转换之妙，令人目夺神骇。

总之，《秋兴》作为杜甫惨淡经营之作，或即景含情，或借古喻今，或直斥无隐，或欲说还休，必须细心体会，方能领略其妙要。它之所以被誉为诗苑中最为耀眼的明珠，的确是"诗圣"充分发挥其长期积累的诗歌创作经验，并能结晶化地表现其平生思想感情的结果。

【名家评点】

秋兴八首，以第一首起兴，而后七首俱发中怀；或承上，或起下，或互相发，或遥相应，总是一篇文字……

——［明］王嗣奭《杜臆》

登　高

风急天高猿啸哀，渚清沙白鸟飞回〔1〕。
无边落木萧萧下，不尽长江滚滚来。
万里悲秋常作客，百年〔2〕多病独登台。
艰难苦恨繁霜鬓，潦倒新停浊酒杯〔3〕。

【注释】

〔1〕鸟飞回：鸟因风急而打旋。

〔2〕百年：意即一生。

〔3〕"潦倒"句：重阳节登高，本应饮酒，但当时杜甫因肺病戒忌，故云。潦倒：狼狈。

【赏析】

诗作于大历二年（767年）秋，在夔州重阳节登高时。当时安史之乱结束已有四年，但地方军阀又乘时而起，相互争夺地盘。杜甫本入严武幕府，可惜严武不久病逝，使他失去了依靠，只好离开经营了五六年的成都草堂，买舟南下，本想直达夔门，却因病魔缠身，在云安（今属四川）待了几个月后才到夔州。如不是当地都督的照顾，他也不可能在此一住就是三年。就在这三年里，他的生活依然很困苦，身体也非常不好。这首诗就是五十六岁的老诗人在这极端困窘的情况下写成的。此诗可与前面的《秋兴》合读。

诗人通过登高所见、所闻、所感，描绘了江边深远空旷的秋景，倾诉了常年漂泊、老病孤愁、一生潦倒的身世之感。此诗被誉为"古今七言律第一"。章法井然有序，一意贯串，一气呵成，具有流动、顿挫之美，是"戴着脚镣跳舞"的典范之作。

首联写登高时的所闻所见。颔联为千古名句，写秋天肃穆肃杀、空旷辽阔的景色，一句仰视，一句俯瞰，气势磅礴。在这猿鸣悲哀、飞鸟回旋的秋天，树木凋零，江水东流，韶光易逝，凡此种种，引发了诗人深沉的感慨。颈联转入抒情，是全诗重心所在。羁旅愁与孤独感就像落叶和江水一样，推排不尽，驱赶不绝，情与景交融相洽。诗人将离家万里、久客他乡、年老多病、孤独无依的悲酸潦倒，写得让人不禁同声一哭。尾联承颈联，诗人备尝艰难困苦，又添白发病酒，佳节不能开怀痛饮，无限悲凉溢于言表。

这是一首最能代表杜诗中景象悲凉阔大、气势浑涵汪茫的七言律诗。由情选景，寓情于景，浑然一体，充分表达了诗人长年漂泊、忧国伤时、老病孤愁的复杂心情。格调雄壮高爽，慷慨激越，高浑一气，古今独步。

【名家评点】

五十六字，如海底珊瑚，瘦劲难名，沉深莫测，而精光万丈，力量万钧。通章章法、句法、字法，前无昔人，后无来学，微有说者，是杜诗，非唐诗耳。然此诗自当为古今七言律第一，不必为唐人七言律第一也。

——［明］胡应麟《诗薮》

登岳阳楼

昔闻洞庭水，今上岳阳楼。
吴楚东南坼[1]，乾坤日夜浮。
亲朋无一字，老病有孤舟。
戎马关山北[2]，凭轩涕泗流。

【注释】

〔1〕"吴楚"句：吴楚：吴在洞庭湖东，楚在西，仿佛被湖水分折为两半。坼：分裂。

〔2〕"戎马"句：当时吐蕃入侵，西北边境不宁，战事不断。

【赏析】

大历三年（768年）冬，古岳州。五十七岁的杜甫来到了濒临洞庭湖的岳阳楼。他形容枯槁，风尘满面，但目光炯炯。此次登临早在期待之中，他是特意来看水的。而当他一见到洞庭湖水的时候，他的种种期待在一瞬间完全被眼前的景象吞没了。

这就是"吴楚东南坼"所传达出的诗人的惊悸和敬畏！面对这无边的浩渺，他仿佛一时间丧失了灵智，唯一朦胧知觉到的只有"动荡"（浮）——无边无际、无始无终的"动荡"！"我"所能意识到的一切和意识本身，都被这"动荡"浮载、淹没了。久久的沉溺和困惑之后，诗人终于省悟：这不可思议的"动荡"，其实就是"宇宙"本身——"乾坤日夜浮"！

这首诗向我们展现了一个无穷大的外部的宇宙。根据律诗结构的要求，诗的四联之间的意向关系是起承转合，换句话说，诗的三、四两句和五、六两句的两层意思之间最好是一个反向的对称。在这首诗里，和无边的宇宙对称的是什么呢？是一个极其渺小的"有限"之身，是"亲朋无一字，老病有孤舟"的行吟者，是被命运抛弃于苍茫湖水中的一个穷愁潦倒的孤魂！

于是我们看到了"大"和"小"的对比。这种"景大身小"的对比在杜甫诗中触目皆是。粗粗浏览，杜甫笔下的景语似乎都是信手拈来；细细品味，却无一不是精心构筑。从本质上讲，在有灵论者的眼里，一切自然景观都具有神秘的灵性，"乾坤"在诗人眼中所显现的其实是超乎实体又在乎实体的"灵"的生命。"吴楚东南坼"所显示的正是诗人的灵魂与"天道"猝然间的不期而遇，不觉迸发出对造物者神工鬼斧的惊悸怅惘，对不可企及的"彼岸世界"的眺望和失声嗟叹。这景语的哲理层面，所显现的是天人感应，是人在激情之中对宇宙真谛的见证和妙悟。

从"吴楚东南坼"还可以体认到诗人的另一种情怀：对于世俗世界深切的道德关怀。在这一层面上，"乾坤"的意义等于"天下"，等于与君国、社稷、神器等相关联的疆土，与"关山北"联结起来，表现了贫病垂老的诗人对"吾土吾民"的深切关怀。杜甫在这首诗里，有意暗示了他自身的存在具有"外部"和"内部"极端对立的双重性，是胸中的"宇宙"和包藏这"宇宙"的外部躯壳的对立和紧张。人的躯体是渺小的，是一个可以被严重挤压的至卑的"有限"，但有限躯体所承载的灵魂能够在形而上的世界里遭遇"无限"（天道）和感受"无限"；同时在世俗领域，他也获得了对另一种无限的享有：当他把自身的不幸遭遇放在"战争和历史的千万受害者"的语境中书写，而且升华为"先天下忧"的伦理情感时，他就以有限的躯体和时空，拥有了延伸于天地间属于家国群体的"无限"。

【名家评点】

尝过岳阳楼，观子美诗，不过四十字耳，其气象宏放，含蓄深远，殆与洞庭争雄。

——［宋］唐庚《唐子西文录》

江南逢李龟年[1]

岐王[2]宅里寻常见，崔九[3]堂前几度闻。
正是江南好风景，落花时节又逢君。

【注释】

〔1〕李龟年：唐代著名的音乐家，受唐玄宗赏识。后流落江南。
〔2〕岐王：玄宗弟李范，以好学爱才著称，雅善音律。
〔3〕崔九：原注云："崔九即殿中监崔涤，中书令湜之弟。"官秘书监，出入禁中，得玄宗宠幸。

【赏析】

杜甫写这首诗时，明皇已幸蜀，其乐师李龟年正流落江南。在明皇幸蜀之前，杜甫和李曾见过面，有过快乐的时光；现在诗人远离京都，在江南与这位艺术家不期而遇，抚今追昔，不禁感慨万端。

诗的头两句，追忆昔日与李龟年的交往，看似平淡，其实饱含深厚的情感。古代诗人中，能用这样的低调写出这类杰作的，除了陶渊明，要找第三人，恐怕不易。

起承过后，诗意开始转折。第三句在这首七言绝句短小的形式中创造了广阔的时空，把读者从遥远的过去带到现在，从"岐王宅里""崔九堂前"带到江南。结句的"落花"与上句的"好风景"对比，产生了张力；淡淡的感喟中，怅惘之情也在字里行间溢出。"好风景"时"逢君"，"逢君"时江南盛开的花已开始零落，情景起伏交融，真是曲尽其妙。此时，落花流水的江南，两位饱经离乱、形容憔悴的白首故知意外相遇，这该是怎样一幅百感交集的画面？千言万语无从说起，皆于"又逢君"三字中，蕴无穷酸泪。结尾二句引起了普遍的感动，这是由于这种感动是基于读者各自的个人经验。读者在欣赏这首诗时，可以任意将自己的经验置入其中。品味中国诗歌的名篇，大抵都能发现类似的特点。古代诗人常常将个人对客观世界的体验置于时空背景中，从而使其创作获得普遍的非个人的色彩，而同时又不失其抒情诗的本质。正是在这一方面，较好地体现了中国诗人的智慧。

【名家评点】

少陵为诗家泰斗，人无间言，而皆谓其不长于七绝。今观此诗，余味深长，神韵独绝，虽王之涣之黄河远上，刘禹锡之潮打空城，群推进唱者，不能过是。诗值天宝盛时，龟年以供奉之余，为朱门宾客，见其迹者，在岐王大宅，闻其声者，在崔九高堂，其声名洋溢乎长安。乃兵火余生，飘零江左，当日丁歌甲舞，曾醉昆仑，此时铁板铜琶，重游南部，其遭遇之枯荄顿殊。而己亦芒鞋赴蜀，雪涕收京，饱经离乱。今值落花时节，握手重逢，江潭之凄怆可知矣。此诗以多少盛衰之感，千万语无从说起，皆于"又逢君"三字之中，蕴无穷酸泪。可知杜集中绝句无多者，乃不为也，非不能也。

——［清］俞陛云《诗境浅说续编》

岑 参

岑参（约715—770年），原籍南阳，迁居江陵。出身仕宦之家。早岁孤贫，遍读经史。二十岁至长安，求仕不果，奔走京洛，漫游河朔。天宝三年（744年）中进士。八年、十三年两次出塞。回朝后任右补阙、起居舍人等职。大历间官至嘉州刺史，世称"岑嘉州"。后罢官，客死成都旅舍。诗以边塞诗最为著名，代表作有《白雪歌》《走马川行》《轮台歌》等。在他手里，边塞诗的创作题材和艺术境界得到了较大开拓。岑参晚年皈依佛门，诗作中表现了出世思想。岑诗在艺术上气势雄伟，色彩绚丽，造诣新奇，风格峭拔。今人编有《岑参集校注》。

走马川行奉送封大夫出师西征

君不见走马川[1]行雪海[2]边，平沙莽莽黄入天。
轮台[3]九月风夜吼，一川碎石大如斗，随风满地石乱走。
匈奴草黄马正肥，金山[4]西见烟尘飞，汉家大将[5]西出师。
将军金甲夜不脱，半夜军行戈相拨[6]，风头如刀面如割。
马毛带雪汗气蒸，五花连钱[7]旋作冰，幕中草檄砚水凝。
虏骑闻之应胆慑，料知短兵不敢接，车师[8]西门伫献捷。

【注释】

〔1〕走马川：又名左末河，即今新疆维吾尔自治区车尔成河。

〔2〕雪海：泛指西域地区。

〔3〕轮台：地名，但到底在哪里，至今尚无定论。或说在今新疆米泉区境内，或说在阜康境内。有学者专门写有《唐轮台方位考》，可参阅。

〔4〕金山：即阿尔泰山。

〔5〕汉家大将：指封常清，当时任安西节度使兼北庭都护，岑参在他的幕府任职。汉家：唐代诗人多以汉代唐。

〔6〕戈相拨：兵器互相撞击。

〔7〕五花连钱：指马的毛色斑驳。

〔8〕"车师"句：车师：为唐安西都护府所在地，即今新疆吐鲁番市。伫：久立，此处作等待解。献捷：献上捷报。

【赏析】

有人说，只有在新疆生活过的人，才能读懂岑参的诗。唐代，有影响的诗人真正走出玉门关，到过西域的，前后只有两人：一是骆宾王，一是岑参。骆宾王少有十分杰出的边塞诗作传世；岑参则一生两度出塞：第一次是天宝八年（749年），诗人当时三十五岁，在安西四镇节度使高仙芝军幕做掌书记，到达过安西大都护府驻地龟兹（今新疆库车）；第二次是五年后即诗人四十岁时，在北庭都护封常清幕中为节度判官，历时三年始归。《走马川行奉送封大夫出师西征》《白雪歌送武判官归京》等一系列描写西域风情的边塞诗即写于这一时期。

岑参诗的特点是意奇语奇，尤其是边塞之作，奇气尤甚。《走马川行送封大夫出师西征》一诗抓住有边地特征的景物，来状写环境的艰险，从而衬托士卒们大无畏的英雄气概。开头极力渲染环境恶劣、风沙遮天蔽日；接着写匈奴借草黄马肥之机入侵，而封将军不畏天寒地冻、严阵以待；最后写敌军闻风丧胆，预祝唐军凯旋。诗虽叙征战，却以写寒冷为主，暗示冒雪征战之伟功。语句豪爽，风发泉涌，真实动人。全诗句句用韵，三句一转，节奏急切有力，情韵灵活流宕，声调激越豪壮，有如军乐中的进行曲。

白雪歌送武判官[1]归京

北风卷地白草折，胡天八月即飞雪。
忽如一夜春风来，千树万树梨花开。
散入珠帘湿罗幕，狐裘不暖锦衾薄。
将军角弓不得控，都护[2]铁衣冷犹著。
瀚海阑干百丈冰[3]，愁云惨淡万里凝。
中军置酒饮归客，胡琴琵琶与羌笛[4]。
纷纷暮雪下辕门，风掣[5]红旗冻不翻。
轮台[6]东门送君去，去时雪满天山路。
山回路转不见君，雪上空留马行处。

【注释】

〔1〕武判官：名不详。判官是官职名。唐代节度使等朝廷派出的持节大使，可委任幕僚协助判处公事，称判官，是节度使、观察使一类的僚属。

〔2〕都护：镇守边镇的长官，此为泛指。

〔3〕"瀚海"句：这句是说大沙漠里到处都结着很厚的冰。瀚海：沙漠。阑干：纵

横交错的样子。

〔4〕"中军"二句：意谓在主帅的营帐里，为准备回京城的人设宴送别，同时在饮酒时奏起了乐曲。古时军队分为中、左、右三军，中军为主帅的营帐。饮归客：宴饮归京的人，此指武判官。

〔5〕风掣：意谓辕门外的红旗因粘雪浸湿而冻结，僵硬得飘不起来。

〔6〕轮台：见前《走马川行送封大夫出师西征》诗注。

【赏析】

这首诗写了前后三天的事情：头天起风，当天夜里开始下雪，一直下到次日傍晚还不停，第三天放晴，诗人清晨送友上路。送别的地点是轮台。

诗的前十句全是咏雪，后八句转入送别。诗紧扣题意，以咏雪为经，以送友为纬，编织成一幅景色奇丽、友情浓郁的雪中送别图。起笔写边地北风之猛和塞外飞雪之早，很有气势。接着笔锋一转，出人意料地用"忽如一夜春风来，千树万树梨花开"来形容雪景，其境界奇丽壮美极了，把塞外冰天雪地的世界，写得充满郁勃之春意，这是因为其中倾注了作者对边疆的深厚感情。下面"散入"六句写雪后奇寒：营帐内，狐裘不暖，铁衣难着；营帐外，悬冰百丈，雪云万里。这种奇寒之景为送别增添了离愁，预示着武判官归途中必定要遇到许多意想不到的困难。"中军"以下四句写置酒送归。宴会上鼓乐齐鸣，畅饮群欢，这时天色也暗了下来，风雪交加，辕门外的帅旗已经风掣不翻。最后"轮台"四句写送别：雪满天山，归客走了，望不见了，只有送者面对雪地上留下的马蹄印而惆怅满怀。这时候送者的内心，充溢着无限惜别之意，还夹带着因友人归去而引发的思乡之情。这首诗起得精彩，收得也出色。豪放而又含蓄，奇壮而不失俊丽，情意深蕴，耐人品味。

杜确《岑嘉州诗集序》说，岑参的诗"每一篇绝笔，则人人传写，虽闾里士庶，戎夷蛮貊，莫不讽诵吟习焉"。可见他的诗当时流传之广，不仅雅俗共赏，而且还为各族人民所喜爱。杜甫在岑参生前就对他的诗评价甚高。宋代爱国诗人陆游甚至说，岑参的诗"笔力追李杜"（《夜读岑嘉州诗集》）。可见其诗影响之巨、成就之伟。

【名家评点】

此诗连用四雪字，第一雪字见送别之前，第二雪字见饯别之时，第三雪字见临别之际，第四雪字见送归之后。字同而用意不同耳。

——［清］章燮《唐诗三百首注疏》

逢入京使

故园东望路漫漫，双袖龙钟[1]泪不干。
马上相逢无纸笔，凭君传语报平安。

【注释】

〔1〕龙钟：本为竹名，通常用以形容年老者如竹，枝叶摇曳，不自禁持。在这里是淋漓沾湿的意思。

【赏析】

本诗写思家之情，真率豪放。首句写回首故园，路途漫漫，思家情切，于此见之。次句写泪水之多，皆因思家之故也。三句写在马上遇到入京使者，但无纸笔可写家书，为之奈何？

结句转出让使者报个平安口信，聊慰家乡亲朋。后两句紧扣塞外马上相逢的特定情境，真率入情，口气豪壮。刘熙载曾说："诗能于易处见工，便觉亲切有味。"（《艺概·诗概》）在平易之中而又显出丰富的韵味，自能深入人心，历久不忘。岑参的这首诗即有此特色。

山房春事（二首选一）

梁园日暮乱飞鸦，极目萧条三两家。
庭树不知人去尽，春来还发旧时花。

【赏析】

这是一首吊古之作。梁园又名兔园，俗名竹园，西汉梁孝王刘武所建，故址在今河南省商丘市东，周围三百多里。园中宫观相连，奇果佳树错杂其间，珍禽异兽出没其中。

就是这样一个繁盛所在，如今唯有晚照中乱鸦聒噪，三两处萧条破落的人家。当年"声音相闻""往来霞水"（枚乘《梁王兔园赋》）的各色飞禽不见了，宫观楼台也已荡然无存。不言感慨，而今古兴亡、盛衰无常的感慨自在其中。

结尾诗人不说自己对人世的感悟，却说无知花树偏在这一片萧条之中依然开出当年的繁花。感情极沉痛，出语却极含蓄。反衬手法运用得十分巧妙。沈德潜在《唐诗别裁》中赞许这首诗说："后人袭用者多，然嘉州实为绝调。"

送崔子还京〔1〕

匹马西从天外归，扬鞭只共鸟争飞。
送君九月交河〔2〕北，雪里题诗泪满衣。

【注释】

〔1〕崔子：不详待考。

〔2〕交河：在新疆维吾尔自治区托克逊县。交河故城为汉代车师人的国都。《汉书·西域传》载："车师前国，王治交河城，河水分流绕城下，故号交河。"

【赏析】

在岑参之前另一位到过西域的唐诗人骆宾王曾有诗曰："暮投交河城，火山赤崔巍。九月尚流汗，炎风吹沙埃。何事阴阳工，不遣雨雪来。"

此诗是对今吐鲁番和交河古城风光的真实描绘。岑参送友人的这首诗，和骆宾王一样，诗中所写的时间和地点完全相同：都是交河古城，都是在九月。

岑诗前二句写崔子获归长安的喜悦，后二句写自身滞留异域的苦闷。写喜，用"扬鞭只共鸟争飞"；写苦，用"雪里题诗泪满衣"。极形象，极生动，令人爱赏。

张　继

字懿孙，南阳（今属河南）人，一说襄阳人。生卒年不详，约唐肃宗至德初前后在世。天宝十二年（753年）进士。官洪州盐铁判官、祠部员外郎。夫妇俱殁于洪州。

张继的诗"有道者风"，也颇有"禅味"。张继流传下的作品很少，《全唐诗》收录一卷。然仅《枫桥夜泊》一首，已使其名留千古。后人辑有《张祠部诗集》。

枫桥夜泊

月落乌啼霜满天，江枫渔火对愁眠。
姑苏城外寒山寺[1]，夜半钟声到客船。

【注释】

〔1〕"姑苏"句：姑苏：苏州的别称，因城西南有姑苏山而名。寒山寺：在枫桥附近，始建于南朝梁代。相传因唐僧人寒山、拾得于此修行而得名。

【赏析】

这首七绝，是唐诗中最著名的一首。现代人差不多都会背诵，依托诗意谱写的歌曲也不在少数，连亚洲一些国家的小学课本也载有此诗。可谓是真正的千古绝唱矣！

有唐以降的世代国人，之所以喜爱这首诗，且不经意间就能背诵、欣赏，一来是因为诗作一读就懂，且音韵和谐，朗朗上口；二来是的因为玩咏之际，可以得到一种无法言传的艺术享受。

在这首诗中，诗人为我们精确而细腻地传达出一个客船夜泊者对江南深秋夜景的观察和感受，有景有情，有声有色，使我们从有限的画面中获得悠长的韵味和无穷的美感。全诗句句形象鲜明，可感可画，晓畅易解，所以任何人读这首诗，愈是反复吟咏，愈益感到它蕴含丰厚，诗意浓郁。因为它既真且美，所以永远是于我们身心有益的精神食粮。

后来张继重游寒山寺时，还写有一首《枫桥再泊》，我们也不应当忘记。诗曰："白发重来一梦中，青山不改旧时容。乌啼月落寒山寺，依枕尝听半夜钟。"

【名家评点】

唐人诗，无不经百炼而出，不难讨好于字句之间，而难于寻不出好处。诗到寻不出好处，方是老境，往往不为流辈所喜。虽然，吾自做吾诗耳，何预他人事耶？他人喜怒，又何预老人事耶？此诗初读去，何乎平平，吾细寻其金针，真妙到极处也。

——［清］徐增《说唐诗》

国学经典精神家园丛书

韩 翃

生年不详，字君平，南阳人。天宝十三年（754年）进士。肃宗宝应元年（762年）为淄青节度使幕府从事，后闲居长安十年。建中初，德宗赏识其"春城无处不飞花"，任驾部郎中、知制诰，官终中书舍人。"大历十才子"之一。因许尧佐将他和柳氏的恋爱故事写成《柳氏传》而闻名。明人辑有《韩君平集》。

寒 食〔1〕

春城无处不飞花，寒食东风御柳〔2〕斜。
日暮汉宫传蜡烛〔3〕，轻烟散入五侯〔4〕家。

【注释】

〔1〕寒食：我国古代传统节日，在清明前两天。春秋时介子推曾随晋公子重耳出亡在外十九年，曾有割股食君之功。重耳归国为君，分封群臣时却忘了介子推，子推不愿夸功争宠，携老母隐居绵山（在今山西省介休市）。晋文公亲自进山请他，介子推躲在山里，晋文公下令放火焚山，想逼他出来。可是子推宁可抱母自焚于柳树下。为纪念这位义士，晋文公下令：介子推死难之日不生火做饭，后人称之为寒食节。

〔2〕御柳：御苑之柳。当时风俗，寒食节要折柳插门，以示纪念。

〔3〕"日暮"句：汉宫：实指唐宫。传蜡烛：《唐辇下岁时记》云，"清明日取榆柳之火以赐近臣。"时方禁烟火，宫中却可传烛以分火，先及"五侯"之家，以示皇恩。

〔4〕五侯：一说指东汉外戚梁冀一族的五侯，或曰指东汉桓帝时的宦官单超等同日封侯的五人。诗中泛指贵戚宠臣。

【赏析】

此诗在当时即脍炙人口，作者韩翃也因此诗见赏于德宗。这首诗的艺术成就，清人徐增在《说唐诗》中有过精辟论述："其用心细密，如一匹蜀锦，无一丝跳梭，真正能手。"具体言之，可以归纳为三个方面。

首先，用字精当传神。这一点集中体现在该诗首句的"飞"字上。徐增也提到，诗人"初欲用'开'字，但'开'字呆（板），而'飞'字灵（动）"，此言得之。诚然，东风浩荡中，柳絮自然会随风四处舞动，而"飞"字正好传神地将这一动人情景予以浓缩，给人以无限遐想。其次，各句在内容上前呼后应，照应周细。在徐增的评点中，诗中诸多照应均被逐一指出，共计十处之多。如此一来，看似平淡的一首诗，却有一股潜流的"文气"（章法）贯通于整个作品中。再次，诗旨蕴含讽喻。诗人以"寒食"为题，且在诗文中再次提及，这便是诗人抒怀的背景。同时，我们又可以看到诗文中多次出现与皇家有关的语词（如"御柳""汉宫""五侯家"），再结合唐代寒食日"火禁"很严，而皇家却属例外这样的背景来看，诗作咏时令以讥时政的讽喻之意显而易见。

【名家评点】

唐之亡国，由于宦官握兵，实代宗授之以柄。此诗在德宗建中初，只"五侯"二字见意，唐诗之通于春秋也。

——［明］吴乔《围炉诗话》

章台柳·寄柳氏

章台柳，章台柳，往日依依今在否？
纵使长条似旧垂，也应攀折他人手。

【赏析】

创作此诗的背景即唐代许尧佐《柳氏传》所述之故事。了解这一背景后，诗作的题旨和情感就很容易体会了。"往日依依"写尽了作者与柳氏爱情之缠绵；柳条长垂依旧，可惜情人已为他人所有，其惨痛忧伤之难以言状，可以想象。直陈其事中有着无限婉转，读之令人不禁喟然长叹。

《柳氏传》对明清戏曲颇有影响，现有明代吴长儒《练囊记》和清代张国寿《章台柳》传奇二种，皆以此为蓝本。

司空曙

司空曙（约720—约790年），字文明，一作文初，广平（郡治在今河北永年东南）

人。曾举进士，入剑南节度使幕府，官水部郎中，为"大历十才子"之一。其诗朴素真挚，情感细腻，多写自然景色和乡情旅思，长于五律。有《司空文明诗集》。

江村即事

钓罢归来不系船，江村月落正堪眠。
纵然一夜风吹去，只在芦花浅水边。

【赏析】

诗写江村眼前情事，但诗人没有铺写村景江色，而是通过江上钓者的一个动作及心理活动，反映江村生活的一个侧面，意境真切而恬美。

"不系船"为诗眼，以下皆从此生发。诗人虽没有着意刻画幽谧美好的环境，然而结尾二句已经把钓者悠闲的生活情趣和江村宁静优美的景色描绘得十分丰满了。

这首小诗语言真率自然，清新俊逸，与富有诗情画意的幽美意境十分和谐。

钱 起

722年生，字仲文，吴兴人，天宝十年（751年）赐进士第一，曾任考功郎中，世称"钱考功"。翰林学士，与韩翃、李端、卢纶等号称"大历十才子"。又与郎士元齐名，人为之语曰："前有沈宋，后有钱郎。"其诗具有较高的艺术水平，风格清空闲雅、流丽纤秀，尤长于写景，为大历诗风的杰出代表。有《钱考功集》。

暮春归故山草堂

谷口春残黄鸟^[1]稀，辛夷^[2]花尽杏花飞。
始怜幽竹山窗下，不改清阴待我归。

【注释】

〔1〕黄鸟：即黄莺，叫声婉转悦耳。

〔2〕辛夷：即木兰，一称木笔花。

【赏析】

一"稀"一"尽"一"飞"，三字一气而下，渲染出春光逝去、凋零空寂的暮春景象。因此才使人深切地感受到迎接久别归来的主人的那丛翠绿多姿的窗前幽竹，是那么令人动容。

此情此景，自然会引发诗人对竹的赞美，因为它不仅给人以美的感染，而且它那不为世俗污染的高尚节操令人肃然起敬，怜爱有加。"怜"者爱也。诗人爱的就是它的"不改清阴"。

竹之为物，一直被历代士大夫赞美不已。魏晋名士王子猷寄居别人宅院，下令种竹，有人问："你不过暂住而已，何必费心？"王指竹曰："何可一日无此君！"大诗人苏轼也有诗曰："宁可食无肉，不可居无竹。无肉令人瘦，无竹令人俗。"后来松、竹、梅逐渐成为不畏严寒、不为俗屈的象征，被文人称为"岁寒三友"。由此细想，我们在人际交往中，又何尝不应该结交像"岁寒三友"那种"不改清阴待我归"的知己呢？

胡令能

莆田隐者。早年为工匠，人称"胡钉铰"。梦人剖其腹，以一卷书内之，遂能吟咏。存诗四首，皆生动传神，精妙超凡。喜《列子》，又受禅宗影响，遂隐莆田修行。

小儿垂钓

蓬头稚子学垂纶，侧坐莓苔草映身。
路人借问遥招手，怕得鱼惊不应人。

【赏析】

一个蓬头小孩学大人钓鱼，侧身坐在莓苔上，身影掩映在野草丛中。听到有过路的人问路，连忙远远摇手，生怕惊了鱼不上钩，故对路人不予理睬。真是活灵活现、惟妙惟肖极了。

咏绣障[1]

日暮堂前花蕊娇[2]，争拈小笔上床[3]描。
绣成安向春园里，引得黄莺下柳条。

【注释】

〔1〕绣障：刺绣屏风。

〔2〕花蕊娇：双关语，一指刺绣图样，一喻刺绣少女。

〔3〕床：指绣花时绷绣布的绣架。

【赏析】

前两句写诸女绣花时的情景，后两句写精美的刺绣巧夺天工：将绣好的屏风安放到春光烂漫的花园里，黄莺误以为是真花，离开柳枝向绣屏飞来。不言女红之工巧而工巧自见。

胡令能的诗清新可爱，生活气息浓郁，具有超越时空的独特魅力，宛若唐诗苑中芳香扑鼻的山花野草。

顾　况

顾况（727—815年），字逋翁，苏州海盐（今属浙江）人。至德二年（757年）登进士第。贞元三年（787年）为李泌荐引，任著作佐郎。贞元五年，李泌去世，况因嘲讽当朝权贵，贬饶州司户参军。途经苏州，与韦应物有诗酬唱。晚年定居茅山，自号华阳真逸，擅画山水。明人辑有《华阳集》。

顾况是唐中期较有影响的诗人。今在临海市区巾子山上建有"逋翁亭"，以纪念这位历史文化名人。

叶上题诗从苑中流出

花落深宫莺亦悲，上阳宫女断肠时。
君恩不闭东流水，叶上题诗寄与谁？

【赏析】

在唐代，"红叶题诗"是一个流传十分广泛的美丽凄婉的故事。大诗人顾况的这首诗被后人演绎为成语"红叶传情"，然而这确实是诗人亲身经历的一段佳话轶事。

相传在唐天宝年间的一个秋天，身在洛阳的年轻诗人顾况拾得从宫女所居上阳宫水道流向下水池（今洛阳市西下池村）的一片梧叶，上有宫女题诗："一入深宫里，年年不见春，聊题一片叶，寄与有情人。"诗人也赋诗一首写于叶上，并将这片梧叶从上游传进宫中，竟然真的和那位哀怨的宫女取得了联系。此后顾况和这位宫女二人经常借叶传情。不久发生安史之乱，顾况趁机找到那位宫女，二人最终结为连理，白头到老。这段爱情故事也被称作"下池轶事"，在洛阳广为流传。

实际上关于红叶题诗传情的故事历来记述甚多：一是唐宣宗时中书舍人卢渥（详见下诗《题红叶》）。二是唐玄宗时顾况（详见下引"轶事"）。三是唐德宗时进士贾全虚于御沟见一花流至，旁连数叶，上有王才人养女凤儿题诗，"笔迹纤丽，言词幽怨"，诗云："一入深宫里，无由得见春。题花红叶上，寄与接流人。"全虚见诗，为之流泪。德宗闻此事，因以凤儿赐全虚。事见宋王铚《补侍儿小名录·凤儿》。四是唐僖宗时儒士于佑与宫人韩氏红叶唱酬，后结为夫妇。事见宋刘斧《青琐高议》卷五载张实《流红记》。五是唐僖宗时进士李茵尝游苑中，于御沟得宫娥云芳子红叶题诗。后茵与宫娥同行诣蜀，被内官田大夫拆散，"宫娥与李情爱至深，至前驿，自缢而死"。事见宋孙光宪《北梦琐言》卷九，等等。

这些美丽的传说太容易激发人们的联想了，于是不少诗人纷纷赋诗歌咏之。譬如：

白烟昼起丹灶，红叶秋书篆文。二十四岩天上，一鸡啼破晴云。（唐王贞白《仙岩二首》）

蜀川笺纸彩云初，闻说王家最有余。野客思将池上学，石楠红叶不堪书。（唐鲍溶《寄王璠侍御求蜀笺》）

洛下三分红叶秋，二分翻作上阳愁。千声万片御沟上，一片出宫何处流？（唐徐凝《上阳红叶》）

国学经典精神家园丛书

搜神得句题红叶，望景长吟对白云。（胡果《七老会诗》）

晚收红叶题诗偏，秋待黄花酿酒浓。（许浑《长庆寺遇常州阮秀才》）

传奇作家也不甘示弱，于是小说、杂剧和戏曲时有问世，如元代白朴写有《韩翠颦御水流红叶》，明代王骥德有《韩夫人题红记》，祝长生有《红叶记》等。

一千多年来，当文人墨客津津乐道地为"红叶传情"的故事舞文弄墨时，有人开始质疑了：倘若濡墨题诗树叶，放置水中，很快就会被漂洗干净，怎么可能让宫内宫外的人传来传去？再者，红叶题诗故事中，各家记述使用的树叶也不尽相同。有用梧叶的，有用枫叶的，有用柿叶的。

韩　氏

生卒里籍均不详。

题红叶

流水何太急，深宫尽日闲。
殷勤谢红叶，好去到人间。

【赏析】

这首诗相传为唐宣宗时宫人韩氏所写。关于这首诗，也有一个动人的故事。据《云溪友议》记述，宣宗时，诗人卢溪到长安应举，偶然来到御沟旁，看见一片红叶，上面题有这首诗，就从水中取去，收藏在巾箱内。后来，他娶了一位被遣出宫的韩姓宫女。一天，韩氏看见箱中的这片红叶，叹息道："当时偶题随流，不谓郎君收于巾箧。"

就这首诗的意旨和词义而言，明白如话，无须诠释。但其艺术手法很有特色。一个少女长期被幽闭深宫，自然会有青春虚度之恨，度日如年之苦。题诗宫女以流水之急与深宫之闲作为对比，不着痕迹地道出了这种双重苦恨。诗的后两句运笔更委婉，它妙在不从正面写自己的处境和心情，而从侧面下笔，只对一片随波而去的红叶致以殷勤的祝愿，作者对身受幽囚的愤懑、对自由的憧憬以及冲破樊笼的强烈意愿，尽在不言之中。

通过对上述几则（见顾况诗赏析）美丽的爱情传说和情诗的了解，我们大略可以确定这样一些事实。

唐中晚期，有大批宫女被幽禁在以上阳宫为代表的皇宫中。据《唐会要》载，自武德至开成二百多年间，历次"出宫人"有数千之众。上阳宫女久居深宫的哀怨苦楚，是唐代许多诗人共同关注的社会问题。宫女出宫流落民间，与同情她们的诗人喜结良缘而成佳话，被广为流传，完全是情理中事。

唐人树叶题诗练字是一种普遍现象，叶片随手取之，未必一定是"红叶"。唐李绰《尚书故实》记有一则轶事说。

郑广文（名虔）学书而病无纸，知慈恩寺有柿叶数间屋，遂借僧房居止，日取红叶学书，岁久殆遍。后自写所制诗并画，同为一卷封进。玄宗御笔书其尾曰："郑虔三绝"。

由此来看，在此世风的影响下，宫女把她们的幽怨和向往无论用什么方法写在树叶（不一定非是"红叶"）上，完全合乎情理。

后人之所以定格在"红叶"上，并开发出"红叶传情"的成语，更多的含义是一种象征意趣。其心理取向是因为"红叶"与诗人、宫女凄美的爱情有着太多的审美意蕴。因此，考究"红叶"到底是什么树叶，实在没有多大意义。

柳中庸

名淡，以字行。生卒年不详。河东（今山西永济）人。授洪府户曹，不就。和李端为诗友。今存诗仅十三首。

征人怨

岁岁金河[1]复玉关，朝朝马策与刀环[2]。
三春白雪归青冢[3]，万里黄河绕黑山[4]。

【注释】

〔1〕金河：即黑河，在今内蒙古呼和浩特市东南。

〔2〕"朝朝"句：马策：马鞭。刀环：刀柄上的铜环，喻征战事。

〔3〕青冢：即昭君墓，在今内蒙古呼和浩特市南。

〔4〕黑山：一名杀虎山，在今内蒙古呼和浩特市东南。

【赏析】

　　诗歌是一种借意象抒情的文字载体。边塞诗的意象，简言之，有描述性的——通过对边地风光的描写来抒发感情，如"纷纷暮雪下辕门，风掣红旗冻不翻"；有比喻性的——用比喻来传情达意，如"横笛闻声不见人，红旗直上天山雪"；有象征性的——以相关物象引发联想，如此诗中的"三春白雪归青冢，万里黄河绕黑山"；有通感性的——借助通感修辞表达某种情感，如"借问梅花何处落？风吹一夜满关山"。

　　《征人怨》这几种手法差不多都用上了：全诗一句一景，几乎都是描述性的。"岁岁"写出了战士怨恨因战争而发生的频繁调动，年年月月奔命于千里边防。第三句以"三春白雪"象征边地之寒。"青冢"在这里也有一种象征意味：难道说我们这些征人也要像王昭君那样，要长留塞外吗？末句抱怨边疆生活之荒蛮，转战之艰辛，读之催人泪下。通篇不着一"怨"字，却处处弥漫出怨情，收到了"不着一字，尽得风流"的最佳艺术效果。诗人布局之巧妙，手法之高明，气象之开阔，格调之雄浑，足以同王昌龄的作品相匹敌。

　　举一反三，用同样的赏析方法，可以破解任何体例的诗词，如山水田园诗、咏物诗、咏史诗等。

戴叔伦

　　戴叔伦（732—789年），字幼公，一字次公，金坛（今属江苏）人。出生于隐士家。曾任抚州刺史，官至容管经略使。诗多表现隐逸与闲适。其论诗名言如"蓝田日暖，良玉生烟，可望而不可置于眉睫之前也"，对宋明以后的神韵派和性灵派影响甚大。原有集，已佚，明人辑有《戴叔伦集》。

兰溪棹歌〔1〕

凉月如眉挂柳湾，越中山色镜中看。
兰溪三日桃花雨，半夜鲤鱼来上滩。

【注释】

〔1〕兰溪：在今浙江兰溪市西南。棹歌：渔民的船歌。

【赏析】

这首诗仿拟民歌的韵致，以清新如画的笔触，写出了兰溪一带的山水之美。"凉月"二字，既写出月色的秀朗，又点明春雨过后的凉爽宜人。第二句把兰溪山水写得极为飘逸迷人。读后不难想象那幽雅的兰溪山色，在溪水的倒影中摇曳生姿，朦胧而缥缈，使人如坠仙境。

全篇没有写"人"，也没有写"情"，却使人感到人和情无不洋溢在那如梦如画的景中。诗人将山水的明丽动人，月色的清爽皎洁，渔民的欣快欢畅，淋漓尽致地展现在明澈秀丽的画卷中，给人以如临其境的美感。

韦应物

韦应物（737—约792年），长安人。少年时以三卫郎侍玄宗。安史乱起，玄宗奔蜀，他流落失职，始立志读书。广德二年（764年）前后，为洛阳丞。后因惩办不法军吏，被讼于府衙，愤而辞官，闲居东城同德精舍。大历十年（775年）为京兆府功曹参军，代理高陵宰。十三年，任鄂县令。建中二年（781年）擢比部员外郎，次年出为滁州刺史。兴元元年（784）冬罢任，因贫不能归长安，暂居滁州西涧。贞元元年（785年），为江州刺史。贞元四年，入朝为左司郎中。次年出为苏州刺史，与顾况、秦系、孟郊、丘丹、皎然等均有唱酬往来。贞元七年退职，寄居苏州永定寺。世称韦江州或韦苏州。其诗"高雅闲谈，自成一家"，世以"王孟韦柳"并称，兼有陶渊明之风。

滁州西涧〔1〕

独怜幽草涧边行，尚有〔2〕黄鹂深树鸣。
春潮带雨晚来急，野渡无人舟自横。

【注释】

〔1〕西涧：唐滁州治所即今安徽滁县，西涧在滁州城西郊，俗名上马河。

〔2〕尚有：《全唐诗》做"上有"。

【赏析】

这是一首山水诗的名篇，也是韦应物的代表作之一。诗写于唐德宗建中二年（781年），诗人出任滁州刺史期间。

绝句描写了涧边幽草、黄鹂鸣叫、涧水奔流、野渡无人、独自浮在水面上的渡船等景色。在动与静、声与色的和谐配置映衬中，幽独的诗人似乎与欣欣向荣的自然景色合二为一了。作者偶然即兴，写出了西涧一带春雨中的渡口优美如画的景象。虽是写景，但诗中的寂寞孤舟，或许也流露了诗人的某种心境吧。

卢 纶

卢纶（739—约799年），字允言，河中蒲（今山西永济市）人。屡试不第，卢纶有诗云："久为名所误，春尽始归山。落羽羞言命，逢人强破颜。"位居"大历十才子"之冠。受到宰相元载、王缙等人的赏识推荐，由诗坛步入仕途，为集贤学士、监察御史。后为河中元帅府判官，官至检校户部郎中。卢纶一生所交往的人物多为朝野权臣、封疆大吏，所以他也是一个非常活跃的社交家，因此其诗多为送别应酬之作。反映军旅生活的作品却是难得的千古名篇。原有集，已佚，明人辑有《卢纶集》。

塞下曲（六首选二）

林暗草惊风，将军夜引弓。
平明寻白羽，没在石棱中〔1〕。

月黑雁飞高，单于夜遁逃。
欲将轻骑逐，大雪满弓刀。

【注释】

〔1〕"平明"二句：典出《史记·李广列传》，汉代名将李广猿臂善射，在任右北平太守时，"见草中石，以为虎而射之。中石没镞，视之石也。因复更射之，终不能复入石矣"。白羽：尾为白色鸟羽的箭。

【赏析】

诗写将军夜猎，见林木深处风吹草动，误以为虎，弯弓力射。天亮一看，箭竟然射进一块石头中去了。通过这一典型情节，表现了将军的勇武。由诗注可知，此诗显然是受李广射石故事的启发而作。为什么当将军觉得"靶的"是虎时，箭的力道会如此之大，竟然可以射穿石头？可一旦知道是石头，则折箭而归呢？这就是佛法所说"心可造物，亦能转物"的道理。

第二首写月黑之夜追击逃窜敌军之事。雪夜月黑，宿雁惊飞，实非正常，暴露了敌人正在行动。寥寥五字既交代了时间，又烘托了战斗前的紧张气氛，于是直接逼出下句：单于夜遁逃。由敌军的宵遁，反衬我军的威武。"满"字用得令人击节，让人对守边将士不禁肃然起敬，也折射出诗人对他们的赞叹之情。

【名家评点】

此见边威之壮，守备之整，而惜士卒以寒苦也。允言（卢纶字）语素思弱，独此绝雄健，堪入盛唐乐府。

——［明］唐汝询《唐诗解》

李 益

李益（约748—约827年），字君虞，陕西姑臧（今甘肃武威）人，后迁河南郑州。大历四年（769年）中进士，初任郑县尉，因仕途失意，后弃官客游燕赵。贞元十六年（800年）南游扬州等地。元和后入朝，以礼部尚书致仕卒。诗风豪放明快，尤以边塞诗称名。今存《李益集》。

喜见外弟又言别 [1]

十年离乱后，长大一相逢。问姓惊初见，称名忆旧容。
别来沧海事，语罢暮天钟。明日巴陵 [2] 道，秋山又几重。

【注释】

〔1〕外弟：表弟。

〔2〕巴陵：现湖南省岳阳市，即诗中外弟将去之地。

【赏析】

　　写与表兄弟乱离阔别，意外相逢，却又匆匆挥别。初问姓氏，心已惊疑，待知名字，随即忆想旧容，于是化惊为喜。诗人从生活出发，抓住典型细节，从"问"到"称"，从"惊"到"忆"，层次清晰地写出了由初见不识到接谈相认的神情变化，绘声绘色，细腻传神。至亲重逢的真挚情谊，也自然而然从描述中流露出来。全诗采用白描手法，以凝练的语言和生动的描写，再现了乱离中人生聚散的典型场面，抒发了真挚的至亲情谊，读来亲切感人。

夜上受降城 [1] 闻笛

回乐烽 [2] 前沙似雪，受降城外月如霜。
不知何处吹芦管 [3]，一夜征人尽望乡。

【注释】

　　〔1〕受降城：唐灵州治所回乐县的别称，故址在今宁夏回族自治区灵武县西南，因贞观二十年（646年）唐太宗亲临该地接受突厥部投降得名。这里是防御突厥、吐蕃的军事前线。

　　〔2〕回乐烽：烽火台名，当在回乐县境内。

　　〔3〕芦管：即题中之"笛"。

【赏析】

这首七绝曾一度被推崇为中唐边塞诗的绝唱。相传诗写成后，即被谱以管弦而广为传唱。开篇两句写登城所见之月下景色。积雪般的沙漠和如霜的月光，凄冷荒凉，触发了征人的乡思。一种置身边地之感、怀念故乡之情，隐然袭上诗人心头。在这万籁俱寂的静夜里，凄凉幽怨的芦笛声随朔风而起，更加激发了征人的望乡之情。末句是感染力最强的一句，似乎有一种不可抗拒的力量在诗中回荡。朔风已使人感到凛冽刺骨，更兼芦管之声，征人无尽的乡思、满怀的愁绪，尽在不言之中。

【名家评点】

对苍茫之夜月，登绝塞之孤城，沙明讶雪，月冷疑霜，是何等悲凉之境。起笔以对句写之，弥见雄厚。后二句申足上意，言荒沙万静中，闻芦管之声，随朔风而起，防秋多少征人，乡愁齐赴。则己之郁伊善感，不待言矣。李诗又有《从军北征》云：天山雪后海风寒，横笛偏吹行路难。碛里征人三十万，一时回首月中看。意境略同。但前诗有夷宕之音，北征诗用抗爽之笔，均佳构也。

——［清］俞陛云《诗境浅说续编》

崔　护

字殷功，博陵（今河北定县）人。生卒年不详。贞元十二年（796年）进士。官岭南节度使。其诗精练婉丽，语极清新。存诗六首，皆是佳作，尤以《题都城南庄》流传最广。

题都城南庄

去年今日此门中，人面桃花相映红。
人面不知何处去，桃花依旧笑春风。

【赏析】

由孟棨的《本事诗》可知，此诗缘于一个凄美动人的传奇故事。诗以"人面桃花，物是人非"这样一个看似简单的人生经历,道出了千万人都似曾有过的人生体验,因而为诗人赢得了不朽的诗名。

全诗寥寥四句,将"去年今日"与今年之今日,以萦绕心头的一段情愫,描写了两个迥然不同的场面和情节。第一个场面:寻春遇艳。"人面桃花相映红"不仅映衬出少女光彩照人的容颜,而且含蓄地表现了诗人之目注神驰和双方秋波脉脉的情景。第二个场面:重寻不遇。还是在那春光烂漫、百花吐艳的季节,还是那花木扶疏、桃花掩映的门户,然而那张与桃花"相映红"的美丽"人面不知其处所矣"?可以想见诗人此刻是怎样的失望、惋惜、怅惘!

由于此诗及其本事极具传奇色彩,欧阳予倩先生曾依之写有京剧《人面桃花》。这首诗流传甚广,在后来的诗词中也屡被借用,比如"落花犹在,香屏空掩,人面知何处?"(晏几道《御街行》);"纵收香藏镜,他年重到,人面桃花在否?"(袁去华《瑞鹤仙》)。如今人们也常用"人面桃花"来形容女性的美貌,同时暗喻爱慕而不能再见的女子。

孟 郊

孟郊(751—815年),字东野,湖州武康(今浙江德清)人。早年贫困,曾游两湖、广西,无所遇合,屡试不第。年近五十始中进士,为溧阳尉。存诗五百余,诗风长于白描,语言淡素而又力避平易;为诗精思苦炼,追求瘦硬奇僻。与贾岛齐名,人称"郊寒岛瘦"。

游子吟

慈母手中线,游子身上衣。
临行密密缝,意恐迟迟归。
谁言寸草心,报得三春晖?

【赏析】

作者在此诗标题下自注云:"迎母溧上作。"可见此诗当是孟郊居官溧阳尉时,为迎养其母而作。诗人仕途失意，饱尝世态炎凉，此时愈觉亲情之可贵，于是写出这首发自肺腑、感人至深的歌颂母爱的杰作，千百年来引起无数读者的共鸣。可以说，这首诗蕴含的至真至善的母爱和报答母爱的拳拳孝心，已经深深流荡在炎黄子孙的血液中了。

慈母缝衣的场景，用的是最普通的"线"和"衣"，却写出了母子的相依为命。紧接两句写慈母的深笃之情，无一不是在琐琐碎碎、点点滴滴的日常生活中最细微的地方流露出来。朴素自然，亲切感人。这里没有眼泪，然而一片爱的纯情从这常见的场景中充溢而出，拨动了每一个读者的心弦，唤起了普天下之儿女们亲切的联想和深挚的怀念。

最后两句是前四句的升华，通俗的比兴，悬绝的对比，寄托了赤子炽烈的情意：对于春天阳光般的母爱，"寸草"之心怎能报答得了呢？真有"欲报之德，昊天罔极"之意，感情是那样淳厚真挚，催人泪下。

【名家评点】

写母子之情，极真、极隐、极痛、极尽，一字一呜咽。

——［明］谭元春《唐诗选评》

登科后

昔日龌龊不足夸，今朝放荡思无涯。
春风得意马蹄疾，一日看尽长安花。

【赏析】

唐代有个不成文的制度：进士考试在秋季举行，发榜则在下一年春天。这时候的长安，春风轻拂，百花盛开。中举的进士在城东南的曲江、杏园一带宴集欢聚，公卿之家倾城纵观，万人空巷。新进士们"满怀春色向人动，遮路乱花迎马红"（赵嘏）。可见此诗所写春风骀荡、马上看花是当时的真实情景。

孟郊四十六岁那年进士及第，他自以为从此可以风云际会，一快平生了，因此按捺不住得意欣喜之情，急于一吐为快。这首别具一格的小诗便是这种心理的外化。

诗开篇即直抒胸臆，他说以往在生活上的困顿与思想上的不安都不值得一提了，今朝金榜题名，郁闷已如风吹云散，心里说不尽的畅快。结尾两句活灵活现地描绘出诗人神采飞扬的放浪之态，酣畅淋漓地抒发了他心花怒放的得意之情。但诗人并没有把客观的景物放在心上，而是突出了自我的"放荡"：不止"得意"，还要"一日看尽长安花"。在游人如织的长安道上，怎容得他策马疾驰？满城的无数春花，"一日"又岂能"看尽"？此时在登科及第的诗人眼中，"无数春花"大概还暗喻争睹进士风采的倾城美女吧？因此诗人大可自认为今日的马蹄格外轻疾，也不妨说一日之间已把长安的春花看尽。"春风"既是自然界的春风，也是皇恩的象征。所谓"得意"，既指心理上的称心如意，也指进士及第之事。诗句的思想艺术容量较大，明朗畅达而又别有情韵，"春风得意马蹄疾，一日看尽长安花"成为后人喜爱的名句，也就不足为奇了。

巫山曲

巴江上峡重复重，阳台碧峭十二峰。
荆王猎时逢暮雨，夜卧高丘梦神女。
轻红流烟湿艳姿，行云飞去明星稀。
目极魂断望不见，猿啼三声泪滴衣。

【赏析】

诗为作者旅途遣兴之作。沿长江上溯，入三峡后山重水复，屡经曲折，然而游人的视线始终不愿意离开巫山十二峰；十二峰中最为奇峭也最令人神往的，便是那云烟缭绕的神女峰了；神女峰的魅力，与其说是来自峰势奇峭，毋宁说是来自那"朝朝暮暮，阳台之下"的迷人传说。所以紧接着写到楚王梦遇神女之事。上峡舟行逢雨与楚王畋猎逢雨，在诗境中交织成一片，冥想着的诗人也与故事中的楚王不期然而神交了。

诗人紧紧抓住"旦为朝云，暮为行雨，朝朝暮暮，阳台之下"的绝妙好辞进行艺术构思：神女以"暮雨"的形象出场——"轻红流烟湿艳姿"；以"朝云"的方式离去——"行云飞去明星稀"。她既具有一般神女的特点，轻盈缥缈，在飞花落红与缭绕的云烟中微露"艳姿"；又具有一般神女所无的特点，她带着晶莹湿润的水光，一忽儿又化成一团霞气，这正是雨、云的特征。

随着"行云飞去"，明星渐稀，浪漫的一幕也在诗人眼前慢慢消散。这时，一种惆怅若失之感袭来——"目极魂断望不见"写出了诗人如痴如醉之态，与《神女赋》的结尾颇为神似。最后化用古谚"巴东三峡巫峡长，猿鸣三声泪沾裳"作为结尾。全诗把峡中羁旅、神话传说及古代谚语熔于一炉，写出了作者在古峡行舟时的一段特殊感受，风格幽峭

一五七

奇艳，读之令人怦然心动。

张　籍

张籍（767—830年），字文昌，原籍吴郡（治今江苏苏州），少时迁和州乌江（今安徽和县乌江镇）。贞元十五年（799年）中进士，历任太常寺太祝、水部员外郎等职，仕终国子司业，故世称张水部、张司业。因家境贫困，眼疾严重，孟郊戏称"穷瞎张太祝"。他对文学社会作用的认识，与白居易相近。与韩愈、白居易、孟郊、王建交厚。诗多反映当时社会矛盾和民生疾苦，颇得白居易推重，与王建齐名，并称"张王"。有《张司业集》。五律不事藻饰，不假雕琢，于平易流畅中见委婉深挚之致，对晚唐五律影响较大。

秋　思

洛阳城里见秋风，欲作家书意万重。
复恐匆匆说不尽，行人临发又开封。

【赏析】

张籍的诗用语平易，精警凝练。这首七绝仅选取日常生活中一个小小片断，便将游子思乡之情尽现无余。首句言作客洛阳，见秋风起而思乡。此处暗含晋代张翰在洛阳做官，因见秋风而思念家乡，遂命驾而归的典故。当时作者亦客居洛阳而思吴中，难免感同身受。秋风本给人以衰飒、凄凉之感，况游子羁旅难回，孤寂思乡之情更甚。第二句即写因思家而作书。当真要写时，千言万语一时涌上心头，话多意多，岂是一封短短的家书能够说尽！诗人的犹豫、怅然，只此七字即情态毕现。三、四两句撷取了一个典型细节：尽管下笔一再思量，仍恐遗漏了什么重要内容，生怕殷切的情意表达得还不够充分；看到捎信人即将启程，又匆匆开封检视。尤其是这个"恐"字，将诗人唯恐有什么遗漏的心理刻画入微。此诗用语虽平淡，表达人之性情却极真切、极自然，实"至情语也"。

由于此诗艺术上取得如此杰出的成就，因此前人评价甚高。潘德舆《养一斋诗话》推崇其为"七绝之绝境"。

【名家评点】

苏州司业诗名老，乐府皆言妙入神。

看似寻常最奇崛，成如容易却艰辛。

——〔宋〕王安石《题张司业诗》

诗言已作家书，而长言不尽，临发重开，极言其怀乡之切。作书者殷勤如是，宜得书者抵万金矣。凡咏寄书者，多本于性情。唐人诗，如"马上相逢无纸笔，凭君传语报平安"，仅传口语，亦慰情胜无也；"陇山鹦鹉能言语，为报家人数寄书"，盼书之切，托诸幻想也。明人诗，"万里山河经百战，十年重到故人书"，乱后得书，悲喜交集也。近人诗，"药债未完官税逼，封题空自报平安"，得家书而只益乡愁也；"忽漫一笺临眼底，丙寅三月十三封"，检遗札而追念故交也；"闻得乡音惊坐起，渔灯分火写平安"，远客孤舟，喜寄书得便也。诗本性情，此类之诗，皆至情语也。

——〔清〕俞陛云《诗境浅说续编》

节妇吟

君知妾有夫，赠妾双明珠。

感君缠绵意，系在红罗襦[1]。

妾家高楼连苑起，良人执戟明光[2]里。

知君用心如日月，事夫誓拟同生死。

还君明珠双泪垂，恨不相逢未嫁时。

【注释】

〔1〕襦：短衣、短袄。

〔2〕明光：明光殿，此指皇宫。

【赏析】

古人遇事不便明说，每每只好借写男女之事以寄情托意。张籍的《节妇吟》便是这样一首有名的诗。唐宪宗时，藩镇割据，平卢节度使李师道拥兵跋扈，勾结朝廷中人，图谋不轨。李师道想收买张籍，张籍特写此诗，以节妇的坚贞不二自比，对李师道委婉拒绝。

诗之首二句说这位"君子"既明知我是有夫之妇，还要对我用情，此君非守礼法之士甚明，语气中略带微词，含有谴责之意。接下来二句一转，说道：我虽知君不守礼法，然而又为你情意所感，还是把所赐明珠系在了"红罗襦"上。继而又一转，坦陈自家的富贵气象。紧接两句做波澜开合之状，感情上很矛盾，思想斗争激烈：前一句感谢并安慰对方，其情如"日月之明"，可谓重矣；后一句斩钉截铁地申明己志，我与丈夫誓同生死，恪守从一而终之妇道。最后二句以深情之语作为结尾，解明珠奉还，并酬以"双泪垂"。

这样看来，这是一首具有双层内涵的精品。在文本层面上，它描写了一位忠于丈夫的妻子，经过思想斗争后终于拒绝了一位多情男子的追求，守住了妇道；在喻义层面上，它表达了作者忠于朝廷、不被藩镇高官拉拢收买的忠贞。今天我们欣赏这首诗，完全可以抛开这段特定的历史背景，单纯把它当作追求有夫之妇的情诗去欣赏，这不但不影响这篇佳作的感人魅力，而且会觉得它更具审美情趣。

王　建

王建（约767—约831年），字仲初，颍川（今河南许昌）人。家贫，"从军走马十三年"，居乡则"终日忧衣食"。四十岁以后，"白发初为吏"，沉沦于下僚，任县丞、司马之类，世称王司马。他写有大量乐府，同情百姓疾苦，与张籍齐名。又写过宫词百首，在传统的宫怨之外，还广泛描绘宫廷风物，是研究唐代宫廷生活的重要材料。著有《王司马集》。

新嫁娘

三日入厨下，洗手作羹汤。
未谙姑食性，先遣小姑尝。

【赏析】

这首诗刻画新嫁娘的心理，细腻真切，情趣盎然。婚后三天，新娘下厨做羹汤，但不知婆婆的口味如何，于是先教小姑子品尝。"三日"点明"新嫁"的时间之短；三、四两句进一步刻画新娘为人之谨慎。作者以"先遣小姑尝"的细节，把新嫁娘的谨小慎微、机敏聪慧，写得活灵活现。沈德潜评曰："诗到真处，一字不可移易。"说的就是这首诗用词造句做到了"真"。至于这首诗"推之仕路中新进者，类皆若是"，看作是初入官场者对上司的敬畏心理，有与此相似之处，也是可以的。

羽林[1]行

长安恶少出名字，楼下劫商楼上醉。
天明下直明光宫，散入五陵[2]松柏中。
百回杀人身合死，赦书尚有收城功。
九衢[3]一日消息定，乡吏籍中重改姓。
出来依旧属羽林，立在殿前射飞禽。

【注释】

〔1〕羽林：即皇帝的禁卫军。

〔2〕五陵：西汉五个皇帝的陵墓，面积很大，多植松柏，是豪门贵族居住的地方。

〔3〕九衢：长安城中的大街，代指京城。

【赏析】

诗人大胆揭露了中唐时期羽林军的作恶多端，诗中连用"楼下""楼上""天明""散入"，一口气连数"长安恶少"出身的皇家羽林军执法犯法、无法无天的罪恶行径，字字饱含着作者难以掩饰的愤恨之情。这班恶少仗着皇家禁卫军身份的掩护，楼下劫财，楼上醉酒，天明又从楼上下来，径到皇宫里去值班，值班完毕，就又散入五陵松柏林中去劫财杀人。羽林恶少之所以如此可恶，是因为他们有很厉害的后台，否则不会"百回杀人"，罪大恶极，问成死罪后，竟然会收到皇帝的赦书，说他们"收城"有功！

最后四句写羽林恶少们逍遥法外的得意之态。末句是全篇最精彩、最传神之笔，惟妙惟肖地刻画了一群恶少的有恃无恐。吴乔《围炉诗话》说："诗贵含蓄不尽之意，尤以不著意见、声色、故事、议论者为贵上。"本篇通篇虽不著一句议论，但题旨尽在令人深思的画面中，足见作者表现手法之高明。

宫 词

树头树底觅残红，一片西飞一片东。
自是桃花贪结子，错教人恨五更风。

【赏析】

王建《宫词》百首，这一首较有代表性。

诗人开篇为我们展示了这样一幅场景：一个暮春的清晨，宫女徘徊于桃树下，无论仰视还是俯首，见到的都是一派"残红"。她们捡起一片片东西凋零的花瓣，一边拾，一边怨，怨东风的薄情，叹桃花的薄命……

"残红"和"桃花贪结子"，都具有明显的暗示性。"残红"象征幽闭禁宫的众多宫女，有如这飘落的残花，随着岁月的流逝，一个个青春不再；因"贪结子"而花谢花飞，完全是天然合理的，大可不必错怪"五更风"。用如此婉转的修辞手法来表达宫女难言的隐衷和痛苦，深得风人之致，委实高明！

诗至此，读者会感到宫女惜花的心情渐渐消退，取而代之的是羡花乃至妒花了。从惜花恨风到羡花妒花，是诗情的转折。这也就是所谓"在委曲深挚中别有顿挫"了。因此一顿挫，意境随即为之深化。花谢会结出甘果，而宫女只有凋谢的命运，没有结子的自由。其悲惨幽恨就可想而知了。

【名家评点】

其词之妙，则自在委曲深挚中别有顿挫，如仅以就事直写观之，浅矣。

——［清］翁方纲《石洲诗话》

宛转曲

宛宛转转胜上纱，红红绿绿苑中花。
纷纷泊泊夜飞鸦，寂寂寞寞离人家。

【赏析】

　　句句采用重叠连绵构词法，给人一种沉吟低回、思潮起落无已的审美感，这是汉语言文字特有的审美效应，非其他艺术形式所能取代。从这首唐代极少见的双音重叠句法中，已可略约窥见元曲的滥觞。

韩　愈

　　韩愈（768—824年），字退之，河阳（今河南孟州市）人，祖籍河北昌黎，世称韩昌黎。三岁而孤，由兄嫂抚育。早年流离困顿，有读书经世之志，孤贫好学。二十岁赴长安考进士，三试不第。贞元八年（792年）始中进士，官吏部侍郎，人称韩吏部。后任监察御史，因上书论天旱人饥，请减免赋税，贬阳山令。宪宗时北归，为国子博士，累官至太子右庶子。因谏迎佛骨，贬潮州刺史。不久回朝，历任兵部侍郎、京兆尹等职。谥号"文"，又称韩文公。在文学成就上，同柳宗元齐名，世称"韩柳"。他是古文运动的倡导者，后世盛称其"文起八代之衰"，居唐宋八大家之首。其诗力求险怪新奇，雄浑厚实。有《韩昌黎集》四十卷、《外集》十卷。

左迁至蓝关示侄孙湘〔1〕

一封朝奏〔2〕九重天，夕贬潮州〔3〕路八千。
欲为圣朝除弊事，肯将衰朽惜残年〔4〕？
云横秦岭家何在？雪拥蓝关〔5〕马不前！
知汝远来应有意〔6〕，好收吾骨瘴江边〔7〕。

【注释】

　　〔1〕诗题：左迁：贬官，指作者被贬潮州。侄孙湘：亦即八仙传说中的韩湘子。

　　〔2〕一封朝奏：指送呈的谏书《谏迎佛骨表》。

　　〔3〕潮州：唐属岭南道，治所在今广东省潮阳市。

　　〔4〕"欲为"二句：意谓我的本意是想替皇帝革除弊端，哪能因衰老而吝惜残生呢？肯：岂肯。

〔5〕蓝关：蓝田关，在今陕西省蓝田县东南。

〔6〕应有意：意思是说，你知道我此去凶多吉少，所以特地来陪伴我。

〔7〕"好收"句：意谓自己必死于潮州，希望韩湘子日后去充满瘴气的江边收葬他的尸骨。

【赏析】

韩愈的这首诗多次被选入中学语文课本或课外读本。

元和十四年（819年）正月，唐宪宗命宦官从凤翔府法门寺塔中将释迦文佛的一节指骨迎入宫廷供奉。韩愈写了一篇《谏迎佛骨表》，劝谏阻止，结果触怒了宪宗，差点儿被定死罪。经相国裴度等人说情，最后被贬为潮州刺史。韩愈只身一人，仓促上路，当走到离京师不远的蓝田县时，侄孙韩湘赶来送行。韩愈此时悲歌当哭，挥笔写下了这首名篇。韩湘笑而不答，献诗曰："举世都为名利醉，惟吾来向道中醒。他时定是飞升去，冲破秋空一点青。"

诗的前四句写祸事缘起，直书忠而获罪和非罪远谪的愤慨。五、六两句借景抒情，情悲且壮。英雄失路，于此可知矣！后两联扣题。作者原是抱着必死的决心上表言事的，如今自料此去必死，故对韩湘安排后事，以"好收吾骨"作结。

从思想上看，此诗与《谏佛骨表》，一诗一文，可称双璧。就艺术而言，这首诗是韩诗七律中的精品。其风格沉雄，感情深厚抑郁，笔势纵横，开合动荡。叙事、写景、抒情融为一体，极具撼动人心的力量。

【名家评点】

盖君子诚幸而死得其所，即刻刻是死所。收骨江边，正复快语。安有谏迎佛骨韩文公，肯作"家何在"妇人之声哉！

——［清］金圣叹《金圣叹评点唐诗六百首》

早春呈水部张十八员外

天街小雨润如酥，草色遥看近却无。
最是一年春好处，绝胜烟柳满皇都。

【赏析】

　　诗题中的"水部张十八员外"，是指著名诗人张籍。这首诗便是作者写给张籍的。诗的一、二两句写长安早春，草色若有若无，抓住了早春的特点，所谓"春草传神"。三、四两句抒发了诗人的喜好。"言春之好处，正在此时，绝胜于烟柳全盛时也。"诗人说早春雨景胜过晚春的烟柳，表现出独特的雅趣逸怀，似有某种哲理感悟寓托其中。

【名家评点】

　　"草色遥看近却无"，写照工甚。正如画家设色，在有意无意之间。

　　　　　　　　　　　　　　　　　　　——［清］黄叔灿《唐诗笺注》

晚　春

　　草树知春不久归，百般红紫斗芳菲。
　　杨花榆荚无才思，惟解漫天作雪飞。

【赏析】

　　这是一首各种选本差不多都要选编的抒情小诗。然而对诗意的解读却诸说不一。

　　乍一看，这只是一幅春日里的"群芳谱"：春将归去，似乎所有花草都想将春留住，于是各自吐艳争芳，一刹那间万紫千红，繁花似锦。"杨花榆荚"也不甘寂寞，因风起舞，化作漫天飞扬的雪花。寥寥数笔，我们便看到了喧嚣烂漫的满眼春光。解读的分歧就在这结尾二句。有人认为这是劝人珍惜光阴，勤奋用功，不要学"杨花榆荚"，以致一事无成；有人认为这是在嘲弄"杨花榆荚"一如人之没有才华……不过倘若细细体味"惟解"二字，作者对"杨花榆荚"似乎的确有所揶揄、讽喻。前解似乎没有真正理解诗意。

题榴花

　　五月榴花照眼明，枝间时见子初成。
　　可怜此地无车马，颠倒青苔落绛英。

【赏析】

　　这首诗在《全唐诗》中题名为《题张十一旅舍三咏榴花》。张十一即张署,与韩愈同时被贬,韩为阳山令,张为临武令。时贞元二十年（804年）。身处寂寞旅驿的作者,突然看到山间的石榴自开自落,自然而然会发出像他的名篇《马说》中"千里马常有,而伯乐不常有"的感慨。韩愈又是个性格倔强的文学大家,他常常会发表一些"大凡物不平则鸣"的惊人议论。另一方面,他对后起之秀的欣赏和提携,往往不遗余力。有才华的人如果得不到赏识,他会非常难过。由此来看,这首诗表达怀才不遇的愤懑就再正常不过了。

　　五月,石榴花如火,明艳照人,正是石榴一年中最璀璨的时期。可惜它们偏偏生长在荒僻之乡,而非游人如织的地方,因此无法受到人们的青睐。如此火红如焰的石榴花,就只能在孤独抑郁中凋谢、陨落,默默无闻地结束自己的生命了。因此,诗中的"可怜"二字,当"可爱、可喜"注释就大是不当了,在这里只能按本义解。

薛　涛

　　薛涛（768—832年）,字洪度,长安人。幼年随父流寓成都,八九岁能诗,父死家贫,十六岁堕入乐籍,脱籍后终身未嫁。知音律,工诗词。相与过从者或为当时将相如裴度、韦皋、武元衡等,或为文坛名士如白居易、元稹、杜牧之辈。为唐三大女才子之一（另二人是李冶、鱼玄机）。后定居浣花溪。晚岁迁入城内西北隅之碧鸡坊,创吟诗楼,制"薛涛笺"。有《锦江集》五卷,诗五百余首,惜多数不传。今存《薛涛诗》,实从《万首唐人绝句》等选本集录而成。

牡　丹

去春零落暮春时,泪湿红笺怨别离。
常恐便同巫峡散,因何重有武陵期?
传情每向馨香得,不语还应彼此知。
只欲栏边安枕席,夜深闲共说相思。

【赏析】

首联面对盛开的牡丹花，却从去年与牡丹的离别落墨，把人世间的深情浓缩在别后重逢的特定环境之中。"红笺"是指薛涛纸，是诗人创制的一种深红色便笺。

颔联化牡丹为情人，笔触细腻而传神。用楚襄王与巫山神女梦中幽会的传说，使花人之恋蒙上如梦如幻的迷离色彩：因担心与情人的离别会像巫山云雨那样一散而不复聚，在极度失望之中，突然不期而遇，再度相逢的难得和喜悦便会更加强烈。诗人把陶渊明《桃花源记》中武陵渔人意外发现桃源仙境和传说中刘晨、阮肇遇仙女的故事捏合在一起，妙于用典，曲折而别致。

颈联既以"馨香""不语"影射牡丹的特点，又以"传情""彼此知"关照前文。花以馨香传情，人以信义见著。花与人相通，人与花同感，故有心照不宣之慨叹。

末两句写诗人"安枕席"于牡丹盛开的栏边，与故人相依而卧，夜说相思，足见其相慕之深。这两句想得新奇，语出惊人，是全篇的点睛之笔，也是意境的感人之处。诗将牡丹拟人化，用向情人倾诉衷肠的口吻来写，别出心裁，自有一种醉人的艺术魅力。

刘禹锡

刘禹锡（772—842年），字梦得，晚年自号庐山人。洛阳人，一说彭城（今江苏徐州）人，是匈奴人的后裔。出身于世代以儒学相传的书香门第。与柳宗元为贞元九年（793）同榜进士，官监察御史。因参与王叔文集团，被贬郎州司马，迁连州刺史。后因宰相裴度力荐，任太子宾客，加检校礼部尚书。世称刘宾客。

诗现存八百余首。反映民众生活和风土人情的诗，题材广阔，风格上汲取巴蜀民歌含蓄婉转、朴素优美的特色，清新自然，健康活泼，充满生活情趣，为唐诗别开生面。晚年所作，风格渐趋含蓄，讽刺而不露痕迹。

西塞山^{〔1〕}怀古

王濬楼船下益州^{〔2〕}，金陵王气黯然收。
千寻铁锁沉江底，一片降幡出石头^{〔3〕}。
人世几回伤往事，山形依旧枕寒流。

<h1 style="text-align:center">从今四海为家日，故垒萧萧芦荻秋^{〔4〕}。</h1>

【注释】

〔1〕西塞山：今湖北大冶市东，一名道士洑矶。唐穆宗长庆四年（824年），刘禹锡自夔州调往和州（今安徽和县）任刺史。在赴任途中，经西塞山时写了这首诗。

〔2〕"王濬"句：王濬：西晋弘农湖县（今河南灵宝市）人。咸宁五年（279年）灭吴。官至抚军大将军。益州：晋时郡治在今成都市。晋武帝谋伐吴，派王濬造大船，出巴蜀，船上以木为城，起楼，每船可容二千余人。

〔3〕"千寻"二句：描写吴主孙皓战败出降情景。当时东吴末帝孙皓命人在江中系铁索横于江面，拦截晋船，终失败。王濬率船从武昌顺流而下，直逼金陵，攻破石头城，吴主投降。石头：石头城，即金陵。

〔4〕"从今"二句：意为如今国家统一，旧时的壁垒早已荒芜。

【赏析】

长庆四年（824年），诗人从夔州出三峡，沿江东下，出任和州刺史，途经西塞山，触景生情，感怀往事，写下了这首冠绝古今的名诗。

首联两句，诗人不从眼前景物着笔，而是用简练的笔墨描写了历史上曾经发生在西塞山的一场惊心动魄的鏖战；颔联写吴国的垂死挣扎和被迫出降的丑态。"沉"字看似平常，实则奇警，它形象地说明吴国政权已随铁索的沉没，而在历史的长河中永远消失了。总之，前四句交代了这场战争的指挥者、进军路线、作战方式、突破江防的经过及吴主出降的情形，在怀古的内容中寓有深意：一个政权的巩固，靠的不是地形的险要，而是人心；失去人心，任何防御工事都形同虚设。

颈联"人世几回伤往事"一句承上启下，从历史回到现实，概括了南朝三百余年的政权更替，具体说明失去人心的必然后果。"山形依旧"句用拟人手法写西塞山的超然世外，同"英雄"霸业的荡然无存形成鲜明对照，这就更突出了所谓"英雄"的可悲。

尾联是诗人的感慨和对唐朝统治者的婉言规劝。通过古今对比，诗人深感大唐二百余年的统一基业弥足珍贵。在歌颂"四海为家"、江山画一的同时，对当时重新抬头的割据势力表现出深切的忧虑。末句感慨故垒江边，唯余苍苍芦苇在秋风中萧萧作响，似说兴亡。怀古慨今，收束全诗。刘禹锡的这首诗寓深意于纵横开阖、酣畅流利的才思中，探索与揭示了一个王朝兴灭的根本原因，"所以推为绝唱也"。

此诗颇受好评，清钱谦益《唐诗鼓吹笺注》称首联一雄壮一惨淡，后四句于衰飒中见高雅，于感慨中见壮丽，是"唐人怀古之绝唱"。薛雪《一瓢诗话》云："似议非议，有论无论，笔着纸上，神来天际，气魄法律，无不精到，洵是此老一生杰作，自然压倒元白。"

乌衣巷[1]

朱雀桥[2]边野草花，乌衣巷口夕阳斜。
旧时王谢[3]堂前燕，飞入寻常百姓家。

【注释】

〔1〕乌衣巷：金陵城内街名，位于秦淮河南，与朱雀桥相近。三国时吴国曾设军营于此，军士穿黑衣，故名。

〔2〕朱雀桥：六朝时金陵正南朱雀门外横跨秦淮河的大桥，在今南京市江宁区，当时是金陵的交通要道。

〔3〕王谢：指东晋的王导、谢安，二人均为晋相，世家大族，贤才众多，皆居巷中，冠盖簪缨，为六朝巨室。旧时王谢庭堂多燕子。至唐时，则皆衰落不知其处。

【赏析】

刘禹锡的《金陵五题》分别吟咏古代南京城的五处古迹：石头城、乌衣巷、台城、生公讲堂和江令宅。从不同角度、不同侧面着墨，反复表现"千古兴亡"这一主题。也可以说，这一组诗，是《西塞山怀古》一诗旨意的扩展和延伸。

《乌衣巷》是组诗的第二首，是刘禹锡最得意的怀古名篇，据说白居易读后，为之"掉头苦吟，叹赏良久"。

东晋时，乌衣巷是高门士族的聚居区，开国元勋王导和指挥淝水之战的谢安都住在这里。旧日桥上装饰着两只铜雀的重楼，就是谢安所建。诗句引人注目的是桥边丛生的野草和野花。花草而曰"野"，虽是春景，却平添荒僻。更何况这些野草野花是滋蔓在向为闹市通衢的朱雀桥畔呢？

诗人刻意描绘的是乌衣巷。本来，昔日的乌衣巷，是一处象征着衣冠鼎盛、花团锦簇的豪奢之地，如今却被一抹斜晖所笼罩，充满了寂寥和惨淡。如果说用斜照的夕阳来比对往昔的繁华，还不算是什么奇思妙想的话，那么"旧时王谢堂前燕，飞入寻常百姓家"

就是非常人之所能及的飞来神笔了。"旧时"二字，赋予燕子以历史见证人的资格；"寻常"二字，又特别强调了今日的居民与昔日的贵胄之天壤之别。于此，我们清晰地感受到了作者对沧海桑田之巨变的无限感慨。飞燕的形象仿佛是信手拈来，实际上体现了作者非凡的艺术匠心。

在这里，诗人对历史上荣华之虚妄的表现，是在暗示现实中的荣华之虚妄。如果说往昔的文治武功皆如过眼云烟，那么，如今的王道霸业又何尝不是如此！"后之视今，亦犹今之视昔。"此言良有以也。

秋词二首

自古逢秋悲寂寥，我言秋日胜春朝。
晴空一鹤排云上，便引诗情到碧霄。

山明水净夜来霜，数树深红出浅黄。
试上高楼清入骨，岂如春色嗾人狂。

【赏析】

千古文士之悲秋，始自宋玉《九辩》首句"悲哉，秋之为气也"。此言一出，千载而下，文人咏秋皆以"悲"字为主旋律，使诗坛中的秋天充满肃杀、寂寥、凄清的色调。而刘禹锡的《秋词二首》却与传统言秋者的诗作在志趣上大相径庭。这首诗是历代对"悲秋"这一文学主题大唱反调的诗作中最杰出、最有影响力的一首，不仅赋予秋天别样的美感，更唤醒了人们不同凡俗的高尚情操。读此诗，能启迪我们以全新的视角看待事物。

第一首的首句直陈千载文人言秋的总体感情特征——"逢秋悲寂寥"。此种情调至作者而一变，作者说，肃杀的秋天不仅可以与艳丽的春天相颉颃，而且更胜一筹。原因何在？三句转言空中之飞鹤，将读者的目光引至九霄，不可谓不高。"秋之明洁"是稍后于刘禹锡的李贺对秋天的评价，"明洁"二字使秋天别具一种脱俗出尘的纯净之美。晴空一鹤，冲天排云，气度之大，格调之高，令人怦然心动。这不但是对蔑视世俗之见的超凡脱俗者的赞美，也是作者不同流俗的真实写照。"便引诗情到碧霄"，写出了诗人心中的凌云之志。

第二首既可独立成章，亦可与第一首互为补充。其一赞秋气，其二咏秋色。气以励志，色以冶情。所以赞秋气以美志向之高尚，咏秋色以颂情操之雅洁。前二句诗人只是如实地勾勒秋之本色，写景中流露出高雅闲淡的情韵。谓予不信，试上高楼一望，你就会感到清澈入骨，情思澄净，不会像那华丽浓艳的春色，教人轻浮若狂。末句用"春色嗾人狂"反托诗旨，暗用拟人手法，生动形象，运用巧妙。

比柳宗元大一岁的刘禹锡，虽然因为参加政治革新遭受打击，但他的心理承受能力很强。刘禹锡贬朗州（今湖南常德）时三十四岁，风华正茂，可是一觉醒来，却被赶出了朝堂，其愤懑不平可想而知。但他这个人天生喜标新立异，干什么都想与众不同，不肯人云亦云，读其《陋室铭》，即可知其为人之一二。《秋词二首》便是在这种心境下唱出的。

酬乐天扬州初逢席上见赠

巴山楚水[1]凄凉地，二十三年弃置身。
怀旧空吟闻笛赋[2]，到乡翻似烂柯人[3]。
沉舟侧畔千帆过，病树前头万木春。
今日听君歌一曲，暂将杯酒长精神。

【注释】

〔1〕巴山楚水：指四川和两湖一带。刘禹锡先后被贬到朗州、连州、夔州、和州等地，夔州古属巴国，其他地方大都属楚国。

〔2〕闻笛赋：指向秀的《思旧赋》。晋代向秀去洛阳应试，途经被司马昭阴谋杀害的亡友嵇康、吕安的旧居，其时斜阳冉冉，传来了凄清的笛声。他闻笛悲怆，写下《思旧赋》以悼念亡友。刘禹锡借用此典，来抒发对王叔文、柳宗元等故友的怀念。

〔3〕烂柯人：传说晋人王质进山砍柴，看见两个童子下棋。片刻，童子问王质为何不去，王质惊悟，但见斧柄已腐烂。回到家乡，已历百年，无人相识（见齐祖冲之《述异记》）。这里诗人以王质自比，说自己在外二十多年，再回旧地，恍若隔世。

【赏析】

唐敬宗宝历二年（826年），刘禹锡罢和州刺史，返洛阳；白居易这时也从苏州归洛，二人在扬州相逢。席间唱和抒怀，刘写此诗以答。

白居易在赠诗中，对刘禹锡的遭遇无限感慨，其诗最后两句说："亦知合被才名折，二十三年折太多。"所以刘说："巴山楚水凄凉地，二十三年弃置身。"接着，诗人说自己在外二十三年，如今归来，许多老友都已辞世，只能徒然吟诵"闻笛赋"以表示悼念。用王质烂柯的典故，既暗示自己贬谪时间之久，又说明世事变迁之大，内涵十分丰富。

白居易的赠诗中有"举眼风光长寂寞，满朝官职独蹉跎"，为刘禹锡抱不平。对此，刘禹锡写道："沉舟侧畔千帆过，病树前头万木春。"刘禹锡以沉舟、病树比喻自己，固然感到惆怅，却又相当达观。沉舟侧畔，有千帆竞发；病树前头，正万木皆春。二十三年的贬谪生活，并没有使他消沉颓唐。他在另外的诗里有言："莫道桑榆晚，为霞犹满天。"他这棵病树仍然要重振精神，迎接春光。这既是对友人关怀的感谢，也是和友人的共勉，表现了诗人坚定的意志和乐观的精神。

全诗感情真挚，沉郁中见豪放，不仅富于深刻的人生哲理，也具有很强的艺术感染力。

【名家评点】

梦得此诗，虽秋士多悲，而悟彻菀枯，能知此旨，终身无不平之鸣矣。三句言岁华淹忽，耆旧凋零，当年同调，皆山阳笛里之人。四句言故乡重到，城郭犹是，人民已非，如王质持烂斧归来。二句皆怀旧之思也。五六九推名句，谓自安义命，勿羡他人。试看沉舟病树，何等摧颓，若宇宙皆无情之物，而舟畔仍千帆竞发，树前仍万木争荣。造物非厚于千帆万木，而薄于沉舟病树，盖行所不得不行，止所不得不止，造物亦无如之何，深合蒙庄齐物之理矣。末句归到席上见赠，不言借酒浇愁，而言精神更长，所谓空肠得酒芒角出，绝不作颓丧语。与《始闻秋风》诗同其豪迈也。

——［清］俞陛云《诗境浅说》

竹枝词（十一首选二）

杨柳青青江水平，闻郎江上唱歌声。
东边日出西边雨，道是无晴却有晴。

山桃红花满上头，蜀江春水拍山流。
花红易衰似郎意，水流无限似侬愁。

【赏析】

《竹枝词》是巴渝之地（今重庆市所辖三峡流域）民歌中的一种。据《引》可知，当地民间唱《竹枝》歌时，常伴以舞蹈，吹短笛伴奏，节奏鲜明欢快，歌声激越清脆。刘禹锡于穆宗长庆二年（822年）正月至长庆四年夏在夔州（今重庆市奉节县）任刺史。他在远谪湖南、四川时，亲身接触到少数民族的生活，并受当地民歌的影响，创作出《竹枝词》《浪淘沙》诸词，给后世留下大量生动的民俗画面。至于"东边日出西边雨，道是无晴还有晴"，更是地道的民歌风味。他在唱和白居易的《春词》时，曾注明"依《忆江南》曲拍为句"，这是中国文学史上依曲填词的最早记录。

《竹枝词》两组共十一首。这里选赏两首。

第一首的前两句，描绘江边杨柳青青，听到青年男子的歌声飞来，引发姑娘的无限情思，风韵摇曳。接着写东西晴雨两重天，以"晴"谐"情"，无情而有情，双关巧语，妙手偶得。这是汉语言特有的构词法，如以"莲"谐"怜"，"碑"谐"悲"，"丝"谐"思"等等。怀春少女触景生情，移情入景，欲吐还羞，情思委婉，余味无穷。

第二首刻画了一个热恋中的农家少女形象。恋爱给她带来了幸福，也带来了忧愁。当她看到眼前的自然景象时，心头的感情顿时被触发，因而托物起兴："山桃红花满上头，蜀江春水拍山流"——描绘出一幅山恋水依的图画。女主人公对景抒情，"花红"写她的担心。"红"字以鲜花盛开形容男子热恋的心，但他的爱情是否也像红花一样容易凋谢呢？"水流"句写少女的忧悲。此诗对初恋少女微妙、细腻而又复杂的心理，表现得十分传神。

两首诗通俗清新，富有民歌特色，为唐诗中别开生面之作。

《竹枝词》还有一首写得也很好，意旨明白如话，无须解读，附于此供自赏："瞿塘嘈嘈十二滩，人言道路古来难。长恨人心不如水，等闲平地起波澜。"

【名家评点】

刘梦得《竹枝》九章，词意高妙，元和间诚可独步。道风俗而不俚，追古昔而不愧，比之子美《夔州歌》，所谓同工异曲也。昔东坡闻余咏第一篇，叹曰："此奔逸绝尘，不可追也。"

——［宋］黄庭坚《山谷题跋》

和乐天《春词》

新妆宜面^{〔1〕}上朱楼，深锁春光一院愁。
行到中庭数花朵，蜻蜓飞上玉搔头^{〔2〕}。

【注释】

〔1〕宜面：意谓脂粉和脸色匀称。

〔2〕玉搔头：玉簪。

【赏析】

这是一首与白居易唱和的诗。白诗云："低花树映小妆楼，春入眉心两点愁。斜倚栏杆背鹦鹉，思量何事不回头？"

白诗描绘的是一个青年女子的形象，结句引而不发，意味深长。和诗也写闺中女子之愁，但写得更婉转，更新颖。

刘诗中的女主人公在春色满园的美好日子里，梳妆一新，匆匆下楼，良辰美景使她萌生朦胧的希望。可是无端的烦恼突然袭上心头。莫名其妙的心绪变化，使她再也无心赏玩，只好用"数花朵"来遣愁散闷。"蜻蜓飞上玉搔头"是十分精彩的一笔，它不但含蓄地刻画出青年女子凝神伫立的情态，暗示了她花容般的美貌，而且引来蜻蜓为她抚慰受伤的心灵。满园花开，这只蜻蜓偏偏要落到她的头上来，因其香乎？因其美乎？还是因其寂然不动乎？其实只要我们细细品味，就不难明白，诗人在这里是将蜻蜓当作有情之物，它似乎依稀体察到了这位寻寻觅觅、百无聊赖的女子的悲苦，因此飞到她的耳边，柔情款款地问道："你为何如此忧愁？是谁让你如此伤心？"这真是妙到毫巅的奇想！这就自然而然引出了人愁花愁一院愁的主题，也回应了白居易的那句"思量何事不回头？"它洗练而巧妙地描绘了青年女子在春光烂漫之中的冷寂和孤凄，新颖而奇妙，真可谓是神来之笔！

白居易

白居易（772—846年），字乐天，号香山居士，祖籍太原，后迁居下邽（今陕西渭南东北）。生而识文，他在《与元九书》中说："仆始生六七月时，乳母抱仆弄于书屏

国学经典精神家园丛书

下，有指'无''之'字示仆者，仆虽口未能言，心已默识；后有问此二字者，虽百十其试，而指之不差。则仆宿昔之缘，已在文字中矣。"

白居易于贞元二十六年（800年）中进士，授秘书省校书郎。元和年间任左拾遗、左赞善大夫。元和十年（815年），宰相武元衡和御史中丞裴度遭人暗杀，武元衡当场身死，裴度受重伤。白居易上疏力主严缉凶手，以肃法纪，因而得罪权贵，被贬为江州司马。穆宗长庆二年（822年）出任杭州刺史，在西湖筑"白堤"蓄水泄水，勤政为民。任满后改任苏州刺史，以太子宾客分司东都，以刑部尚书致仕。晚年好佛，自号乐天居士。卒谥"文"。

白居易是新乐府运动的积极倡导者，他主张"文章合为时而著，歌诗合为事而作"。一生作诗近三千首，语言通俗，时传"老妪能解"。平生与元稹唱和最多，世称"元白"。又同诗仙李白、诗圣杜甫、诗豪刘禹锡、诗鬼李贺比肩，白居易被称为"诗魔"。他在世时，其诗已被广为传诵，"禁省观寺邮候墙壁之上无不书，王公妾妇牛音马走之口无不道，至于缮写模勒，炫卖于市井，或持之以交酒茗者，处处皆是"。他的创作对后世影响十分巨大。元明清剧作家取其诗歌故事为题材编为戏曲，如《长恨歌》演变为白朴的《梧桐雨》、洪升的《长生殿》；《琵琶行》演变为马致远的《青衫泪》等。白居易的名声亦远播国外，当时有朝鲜商人求索白诗，带回去卖给本国宰相，一篇值百金。

白居易生前曾自编其集《白氏文集》（初名《白氏长庆集》）。现存最早的《白氏文集》是南宋绍兴刻本。今人顾学颉以此为底本，参校各本而成《白居易集》及《外集》，附白氏传记、白集重要序跋和简要年谱。近人陈寅恪有《元白诗笺证稿》，中华书局于1962年出版陈友琴编《古典文学研究资料汇编·白居易卷》等，都是较重要的研究参考书籍。

长恨歌

汉皇[1]重色思倾国，御宇多年求不得。
杨家有女[2]初长成，养在深闺人未识。
天生丽质难自弃，一朝选在君王侧。
回眸一笑百媚生，六宫粉黛[3]无颜色。
春寒赐浴华清池[4]，温泉水滑洗凝脂。
侍儿扶起娇无力，始是新承恩泽时。

云鬓花颜金步摇[5]，芙蓉帐暖度春宵。

春宵苦短日高起，从此君王不早朝。

承欢侍宴无闲暇，春从春游夜专夜。

后宫佳丽三千人，三千宠爱在一身。

金屋妆成娇侍夜，玉楼宴罢醉和春。

姊妹弟兄皆列土，可怜光彩生门户[6]。

遂令天下父母心，不重生男重生女。

骊宫[7]高处入青云，仙乐风飘处处闻。

缓歌慢舞凝丝竹，尽日君王看不足。

渔阳鼙鼓动地来[8]，惊破霓裳羽衣曲。

九重城阙烟尘生，千乘万骑西南行[9]。

翠华[10]摇摇行复止，西出都门百余里。

六军不发无奈何，宛转蛾眉马前死。

花钿委地无人收，翠翘金雀玉搔头[11]。

君王掩面救不得，回看血泪相和流。

黄埃散漫风萧索，云栈萦纡登剑阁[12]。

峨嵋山[13]下少人行，旌旗无光日色薄。

蜀江水碧蜀山青，圣主朝朝暮暮情。

行宫见月伤心色，夜雨闻铃肠断声[14]。

天旋地转回龙驭[15]，到此踌躇不能去。

马嵬坡[16]下泥土中，不见玉颜空死处。

君臣相顾尽沾衣，东望都门信马归。

归来池苑皆依旧，太液芙蓉未央柳[17]。

芙蓉如面柳如眉，对此如何不泪垂。

春风桃李花开日，秋雨梧桐叶落时。

西宫南内多秋草[18]，落叶满阶红不扫。

梨园[19]弟子白发新，椒房阿监青蛾老[20]。

夕殿萤飞思悄然，孤灯挑尽未成眠。

迟迟钟鼓初长夜，耿耿星河欲曙天。

鸳鸯瓦冷霜华重，翡翠衾[21]寒谁与共。

悠悠生死别经年，魂魄^{〔22〕}不曾来入梦。

临邛道士鸿都客^{〔23〕}，能以精诚致魂魄。
为感君王辗转思，遂教方士殷勤觅。
排空驭气奔如电，升天入地求之遍。
上穷碧落^{〔24〕}下黄泉，两处茫茫皆不见。
忽闻海上有仙山，山在虚无缥缈间。
楼阁玲珑五云起，其中绰约多仙子。
中有一人字太真，雪肤花貌参差是。
金阙西厢叩玉扃^{〔25〕}，转教小玉报双成^{〔26〕}。
闻道汉家天子使，九华帐^{〔27〕}里梦魂惊。
揽衣推枕起徘徊，珠箔银屏迤逦^{〔28〕}开。
云髻半偏新睡觉，花冠不整下堂来。
风吹仙袂飘飖举，犹似霓裳羽衣舞。
玉容寂寞泪阑干^{〔29〕}，梨花一枝春带雨。
含情凝睇谢君王，一别音容两渺茫。
昭阳殿^{〔30〕}里恩爱绝，蓬莱宫^{〔31〕}中日月长。
回头下望人寰处，不见长安见尘雾。
惟将旧物表深情，钿合金钗寄将去^{〔32〕}。
钗留一股合一扇，钗擘黄金合分钿^{〔33〕}。
但教心似金钿坚，天上人间会相见。
临别殷勤重寄词，词中有誓两心知。
七月七日长生殿^{〔34〕}，夜半无人私语时。
在天愿作比翼鸟，在地愿为连理枝。
天长地久有时尽，此恨绵绵无绝期。

【注释】

〔1〕汉皇：中唐后诗人多以汉武帝（刘彻）代指唐玄宗。

〔2〕杨家有女：杨贵妃是蜀州司户杨玄琰之女，小名玉环。开元二十三年（735年），册封为寿王（玄宗的儿子李瑁）妃。二十八年，玄宗命她出家为道士，住太真宫，改名太真。天宝四年（745年）册封为贵妃。

〔3〕粉黛：本是妇女的化妆品，这里用作妇女的代称。

〔4〕华清池：开元十一年建温泉宫于骊山，天宝六年改名为华清宫，温泉改名为"华清池"。

〔5〕步摇：古代的一种首饰，上缀珠玉，插在发髻上，行走时摇动，所以叫"步摇"。

〔6〕"姊妹"二句：姊妹弟兄：指杨氏一家。杨玉环册封后，她的大姐封韩国夫人，三姐封虢国夫人，八姐封秦国夫人。伯叔兄弟杨铦官鸿胪卿，杨锜官侍御史，杨钊赐名国忠，天宝十一年为右丞相，所以说"皆列土"（分封土地）。可怜：可羡。

〔7〕骊宫：即华清宫。

〔8〕"渔阳"句：渔阳：天宝元年河北道的蓟州改称渔阳郡，当时所辖之地约今北京市东，包括今蓟县、平谷等地，由平卢、范阳、河东三镇节度使安禄山管辖。鼙：古代骑兵用的小鼓。

〔9〕"九重"二句：九重城阙：指京城。烟尘生：意谓发生战乱。西南行：天宝十五年六月，安禄山破潼关，杨国宗主张逃到蜀中避难，唐玄宗命将军陈玄礼率"六军"出发，自己和贵妃等跟着出延秋门向西南而去。

〔10〕翠华：指皇帝仪仗中用翠鸟羽毛装饰的旗子。

〔11〕"花钿"二句：钿是用金片做成的首饰，形状像花。翠翘：翠鸟尾上的长毛，叫"翘"。此处指形似"翠翘"的头饰。金雀：雀形的金钗。这句是说各种各样的首饰都被遗弃在地上。

〔12〕"云栈"句：云栈：高入云端的栈道。萦纡：回环曲折。剑阁：即剑门关，在今四川省剑阁县北。

〔13〕峨嵋山：玄宗到蜀中，不经峨嵋山，这里只是泛指四川的高山。

〔14〕"夜雨"句：《明皇杂录》云："明皇既幸蜀，西南行，初入斜谷，属霖雨涉旬，于栈道雨中闻铃音，隔山相应。上既悼念贵妃，采其声为《雨霖铃曲》以寄恨焉。"这句即暗指此事。

〔15〕"天旋"句：天旋日转：比喻国家从倾覆到恢复。回龙驭：至德二年（757年），郭子仪收复长安，玄宗由蜀返长安。

〔16〕马嵬坡：在今陕西省兴平市西。即前"西出都门百余里"所指之地。

〔17〕"太液"句：太液：池名，在长安城东北的大明宫内。未央：宫名，在西安市长安区西北。二者都是汉时旧名。此处为借指。

〔18〕"西宫"句：西宫：即太极宫，亦称"西内"。"南内"指兴庆宫。玄宗回

长安后住在南内。

〔19〕梨园：故址在今陕西西安市长安区。玄宗通晓音律，他从乐伎中选三百余人，另选宫女数百人，置于梨园，亲自教习歌舞，时称皇帝梨园弟子。

〔20〕"椒房"句：椒房：皇后所居之处。以椒花和泥涂壁，取其温暖芳香。阿监：宫中女官。青娥：宫女。

〔21〕翡翠衾：绣着翡翠鸟的被子。

〔22〕魂魄：指杨贵妃的亡魂。

〔23〕"临邛"句：临邛：今四川省邛崃市。鸿都：洛阳北宫门名，借指长安。

〔24〕碧落：道家对天空的称呼。

〔25〕"金阙"句：道家谓天宫有黄金阙、白玉京，为天帝所居。扃：本指门闩或门环，这里指门扇。

〔26〕"转教"句：小玉：吴王夫差的女儿。双成：姓董，西王母的侍女。这里借小玉、双成指杨贵妃在仙境的侍婢。

〔27〕九华帐：用九华图案绣成的彩帐。

〔28〕迤逦：连接不断，相继。

〔29〕泪阑干：眼泪纵横的样子。

〔30〕昭阳殿：赵飞燕所居宫殿，这里代指杨贵妃旧居处。

〔31〕蓬莱宫：传说中的海上仙山。这里泛指仙境。

〔32〕"钿合"句：钿合：即钿盒，镶嵌金花的首饰盒。寄将去：托请捎去。

〔33〕"钗留"二句：意思是说，钗留一股盒留一片，钗分开了里头是黄金，盒分开了里头是金花片。

〔34〕长生殿：在华清宫中，又名集灵台，祀神之所。

【赏析】

唐天宝十四年（755年），安史之乱粉碎了大唐盛世的歌舞升平。唐玄宗仓促间逃往四川，杨贵妃成了替罪羊，被赐死在马嵬驿。半个世纪后，人们痛定思痛，将历史的纠结寄托给"深于诗""多于情"的白居易，于是有了这首传世绝唱。

这是一个发生在皇帝与宠妃的邂逅、期待和追寻的悲情故事，在这异乎寻常的期待与寻觅的过程中，对于唐明皇和杨贵妃来说，不仅是一种忧伤，更是一种悔恨和绝望。悲剧的主角无疑是温馨如风、婀娜如云的杨贵妃。她那水一般纯洁的生命，注定以梦幻般的仙子形象在人们的心灵深处获得了永生。"云鬓半偏新睡觉，花冠不整下堂来"与"回眸一笑百媚生，六宫粉黛无颜色"形成鲜明的对比；"玉容寂寞泪阑干，梨花一枝春带雨"的凄美成了红颜薄命的生动写照。而沉沦于色相中的唐明皇为之疯狂，为之陶醉，其结局只能是无限的空虚和深沉的悔恨。人类的生命是如此渺小，甚至贵为帝王，也无力守住这份美丽。

对于唐明皇来说，"孤灯挑尽未成眠"成了他垂暮之年生活的全部内容，那个消逝的生命，凝固成永恒的留恋和悔恨。往日的恩爱已逝，"在天愿作比翼鸟，在地愿为连理枝"化作超越时空的梦幻，美梦醒后的"此恨绵绵"才是唯一的真实。

【名家评点】

《长恨歌》一出，关于其主题，便成为历来读者争论的焦点。观点也颇具分歧。大抵分三种：其一为爱情主题说。是颂扬李杨的爱情诗作，并肯定他们对爱情的真挚与执着。其二为政治主题说。认为诗的重点在于讽喻，在于揭露"汉皇重色思倾国"必然带来的"绵绵长恨"，谴责唐明皇荒淫导致安史之乱以垂诚后世君主。其三为双重主题说。认为它是揭露与歌颂统一，讽喻和同情交织，既洒一掬同情泪，又责失政遗恨。

——陈尚君《六十年来国内〈长恨歌〉研究述要》

琵琶行 并序

元和十年，予左迁九江郡司马。明年秋，送客溢浦口。闻舟中夜弹琵琶者，听其音，铮铮然有京都声。问其人，本长安倡女。尝学琵琶于穆、曹二善才。年长色衰，委身为贾人妇。遂命酒，使快弹数曲。曲罢悯然。自叙少小时欢乐事，今漂沦憔悴，转徙于江湖间。予出官二年，恬然自安，感斯人言，是夕始觉有迁谪意。因为长句，歌以赠之。凡六百一十二言（按：全诗八十八句，凡六百一十六言。"一十二"当系传刻之误），命曰《琵琶行》。

> 浔阳江[1]头夜送客，枫叶荻花秋瑟瑟[2]。
> 主人下马客在船，举酒欲饮无管弦。
> 醉不成欢惨将别，别时茫茫江浸月。
> 忽闻水上琵琶声，主人忘归客不发。
> 寻声暗问弹者谁，琵琶声停欲语迟。

移船相近邀相见，添酒回灯〔3〕重开宴。
千呼万唤始出来，犹抱琵琶半遮面。

转轴拨弦〔4〕三两声，未成曲调先有情。
弦弦掩抑声声思，似诉平生不得志。
低眉信手续续弹，说尽心中无限事。
轻拢〔5〕慢捻抹复挑，初为霓裳后六幺〔6〕。
大弦嘈嘈如急雨〔7〕，小弦〔8〕切切如私语。
嘈嘈切切错杂弹，大珠小珠落玉盘。
间关〔9〕莺语花底滑，幽咽泉流冰下难〔10〕。
水泉冷涩弦凝绝，凝绝不通声暂歇。
别有忧愁暗恨生，此时无声胜有声。
银瓶乍破水浆迸，铁骑突出刀枪鸣。
曲终收拨当心画，四弦一声如裂帛。
东船西舫悄无言，惟有江心秋月白。

沉吟放拨插弦中，整顿衣裳起敛容〔11〕。
自言本是京城女，家在虾蟆陵〔12〕下住。
十三学得琵琶成，名属教坊第一部〔13〕。
曲罢常教善才〔14〕服，妆成每被秋娘〔15〕妒。
五陵年少争缠头〔16〕，一曲红绡〔17〕不知数。
钿头银篦击节碎〔18〕，血色罗裙翻酒污。
今年欢笑复明年，秋月春风等闲度。
弟走从军阿姨〔19〕死，暮去朝来颜色故。
门前冷落鞍马稀，老大嫁作商人妇。
商人重利轻别离，前月浮梁〔20〕买茶去。
去来〔21〕江口守空船，绕船明月江水寒。
夜深忽梦少年事，梦啼妆泪红阑干〔22〕。

我闻琵琶已叹息，又闻此语重唧唧〔23〕。
同是天涯沦落人，相逢何必曾相识。

我曾去年辞帝京，谪居卧病浔阳城。

浔阳地僻无音乐，终岁不闻丝竹声。

住近湓江〔24〕地低湿，黄芦苦竹绕宅生。

其间旦暮闻何物，杜鹃啼血猿哀鸣。

春江花朝秋月夜，往往取酒还独倾。

岂无山歌与村笛，呕哑嘲哳〔25〕难为听。

今夜闻君琵琶语，如听仙乐耳暂明。

莫辞更坐弹一曲，为君翻〔26〕作琵琶行。

感我此言良久立，却坐促弦弦转急〔27〕。

凄凄不似向前声〔28〕，满座闻之皆掩泣。

就中泣下谁最多，江州司马青衫湿〔29〕。

【注释】

〔1〕浔阳江：即流经浔阳境内的长江。

〔2〕瑟瑟：形容秋风吹动枫树、芦荻的声音。

〔3〕回灯：移灯。

〔4〕转轴拨弦：弹奏前拧轴调弦以定音调。

〔5〕拢：与"捻、抹、挑"均为扣弦的指法。

〔6〕"初为"句：霓裳：即《霓裳羽衣曲》。六幺：或作六腰，曲调名。

〔7〕"大弦"句：大弦：粗弦。嘈嘈：沉重、繁杂。

〔8〕小弦：细弦。

〔9〕间关：鸟叫声。

〔10〕"幽咽"句：以泉流冰下阻塞难通，形容乐声由流畅变为冷涩。

〔11〕敛容：严肃矜持的样子。

〔12〕虾蟆陵：又名下马陵，在长安东南曲江附近。

〔13〕"名属"句：教坊：唐代官办管领音乐杂技、教练歌舞的机关。第一部：名列前茅的意思。

〔14〕善才：唐代对弹琵琶艺人或曲师的通称。

〔15〕秋娘：唐时歌舞伎常用的名字。

〔16〕"五陵"句：五陵：见杜甫《秋兴八首》注。缠头：用锦帛之类的财物赠送歌舞妓女，以示奖赏。

〔17〕绡：生丝制成的精美丝织品。

〔18〕"钿头"句：钿头银篦：镶嵌着金银花钿的发卡。击节：打拍子。

〔19〕阿姨：指琵琶女的姐妹。

〔20〕浮梁：古县名，治所在今江西景德镇市北，当时以产茶著名。

〔21〕去来：走了以后。

〔22〕"梦啼"句：意谓梦中啼哭，匀过脂粉的脸上泪痕纵横。

〔23〕唧唧：叹息声。

〔24〕湓江：长江支流，源出江西瑞昌清湓山，在九江西湓口入江，今名龙开河。

〔25〕呕哑嘲哳：形容声音嘈杂。

〔26〕翻：按曲调写歌词。

〔27〕"却坐"句：却坐：退回到原处。促弦：把弦拧得更紧。

〔28〕向前声：刚才奏过的曲调。

〔29〕"江州"句：江州司马是作者自谓。青衫：唐朝八品、九品文官的服色。

【赏析】

  这篇诗歌创作于诗人被贬江州的第二年。诗人以亲身见闻为依据，叙写了"老大嫁作商人妇"的琵琶女的沦落命运，并由此联系到自己的贬谪之苦，以此作为两条并行的线索，恣意铺写，最后发出"同是天涯沦落人，相逢何必曾相识"的深沉感慨，构成一个整体意义上的比兴。此一比兴的契合点在于：琵琶女由"五陵年少争缠头"盛况一时，到"门前冷落车马稀"乃至独守空船的凄苦末路，正好与诗人当时的际遇相仿；历代文人因其特有的政治依附性，好以女人自比，如此抒发其沦落情怀，很容易产生强烈的艺术效果。

  诗人叙事惜墨如金，抒情则泼墨似雨。他把对现实的感触和炽热的情怀，倾注于景色和环境、人物和音乐之中，抒情与写景、诗人和琵琶女之间的感慨水乳交融，创造出寒江月白的景象和凄楚、感伤、怅惘情绪浑然一体的意境，使读者沉浸其中，从而被深深感染、打动。

  诗中塑造叙事客体琵琶女的形象，主要是通过人物的动作、神态、自白完成的。开头写"秋夜送客"，忽闻"琵琶声"，于是寻声"暗问"，移船邀见，经过"千呼万唤"，然后歌女才"半遮面"登场……这种曲折递进的描写，为"天涯沦落"的主题奠定了基础。接着以描写琵琶女弹奏乐曲来揭示她的内心世界。诗中有关音乐的描写具有很高的艺术成就。诗人从不同角度，把弹奏者的动作、音调的变化、演奏的场景、当时的环境、人物的感情，有机地糅合在一起，精心刻画，表现了人物与乐曲的复杂性和多面感。琵琶女对自己身世的如怨如慕、如泣如诉的倾吐，作者对音乐如急雨、如私语、珠落玉盘、花下莺语、冰下流泉、银瓶迸水、铁骑枪鸣等一连串紧张如喘、精妙绝伦的描写，不但让读者如临其境、如闻其声地参与到了作者所创造的这一特定的艺术氛围中，而且对落魄宫女和被贬诗人命运之类同，也情不自禁产生了深切的同情。这时，作者、女主人公和读者自然会一齐发出"同是天涯沦落人，相逢何必曾相识"的感叹。

《琵琶行》全诗共分四段，从"浔阳江头夜送客"到"犹抱琵琶半遮面"为第一段，写琵琶女的出场。从"转轴……"到"……月白"为第二段，写琵琶女的高超演技。从"沉吟……"到"梦啼……"为第三段，琵琶女自述身世。从"我闻……"到结尾为第四段，诗人感慨自己的身世，抒发与琵琶女同病相怜之叹。

《琵琶行》和《长恨歌》一样，是我国文人创作的长篇叙事抒情诗中艺术成就特高、审美情趣非凡的千古绝唱。由于《琵琶行》，白居易的名字当时已经家喻户晓、妇孺皆知。三十年后唐宣宗在为白居易写的一首诗中说："浮云不系名居易，造化无为字乐天。童子解吟《长恨》曲，胡儿能唱《琵琶》篇。"白居易的诗东传日本，《香山集》成为日本文人必读之书，可见其影响之深广。

【名家评点】

此宦游不遂，因琵琶以托兴也。言当清秋明月之夜，闻琵琶哀怨之音，听商妇自叙之苦，以动我逐臣久客之怀，宜其泣下沾襟也。《连昌》纪事，《琵琶》叙情，《长恨》讽刺，并长篇之胜，而高、李弗录，余采而笺释之，俾学者有所观法焉。

——［明］唐汝询《唐诗解》

赋得[1]古原草送别

离离[2]原上草，一岁一枯荣。
野火烧不尽，春风吹又生。
远芳侵古道，晴翠[3]接荒城。
又送王孙去，萋萋满别情[4]。

【注释】

〔1〕赋得：借古人诗句或成语命题作诗，诗题前必冠以"赋得"二字。这是古人学

习作诗、文人聚会分题或科举考试时命题的一种方式，称为"赋得体"。

〔2〕离离：繁茂的青草随风拂动的样子。

〔3〕晴翠：阳光映照下的绿草。

〔4〕"又送"二句：化用《楚辞·招隐士》"王孙游兮不归，春草兮萋萋"句。王孙：这里指远行的友人。萋萋：青草繁盛纷乱状。

【赏析】

诗作于贞元三年（787年），白居易时年十六岁。据唐人张固《幽闲鼓吹》载，当年白居易到长安应举，曾以此诗谒见老诗人顾况。老诗人见到他的名字，开玩笑说："长安米价方贵，居亦弗易。"当他读到"野火烧不尽，春风吹又生"，立即赞赏说："道得个语，居亦易矣。"

这首咏物送别之作，把古老的原野、茂密的春草和即将远行的友人紧密联系在一起，意境浑成，构思巧妙，富于哲理，为千古传唱。前四句满怀激情地赞美了野草对死亡的蔑视，对新生的渴望和生命的永恒。五、六两句由原上之草写到路上之草，自然而然地使人联想到远行和送别：古原上的青草生长在荒芜的古道，晴朗的天气下青翠的山色连接着古老的城池。于是七、八两句化用古语，以新意出之，浑然天成，余味隽永。

至于有评家言此诗以野草喻小人，实为古人解读诗词时，教条地寻求其寄托之意的流弊使然。兹附于下，聊备参考。

【名家评点】

诵此诗者，皆以为喻小人去之不尽，如草之滋蔓。作者正有此意，亦未可知。然取喻本无确定，以为喻世道，则治乱循环；以为喻天心，则贞元起伏。虽严寒盛雪，而春意已萌。见仁见智，无所不可。

——［清］俞陛云《诗境浅说》

太行路

太行之路能摧车，若比人心是坦途。
巫峡之水能覆舟，若比人心是安流。
人心好恶苦〔1〕不常，好生毛羽恶生疮。

与君结发未五载，岂期牛女为参商〔2〕。
古称色衰相弃背，当时美人犹怨悔。
何况如今鸾镜中，妾颜未改君心改。
为君薰衣裳，君闻兰麝不馨香；
为君盛容饰，君看金翠无颜色。
行路难，难重陈。
人生莫作妇人身，百年苦乐由他人。
行路难，难于山，险于水。
不独人间夫与妻，近代君臣亦如此。
君不见左纳言，右纳史〔3〕；朝承恩，暮赐死？
行路难，不在水，不在山，只在人情反覆间！

【注释】

〔1〕苦：副词，同甚、很，但更富于恼恨、痛惜的情感色彩。

〔2〕参商：见杜甫《赠卫八处士》注。

〔3〕纳言、纳史：皆古官名。或侍主以记王命，或记事。周代置，隋改为侍内。唐初复置，武德四年改为侍中。

【赏析】

这本来是一首难得的好诗，对于认识人心之险恶、官海之沉浮多有裨益，可惜没有引起足够的重视。

作者有自注云："借夫妇以讽君臣之不终也。"可见此诗是有所寄托的。俗语常言"伴君如伴虎"。何以故？在于人情之反复也。此诗多角度地揭示了人心的反复无常，意旨即在于此。首先，作者用直观而浅显的比喻，让读者对人心之险恶有了一个生动的感知。他说，比起人心来，摧毁车辆的崎岖险峻的太行山，覆没舟船的三峡水，简直可以说是坦途和安流了。但人心的险恶要远比这微妙复杂得多。接着以夫妻为例，分析人心因好恶而产生的难以捉摸的变化：喜欢的时候，看人仿佛是孔雀开屏，拍手叫好；厌恶的时候，就觉得对方满身疮痍，避之唯恐不及。常言道"色衰爱弛"，可更常见的是"喜新厌旧"。一旦到了这种地步，就闻麝不说香，见金言无光。白居易于元和五年（810年）充翰林学士，草拟诏书，参与国家机密；元和十年，因上书力主惩处刺杀武元衡凶手案，被贬为江州司马，其间正好是五年。可见"与君结发未五载"确有所指。这样看来，诗后十多句的反复申诉就不难理解了。充满着悲愤、慨叹的主旨性的结尾："行路难，不在水，不在山，只在人情反复间！"呼喊出的不仅是诗人因偶发事件对人情世故的切肤感受，更重要的是这种感受也是人人都有的深切体验。

邯郸冬至夜思家

邯郸驿里逢冬至，抱膝灯前影伴身。
想得家中夜深坐，还应说着远行人。

【赏析】

在唐代，冬至是个重要节日，朝廷放假，民间喜庆活动如同庆贺元旦。在这样的节日里，却不能在家中和亲人一起欢度，却客居邯郸驿站，形影相吊。"抱膝"二字画出孤苦无聊的情态。灯前抱膝枯坐，唯有孤影伴身，其孤寂之感，思家之情，溢于言表。

三、四两句正面写思家。诗人想象此时此刻家人是如何思念自己的呢？大概同样一夜未睡，坐在灯前，正在念叨着他吧？写自己思家，却从对面着笔，与王维的"遥知兄弟登高处，遍插茱萸少一人"、杜甫的"今夜鄜州月，闺中只独看"，有异曲同工之妙。宋人范希文在《对床夜语》里说："白乐天'想得家中夜深坐，还应说着远行人'，语颇直，不如王建'家中见月望我归，正是道上思家时'有曲折之意。"这议论并不确切。二者各有独到之处，不必抑此扬彼。此诗的佳处，正在于以直率而质朴的语言，道出了一种人们常有的生活体验，因而才显得真挚动人。

禁中[1]夜作书与元九

心绪万端书两纸，欲封重读意迟迟。
五声宫漏[2]初鸣后，一点窗灯欲灭时。

【注释】

〔1〕禁中：宫中。

〔2〕宫漏：古代宫中的计时器。"五声"表示天快亮了。

【赏析】

　　和李白、杜甫终生相遇相知一样，白居易和元稹的深厚友情也非常感人。贞元十六年（800年），即将是而立之年的白居易进士及第，两年后与元稹同时考中"书判拔萃科"，从此二人订交，诗坛齐名，并称"元白"，终生不渝。只要读过白居易《与元九书》的，没有不赞叹他的坦诚直率，直言无忌。但如此袒露心怀，也只是对元稹一人而已。

　　这首诗创作于唐宪宗元和五年（810年），当时元稹因弹劾和惩治不法官吏，出为通州司马，白居易尚未被贬，在朝中任左拾遗，兼翰林学士。

　　此诗表达了对贬谪他乡的好友的无限思念和无限关切。但诗人并不直接说出，而是通过将信装封时，又觉得似乎还有许多话没有讲完，于是再把信取出来重读一遍这样的细节，匠心独具地表达出来的。"意迟迟"不是对犹豫不决、思前想后的心理活动的浮泛描写，其中包含的内容绝不是三言两语能概括的。作者对元稹异乡生活的关心、不幸遭遇的同情、对邪恶势力的愤慨等等，自是"意迟迟"之际的应有之义；但更忧心的是作者对自己来日的种种思虑，因为当时他已经隐隐预感到灾难也将降临到自己头上了。他写的《秦中吟》已使权贵"变色"，《登乐游苑望》又使执政者"扼腕"，而《宿紫阁山北村》更使"握军要者切齿矣"。其中许多想说的话是无法写进信里的。"意迟迟"还表示时间之久，以致直到五更时分，快上朝了，他还没有封好信口。"一点寒灯欲灭时"——诗人迟疑茫然的心绪有如那一盏光焰摇曳、奄奄欲灭的寒灯，多么寂寥，多么凄凉！

　　所有这些，诗中虽然没有明说，实际上其中所包含的思想情感可能远比读者所想象的纷繁复杂、幽微难言。白居易的许多诗因平易率直而被人指责，但这首诗却异常含蓄。这也许就是作者在《琵琶行》中所说的"别有幽情暗恨生，此时无声胜有声"吧。

蓝桥驿见元九诗

蓝桥春雪君归日，秦岭秋风我去时。
每到驿亭先下马，循墙绕柱觅君诗。

【赏析】

　　元和十年（815年）初春，元稹在经历了五年贬谪生活之后，自唐州（今属湖北）奉诏还京，途经蓝桥驿（在陕西省蓝田县东南蓝溪，地处长安东南要道上），题七律《留呈梦得、子厚、致用》于驿亭壁，诗中有"心知魏阙无多地，十二琼楼百里西"之句。然而到长安不久，三月就又远谪通州（四川东北部，大巴山之南，长江北）。八月，白居易被贬为江州司马，途经蓝桥驿，读到元稹的诗，想朝政风云多变，不禁感慨万千，写下这首绝句。这来来往往的变故，就是"蓝田春雪君归日，秦岭秋风我去时"一句的内涵，其中寄寓了作者对世事无常、仕宦险恶的感慨。

春雪、秋风，西归、东去，道路往来，风尘仆仆。这是一条悲剧之路，沧桑之路！诗人处处留心，循墙绕柱寻觅的，岂止是元稹的诗句，还有人生悲剧的轨迹吧！许多可歌可泣之事，诗中一句不说，只写春去秋来，雪飞风紧，让读者自己去寻觅包含在这春雪秋风中的人事变迁，宦海沉浮，去体味诗人的沉痛凄怆。

结尾别开生面，以动作收篇，取得了七言绝句往往难以达到的艺术效果。通过传神的细节描绘，诗人的内心活动淋漓尽致地展现在我们面前，使人为他怀友思故的真情所感动，激起我们对他遭逢贬谪、沦落天涯的同情。

放言五首（选一）

赠君一法决狐疑，不用钻龟与祝蓍[1]：
试玉要烧三日满，辨材须待七年期[2]。
周公恐惧流言日[3]，王莽谦恭未篡时[4]。
向使[5]当初身便死，一生真伪复谁知？

【注释】

〔1〕"不用"句：钻龟：古人占卜法，把金属烧热钻烫龟甲，视其裂纹以判断吉凶。祝蓍：《易经》占卜法，用蓍草五十根，去一用四十九，双手依法分之，成六爻为一卦，依"象辞"和"爻辞"定吉凶。

〔2〕"试玉"两句：作者自注："真玉烧三日不热，豫章木生七年而后知。"《淮南子·俶真训》："钟山之玉，灼以炉炭，三日三夜而色泽不变。"《史记·司马相如传》："豫，今之枕木也；章，今之樟木也。二木生至七年，枕樟乃可分别。"

〔3〕"周公"句：《史记·鲁周公世家》载，周武王死，成王继位而年幼，由叔周公摄政。管、蔡、霍三叔散布流言，说周公要篡位。周公避居，不问政事。后成王悔悟，迎回周公，使国家得以治理，出现盛世。

〔4〕"王莽"句：王莽未篡汉前曾伪装谦恭，礼贤下士，骗取了民众对他的信任，为篡位创造了条件。

〔5〕向使：当初假如。

【赏析】

元和五年（810年），元稹贬江陵，写五首《放言》抒怀。五年后，白居易贬江州司马，途中感慨系之，亦写五首《放言》唱和。经验告诉我们，对任何问题的认识，都必须要经过时间的检验，绝不能草率定论。诗人以周公和王莽正反二例，说明要以历史经验教训为鉴，当正人君子受到诬陷、阴险小人伪装好人时，务须保持清醒的头脑，相信历史终将做出公正的裁决。"向使当初身便死，一生真伪复谁知？"这句至理名言，直如暮鼓晨钟。

此诗以七言律诗的形式，表达了一种深刻的哲理，令人思之有理，读之有味，故而明人黄周星《唐诗快》赞此诗为"真正千古名言"，可清人纪晓岚却说诗如"俚词野调"。鉴赏名作，品味竟然如此大异其趣。

问刘十九〔1〕

绿蚁〔2〕新醅酒，红泥小火炉。
晚来天欲雪，能饮一杯无〔3〕？

【注释】

〔1〕刘十九：刘轲，作者的朋友，时隐居庐山。

〔2〕绿蚁：浮在新酿未滤的米酒上的绿色泡沫。

〔3〕无：音义皆同"否"。

【赏析】

这是白居易非常有名的小诗。特点有二。一是以平常事入诗，便成绝唱。诗写招友人饮酒，是在天寒欲雪之时。头二句，色彩绚烂，充满温馨。应当注意的是，诗中的"红泥小火炉"，不能理解为一般取暖的炉子，而是专供暖酒用的酒炉。二是善用问语传情。三、四两句说天寒欲雪，问刘能否小酌一番。这一方面切合题意，另一方面也表现出诗人的诚恳和体贴。数九寒冬，暮色苍茫，风雪交加，然而新酿飘香，炉火已生，岂不令人倍感温馨！

酒在中国人的日常生活中，具有无论怎么说都不过分的促进人际交往的作用，而古代诗人对此尤为重视，因此在他们的诗中，既表现出了对酒之妙用的深刻理解，同时又作为生活与人性富于情趣的尤物，给后人留下了无数脍炙人口的篇章。这首小诗就是其中之一。

诗中蕴含的生活气息，不加任何雕琢，信手拈来，即成华章。

【名家评点】

寻常之事，人人意中所有，而笔不能达者，得生花江管写之，便成绝唱。此等诗是也。即以字面论，当天寒欲雪之时，家酿新熟，炉火生温，招素心人清谈小饮，此境正复佳绝。末句之"无"字，妙作问语，千载下如闻声口也。

——［清］俞陛云《诗境浅说续编》

夜 雪

已讶衾枕冷，复见窗户明。
夜深知雪重，时闻折竹声。

【赏析】

这是儿童读物中常见的一首古诗。

天气寒冷，人在睡梦中被冻醒，惊讶地发现身上的被子因哈气成霜。疑惑之际，举目望去，见窗户被映照得明若白昼。这是先从触觉——冷写起，再转到视觉——明。夜深却见窗明，说明雪下得很大。

后两句变换角度，从听觉——闻写出。用的是倒装句法，上句是果，下句是因，构思巧妙，曲折有致。诗人选取"折竹"暗示"雪重"，以有声衬无声，使全诗的画面静中有动，真实地呈现出一个万籁俱寂、银装素裹的冰雪世界。

全诗依次从触觉（冷）、视觉（明）、感觉（知）、听觉（闻）四个层次叙写，一波数折，曲尽情状，充分体现了诗人通俗易懂、明白晓畅的语言特色。全诗朴实自然却韵味十足；无一丝雕琢，也不假纤巧——这就是白居易诗歌固有的风格。

暮江吟

一道残阳铺水中，半江瑟瑟[1]半江红。
可怜九月初三夜，露似真珠月似弓。

【注释】

〔1〕瑟瑟：碧绿色。瑟瑟本为宝石名，色碧，故称。

【赏析】

通篇写景，而情韵自在其中。前两句描绘薄暮之景。一道残阳洒在水面上，一半江水碧绿如玉，另一半被红日照耀，火红如染。杨慎《升庵诗话》称这两句"工致入画"。的然确然。后两句写深宵之景，言九月初之江夜，露水如珍珠，新月如弓，景物鲜丽，清新美好。

【名家评点】

诗有丰韵。言残阳铺水，半江之碧，如瑟瑟之色；半江红，日所映也。可谓工微入画。

——［明〕杨慎《升庵诗话》

白云泉

天平山[1]上白云泉，云自无心水自闲。
何必奔冲山下去，更添波浪向人间。

【注释】

〔1〕天平山：在苏州市西二十里。据宋朱长文《吴郡图经续记》等典籍载：山在吴中最为险峻高耸，巍然特出，群峰拱揖，岩石峻峭。山上青松郁郁葱葱。山腰依崖建有亭，"亭侧清泉，泠泠不竭，所谓白云泉也"，号称"吴中第一水"。水清碧透，久旱不竭，"自白乐天题以绝句"，名遂显于世。泉北侧为白云洞，又称仙人洞，相传有仙人

在此居住，故名。此处山高峪深，林木丰茂，蔚然深秀。白云山峻拔葱郁，云绕山间，气象苍茫。

【赏析】

诗人无意于天平山的巍峨高耸和吴中第一水的清澄透彻，却用点睛之笔展现"云自无心水自闲"的境界，刻意摹画白云与泉水的神态，将其人格化，使之充满生机、活力，与诗人渴慕闲逸的情怀形成呼应，给人别样的清新感。

唐敬宗宝历初，白居易任苏州刺史期间，政务十分繁忙冗杂，很不自由。面对闲适的白云与泉水，对照自己的"心为形役"，不禁产生羡慕之情，一种清静无为、与世无争的思想便油然而起："何必奔冲山下去，更添波浪向人间！"以云水的逍遥自由比喻恬淡的胸怀；用泉水出山后的波浪翻腾象征人间的风高浪险，"兴发于此而义归于彼"，言浅旨远，意在象外，寄托颇为深邃。

花非花

花非花，雾非雾，夜半来，天明去。
来如春梦几多时，去似朝云无觅处。

【赏析】

初看"花非花，雾非雾"，便觉得朦胧而美妙；再看"夜半来，天明去"，又使人怀疑作者是在说梦。但从"来如春梦"四字又知其不尽然。诗由一连串比喻环环紧扣，反复以鲜明的形象突出的，其实是一个不便明言的真人真事。

我们知道，唐宋时代旅客招妓女伴宿，都是夜半才来，黎明即去。元稹有一首诗《梦昔时》，记他在梦中重会一个女子，有句云："夜半初得处，天明临去时。"描写的也是这一情况。因为她前来相伴，为时不多，客人宛如做了一个春梦。她去了之后，又像清晨的云，消散得无影无踪。这首变体七绝，实则也是为一妓女而作，所喻之人并非乌有。诗人有《真娘墓》一诗写道："霜摧桃李风折莲，真娘死时犹少年。脂肤荑手不牢固，世间尤物难流连。难流连，易销歇，寒北花，江南雪。"

另有《简简吟》曰："二月繁霜杀桃李，明年欲嫁今年死。大都好物不坚牢，彩云易散琉璃脆。"

这两首诗均为悼亡之作。那"易散"的"彩云"，便是《花非花》的主人公了。

词家云：白乐天《长相思》《忆江南》缛丽可爱，非后世作者可及。《花非花》一首，尤为缠绵无尽。

李 绅

李绅（772—846年），字公垂，无锡人。幼年丧父，由母教以经义。元和元年（806年）中进士，补国子监助教。因触怒权贵而下狱。武宗时拜相，出任淮南节度使，封赵国公，赠太尉，卒谥文肃。与元稹、白居易交往甚密，共倡新乐府运动，作乐府新题二十首，已失传。另有《莺莺歌》，保存在《西厢记诸宫调》中。

悯农二首

锄禾日当午，汗滴禾下土。
谁知盘中餐，粒粒皆辛苦。

春种一粒粟，秋收万颗子。
四海无闲田，农夫犹饿死。

【赏析】

千百年来，这两首诗一直是被当作最佳的启蒙读物播种在孩子们的心田里。对于没有在田间地头出过力、流过汗的人来说，能够间接地通过这样的诗，对一粒米、一叶菜的来之不易有一个粗浅的感受。尤其在奢靡浪费成风，不思一粥一饭来自何所的时下，读读这两首诗，多少还能起些警示作用吧！

第一首写农民的艰辛，粮食的来之不易。诗没有从具体的人和事着墨，它所反映的不是个别人的遭遇，而是整个农民群体的命运。诗人选择典型的生活细节和人们熟知的事实，深刻揭露了不合理的社会制度。同时警诫人们：要节约食物，浪费无异于暴殄天物。

如果说第一首仅仅是在说明每一粒粮食都是汗水浇灌出来的，我们理应珍惜的话；那么第二首就直逼不合理的社会制度了。

国学经典精神家园丛书

诗一开头就以"一粒粟"化为"万颗子"形象地描写了丰收；然而四海之内并无闲田，大丰之年，在烈日下挥汗如雨的农夫依然难逃饿死的下场，是谁制造了这人间的悲剧呢？答案很清楚，但是作者不能明说。即使如此，诗人还是因为这两首诗被人当作诽谤朝廷的罪状给举报了。浙东节度使李逢吉在亳州偶逢故人李绅，除两首诗，他还看到了李绅的另一首："垄上扶犁儿，手种腹长饥。窗下抛梭女，手织身无衣。我愿燕赵姝，化为嫫母姿。一笑不值钱，自然家国肥。"

大意是说，在田地里扶犁耕种的男儿，理应有饭吃，实际上却在挨饿；在窗下织布的妇女，理应有衣穿，实际上却在受冻。我希望燕赵之地的美女们都变成面目丑陋而德行贤惠的嫫母，那么她们的笑就不会再那样值钱，也就不至于有一笑千金的挥霍了。若能如此，国和家自然就都富强了。

李逢吉回京后，把三首诗立即上奏皇上，妄图以此作为升官的资本。李绅的悯农诗，千百年来人们只见到前两首。直到近代，人们在敦煌石窟中的唐人诗卷中才发现还有这第三首。

柳宗元

柳宗元（773—819年），字子厚，河东解（今山西运城市解州镇）人。世称柳河东。贞元九年（793年）进士，授校书郎，调蓝田尉。因参与王叔文集团，贬永州（今湖南零陵）司马。元和十年（815年）出为柳州刺史，政绩卓著。卒于柳州任所。与韩愈共倡古文运动，并称"韩柳"，同被列入"唐宋八大家"。父母给予柳宗元儒学和佛学的双重影响，这为他后来"统合儒佛"思想奠定了基础。一生诗文著述甚丰。散文如《捕蛇者说》笔锋犀利，讽刺辛辣；游记如《永州八记》等写景状物，多所寄托。哲学著作有《天说》《天时》《封建论》等。著有《柳河东集》。

唐诗三百首

一九五

江 雪

千山鸟飞绝，万径人踪灭。
孤舟蓑笠翁，独钓寒江雪。

【赏析】

这首小诗刻画了一个寒江独钓的渔翁形象，诗人只用了二十字，就把我们带到了一个幽静、寒冷的境地：在一个栖鸟不飞、行人绝迹的地方，有一条孤单的小船，船上有个渔翁，身披蓑衣，独自在大雪纷飞的江面上垂钓。这个渔翁的形象显然是诗人自身的写照，曲折地表达了诗人在政治改革失败后虽处境孤独，但顽强不屈、凛然无畏、傲岸清高的精神面貌。

金圣叹评论此诗时说："江寒而鱼伏，岂钓之可得？彼老翁独何为稳坐孤舟风雪中乎？世态寒凉，宦情孤冷，如钓寒江之鱼，终无所得。子厚自寓也。"如若仅仅将此诗认为是柳宗元际遇的"自寓"，未免有点儿削弱了这首绝唱的典型性和浓缩性。西方研究中国古典诗歌的汉学家都注意到了中国古典诗歌的超时空性和无我之境的特点。以此诗为例，诗人给出的主体活动的环境，其时间可以是冰天雪地的严冬里的任意一天，其地点可以是任何一个地方；那位孤舟中的"蓑笠翁"可以是你，是我，也可以是他；明知无鱼，却还要独钓寒江的这种知其不可为而为之的行为，可以是任何一个特立独行的叛逆者的品格。因此这首诗具有内涵更丰富、意象更普遍的价值。这也是中国古典诗歌独一无二的特征。只要留心一下我国的诗歌，大多数作品都具有这样的美质。而西方的诗歌，尤其是浪漫主义的作品，第一人称"我"则常常不厌其烦地出现，使其社会和历史价值大打折扣。

渔 翁

渔翁夜傍西岩宿，晓汲清湘燃楚竹。
烟消日出不见人，欸乃[1]一声山水绿。
回看天际下中流，岩上无心云相逐。

【注释】

〔1〕欸乃：象声词，一说是摇橹声，一说是长啸声。

【赏析】

这首诗与《江雪》一样，都是寄托诗人心境的，不过《江雪》写的是静态，此诗却一句一景，连续转换，流畅活泼，生动之至。两首诗珠联璧合，完美地把诗人所向往的那种遗世独立的理想境界表现出来了。

苏轼曾说："柳子厚晚年诗极似陶渊明，……所贵乎枯淡者，谓其外枯而中膏，似淡而实美，渊明、子厚之流是也。"《江雪》与《渔翁》所写，都是隐士的生活情趣。柳宗元在永州十年，作为被贬的司马，在政治上几乎彻底被遗弃，故能萧散自放、纵情山水，与陶渊明之隐居确有几分相似。因此，陶诗有时也就成了他写诗的范本。

但陶渊明是真正的隐士，柳之与陶，又有许多不同之处。比如陶不信佛，而柳是信的；陶是真隐士，柳不是隐士，而是谪官。虽如此，在思想情趣方面，柳与陶又有相通之处，比如对独立、自由之人格的向往。在艺术风格上，《江雪》之峻洁，《渔翁》之丰美，与陶诗之平和淡泊也不一样。但两人的诗又都内涵丰富。所以苏轼说柳诗"发纤秾于简古，寄至味于淡泊"。

结尾二句语出陶渊明《归去来兮辞》："云无心而出岫。"一般是表示庄子所说的那种物我两忘的境界。苏轼在《书柳子厚〈渔翁〉诗》云："诗以奇趣为宗，反常合道为趣。熟味此诗有奇趣。然其尾两句，虽不必亦可。"严羽《沧浪诗话》从此说，曰："东坡删去后二句，使子厚复生，亦必心服。"刘辰翁则认为："此诗气泽不类晚唐下，正在后两句。"

元　稹

元稹（779—831年），字微之，别字咸明。洛阳人。北魏鲜卑族拓跋部后裔。八岁丧父，受异母排挤，随生母远赴凤翔投奔舅族。家贫无师，母郑氏贤而文，亲授书传。贞元元年（793年）擢第，时年十五岁。二十五岁登书判拔萃科，授秘书省校书郎，娶名门之女韦丛。未几妻亡。曾任监察御史，因触犯宦官权贵，贬江陵。后历通州司马、虢州长史。长庆元年（821年）迁中书舍人，充翰林院承旨。次年，居相位三月，出为同州刺史、浙东观察使。卒赠尚书右仆射。与白居易友善，常相唱和，言诗者称"元白"，号"元和体"。元稹非常推崇杜诗，其诗学杜而能变杜，于平浅明快中呈现丽绝华美，色彩浓烈，铺叙曲折，细节刻画真切动人，比兴手法富于情趣。所作传奇《莺莺传》（又名《会真记》），铺叙张生与崔莺莺的爱情故事，文笔优美，刻画细致，是唐人传奇的名篇。后世《西厢记》即本于此。有《元氏长庆集》。

遣悲怀三首

谢公最小偏怜女[1]，自嫁黔娄百事乖[2]。
顾我无衣搜荩箧[3]，泥[4]他沽酒拔金钗。
野蔬充膳甘长藿[5]，落叶添薪仰古槐。
今日俸钱过十万，与君营奠复营斋。

昔日戏言身后意，今朝都到眼前来。
衣裳已施行看尽，针线犹存未忍开。
尚想旧情怜婢仆，也曾因梦送钱财。
诚知此恨人人有，贫贱夫妻百事哀。

闲坐悲君亦自悲，百年都是几多时。
邓攸[6]无子寻[7]知命，潘岳[8]悼亡犹[9]费词。
同穴窅冥[10]何所望，他生缘会更难期。
惟将终夜长开眼，报答平生未展眉。

【注释】

〔1〕"谢公"句：元稹妻韦丛是太子少保韦夏卿的幼女，故以谢安偏爱侄女谢道韫比喻。

〔2〕"自嫁"句：意思是说自从你嫁给我后，什么事都不顺心。黔娄：战国时齐国的贫士，这里以此自喻。乖：不顺心。

〔3〕荩箧：竹或草编的箱子。

〔4〕泥：软缠，央求。

〔5〕藿：豆叶。

〔6〕邓攸：西晋人，字伯道，官河西太守。《晋书·邓攸传》载，永嘉末年战乱中，他舍子保侄，后终无子。

〔7〕寻：不久，随即。

〔8〕潘岳：即潘安，字安仁。河南中牟人。西晋著名文学家、政治家。其妻杨氏是西晋书法家戴侯杨肇的女儿。潘岳十二岁时与她订婚，结婚之后，大约共同生活了二十四个年头。潘岳夫妇感情很好。晋惠帝元康八年（298年）杨氏亡后，潘岳写了一些悼亡诗

国学经典精神家园丛书

赋，如《悼亡诗》《哀永逝文》《悼亡赋》等，表现了与妻子的深厚感情。

〔9〕犹：踌躇迟疑。

〔10〕窅冥：深远幽暗貌。

【赏析】

自古以来，大多数悼亡诗之所以感人至深，催人泪下，是因为悼念的对象一般来说，不是作者的至亲骨肉，就是生死之交，其伤痛之切、追念之殷，皆从心田自然流泻，这样的感情，至真至善，且为人性所共有耳。元稹的这三首《遣悲怀》让我们感怀莫名，低回吟咏，久久不能释怀，这是为什么呢？是死亡本身吗？诚然，死亡意味着某种理念的终结，意味着美好情感的幻灭。从潘岳的《悼亡诗》到沈复的《浮生六记》，无不浸润着这样的悲剧色彩。但元稹的悼亡立意似乎并不尽在于此。怀念亡妻的感情是有的，对于死亡的思索也是有的，但仔细玩味，似乎远不止此。那么我们在反复吟咏这三首诗的时候，到底还体味到些什么呢？

只要我们把这三首诗联系为一个整体，就不难发现，作者的追悼之情是在三个时空态——过去、现在、未来——中展开的，虽然相互之间时有交错穿插，但总体上是分明的。而将这三个时态贯串起来的，则是悔恨和虚幻——对于美好愿望无法实现的悔恨，对于生命和贫富无法把握的虚幻。

第一首明显是写昔日，是追忆妻子生前的艰辛不易和夫妻的同甘共苦以及自己对妻子的恩惠无法补偿的缺憾。元稹二十四岁初入仕途时，太子宾客韦夏卿爱其才，将幼女韦丛许配与他。七年后，元稹任监察御史，韦丛病逝。又两年，元稹作此诗。与韦丛共同生活的七年，正是元稹勉力仕途之时，生活尚不稳定，更谈不上优裕。韦丛作为自幼深受怜爱的豪门千金，不但屈身下嫁，而且还能与他患难与共、相濡以沫，没有替换的衣服，就翻箱倒柜搜寻；无钱买酒，在百般缠磨之下，她就拔下金钗为他换钱沽酒；对于野菜充饥、落叶为薪的生活，她始终无怨无悔。所有这一切，使自幼贫寒的诗人的内心充满真诚的感激和难言的愧疚，也使他对仕途的期待有了新的认识：眼前的这一切牺牲，在未来都会得到补偿的，我会加倍报答她的恩情的！然而不幸的是就在他"今日俸钱过十万"的时候，爱妻却溘然长逝，往日发自内心的承诺突然变得毫无意义。手捧着这十万俸钱，能做什么？有何意义？即便是"营奠复营斋"，又怎能补偿七年的期待和终生的愧疚？于是，这"十万俸钱"就成了元稹人生反思的起点，让他感受到一种命运的嘲弄，不但使昔日的艰难变得没有意义，使美好的期待落空，而且使他当下的存在成为一个疑问。

第二首用"昔日"回应第一首结尾的"今日"，过渡到现在，引出"眼前"的事相，衔接得十分自然灵巧。诗人在"昔日"和妻子开玩笑时说过些什么话？"今朝"来到"眼前"的又是些什么事？从接下来的表述中，我们推测，妻子生前想必是在他们生计维艰的日子里，和他一同发愿，日后发达了，一定要回报那些曾经帮助过他们的人。如今爱妻已然仙逝，她的心愿只好由他来完成了。我们知道，元稹一生尊佛奉道，乐善好施自然会成为他们夫妇的共同信仰，因此也才会有这类行为的出现：妻子遗留的衣裳都已施舍出去了，只有她的针线活计，那是他们患难与共的象征，如今依然原封不动地保存着，不忍打开；因为感念昔日妻子对自己的深情厚爱，如今无以回报，每每情不自禁地表现为对婢仆的关爱；妻子自从过世，时或在梦中提醒他，哪些人曾经有恩于己，因此他不时地馈送钱财给他们……无论妻子生前的愿望有多么美好，然而现在却不得不由他来了却妻子的心愿。诗人最后将平民百姓诸如此类的琐事，沉痛万分地归结为一句长叹："诚知此恨人人有，贫贱夫妻百事哀。"

第三首将"此恨"拓展到未来的时空态中，推向更深的层面。生离死别的后，昔言和现实、昔日和今朝、贫贱和富贵、期待和绝望，随着生命的离去，心中的悲痛和悔恨也已渐渐淡了。闲暇之际，枯坐沉思，既"悲君"又"自悲"。诗人在悲什么呢？纵然人生百年，又有多久呢？只有无常才是永恒的，到头来有的只是虚空和幻灭。邓攸终身无子，难道不是命中注定？潘岳悼念亡妻，在生命的虚妄面前，不也要迟疑不决吗？死后同穴，幽冥黑暗，那又怎么样？希望又在哪里？至于发誓来生再续前缘，更是虚无缥缈之想。死者已矣，过去的许诺无法兑现，现在的挽救于事无补，未来的希求虚无缥缈。在这里，人人有的"此恨"不就具有了更深刻、更典型的哲学义理吗？面对一时都到"眼前"来的这一切的一切，诗人现在只有一个办法聊以自慰："惟将终夜长开眼，报答平生未展眉。"

因此，完全可以说，元稹的这三首悼亡诗，没有单纯地停留在对"影绝魂销"的亡妻的思念上，而是深入对生命之本质、人生之意义的思索中。蘅塘退士评论此诗说："古今悼亡诗充栋，终无能出三首范围者。"以悲痛淡定后的平静，来深刻体味人生的悲剧，默默承受命运的捉弄，这就是这一组诗之所以能成为超乎前人的绝唱，并让我们流连低回的真正原因吧。

【名家评点】

夫微之悼亡诗中其最为世所传诵者，莫若《三遣悲怀》之七律三首。……所以特为佳作者，直以韦氏之不好虚荣，微之尚未富贵，贫贱夫妻，关系纯洁，因能措意遣词，悉为真实之故。夫惟真实，遂造诣独绝矣！

——陈寅恪《元白诗笺证稿》

离　思（五首选一）

曾经沧海难为水[1]，除却巫山不是云。
取次[2]花丛懒回顾，半缘修道半缘君。

【注释】

〔1〕"曾经"句：化用《孟子·尽心》："观于海者难为水，游于圣人之门者难为言。"

〔2〕取次：随意，草草。

【赏析】

在古典爱情诗词中，大量名篇被广泛传诵，譬如王维的《相思》、李商隐的《无题》等。元稹的这首七绝，由于与众不同，独具特色，被历代读者所赞赏、传诵，而"曾经沧海难为水，除却巫山不是云"更显频繁地出现在我们的日常生活中，这充分证明了这首诗的影响力和感染力。

这首诗究竟是写给谁的？多数评家认为是悼念亡妻韦丛的，但也有说是怀念少年时的恋人崔莺莺（即崔双文）的，于是由此牵扯到了元稹的品格问题。我们觉得，欣赏艺术作品，与作者的生平、道德之类的史实不是没有关系，但不能在二者之间画等号，从而影响对艺术作品审美情趣和审美价值的正确评价，更不应该破坏读者的艺术享受。

就文字相而言，诗句的意思很容易解读。诗人说，经历过浩渺壮阔的沧海的人，别处的水再也算不得是水了；除了云蒸霞蔚的巫山的云，别处的云已经黯然失色，算不上是云了。我漫不经心地走过盛开的花丛，都懒得再回头去观赏。为什么呢？因为自从与你有过那样刻骨铭心的相爱经历后，一来我已尊佛奉道，了却尘缘；二来因为人世间再没有一个像你一样的女子可以打动我的心了。

这首诗之所以会铭刻在读者的心中，是因为所有的读者都透过文字的表象，读懂了其内涵的决绝不二。诗句后来甚至被简缩为成语"曾经沧海"，以比喻经历过大世面后，眼界开阔，见多识广，对平常的事物再不会放在眼里了。

这首绝句不但取譬极高，抒情极强，而且用笔极妙。前两句以极致的比喻写怀旧悼亡之情，"沧海""巫山"词意豪壮；后面"懒回顾""半缘君"转为曲婉深沉的抒情。张弛自如，变化有致，形成一种跌宕起伏的旋律，从而创造了唐人悼亡绝句中的决胜境界。

菊　花

秋丛绕舍似陶家〔1〕，遍绕篱边日渐斜。
不是花中偏爱菊，此花开尽更无花。

【注释】

〔1〕陶家：指陶渊明。

【赏析】

古诗中人格象征意义的意象俯拾皆是，比较典型的如"岁寒三友"松、竹、梅等，松是节操坚贞的象征，梅是卓然不群的象征，竹是不同流俗的象征。菊则被作为傲霜贞洁的象征，受到历代诗人的歌颂。人们从菊花在四季中凋谢最晚这一自然现象，引申出精神生活高雅超群的理念，于是对客体对象历尽风霜而后凋的坚贞品格的赞美，便与主体的内心认知取得了融合无间的审美效果。

这首诗从前两句写赏菊的实景，过渡到爱菊的主观动因，开拓了审美的境界，因而增强了诗的艺术感染力。

酬乐天频梦微之

山水万重书断绝，念君怜我梦相闻。
我今因病魂颠倒，唯梦闲人不梦君。

【赏析】

这是首和诗，作于元和十二年（817）。白居易给元稹的诗是这样的："晨起临风一惆怅，通川溢水断相闻。不知忆我因何事，昨夜三更梦见君。"白诗从对面着墨，构思精巧，感情真挚。而元诗一开始说"山水万重书断绝"，现在好不容易收到知友的一首诗，诗中说昨晚又梦见了他，这使他大为神动。他告诉朋友，自己因病而神思恍惚，不能自己，日日思友，好友偏偏不来入梦。这一尾句读来既真实又感人。我们自己也常常有这种经验：越是殷切思念的人，反而越梦不见。元稹这里用诗的语言道出了人人皆有的一种反常的心理现象，这就把凄苦的心境写得入骨三分，所以才能如此打动人心。

古艳诗二首

春来频到宋家东[1]，垂袖开怀待好风。
莺藏柳暗无人语，唯有墙花满树红。

深院无人草树光，娇莺不语趁阴藏。
等闲[2]弄水流花片，流出门前赚[3]阮郎[4]。

【注释】

〔1〕"春来"句：典出宋玉《登徒子好色赋》："天下之佳人，莫若楚国；楚国之丽者，莫若臣里；臣里之美者，莫若臣东家之子。东家之子，增之一分则太长，减之一分则太短；著粉则太白，施朱则太赤；眉如翠羽，肌如白雪，腰如束素，齿如含贝；嫣然一笑，惑阳城，迷下蔡。"这里是借东邻之女比喻莺莺之美貌多情。

〔2〕等闲：随随便便。

〔3〕赚：骗。

〔4〕阮郎：情郎之谓。典出《幽明录》，略云汉明帝永平中，剡县刘晨、阮肇入天台山采药，迷不得返。后遇二女，姿容绝妙。至暮，令各就一帐宿，女往就之，言声清婉，令人忘忧。刘阮滞留半年，求归至家，子孙已七世矣。唐宋诗词中多用此典，以喻男女遇合之事。刘阮亦成情郎之代称。

【赏析】

《西厢记》现在已经是家喻户晓的故事了。自元稹的《莺莺传》问世后，取材于张生与莺莺始恋终弃的文学作品、诗词曲赋屡屡不绝。据考，贞元二十年（804年），元稹将张生与莺莺相爱的故事讲给李绅听，李即作《莺莺歌》，元稹亦撰传奇《莺莺传》，但他在文中将自己化名为张生。其实这是一个发生在元稹与韦丛完婚之前的真事。崔莺莺也实有其人；《莺莺传》的记述，除作者托名有为自己开脱之嫌外，也基本是真实可信的。倘若说《莺莺传》是以散文笔法记述二人当年在薄城相爱一事的话，那么，《古艳诗》即是这个故事的诗意化表述。

元稹描写自己与莺莺相识相知、调情试探的这两首艳诗，以"东邻"之绝世佳人起兴，以"流出前门赚阮郎"收结，诗中全用暗语、双关、隐喻等特有的汉语修辞手法描述男女风情，打情骂俏却又全是诗情画意；春情难耐却又柳绿花红，真是"此曲只应天上有，人间能得几回闻"了。

开篇二句，换作粗浅直白的话说是这样：有个美女，情窦初开，如花待蜂，正在渴望有情人来找她。颔联是交代这位美女的生活环境：幽居深闺，形影相吊，而今春花绽放，却无人与之曲诉衷肠。"莺"字双关，表面上是指鸟，双兼喻莺莺。

第二首是写在这"满园春色关不住"的无人深院里，怀春的美女终于开始行动了。她悄悄地藏在花丛柳荫里，将朵朵花瓣看似无心地抛洒在水流中，真正的用意则是希望花瓣流出园门，替她传递消息，让在外等候、早已心猿意马的情郎偷偷来与她幽会。"殷勤谢红叶，好去到人间。"这才是怀春少女的真实意图。

行　宫

寥落古行宫，宫花寂寞红。
白头宫女在，闲坐说玄宗。

【赏析】

或说此为王建诗。可与白居易的《上阳白发人》参赏，这里的古行宫即洛阳上阳宫，白头宫女即"上阳白发人"。

诗作于唐宪宗元和四年（809年）。诗中描写了洛阳行宫的寥落，白头宫女喜谈旧事，寄托了无限兴亡之感。首句以"寥落"修饰行宫，让人立感凄凉。次句写宫花寂寞地或开或谢，无人欣赏，行宫已无复当年的繁华。如今只有白头宫女一个人闲说玄宗旧事，今昔盛衰，沧桑兴亡，俱于白头宫女闲话中出之。诗由"行宫"写到"宫花"，再写到"宫女"，进而说到宫中旧事，层次清晰，细节典型，富有艺术概括力。清人潘德舆赞其"足赅《连昌宫词》六百余字，尤为妙境"。

许多人认为这首小诗的主题是同情宫女的不幸，其实此诗真正打动人的是其中浓郁的沧桑之感。开元、天宝的往事，距诗人生活的年代还不到一百年，但那风流一时的唐玄宗却已成了宫女们的闲话了。时间会带走一切有价值的东西，哪怕你是功勋盖世、彪炳千古的帝王将相，都不过是历史长河中的一粒飞逝的微尘而已。就此意义而言，中国诗人在洞察人生的深渊和人性的隐秘方面，他们不是胜过许多皓首穷经、迂阔刚愎的历史学家吗？

智度师二首

四十年前马上飞，功名藏尽拥僧衣。
石榴园下禽生〔1〕处，独自闲行独自归。

三陷思明〔2〕三突围，铁衣〔3〕抛尽衲禅衣〔4〕。
天津桥上无人识，闲凭栏杆望落晖。

【注释】

〔1〕禽生：捉生，生擒。

〔2〕思明：史思明，安禄山手下的大将。

〔3〕铁衣：指铠甲。

〔4〕衲禅衣：出家人穿的衣服，常做僧人的代称。

【赏析】

诗写僧人在安史之乱时，曾是位叱咤风云、纵横沙场的战将。安史叛军所到之处，唐军往往望风披靡，而他却能"三陷思明三突围"，不难想见战斗的酷烈和他作战的骁勇。功成身退是许多知识分子的人生理想，但是由于无法掌握功成的尺度，所以身退也就始终不过是理想而已。现在，不意竟在一位僧人身上找到了这一境界，怎能不使作者深感钦佩呢？诗人刻画了一个看似矛盾的形象：当年骁勇无比的战将怎能和"闲凭栏杆望落晖"的僧人联系在一起呢？老子说得好："功成名遂而身退，天之道也。"所以功成身退绝非愚夫愚妇所能为。从这位战将自愿选择的归宿，我们不难看出，此人定然不是等闲之辈。

李 涉

生卒年不详。自号清溪子，洛阳人。早岁客梁园，逢兵乱，避地南方，性好山水，与弟李渤同隐庐山香炉峰下。后出为幕僚。宪宗时，任太子通事舍人。不久贬峡州（今湖北宜昌）司仓参军。在峡州蹭蹬十年，遇赦放还，隐于少室山。文宗大和（827—835年）中，任国子博士，世称李博士。著有《李涉诗》一卷。

井栏砂宿遇夜客

暮雨潇潇江上村^[1]，绿林豪客夜知闻。
他时不用逃名姓，世上如今半是君。

【注释】

〔1〕江上村：即诗人夜宿的皖口小村井栏砂。

【赏析】

关于这首诗，《云溪友议》《唐诗纪事》《唐才子传》等书记载："长庆二年，涉尝过九江，至皖口，遇盗，问：'何人？'从者曰：'李博士也。'其豪酋曰：'若是李涉博士，不用剽夺，久闻诗名，愿题一篇足矣。'涉赠一绝句《井栏砂宿遇夜客》：'暮雨潇潇江上村，绿林豪客夜知闻。他时不用逃名姓，世上于今半是君。'酋喜，以牛酒厚遗，再拜送之。"

由这则趣闻，我们不难想象唐代诗人在社会上所受到的普遍敬重，连绿林大盗都会敬其三分。这种情况所反映的其实是全社会的文化素养水准。

从诗中可以看出，诗人对他在山村雨夜的意外遭遇并不感到惊恐，而是泰然地接受了"绿林豪客"的贸然造访。随后当他发现自己诗名竟然广闻于绿林时，反而按捺不住有点沾沾自喜了。后二句写得十分幽默：我本想隐姓埋名，现在看来是多此一举了，因为连你们这些绿林好汉都知道我，更何况"世上如今半是君"，我能逃到哪里呢？

这首诗的构思和造语句句出人意料，而最使人悚然耸容的是结句。李涉是元和年间人，距唐亡尚有一百多年，社会上已经有半数可以归类为"盗贼"（当然这里是泛指）了，可见唐朝败象已现，国祚不久矣。然而我们不妨反过来想一想：一个国家的盗贼对文化尚且如此敬重，自然不会说亡就亡的。

题鹤林寺[1]僧舍

终日昏昏醉梦间，忽闻春尽强登山。
因过[2]竹院[3]逢僧话，偷得浮生[4]半日闲。

【注释】

〔1〕鹤林寺：在今江苏省镇江市，始建于晋代，原名古竹院。唐开元、天宝年间为镇江南郊著名古寺之一。

〔2〕过：游览，拜访。

〔3〕竹院：寺院。

〔4〕浮生：语出《庄子》："其生若浮。"意谓人生漂浮无定，如无根之浮萍，不受自身之力所控，故曰浮生。

【赏析】

诗人贬谪江南，情绪消沉，想到春光即将流逝，准备强打精神登山排遣郁闷的时候，因与鹤林寺高僧一席闲话，化解了世俗之忧烦，重新体验到人生的适意，于是欣然题诗于寺院墙壁上，以抒发他内心的感悟。

美酒和春色都无法使诗人开心，就在于他把世俗的名缰利锁看得太重了；只因与僧人的一席闲谈，使他回归了自性，得到了平和，这全然是因为佛法是治疗众生种种心病的不二良药。"偷得浮生半日闲"，看似平淡，寓意甚深，大有禅意。试想，芸芸众生，终生忙碌，所为何来？终其一生，不都是在为衣食住行奔波吗？说到底，每个人还不都是双拳紧握落地，两手空空归天，拼命抓了一辈子，到底带走什么了？所以千万别小看了这"半日闲"，人生的滋味也许只有在这时候才能真正体会。

崔 郊

唐朝元和间秀才。余不详。《全唐诗》仅收其诗一首。

赠去婢

公子王孙逐后尘〔1〕，绿珠〔2〕垂泪滴罗巾。
侯门一入深如海，从此萧郎〔3〕是路人。

【注释】

〔1〕后尘：后面扬起来的尘土。形容公子王孙争相追求的情景，形容其婢之美貌。

〔2〕绿珠：西晋富豪石崇的宠妾。这里喻指被人夺走的婢女。

〔3〕萧郎：诗词中习用语，泛指女子所爱恋的男子。这里是作者自谓。

【赏析】

这首诗写的是所爱者被夺的悲哀和愤懑。

首言所爱女子美貌非凡，以致公子王孙争相追求。次用绿珠之典暗示所爱者因美貌而招致的痛苦和被劫夺的不幸命运。绿珠原是西晋富豪石崇的宠妾，"美而艳，善吹笛"。赵王伦专权时，他的臣僚孙秀仗势指名向石崇索要绿珠，遭石崇拒绝。石崇因此被收下狱，绿珠也坠楼身死。于看似平淡、客观的叙述中巧妙透漏了诗人对权贵的不满和对爱人的痛怜，写得含蓄委婉，不露痕迹。

结句表达了诗人深沉的绝望，这要比直露的控诉或斥责更悲哀动人，也更能激起读者的同情。造成"从此萧郎是路人"这一悲惨结局的，绝非是所爱之人的薄情，而是侯门的冥渺幽深。诗人用"侯门"概括权豪势要，恰当地表达了他的这种悲愤。正因为此，"侯门似海"以其比喻的生动形象，成为成语，被广泛运用在文学作品和日常生活中。

国学经典精神家园丛书

贾 岛

贾岛（779—843年），字浪仙，范阳（今北京涿州市）人。早年出家为僧，号无本。元和五年（810年）冬至长安，见张籍。次年春，至洛阳谒韩愈，以诗深得赏识。后还俗，屡举进士不第。曾任长江（今四川蓬溪）主簿，人称贾长江。他的诗在晚唐形成流派，影响颇大。晚唐李洞、五代孙晟等人十分尊崇贾岛，对他的画像及诗集焚香礼拜，事之如神。孟郊诗清寒有致，贾岛为诗刻意平淡，故素有"郊寒岛瘦"一说。有《长江集》十卷。

题李凝幽居

闲居少邻并，草径入荒园。
鸟宿池边树，僧敲月下门。
过桥分野色，移石动云根^{〔1〕}。
暂去还来此，幽期不负言^{〔2〕}。

【注释】

〔1〕云根：古人认为云"触石而出"，故称石为云根。

〔2〕"暂去"二句：意谓不久当重来，不负共隐的期约。

【赏析】

贾岛素有"苦吟诗人"之称，他曾自叹曰："二句三年得，一吟双泪流。知音如不赏，归卧故山秋。"甚至每年除夕，必取一岁所作置几上，焚香再拜，酹酒祝曰："此吾终年苦心也。"然后痛饮长歌而罢。这首诗中的"鸟宿池边树，僧敲月下门"以及与此相关的"推敲"典故的由来，既是诗坛佳话，又是历来广为传诵的名句。

贾岛的诗多为与僧人、隐逸之士交游之作，诗风清寂幽奇，韵味悠长。此诗叙作者访友人未遇，故题诗寄情。首联以简洁的笔墨描写李凝居所的环境。荒园少邻，草径通幽，紧照诗题中"幽居"二字，也暗示诗人所访乃是一位隐士。颔联撷取一个画面，寓静于动，给人以寒寂清冷之感。颈联写归路所见，步步行来，景随人动。此时虽离幽居，而恬淡宁谧未减分毫，比起上一联以苦吟写"幽然事，偶然意"，出语更为自然，神韵独具。中间这两联，一显刻意，一显自然；一静滞，一流动，同咏"幽情幽景"，各具其妙。尾联"恋恋有同隐之志"。全诗在叙事写景之后点出诗人殷殷情意，心志所向；反观前三联，便会悠然神会，知其意之所由出。

访隐者不遇

松下问童子，言师采药去。
只在此山中，云深不知处。

【赏析】

诗中将作者的所有问词全部略去，只写童子的回答。如若把问答全写出来，三问三答，就得罗列六句。由此可以看出这位苦吟诗人对创作的呕心沥血。托尔斯泰有句名言："我写的每一个字，都是掉进墨水瓶里的一滴血。"贾岛也曾有《戏赠友人》自喻："一日不作诗，心源如废井。笔砚为辘轳，吟咏作縻绠。朝来重汲引，依旧得清冷。书赠同怀人，词中多苦辛。"不过这首诗的成功不仅在于简练，还在于平淡中见深沉，茫然中显真情，于主体和客体都是在那么漫不经心、冷漠无情的淡定中，悠悠然飘逸出与世无争、超凡脱俗的雅致。所有这一切，都不是名利中人所能企及的。没有作者的佛心道骨，没有所访之士的高蹈超逸，也就没有如此沁人心脾的好诗。

【名家评点】

初唐的华贵、盛唐的壮丽以及最近十才子的秀媚，都已腻味了，而且容易引起一种幻灭感。他们需要一点清凉，甚至一点酸涩来换换口味。在多年的热情与感伤中，他们的感情也疲乏了，现在他们需要休息。他们所熟习的禅宗和老庄思想也这样开导他们。孟郊、白居易鼓励他们再前进。眼看前进也是枉然……况且有时在理论上就释道二家的立场说，他们还觉得"退"才是正当办法。正在苦闷中，贾岛来了，他们得救了，他们惊喜地发现了一个新天地，真的，这整个人生的半面，犹如一日之中有夜，四时中有秋冬。

——闻一多《唐诗杂论》

剑 客

十年磨一剑，霜刃未曾试。
今日把示君，谁有不平事？

【赏析】

"十年磨一剑"如今已经成了人们的日常用语。作者关于成就一番事业，必须付出长期的艰辛努力这一形象比喻，引起无数大有同感的人的共鸣，这是很自然的。可是不要忽略了作者的终极目标是在最后一句，问遍天下遭受欺凌的人们：你们谁有不平事，我来为你们扫荡！一腔利剑倚空、普济苍生的豪侠壮气有如长虹贯日，腾空而起。

显然，"剑客"是诗人自喻，而"剑"则是对自己骄人才能和远大抱负的比喻。用通俗明快的语言、酣畅淋漓的气势，抒发激昂慷慨的豪情，这在贾岛的诗中仅此一例。

张　祜

　　张祜（约779—约849年），字承吉，南阳人，一作清河人。初寓姑苏，后至长安，为元稹排挤，遂至淮南。爱丹阳曲阿地，隐居以终，享年70岁。张祜的为人和他的诗一样，风格独具，题咏唱绝。纵情声色，流连诗酒，又任侠尚义，喜谈兵剑。在人际交往中，他因诗扬名，以酒会友，结识了不少名流显达。然因性傲清狂，终生蹉跎，只好"千年狂走酒，一生癖缘诗"。诗以宫词著名。有《张处士诗集》十卷。

宫　词（二首选一）

故国三千里，深宫二十年。
一声河满子[1]，双泪落君前。

【注释】

　　〔1〕河满子：一作"何满子"。苏鹗《杜阳杂编》载："文宗时，宫人沈翠翘为帝舞《何满子》，调辞风态，率皆宛畅。"

【赏析】

　　唐代诗人多有反映宫廷女性不幸命运的作品，即宫怨诗。张祜的这首五言绝句虽只有短短二十字，却包举甚多，其情深切哀婉之至。诗的前两句一写离家之远，一写入宫之久，俱是平常语句。然而想一少女，正值妙龄，却被召选，从此离"故国"，入"深宫"，只能遥思家乡亲人，幽居寂寂，失去了青春年华本应有的快乐和自由，不禁令人叹息。而一"三千里"，一"二十年"，这种时空叠加的震撼更加深了其身世的凄楚感。首二句十字，如有万钧之势，起手即令读者沉浸在浓郁的悲苦氛围之中，故白居易谓之"从头便是断肠声"。结尾于此可悲的境遇中又发悲声，诗之前半蓄势已足，积郁已久的怨情终于喷薄而出，泪落双双。全诗一气奔注，将怨情表达得淋漓尽致。此外，这首诗虽多用数量词，却不显堆砌，反而在很短的篇幅内为情感的抒发增加了张力。与张祜同时的杜牧非常欣赏这首诗，有酬张祜的诗句云："可怜故国三千里，虚唱歌词满六宫。"可见此诗当时已传入宫中，广为宫人传唱。

【名家评点】

　　《何满子》其声最悲，乐天诗云："一曲四词歌八叠，从头便是断肠声。"此诗更悲在上二句，如此而唱悲歌，那禁泪落！

——［清］王士祯《唐人万首绝句选》

赠内人[1]

禁门宫树月痕过，媚眼唯看宿鹭窠[2]。
斜拔玉钗灯影畔，剔开红焰救飞蛾。

【注释】

　　〔1〕内人：唐代选入宫中宜春院的歌舞伎。
　　〔2〕鹭窠：宿鹭的巢。

【赏析】

　　前两句写被幽禁在宫内的歌舞伎生活的孤寂苦闷。后两句通过宫人枯坐"拔玉钗""救飞蛾"两个动作，反映了宫人微妙复杂的心理活动。她看到飞鸟归巢，觉得自己还不如鸟，鸟都有个虽然简陋但是可安身的归宿；看到投火的飞蛾，自然会同病相怜，因而拔钗剔焰，援救这个有如自己的小生命。结句深婉动人，给人留下久久不能释怀的悲悯。

集灵台[1]（二首选一）

虢国夫人承主恩[2]，平明骑马入宫门。
却嫌脂粉污颜色，淡扫蛾眉朝至尊。

【注释】

〔1〕集灵台：即长生殿，在华清宫，是唐代祭祀求仙之所。

〔2〕"虢国"句：杨贵妃的三姐。据《旧唐书·杨贵妃传》载，其大姐封韩国夫人，三姐封虢国夫人，八姐封秦国夫人，"并承恩泽，出入宫掖，势倾天下"。

【赏析】

诗以虢国夫人恃宠娇慢，侧写杨门之专宠，构思奇妙，笔法灵动，实为唐诗之佳品。

杨玉环原系玄宗十八子寿王李瑁的妃子，后为玄宗夺爱，召入宫中，宠幸有加，进而册封为贵妃。集灵台是清静祀神所在，诗人指出玄宗在这里册封贵妃为"太真"，嘲讽之意，显而易见。唐玄宗的荒唐不止于此。由虢国夫人与他的暧昧关系，更能看出所谓"开元盛世"幕后的污秽不堪。

虢国夫人并非朝臣，却享有文武百官都没有的特权：在不到朝见的黎明时分面见皇上，而且是骑着高头大马，直驱入宫；满宫嫔妃为取悦君王，浓妆艳抹犹恐不入眼，但虢国夫人"却嫌脂粉污颜色"，自负美貌绝代，干脆"淡扫蛾眉朝至尊"。杨贵妃的这位三姐如此娇悍，实无他，只因她有恃无恐。恃什么呢？那就是诗人开篇给出的隐喻——"承主恩"。回环呼应，融洽自圆，是本诗的艺术手法；似褒实贬，欲抑反扬，是本诗高妙的章法；绵里藏针，含蓄蕴藉，则是本诗的审美特点。

题金陵渡〔1〕

金陵津渡小山楼，一宿行人自可〔2〕愁。
潮落夜江斜月里，两三星火是瓜州〔3〕。

【注释】

〔1〕金陵渡：渡口名，在今江苏省镇江市附近。

〔2〕可：当。

〔3〕瓜州：在长江北岸江苏省邗江区南，与镇江市隔江相望。

【赏析】

起笔轻灵自然。"小山楼"既是诗人羁旅夜栖之所，又是愁绪发端之地。愁闷难眠，推窗远望，只见江浸斜月，烟笼寒水，远处忽有几点星火闪烁。那是什么地方？回答"是瓜洲"。

诗词的要妙之处在于能否移情入景，由景出情。移情入景是诗人的主观意向；由景出情方可显示诗人的艺术功底。有了这后者的效果，作者和读者的情感才能感应交通，激发读者超时空的想象。这两点，这首诗都做到了。诗人运思缜密，神韵悠远，以景诱人，情景交融；境界清美宁静，结构简约明快，朦胧和空灵皆具。所以千载之下，依然有其特殊的艺术魅力和审美价值。

纵游淮南

十里长街[1]市井连，月明桥[2]上看神仙[3]。
人生只合扬州死，禅智山光好墓田[4]。

【注释】

〔1〕十里长街：扬州城内最繁华的一条大街。《唐阙史》载："扬州胜地也，每重城向夕，倡楼之上，常有纱灯万数，辉罗耀烈空中。九里三十步街中，珠翠填咽，邈若仙境。"。

〔2〕月明桥：在禅智寺前，今不存。

〔3〕神仙：此处指妓女。

〔4〕"禅智"句：禅智、山光，皆寺名。禅智寺，一名上方寺，亦名竹西寺，在扬州东北蜀冈上。山光寺，原称果胜寺，在扬州东北湾头镇前。二寺原皆为隋炀帝行宫，后舍为寺，今皆不存。

【赏析】

扬州，作为一座名城，历代才华富赡的诗人和艺术家几乎都在这里留下了他们的足迹，度过了他们艺术上的黄金岁月。文人骚客或者把扬州描写成人间乐园，或者形容为蓬莱仙境。唯独张祜出语惊人，发现扬州竟是人生最好的"墓田"。

在这首诗里，死亡再不是幽暗莫名、令人恐惧的永恒之谜，反而成了让人期待的乐事：人生一世，死也要死在扬州，这里才是人生最好的归宿。"人生只合扬州死"，只此一句，便将扬州之美写入了骨髓。古往今来所有赞美扬州的正面描写，在这一诗句面前，都黯然失色了。

朱庆余

　　生卒年不详。名可久。越州（今浙江绍兴）人，宝历二年（826年）进士。其诗立意新颖，语风明丽，为时人所赏。有《朱庆余诗集》。

近试上张水部[1]

洞房昨夜停红烛，待晓堂前拜舅姑[2]。
妆罢低声问夫婿：画眉深浅入时无[3]？

【注释】

　　〔1〕张水部：指张籍。曾任水部员外郎，故称。

　　〔2〕舅姑：公婆。

　　〔3〕入时无：意谓这样画眉是不是合乎时尚。这里借喻他的文章是否合时宜。

【赏析】

　　唐代士子考进士前，须有"行卷"。所谓行卷，就是把自己的诗作呈给名人，以求得到赏识，并向主考官举荐。朱庆余此诗是投赠给水部郎中张籍的。

　　作者借写"闺意"，托之新妇见舅姑，以比举子见考官。落笔写新妇初嫁，翌日准备天一亮就去拜见公婆。平平叙来，既是唐人风俗的白描，又是诗人临考前的生动比喻，为下文铺设好了背景。三四句截取新妇装扮已毕，却不知是否入时，故而事先询问丈夫的画面。"低声"一问，将新嫁娘羞涩、忐忑又渴望得到认可的心情描摹得十分传神。新人初进家门，不知公婆喜好，欲迎合其意，便先向丈夫了解情况，此举煞是聪慧可爱；如此之人，虽不言其美，而"味其词意，非绝色第一，不足以当之"。此诗即便以单纯"闺意"来看，其心理刻画之细腻、手法之独特，已足够令人称赏了。以此喻科举之事，相信观诗之人亦会感作者心思之灵慧，叹其待人之缜密。张籍也果然以"一曲菱歌敌万金"称许之。两相对答，诗人才学名播海内，张公爱才亦悉知之，自是一段佳话。

洪容斋曰："此诗不言美丽，而味其词意，非绝色第一，不足以当之。后二句，审时证己，敛德避妒，可谓善藏其用。与王仲初'三日入厨下，洗手作羹汤。未谙姑食性，先遣小姑尝'，一不恃才妄作，一不轻试违时，俱有无限深意。"

——［明］周珽《唐诗选脉会通评林》

此托之新妇见舅姑，以比举子见考官。籍有酬朱庆余诗曰："越女新妆出镜心，自知明艳更沉吟。齐纨未足时人贵，一曲菱歌值万金。"其称许特甚，可见古人爱士之心。

——刘永济《唐人绝句精华》

宫中词

寂寂花时闭院门，美人相并立琼轩。
含情欲说宫中事，鹦鹉前头不敢言。

【赏析】

这首宫怨诗以春花盛开之景，反衬美人闭门幽怨之情。按常理，花事正好，美人应赏花踏春才是，然而"花时何时，而乃寂寂闭门？美人之伤春甚矣"。所谓伤春，实则是伤己。次句看似"美人相并"之图，实则"情绪彼此不堪，各欲说心中事也"。但终于彼此没有诉说，其复杂心绪，可想而知。第三句含情欲说宫中之事，如宠移爱夺、娇极妒生之种种恩怨，不可泄于人者。还是未说，避忌重重尤甚。末句交代未说之因。正欲说时，抬头看见鹦鹉是能言之鸟，便避忌而默然。"是则美人之苦，到底无可说处。"描绘宫女复杂幽怨之情及不幸之命运，可谓委婉曲折之至矣。

李 贺

李贺（790—约816年），字长吉。祖籍陇西，生于福昌（今河南宜阳）昌谷，后世故称李昌谷。唐宗室郑王李亮后裔，家境已没落。青少年时，才华出众，名动京师。父名晋肃，因避父讳（晋、进同音），终不得登第。一生愁苦抑郁，体弱多病，只做过三年奉礼郎，英年早逝（仅二十七岁），与"诗圣"杜甫、"诗仙"李白、"诗佛"王维并列，后人称其为"诗鬼"。善于熔铸词采，驰骋想象，运用神话传说，创造出瑰丽的诗境。李贺诗注本甚多，清人三家评注《李长吉歌诗》较为详备。

苏小小墓[1]

幽兰露，如啼眼。
无物结同心，烟花不堪剪。
草如茵，松如盖。
风为裳，水为佩。
油壁车，夕相待。
冷翠烛，劳光彩。
西陵下，风吹雨。

【注释】

〔1〕苏小小墓：又名慕才亭，位于杭州西湖西泠桥畔。现已成西湖著名景点。楹联多为名人笔墨。

【赏析】

苏小小是南齐时钱塘名妓，因钟情建康才子阮郁，以百金助其应考，哪知负心郎一去不返，遂于忧郁中咯血而亡，年仅十九岁。大概是因为她的美貌痴情，名花早谢，时人哀之，将其故事编成祭祀民歌，为世代咏叹。从此，苏小小成了历代文人歌咏不绝的对象，有赞其凄美痴情的，有慕其忠贞壮烈的……唯独李贺是考问其死亡的。这倒是艺术创作中的一个应当关注的特例。我们不妨拈出两首唐人吟唱苏小小的诗和这一首做一比对。

张祜《题苏小小墓》："漠漠穷尘地，萧萧古树林。脸浓花自发，眉恨柳长深。夜月人何待，春风鸟为吟。不知谁共穴，徒愿结同心。"

白居易《杨柳枝词》："苏州杨柳任君夸，更有钱塘胜馆娃。若解多情寻小小，绿杨深处是苏家。"

这些诗对苏小小的爱怜和追忆都出自一种现实的情怀，使我们看到的是深情凄婉的生命境界。但李贺不同，他既不追忆又不赞美。你看摇曳的幽兰花瓣上的滴滴露珠，不像是哭泣的眼睛吗？绿油油的草地，碧森森的车盖，飘柔如风的嫁衣，清冷如水的佩玉，还有那冰冷青翠的烛光，正在徒然无益地有如鬼火般地摇曳、闪烁着。此时，整个西陵笼罩在萧瑟的凄风苦雨中。期待着出嫁的苏小小倚傍在油壁车旁，静静地等待着婚礼的到来。然而这是一次无望的等待，无望到连那缔结同心的闲花野草都没有，冷烛的烟花更不能剪来相赠。一切都成了泡影，只有风雨飘摇之夜的"相待"仿佛才是真实的、唯一的。

这还是一场婚礼吗？是。但不是世俗的婚礼，而是只有李贺才能想象出来的一个女鬼的婚礼。试想，在一个如此阴森而凄美的风雨之夜，和一个千百年让人魂牵梦绕的绝代香魂举行一场婚礼，还有比这更艳绝千古、百世流芳的事吗？有人将《苏小小墓》误解为悼亡诗。既然是描写婚礼，何来悼亡之意？

爱，是每个人对自己生命意义最真诚的诠释。英年早逝的李贺大概从未有过像李商隐那样真实不虚地发生在生活中的爱情经历吧，所以他才会如此固执、如此痴迷地爱上西陵古墓间的一缕幽魂。它源自生命在最幽暗、最隐秘的虚妄中对生存意义的本能追寻。它让生命不时地体验到永恒的孤独、绝望、沉沦，这样的孤独、绝望、沉沦、追寻，几乎贯穿在李贺的全部诗歌中。如《神弦别曲》："蜀江风淡水如罗，堕兰谁泛相经过。南山桂树为君死，云衫浅污红脂花。"

从现实世界出走的生命，所拥有的是淡淡的香、浅浅的红、悠悠的韵。它深情缠绵，却又如此纯洁宁静，如此自由自在。

雁门太守行〔1〕

黑云〔2〕压城城欲摧，甲光〔3〕向日金鳞开〔4〕。
角声满天秋色里，塞上燕脂凝夜紫〔5〕。
半卷红旗临易水〔5〕，霜重鼓寒声不起。
报君黄金台〔6〕上意，提携玉龙〔7〕为君死。

【注释】

　　〔1〕诗题：雁门：古雁门郡占有今山西省西北部之地。此为乐府《相和歌·瑟调曲》旧题。六朝和唐人的拟作皆咏征戍之苦。

　　〔2〕黑云：形容出兵时尘土如黑云蔽天。

　　〔3〕甲光：铠甲迎着太阳闪出的光。

　　〔4〕金鳞：形容铠甲闪光如金色鱼鳞。

〔5〕"塞上"句：长城附近多紫色泥土，故称"紫塞"。燕脂：即胭脂。此写夕晖掩映下，云山如胭脂凝成。

〔6〕易水：河名，大清河上源支流，源出今河北省易县，向东南流入大清河。战国时荆轲前往刺秦王，燕太子丹及众人送至易水边，荆轲慷慨而歌："风萧萧兮易水寒，壮士一去兮不复还！"易水距塞上尚远，此处是借荆轲故事以言悲壮之意。

〔7〕黄金台：战国时燕昭王由老臣郭隗协助，在易水旁建台置金，以延请天下之士。

〔8〕玉龙：喻剑。李贺诗好用替代词，如酒曰"琥珀"、月曰"玉弓"、天曰"圆苍"等。

【赏析】

自"安史之乱"后，唐朝日渐陷入藩镇叛乱迭起、战争此起彼伏的衰落时期。从有关史料考证，这首诗可能是写一次平定叛乱的战争，意趣与屈原的《国殇》大体相同。首联写敌军兵临城下，守军严阵以待。颔联描写战事之悲壮惨烈，鏖战从白天杀到夜晚，沙场上胭脂般殷殷红的血在夜雾中凝结成片片紫色，死伤之惨重，战斗之激烈，可想而知。颈联讲述增援部队行军和进入战场的态势。尾联歌颂将士们誓死报国之志，"以死作结势，结得决绝险劲"。

全诗或暗示、渲染，或写印象（如"黑云"句），或活用典故（如"易水"句），不做细致刻画，只从大处落墨。金、红、紫、黑等重彩的运用，使画面色泽斑斓，如同油画，浓重深沉，从视觉上对战争场面的描绘起到了非常醒目的刺激作用。与《国殇》写实不同，此诗重在写意，在唐代边塞诗中独树一帜。李贺诗歌虽胎息于楚骚，但能得其精髓而刻意出新。此诗是一个绝好的例证。

据说王安石曾批评首联："方黑云压城，岂有向日之甲光？"作为诗文大家的王安石，难道不明白艺术的真实不能等同生活的真实？故军围城，未必有黑云出现；守军列阵，也未必就有日光前来映照助威。诗中的黑云和日光，只不过是诗人用来造境创意的手段而已。

【名家评点】

声满天地，似昌黎天狗坠地之作，篇中活句，贺真不愧作者。"霜重"句即李陵兵气不扬意。二句（指起句）人人所喜，然不如下文。以死作结势，结得决绝险劲。

——［清］黎简《黎二樵批点黄陶庵评本李长吉集》

梦 天

老兔寒蟾泣天色[1]，云楼半开璧斜白[2]。
玉轮轧露湿团光，鸾佩相逢桂香陌[3]。
黄尘清水三山下，更变千年如走马[4]。
遥望齐州[5]九点烟，一泓海水杯中泻。

【注释】

〔1〕"老兔"句：意谓幽冷的月夜，空中飘下阵阵寒雨，仿佛月中的兔和蟾在哭泣。

〔2〕"云楼"句：意思是说雨停后，云层裂开，幻化出一座高耸的楼阁，在月光映照下，像海市蜃楼一样。

〔3〕"玉轮"二句：月亮带着光晕，像被露水打湿了似的。雕刻着鸾凤的玉佩发出阵阵清脆的声响，原来是月宫中的仙女来到了桂花飘香的路上。

〔4〕"黄尘"二句：此言从仙境看人世，千年的变化有如走马。葛洪《神仙传》载："仙女麻姑对王方平说：'接待以来，已见东海三为桑田，向到蓬莱水浅，浅于往者会时略半耳，岂将复还为陵陆乎？'"黄尘清水即沧海桑田之意；三山即蓬莱、方丈、瀛洲。

〔5〕齐州：中州，即中国。

【赏析】

诗写梦游月宫。诗人用意不在于月宫仙境，而在于从仙界反观尘世，从而揭示人生短暂、世事无常。《李长吉集》引黎简语："论长吉每道是鬼才，而其为仙语，乃李白所不及。九州二句妙有千古。"

前四句写在月宫之所见；后四句写从月宫俯瞰人间时的感觉。诗人梦见来到月宫，碰见了鸾佩叮咚的仙女。然后从天上遥望人间，沧海桑田，千年一瞬，整个中国宛若九点烟尘，大海仿佛是从水杯中倒出的一汪清水。想象奇特，开阔虚幻。另外，在巨大的时空变幻中，寄寓着人世沧桑的哲理和生命无常的感慨，因此使这首诗变得幽邃深沉。

【名家评点】

命题奇创。诗中句句是天，亦句句是梦，正不知梦在天中耶？天在梦中耶？是何等胸襟眼界，有如此手笔？

——［明］黄周星《唐诗快》

《昌谷集注》：滓渍既尽，太虚可游，故托梦以诡世也。蓬莱仙境尚忧陵陆；何况尘土不沧桑乎？末二句分明说置身霄汉，俯视天下皆小。宜其目空一世耳！

——［清］姚文燮《昌谷集注》

秋　来

桐风惊心壮士苦，衰灯络纬[1]啼寒素。
谁看青简[2]一编书[3]，不遣花虫粉空蠹[4]？
思牵今夜肠应直，雨冷香魂吊书客[5]。
秋坟鬼唱鲍家诗[6]，恨血千年土中碧[7]。

【注释】

〔1〕络纬：蟋蟀，秋凉哀鸣，其声似纺线，似促人织衣，故又名促织。

〔2〕青简：青竹简。

〔3〕一编书：指作者自己的诗集。

〔4〕"不遣"句：意谓自己的诗作久无人读，岂不只能让蠹虫去蛀蚀成粉了吗？

〔5〕书客：书生作客的缩写。

〔6〕鲍家诗：指南朝鲍照的诗。鲍有《行路难》组诗，以抒发其怀才不遇之感。

〔7〕"恨血"句：恨血：周朝大夫苌弘一生忠于朝廷，后蒙冤被杀，传说其血化为碧玉。《庄子·外物》："苌弘死于蜀，藏其血，三年化为碧。"

【赏析】

在我国的传统文学中，秋之衰落悲凉，自屈原和宋玉始，一直为诗人们咏叹不已。李贺早慧，对秋天的来临尤为敏感。特别是这一年的秋天，整个天空恍若寒云织就，秋风瑟瑟，桐叶萧萧。平生的雄心壮志被激起阵阵狂潮，悲苦辗转，衰灯残照，还有那墙角蟋蟀的凄凉鸣叫。夜，本该是灵魂安居之所，诗人却不得不在这漫漫长夜里独自咀嚼生的焦灼和绝望。

比起身体的羸弱多病，理想的破灭更是李贺难以承受的。"我当二十不得意，一心愁谢如枯兰"（《开愁歌》）。人生有尽和理想无望的焦虑交织在一起，病弱的躯体和永恒的灵魂形成巨大的反差，构成了李贺生命哀鸣的主旋律。

写作本来是中国文人对抗命运嘲弄的一条解脱之道，可自己呕心沥血写下的诗篇，又有谁赏识呢？还不是留给蛙虫果腹？结果解脱之道换来的却是被再一次遗弃。于是在这凄风苦雨的秋夜里，在他被孤独和悲痛折磨得辗转无眠的时刻，他仿佛看到早已死去的香魂飘然而至，来凭吊他这个不幸的生者。死者为生者哀吊，这只有李贺才会想得出来吧？然而令人骇然心惊的并不是诗人想象的奇特，而是他对另一个世界的迷恋和偏爱。于是这时再次出现了我们在《苏小小墓》中那凄绝恐怖的一幕——"秋坟鬼唱"。诗人仿佛又一次看到了那个凄艳无比、孤独无依的幽灵，正在飘飘忽忽地向他移来，在向他诉说着心中的哀伤："无物结同心，烟花不堪剪。"诗人之所以钟情于苏小小的芳魂，源于这个世界对他的排斥。本质上他和几百年前的那个才貌双绝的女伶同病相怜，自己破碎的心灵也只有在她那里才能得到抚慰。

"秋坟鬼唱"关联着苏小小，也关联着鲍照。南朝的这位才子被李贺引为同调，再合情合理不过了，因为他们有着同样的际遇和同样的悲愤。鲍照生前喜欢写挽歌，李贺执迷于"鬼诗"，二人同样对死亡有一种痴迷的关注。年纪轻轻就领略了病骨支离和仕途蹉跎的双重压迫，内心的怅恨犹如苌弘的血，化成了碧玉，无法消解。

于是，诗人在一个风雨凄厉的秋夜，向我们展示了这样一种奇特的渴望死亡的生存感受，致使说诗诸家言及李贺，胸臆间仿佛也隐隐然有了鬼胎。

将进酒

琉璃钟，琥珀浓，小槽酒滴真珠红。
烹龙炮凤玉脂泣[1]，罗帏绣幕围香风。
吹龙笛[2]，击鼍鼓[3]；皓齿歌，细腰舞。
况是青春日将暮，桃花乱落如红雨。
劝君终日酩酊醉，酒不到刘伶坟上土！

【注释】

〔1〕玉脂泣：形容山珍海味被烧炸，油脂流溢出来。

〔2〕龙笛：用龙骨制作的笛子。

〔3〕鼍鼓：用扬子鳄的皮做的鼓。

【赏析】

这是一席极尽豪奢华美、丰盛名贵的酒宴，无论就其器皿菜肴，还是就其场面陈设，也只有李贺这样富于奇思妙想的诗人才能想象出来。宴席上的歌舞音乐，其遣词造境更加奇妙。"皓齿歌，细腰舞"——视觉美、听觉美和形体美轻而易举就全都呈现出来了。真是"时花美女，不足为其色也；牛鬼蛇神，不足为其虚荒诞幻也"（杜牧《李长吉歌诗叙》）。可是在这位好写"鬼诗"、号称"鬼才"的诗人手里，一场华丽瑰琦、劝客尽欢的酒席，转眼间就变成了招魂的盛筵。诗人用"况是青春日将暮，桃花乱落如红雨"二句，马上把沉浸在狂欢中的现实中人，推进到青春将暮、来日无多的环境里；结尾二句再猛然翻转，出现了死的意象和"坟上土"的悲景。让灵魂在华美的幻游中，转眼间便离开了虚妄的现实人生。诗人说，刘伶一生嗜酒如命，可是又如何，死了不是连他坟上的土都再也尝不到一滴酒了吗？所以，趁我们现在青春年少，开怀畅饮，"终日酩酊"，忘却生之烦恼吧！

沈德潜说："李长吉诗，每近《天问》《招魂》，楚骚之苗裔也。"屈原《招魂》的模式是外陈四方之险恶，以吓阻灵魂远去；内炫家国之美，以诱魂魄归来。除去死亡本身，招魂诗中所描绘的死亡世界是令人恐怖的，同时又有着炫目的艳丽。《招魂》诗中所铺陈的佳肴美酒、歌舞声色，令李贺心向往之，所以说，李贺其实是在举行一场生人的移尸祭典，表达的是迷离于生死两个世界边缘的奇妙感觉。诗以一场虚无缥缈的盛宴，绾合了人生苦短、及时行乐和招魂的主题，以其独特的感触，表达了人生在世的挣扎和失望。

南　园〔1〕（十三首选三）

花枝草蔓眼中开，小白长红越女腮。
可怜日暮嫣香〔2〕落，嫁与春风不用媒。

男儿何不带吴钩，收取关山五十州〔3〕？

请君暂上凌烟阁，若个书生万户侯〔4〕？

寻章摘句老雕虫〔5〕，晓月当帘挂玉弓〔6〕。
不见年年辽海上，文章何处哭秋风〔7〕？

【注释】

〔1〕南园：李贺家住福昌县的昌谷，其地依山带水，有南北二园。南园是李贺读书处。

〔2〕嫣香：娇艳的花朵。

〔3〕"男儿"二句：男子汉大丈夫为什么不身佩军刀，为国家收取山河呢？吴钩：宝刀名。关山五十州：指当时中央不能指挥的藩镇割据地区。

〔4〕"请君"二句：封侯拜相，绣像凌烟阁的，哪有一个是书生出身？凌烟阁：唐太宗贞观十七年所建，阁上绘开国功臣二十四人。若个：哪个，几个。

〔5〕"寻章"句：自己的青春年华，都被诗歌创作耗费殆尽了。雕虫：由扬雄《法言》"雕虫篆刻"一词演化而来，意谓微不足道的技艺，多指文字技巧之类。

〔6〕"晓月"句：读书写作直到天亮。玉弓：拂晓时分的下弦残月。

〔7〕"不见"二句：文士只能赋诗悲秋，边疆征战之地哪里用得着歌赋？此言边疆需要军人，文士于事无补。辽海：指东北边境即唐河北道属地。元和年间，这一带割据势力先后发生兵变，战火连年。

【赏析】

《南园》组诗共十三首，是李贺逝世前回乡，闲居昌谷时所作。

首篇用美艳靓丽的词语，赞叹南园春色的艳丽多姿和姹紫嫣红。"越女腮"将吴越美女的面颊，与娇艳的春花交相辉映，赋予花以人的气质，赋予人以花的美艳，达到一种色香交融的奇异效果。有位哲学家说，音节和韵律是"诗原始的唯一的愉悦感官的芬芳气息"。在李贺这首赞美春景的小诗里，我们仿佛真的嗅到了"芬芳"。收尾二句，诗人重又由花开花落，感到了人生的好景不长。鲜花再美，与美人同样红颜薄命。无须媒人，也不得不"嫁与春风"。花残"人老"，怎能不令人怅惘。

次章由两个问句组成，把家国之痛和身世之悲表达得淋漓酣畅。一、二两句一气呵成，节奏急促，与诗人昂扬紧迫的心绪十分合拍，生动地表达了诗人急切的救国心愿。然而勇气固然可嘉，无奈现实无情。请看，凌烟阁上那些建功立业的将相，哪一个是书生出身？此章的命意是慨叹读书无用。

末篇将前章的命意进一步铺陈，落笔开门见山，悲叹青春年华全被消磨在寻章摘句的雕虫小技和日以继夜的寒窗苦读上了。字里行间，浸渍着无限的辛酸。结语道劲悲怆，联系个人遭遇和国家命运，揭示了造成内心痛苦的社会根源，表达了郁积已久的忧愤情怀。战乱不已，朝廷重武轻文，致使斯文扫地、儒生沉沦。时耶？命耶？

金铜仙人辞汉歌 并序

魏明帝青龙九年[1]八月，诏宫官牵车西取汉孝武捧露盘仙人[2]，欲立致前殿。宫官既拆盘，仙人临载，乃潸然泪下。唐诸王孙李长吉遂作《金铜仙人辞汉歌》。

> 茂陵刘郎秋风客[3]，夜闻马嘶晓无迹。
> 画栏桂树悬秋香，三十六宫土花碧[4]。
> 魏官牵车指千里[5]，东关酸风射眸子[6]。
> 空将汉月出宫门，忆君清泪如铅水[7]。
> 衰兰送客咸阳道，天若有情天亦老[8]。
> 携盘独出月荒凉[9]，渭城[10]已远波声小。

【注释】

〔1〕青龙九年：据《三国志·魏书·明帝纪》，徙长安铜人承露盘在青龙五年三月，旧本作"九年"，显误，因魏代无"青龙九年"之纪。

〔2〕捧露盘仙人：在建章宫。见卢照邻《长安古意》注。

〔3〕"茂陵刘郎"句：刘郎指汉武帝刘彻。茂陵是其寝陵，在今陕西兴平市东北。秋风客：犹言悲秋之人，汉武帝曾作《秋风辞》，故言。

〔4〕"画栏"二句：意谓画栏内桂树依旧繁茂，香气飘逸，三十六宫却早空空如也，惨绿色的苔藓布满各处。土花：苔藓。

〔5〕"魏官"句：写铜人被移出宫，装车运往魏都邺城的情景。指千里：喻路途遥远。

〔6〕"关东"句：言气候恶劣，霜风凄紧，刺痛双眼。眸子：眼睛。

〔7〕"空将"二句：此句以下将创作主体转换为抒情主体汉武帝。意思是说伴随着

"我"告别故宫的，唯有天上的明月而已。而今坐在魏官牵引的车上，渐行渐远，眼前熟悉而又荒凉的宫殿即将隐匿不见。抚今忆昔，连铜人回忆起"我"来，都不禁流下深重而清冷的泪水。

〔7〕"衰兰"二句：意谓月冷风凄，此时送客的唯有城外咸阳道旁衰枯的兰花。此情此景，倘若苍天有情，看到这样的沧桑巨变，也会因悲伤而衰老。

〔8〕"携盘"句：铜人独自托着承露盘，离开故都，伤心地抬头望着荒凉的残月。

〔9〕渭城：秦时建都咸阳，汉改为渭城县。这里用来代指长安。

【赏析】

这首诗是李贺的代表作之一，是一首托古伤今之作。据朱自清《李贺年谱》推测，这首诗大约是元和八年（813年），李贺因病辞去奉礼郎职务，由长安赴洛阳途中所作。诗人借铜人辞汉的传说抒发忧时忧世的情思。

全诗围绕金铜仙人的搬迁写汉王朝的衰败展开。诗中的金铜仙人临去时潸然泪下表达的主要是亡国之恸。诗人作此诗时，距唐朝覆灭（907年）尚有九十余年，诗人何以产生兴亡之感呢？原来，经历安史之乱以后，唐朝由盛转衰，一蹶不振，藩镇割据、外族入侵、宦官专政的危机日益严重，作为"唐诸王孙"的李贺无时无刻不在为唐朝的命运担忧。面对这严酷的现实，诗人的心情很不平静，他用世心切，急盼着重振国威，同时光耀门楣，恢复宗室的地位。却不料进京以后，因一些无稽的原因，不能参加科举，而后来当的官也是无足轻重，最后不得不含愤离去。家国之痛，身世之悲交织在一起，促使李贺写下了这首托古言今之作。《金铜仙人辞汉歌》所抒发的正是这样一种交织着家国之痛和身世之悲的凝重感情。

全诗共十二句，大体可分成三个部分。前四句是金铜仙人的观感。诗人追溯历史，慨叹盛时不在。汉武帝曾经梦想长生不老，所以建了金铜仙人像。但他也敌不过岁月，像秋风中的树叶一样悄然离去，只留下一座荒凉的茂陵。尽管汉武帝在世时曾经叱咤风云，但也只能"夜闻马嘶晓无迹"，已经成为过往。"夜闻马嘶晓无迹"这一句，采用了夸张的手法，显示出生命短暂、人生无常。而"画栏桂树悬秋香，三十六宫土花碧"则采用了对比的写法，将汉武帝在世时三十六宫的繁华与后来的荒凉作了鲜明对比，更显出物是人非之感，衬托出悲凉的气氛。

中间四句运用拟人手法，写出了金铜仙人被搬迁时对故都的留念和对故主的不舍。金铜仙人是汉朝由兴盛转向衰败的见证人。在离家的路上，满目凄凉令他感慨万分，神情悲痛。而且，他的心中还深埋着对故主的思念。所以，他被"酸风"刺激得流下了"清泪"。在这四句中，作者不仅写了金铜仙人的神态，还描绘了他四周的景物，给他们涂上了一层忧伤的色彩。"酸"字，通过金铜仙人的主观感受使得情与景很好的交融，既写出东关自然环境的恶劣，也写出金铜仙人内心的酸楚。

末四句写出城后途中的情景。金铜仙人离去时正值深秋，一路上只有"衰兰"和荒月相伴。城外的咸阳道正如三十六宫一样，已经破败不堪，只能看到一些"衰兰"，仿佛在给仙人送行。而与仙人同行的也只有手中的捧露盘而已。而"衰兰"一词也有其特殊意义。它既写出深秋时节兰花的衰败，也写出金铜仙人心中的愁苦。兰之所以"衰"正是因为仙人心中伤感。这更加衬托出金铜仙人内心的愁苦和处境的艰辛。而"波声小"既写出金铜仙人的渐行渐远，也写出了前途的艰辛。这四句中，"天若有情天亦老"是千古名句，它设想奇特，有力地烘托出仙人内心的凄楚，意境非常高远。

全诗创意奇诡而又深沉感人，形象鲜明而又变幻多姿；怨愤之情溢于言外，却并无怒目圆睁、气峻难平的表现；遣词造句奇峭而又妥帖，刚柔相济，恨爱互生，参差错落而又整饬绵密，在无可奈何中表现出对正逐渐衰败的唐王朝的叹息，是一首既有独特风格，又诸美同臻的诗作。

致酒行

零落栖迟[1]一杯酒，主人奉觞客长寿。
主父西游困不归[2]，家人折断门前柳。
吾闻马周昔作新丰客[3]，天荒地老无人识；
空将笺上两行书，直犯龙颜请恩泽。
我有迷魂招不得，雄鸡一声天下白。
少年心事当拏云，谁念幽寒坐呜呃[4]。

【注释】

〔1〕零落栖迟：意谓自己潦倒闲居，漂泊落魄，寄人篱下。

〔2〕"主父"句：据《汉书》载，汉武帝时主父偃西入关见卫青将军，卫数言上，上不省。资用乏，留久，诸侯宾客多厌之。后来主父偃的上书终于被采纳，当上了郎中。

〔3〕"吾闻"四句：唐初名臣马周西游长安，宿于新丰，旅店主人待之甚冷漠。至京师，舍于中郎将常何家。常何代呈条陈，太宗大悦，破格提拔，令值门下省，后授监察

御史。下"空将"二句即言其事。

〔4〕"少年"二句：意思是说少年理当壮志凌云，像我这样为苦吟悲叹而受尽饥寒，谁会怜悯呢？拏云：凌云。一作"拿云"。坐：因。呜呃：悲鸣感叹。

【赏析】

朋友招待自己饮酒，自己该如何表达谢意、抒发情感呢？请看李贺是怎么说的。

从开篇到"家人折断门前柳"四句一韵，为第一层，写劝酒场面。诗从"一杯酒"转入主人持酒相劝，祝客长寿。接下来的二句以古人自喻，说自己终当发迹，然时下家人企盼自己早归，折柳频寄，竟致枝断树秃（古人既有折柳送行之俗，又有折柳寄远之举）。经此二句顿宕，续写主人致辞，诗情更为摇曳多姿。

"吾闻"四句是主人用马周典实开导他，有"天生我才必有用"之意，科场受阻何必悲观！后四句以直抒胸臆作结。主人使"迷魂"顿悟，茅塞顿开，以"雄鸡一声天下白"写心胸的豁然开朗，豪情勃郁，于是大梦初醒般地慨叹道："少年正该壮志凌云，悲叹哀鸣有谁同情！"这是一种自我批判，也是对自己觉悟后的激励。这种积极进取的格调，在李贺的创作中难得一见。

另外，这首诗铸词造句铿锵有声，"天荒地老""雄鸡一唱"语新境奇，如今已成人们的口头语。

【名家评点】

主父、马周作两层叙，本俱引证，更作宾主详略，谁谓长吉不深于长篇之法耶？
————〔清〕毛先舒《李长吉歌诗汇解》

杜秋娘

杜秋娘（791—约835年），原名杜丽，润州（今江苏镇江）人。其母是南京官妓。秋娘美慧无双，能歌善舞，亦能写诗填词。身为歌妓，风靡江南。十五岁时，镇海节度使李锜以重金购为歌舞伎。自谱《金缕衣》曲，受李锜赏识，纳为侍妾。李锜反叛被杀，秋娘入宫，唐宪宗封之为秋妃。后削籍为民，返回乡里。唐文宗大和七年（833年），杜牧在金陵逢秋娘，写《杜秋娘》长诗以表悲怜之情。

国学经典精神家园丛书

金缕衣

劝君莫惜金缕衣^{〔1〕}，劝君惜取少年时。
花开堪折直须折^{〔2〕}，莫待无花空折枝。

【注释】

〔1〕金缕衣：原意为用金丝织成的衣服，后比喻荣华富贵。

〔2〕直须：就应该，不必犹豫。

【赏析】

根据杜牧的《杜秋娘诗》和序，可知杜秋娘是一个真实的历史人物。其序云："杜秋，金陵女也。年十五，为李锜妾。后锜叛灭，籍之入宫，有宠于景陵。穆宗即位，命秋为皇子傅母。皇子壮，封漳王。郑注用事，诬丞相欲去己者，指王为根。王被罪废削，秋因赐归故乡。予过金陵，感其穷且老，为之赋诗。"

这首诗中，作者就如何把握人生中最美好的青春岁月，表达了自己单纯的思想。此诗简明通俗，易于理解。前两句"劝君莫惜金缕衣，劝君惜取少年时"以"劝君"领起，既赋又兴，引人注意。上句开门见山提出问题，金缕衣虽然华贵，但不值得珍惜。"莫惜"，指不要过于看重，言下之意有比其更为重要的东西。"金缕衣"，用金线刺绣的华美的服装，这里指代一切华贵的东西。"金缕衣"是华丽贵重之物，本属"须惜"，诗人却"劝君莫惜"，可见还有远比它更为珍贵的东西。诗人以物起情，这样开头就有一种引人入胜的力量。下句从正面说明需要珍惜青春的大好时光，补充上句。"惜取少年时"就是要珍惜少年时代大好时光。这两句用赋体陈述，语义之间形成轻重、取舍的比较，诗人用否定与肯定的语气直陈己见，否定前者乃是为肯定后者，由此更突出后者的珍贵。后两句"花开堪折直须折，莫待无花空折枝"的字面意思是当鲜花盛开的时候，要及时采摘，不要等到春残花落之时，去攀折那无花的空枝。本句以春日花开花落做比，一说时光易逝，美好的青春时光很快就会过去；一说要勇于把握时机、抓住机会，不要优柔寡断、拖泥带水，一旦时机错过，将一事无成，空余悔恨。所谓"机不可失，时不再来"也是此意。前句的时光易逝，更突出了后句把握时机的重要性。两句一铺一宣，浑然一体，让人心悦诚服。

应该指出的是，对这首诗的主题有两种截然不同的观点。有人说歌词宣扬的是"及时行乐"的消极思想；有人说，恰恰相反，作者是想用"莫待无花空折枝"说明"少壮不努力，老大徒伤悲"的道理。到底应当怎样解读，主要取决于读者。

本诗新颖别致，形象生动，韵律优美，一唱三叹，颇有民歌的色彩，又极具哲理的意蕴。读后余音袅袅，思绪难收。

许　浑

许浑（约791—约858年），字用晦，一作仲晦，润州丹阳（今属江苏）人。大和年间进士，历官当涂令、太平令、监察御史、睦州刺史、郢州刺史等。晚年归丹阳丁卯桥村闲居，自编诗集，曰《丁卯集》，存诗五百余首，多怀古之作。事见《唐诗纪事》《唐才子传》。

咸阳城西楼晚眺

一上高城万里愁，蒹葭杨柳似汀洲。
溪云初起日沉阁，山雨欲来风满楼。
鸟下绿芜秦苑夕，蝉鸣黄叶汉宫秋。
行人莫问当年事，故国东来渭水流〔1〕。

【注释】

〔1〕"行人"二句：感慨历史的变迁兴衰。这是作者的自述："我此次慕名东来，唯见鸟下秦苑，蝉鸣汉宫，渭水汩汩东去而已。"

【赏析】

诗作于唐宣宗大中三年（849年）诗人任监察御史时。以"山雨欲来风满楼"成名千古，歌咏不衰。古诗词中，"山雨欲来"大概是当代人使用频率最高的古诗句吧！

诗题一作《咸阳城东楼》，然则《咸阳城西楼晚眺》更切诗旨。咸阳旧城隔渭水与长安相望，诗人登上城楼，思乡和吊古两种情怀袭上心头，交织在一起，于是写下了这首意蕴别致、格调俊丽的七律。

起句一"愁"字，奠定了全诗的基调。诗人用低沉的笔触，描绘咸阳城傍晚的景致，苍凉伤感之情溢于言表。首联纵笔，出口万里，随即收笔，回到目前，回合擒纵之法运用自如。颔联用溪云乍起、红日忽沉、天地异色、狂风满楼烘托"山雨欲来"，将"形势逼人"很自然地展现在读者面前，迫其选择：迎头而上，还是退却。"山雨欲来风满楼"就是这样一种意境，后人喜用此句形容政治斗争的形势严峻，或突发事件暴发前的先兆，因此成为不朽名句。

咸阳本是秦代的故都，旧时禁苑，当日深宫，而今只有绿茵遍地，黄叶满林。虫鸟啁啾，不识兴亡；王朝更替，世事沧桑。诗人不由生起吊古之情。尾联气足神完。诗人说，羁旅于此的行人不要问秦汉旧朝的事了吧，我这次来故国咸阳，连遗址都寻不着，只有渭水还像昔日一样长流不息。诗人将思乡和吊古融合起来，两种情感互相渗透，互相激发，感情浓烈，较一般怀古诗、思乡诗，意境更为高远。

塞下曲

夜战桑干北[1]，秦兵半不归。
朝来有乡信，犹自寄寒衣。

【注释】

〔1〕桑干：河名。今永定河之上游。相传每年桑葚成熟时河水干涸，故名。

【赏析】

这是同题诗中最短的一首。前两句描写发生在桑干河北的夜战，结果半数战士再没有回来。其中一位战士在他牺牲的次日早晨有家信寄来，信中告诉他寒衣已寄出。在战争年代，这是一件平常的小事，恰恰正是这种常人不留意的小事，被诗人用到这种特殊的背景中后，令人不忍卒读、不忍细思，更不忍回味。

卢 仝

卢仝（约795—835年），号玉川子。范阳（今河北涿州）人。年轻时隐居少室山。家境贫寒，破屋数间。刻苦读书，家中图书满架。朝廷曾两度起用之，均不就。曾作《月食诗》，讽刺当时宦官专权，受到韩愈称赞（时韩愈为河南令）。"甘露之变"时，因留宿宰相王涯家品茶论诗，被权宦仇士良虐杀。诗风奇特，别具一格。有《玉川子诗集》。

七碗茶歌

日高丈五睡正浓，军将打门惊周公[1]。
口云谏议送书信，白绢斜封三道印。
开缄宛见谏议面，手阅月团三百片。
闻道新年入山里，蛰虫惊动春风起。
天子须尝阳羡茶[2]，百草不敢先开花。
仁风暗结珠蓓蕾，先春抽出黄金芽。
摘鲜焙芳旋封裹，至精至好且不奢。
至尊之余合王公，何事便到山人家？
柴门反关无俗客，纱帽笼头自煎吃。
碧云引风吹不断，白花浮光凝碗面。
一碗喉吻润，两碗破孤闷。
三碗搜枯肠，唯有文字五千卷。
四碗发轻汗，平生不平事，尽向毛孔散。
五碗肌骨清，六碗通仙灵。
七碗吃不得也，唯觉两腋习习清风生。
蓬莱山，在何处？玉川子，乘此清风欲归去。
山上群仙司下土，地位清高隔风雨。
安得知百万亿苍生命，堕在颠崖受辛苦！
便为谏议问苍生，到头还得苏息否？

【注释】

〔1〕周公：指梦。孔子《论语·述而》曰："甚矣吾衰也，久矣，吾不复梦见周公！"后世即以周公为梦之代称。

〔2〕阳羡茶：阳羡古属常州。张芸叟《茶事拾遗》云："有唐茶品，以阳羡为

上。"

【赏析】

这首诗又名《走笔谢孟谏议寄新茶》，是卢仝品尝了好友谏议大夫孟简所赠新茶后而作。全诗一气呵成，直抒胸臆，通过对制茶、茶品的描述和煎茶、饮茶的感受及联想，展现了诗人高雅淡泊、超凡脱俗的精神世界。因此，他和同时代的茶圣陆羽一南一北，同享美名，他被尊为"茶仙"；诗作也与《茶经》同时流芳后世，成了茶文化的经典。

开头六句交代诗作的缘由：清早正在睡梦周公之际，被叩门声惊醒，原来是好友孟简派军将送来了新茶和书信。打开包封，端详三百片茶饼的细节描写，说明谏议对自己的诚挚友情以及作者对友谊、茶的珍惜与喜悦。"闻道新年入山里"至"何事便到山人家"十句，描写这样黄金芽似的、精心焙制的新春珍品本来是天子王公才能享受到的，今天竟然到了山野人家。有调侃，也有自嘲。"柴门反关无俗客"至"白花浮光凝碗面"四句，写诗人闭门煎茶的情景。碧云，指的色泽；风，煎茶时的滚沸声；白花，煎茶时浮起的泡沫。在茶癖的眼里，煎茶是一种妙不可言的享受。"禅茶一道"，非此中人是无法体味个中雅趣的。

"一碗喉吻润"至"乘此清风欲归去"十四句，描述了七碗茶依次品尝时各尽其妙的感觉。直到腋生清风，飘飘欲仙，这位"茶仙"把茶能提神醒脑、激发文思、净化灵魂、交融天地、凝聚万象的功能渲染得淋漓酣畅。写到这里，笔锋陡转，作者大声呼问："山上的群仙（实指皇亲贵戚），你们高高在上，享受这世间珍品时，知道茶农的艰辛吗？知道他们是冒着怎样的危险采茶的吗？他们究竟何时才能够得到喘息的机会呢？"诗人从赞茶、品茶到为民请命，转折得自然熨帖、情理皆备。全诗写得挥洒自如、酣畅快意，叙事、抒情、讽喻都得到了完美的表现。

《七碗茶歌》对后世的诗词和国画都有很大影响。姑且不说诗词，仅以《卢仝烹茶图》为题作画的就有宋代的钱选、李唐、刘松年，明代的唐寅、陈洪绶等大家。

刘 叉

河朔（今河北一带）人。少任侠，因醉酒杀人，亡命，遇赦得出，遂折节读书。后游齐鲁，不知所终。诗风峻诡，才气纵横，辞多悲慨不平之声，如刀剑相击，铿锵作响。有《刘叉诗集》一卷。

偶　书

日出扶桑〔1〕一丈高，人间万事细如毛。
野夫怒见不平处，磨损胸中万古刀。

【注释】

〔1〕扶桑：神木名。《山海经·海外东经》：“汤谷上有扶桑，十日所浴，在黑齿北，居水中。”后指日出处。

【赏析】

这首诗用磨损的刀这一最普通、最常见的事物，比喻胸中受到压抑的正义感，把诗人心中的复杂情绪和侠义、刚烈的个性鲜明地表现出来，艺术手法十分高妙。

“安史之乱”结束后，唐朝进入宦官专权、藩镇割据、外族侵扰的混乱时期。每天太阳从东方升起后，人世间纷繁复杂的事情便一一发生。当时，善良的人受到欺压，贫穷的人受到勒索，正直的人受到排斥，多才的人受到冷遇。诗人每次看到这些不合理的事情，便愤懑不平，怒火中烧，而结果却不得不“磨损胸中万古刀”。

作者是个富有正义感的诗人，少年时期尚义行侠，因爱打抱不平而闹过人命案，虽然改志从学，却未应举参加进士考试，继续过着浪迹江湖的生活。他自幼形成的“尚义行侠”的秉性，也没有因“从学”而有所改变，而依然保持着傲岸刚直的性格。只是鉴于当年杀人亡命的教训，手中那把尚义行侠的有形刀早已弃而不用，但正义感、是非感仍然珍藏在作者胸怀深处，犹如一把万古留传的宝刀，刀光熠烁，气冲斗牛。然而因为社会的压抑，路见不平却不能拔刀相助，满腔正义怒火郁结在心，匡世济民的热忱只能埋藏心底而无法倾泻，这是十分苦痛的事情。他胸中那把无形的刀，那把除奸佞、斩邪恶的正义宝刀，只能任其销蚀，听其磨损，他的情绪十分激愤。诗人正是以高昂响亮的调子，慷慨悲歌，唱出了他自己的心声。

姚秀才爱予小剑因赠

一条古时水，向我手心流。

临行泻赠君，勿薄〔1〕细碎仇。

【注释】

〔1〕薄：迫近、靠近的意思。

【赏析】

　　这是刘叉在赠剑给友人时写的一首小诗。诗写的虽是剑，但充满平和柔顺的情意，大概是暮年之作，已经感受不到早年那种怒目横眉、剑拔弩张的杀气了。

　　小诗通篇以水喻剑。"一条古时水，向我手心流"，虽很口语化，但颇有情趣。特别是"流"字，一下子打消了闪着冷光的古剑给人的那种杀气森森的不快，反而觉得剑也有柔情似水的一面。"泻"字进一步将利剑似水的这一意象引申，从诗人手里转到朋友手里，似乎不是递过去的，而是流过去的。

　　诗人如此煞费苦心地消磨剑之森然杀气，平添其柔顺之气，目的完全是为结句张目：我现在把如此利器赠送于你，你可千万不要与人锱铢必较，睚眦必报，为细仇微怨去跟人计较。弦外之音，是鼓励朋友用它来为国为民建功立业。白居易的《李都尉古剑》"愿快直士心，将断佞臣头；不愿报小怨，夜半刺私仇。劝君慎所用，无作神兵羞"正好可以用来诠释这一句。

徐　凝

　　睦州（治今浙江建德）人。生卒年不详。元和中官至侍郎。游韩愈之门，竟不成名。将归，以诗词韩愈云："一生所遇唯元白，天下无人重布衣。欲别朱门泪先尽，白头游子白身归。"遂归乡里，悠悠诗酒以终。诗风朴实无华，意境高远，笔墨流畅。书法亦著称于时。

忆扬州

萧娘〔1〕脸薄难胜泪，桃叶〔2〕眉头易觉愁。
天下三分明月夜，二分无赖〔3〕是扬州。

【注释】

〔1〕萧娘：南朝以来，诗词中男性常称所恋女子为萧娘，女性所恋男子则称萧郎。

〔2〕桃叶：晋代王献之的爱妾。此处代指所思佳人。

〔3〕无赖：本有褒贬两义。这里是可爱、可喜意。陆游诗："江水不胜绿，梅花无赖香。"

【赏析】

诗人这是在以离恨万端之情怀，追忆昔日之别情。前两句中的"萧娘""桃叶"均代指所思佳人。别时之愁眉，别时之泪眼，皆成今日之无穷思念。深夜抬头望月，本欲解脱愁思，想不到"明月无赖"——扬州的明月分外明亮，分外让人怜爱，普天之下，明月之夜三分，扬州偏偏占了二分，这更叫人彻夜难眠，相思不禁。月光普照，遍及人寰，并不偏宠扬州。而扬州的魅力，也非仅在月色。可是只因徐凝此诗一出，读者对诗人的思念之情并不在意，反而对扬州生出了如醉如痴的向往，致使"二分明月"成为扬州的代称。这大概非诗人始料所及吧。

国学经典精神家园丛书

杜 牧

杜牧（803—约853年），字牧之，京兆万年（今陕西西安）人。名相、史学家杜佑之孙。人号"小杜"，以别于杜甫。美姿容，好歌舞，善属文。大和二年（828年）进士，授弘文馆校书郎。后赴江西观察使幕，转淮南节度使幕。又任史馆修撰，膳部、比部、司勋员外郎，黄州、池州、睦州刺史等职，官终中书舍人。居长安城南樊川别墅，后世称杜樊南或杜樊川。擅长文赋，二十三岁作《阿房宫赋》。曾注释《孙子》。工行草书。杜牧诗风格独特，文论家将其诗与李商隐比较，说："杜樊川诗雄姿英发，李樊南诗深情绵邈。"与李商隐齐名，并称"小李杜"。有《樊川文集》二十卷传世。

过华清宫〔1〕绝句（三首选二）

长安回望绣成堆〔2〕，山顶千门次第开。
一骑红尘妃子笑，无人知是荔枝来。

新丰〔3〕绿树起黄埃，数骑渔阳探使〔4〕回。
霓裳一曲千峰上，舞破中原始下来〔5〕。

【注释】

〔1〕华清宫：见白居易《长恨歌》注。

〔2〕"长安"句：意谓从长安回望骊山，只见林木花卉、亭台楼阁葱茏，宛如一堆锦绣。骊山有东西绣岭，均在华清宫围垣内。

〔3〕新丰：见王维《观猎》注。

〔4〕渔阳探使：《全唐诗》中此句下注："帝使中使辅璆琳探禄山反否，璆琳受禄山金，言禄山不反。"

〔5〕"霓裳"二句：意谓唐明皇纵情声色，直到安禄山叛军攻破中原，才罢歌舞。

【赏析】

诗以第三句为枢纽组织全诗，谋篇布局，洒脱巧妙。

首句"长安回望"四字写得极具讽刺意味。长安是当时的京城，皇帝理应在京城处理国事，千里疾驱飞送荔枝者当然要直奔长安，然而皇帝、贵妃却在骊山行乐。当时，"一骑"飞抵，望见"千门次第开"；山上人也早已望见"红尘"飞扬，"一骑"将到。当杨贵妃居高临下，看到这一切后，嫣然而笑——真是太富有戏剧性了！几个镜头貌似无关，却包蕴着诗人精心的安排。"千门"因何而开？"一骑"为何而来？"妃子"又因何而笑？一方面，是卷起"红尘"的日夜飞驰，送来荔枝的"一骑"挥汗如雨，苦不堪言；另一方面，则是得到新鲜荔枝的贵妃嫣然一笑，乐不可支。两相对照，对苍高位者骄奢淫逸生活的谴责不言而喻。前三句不提荔枝，却句句给人引出谜面，留下悬念。最后一句该揭示谜底了吧，可又出人意料地用了一个否定句："无人知是荔枝来。"史载，杨贵妃爱吃鲜荔枝，而荔枝的保鲜时间非常短，为博红颜一笑，唐玄宗命人从岭南千里加急传送，沿途驿站备有快马，以便驿使在最短的时间内将荔枝送到美人面前。的确，骏马急驰，千门敞开，谁都会以为那是在飞送关于军国大事的紧急情报，可谁能想到却是为贵妃送荔枝！"无人知"三字画龙点睛，不但把全诗的思想境界陡然提升，而且揭示了"安史之乱"的祸根。

褒姒见周幽王烽火戏诸侯而笑，是在骊山顶上；杨贵妃也是在骊山顶望"红尘"而笑，诗人明显是要让读者产生联想，不忘"褒妃一笑倾周"的历史教训。

全诗未用典故，不用难字，不事雕琢，朴素自然，寓意深刻，含蓄有力。

再看第二首诗。

唐玄宗时，安禄山兼任平卢、范阳、河东三镇节度使，伺机谋反，而玄宗却轻信谎言，养虎为患，一门心思只知恣情享乐。首二句"探使"身后扬起的滚滚黄尘，既是迷人眼目的烟幕，又是象征着叛乱即将爆发的战争风云。

诗人从"安史之乱"的纷繁复杂的史事中，只摄取了"渔阳探使回"一个细节，既揭露了安禄山的狡黠，又暴露了玄宗的昏聩。诗的前二句和后二句内容似乎互相独立、彼此无干，但经过诗人巧妙的剪接，却具有了互为因果的关系，揭示了两件事之间的内在联系。说一曲霓裳可达"千峰"之上，而且竟能"舞破中原"，固然夸张之至，却真实地揭示了"国破山河碎"的悲剧，本质上的的确确是由统治者无尽无休的纵情享乐造成的。全诗到此结束，让人余味无穷。

登池州九峰楼[1] 寄张祜[2]

百感衷来不自由，角声孤起夕阳楼。
碧山终日思无尽，芳草何年恨即休。
睫在眼前长不见，道非身外更何求？
谁人得似张公子，千首诗轻万户侯。

【注释】

〔1〕九峰楼：一作九华楼。《大清一统志》载："池州九华楼有二：一在贵池区九华门上，唐建；一在青阳县东南二里。"

〔2〕张祜：见前张祜小传。

【赏析】

长庆年间（821—824年），白居易为杭州刺史，张祜求他举荐自己去长安应试。白居易出题面试，把张祜置于徐凝之下，使颇有盛名的张祜大为难堪。杜牧事后得知，也很愤慨。会昌五年（845年）秋，张祜从丹阳到池州看望杜牧。两人遍游境内名胜，以文会友，交谊甚洽。此诗即作于此次别后。诗人把自己对白居易的不满以及对张祜的同情、慰勉和敬重，表达得非常巧妙。

首联以因果倒置句式，造成警耸的艺术效果。次联抒发别情。青山对面，翠峰依旧，徒添知己之思；芳草连天，益增离别之恨。离思是无形的，把它寄寓在路远山长的景物中，显得丰满具体，情深意长。"芳草"是贤者的象征。诗人利用具有多重含义的词语诱导读者的联想，匠心独运。颈联转为安慰对方。目不见睫，喻人之无识，这是说白居易；"道非身外"，称赞张祜诗艺高标、有道在身，又何必外求？尾联大开大合，笔姿纵横，洒脱酣畅。诗人营造的艺术情趣冲折回荡，华彩四射。小杜俊爽妙峭的诗风，于此可见。

【名家评点】

入手劈将有感于中不自由作起，真有一段登高望远、触景兴怀、情不自已之况。

——［清］朱三锡《东岩草堂评定唐诗鼓吹》

九日〔1〕齐山登高〔2〕

江涵秋影雁初飞，与客携壶上翠微。
尘世难逢开口笑，菊花须插满头归。
但将酩酊酬佳节，不用登临恨落晖。
古往今来只如此，牛山何必独沾衣〔3〕？

【注释】

〔1〕九日：指九月九日重阳节。

〔2〕齐山：在今安徽省池州市。唐武宗会昌五年（845年），杜牧曾任池州刺史。

〔3〕"牛山"句：用春秋时齐景公牛山泣涕事。见《晏子春秋·内篇谏上》："景公游于牛山，北临其国城而流涕曰：'若何滂滂去此而死乎？'艾孔、梁丘据皆从而泣。"

【赏析】

这首诗以旷达来消解人生多忧、生死无常的悲哀。起二句兴寄高远。重阳佳节，诗人和朋友张祜带着酒，登上池州城东南的齐山。鸟瞰江水，万物皆影碧波之中，此时此景，令人心旷神怡，清爽愉悦。颔联开怀放言，直抒胸臆："尘世难逢开口笑，菊花须插满头归。"举起酒杯，开怀畅饮吧！诗人想用偶然得之的开口一笑，用节日的美酒，来酬答大自然恩赐的这良辰佳节；以酩酊大醉忘却郁积在心中的苦闷。国运已然日薄西山，那又如何？立志匡时济世，可谁又能挽狂澜于既倒？古往今来，概莫能外。雄霸一世的齐景公当年登牛山，北望国都临淄，泪流满面地慨叹曰："岁月匆匆，奔流如飞，为什么要抛下如此美好的江山而死呢！"这又何必呢？

旷达却用豪爽表现，抑郁却以洒脱排遣，二者结合，相反相成，这才使诗显得如此爽健，而又如此凄恻。

齐安郡[1] 后池绝句

菱透浮萍绿锦池，夏莺千啭弄蔷薇。
尽日无人看微雨，鸳鸯相对浴红衣。

【注释】

〔1〕齐安郡：郡治在今湖北黄冈。

【赏析】

这首诗的每个字、每一句都很精美。诗人以第三句做"眼"，唯其"无人"，自然景象才会在"无我"的恬静中显现出她的纯洁之美。在蒙蒙细雨的笼罩下，有浮出水面的菱叶，有铺满池水的青萍，有穿叶弄花的鸣莺，有花枝离披的蔷薇，还有双双对浴的鸳鸯。每句诗都安排得既错落有致，又融为一个整体，给人以悦目赏心的美感。

这美感还来自于诗人对色彩的点染和交错使用的明笔与暗笔。"绿锦池"对"浴红衣"；"菱""浮萍""莺""蔷薇"则暗示了粉白、翠绿、嫩黄。在动静、声音的刻画上也独具匠心："菱透浮萍"是微响，莺啭蔷薇是巧啼，还有那夏雨的萧萧、鸳鸯戏水的活活。"鸳鸯相对浴红水"更是妙不可方，难免让人浮想联翩。

赤　壁

折戟沉沙铁未消[1]，自将磨洗认前朝[2]。
东风不与周郎便，铜雀春深锁二乔[3]。

【注释】

〔1〕"折戟"句：意谓昔日大战折断的刀戟，沉陷在沙石中，如今还没有被完全腐蚀掉。

〔2〕"自将"句：自己情不自禁把它拿起来打磨之后，知道确是赤壁之战的遗物。

〔3〕"东风"二句：这是一假设句，意思是说当年假如天时不给周瑜便利，二乔肯定被深锁在曹魏的铜雀台了。铜雀：史载，曹操于建安十五年（210年）于邺城（在今河北临漳县西）构筑铜雀台。二乔：指大乔、小乔姐妹，分嫁孙策和周瑜。《三国志·吴书·周瑜传》："策欲取荆州，以瑜为中护军，领江夏太守，从攻皖，拔之。时得桥公两女，皆国色也。策自纳大桥，瑜纳小桥。"后人简作"乔"，称二乔。

【赏析】

诗的开头借一件古物兴起对前朝人、事、物的慨叹。

"折戟沉沙铁未销，自将磨洗认前朝。"这两句意为折断的战戟沉在泥沙中并未被销蚀，自己将它磨洗后认出是前朝遗物。这两句描写看似平淡，实为不平。沙里沉埋着断戟，点出了此地曾有过历史风云。战戟折断沉沙却未被销蚀，暗含着岁月流逝而物是人非之感。正是由于发现了这一件沉埋江底六百多年，锈迹斑斑的"折戟"，使得诗人思绪万千，因此他要磨洗干净出来辨认一番，发现原来是赤壁之战遗留下来的兵器。这样前朝的遗物又进一步引发作者浮想联翩的思绪，为后文抒怀做了很好的铺垫。

"东风不与周郎便，铜雀春深锁二乔。"这后两句久为人们所传诵的佳句，意为倘若当年东风不帮助周瑜的话，那么铜雀台就会深深地锁住东吴二乔了。这里涉及历史上著名的赤壁之战。诗人非常清楚那段历史，因为杜牧本人有经邦济世之才，通晓政治军事，对历史史实是非常熟悉的。众所周知，赤壁之战孙刘联军胜、曹操败，可此处作者进行了逆向思维大胆地设想，提出了一个与历史事实相反的假设：假若当年东风不帮助周瑜的话，那结果会如何呢？诗人并未直言战争的结局，而是说"铜雀春深锁二乔"。铜雀台乃曹操骄奢淫乐之所，蓄姬妾歌姬其中。这里的铜雀台，让人不禁联想到曹操风流的一面，又言"春深"更加深了风流韵味，最后再用一个"锁"字，进一步突显其金屋藏娇之意。把硝烟弥漫的战争胜负写得如此蕴藉，实在令人佩服。

从艺术上看，诗人杜牧在前两句用了以假作真的虚托手法，如写当朝的人或事而假借于前朝的人或事来写，这是唐代诗人写诗作文的常用手法。还有诗中运用了以小见大的表现手法，诗的后两句写战争的胜负时，作者并未点破，而是通过大乔、小乔这两个具有特殊身份的女子命运来表达设想中东吴败亡的结局，真可谓以小见大，别出心裁。

泊秦淮

烟笼寒水月笼沙，夜泊秦淮近酒家。
商女[1]不知亡国恨，隔江犹唱后庭花[2]。

【注释】

〔1〕商女：为商贾卖唱的歌女。

〔2〕后庭花："后庭花"本为花名，因在庭院中栽培，故称。有红、白两色。开白花者，盛开之时树冠如玉，故又有"玉树后庭花"之称。乐府民歌以花为曲名，陈后主填入新词，不想却成了亡国之音。

【赏析】

建康是六朝都城，秦淮河穿城入江，两岸酒家林立，是当时豪门贵族、官僚士大夫享乐宴游的场所。唐王朝的都城虽不在建康，然而秦淮河两岸的景象却一如既往。当杜牧来到秦淮河上，听到酒家歌女演唱《后庭花》曲，感慨万千，写下了这首诗。据说，当年陈朝的最后一个皇帝陈后主就是因为他制作的乐曲《玉树后庭花》而亡国的，事隔几百年后，唐朝的歌妓们却不知道这是亡国之音，只因为它缠绵动人而喜欢唱它，商人们也因其缠绵动人而喜欢听它。但在了解历史的诗人看来，这是对历史的一个嘲讽，因为在历史上曾经轰动一时的亡国之音，事过境迁之后，却成了青楼女子的热门节目。这样的对比，以及由此产生的讽刺，不是很值得深思吗？人类历史难道不正是这样不断地在事过境迁吗？那曾被视为珍宝的，转眼之间分毫不值；那曾风靡一时的，转眼之间又被人遗忘……那么，历史的支点究竟在哪里？那些为了曾经是一切而后来什么都不是的东西而献出一切的人们，难道真的是人生的成功者？这里没有对陈后主的指责，因为即使陈后主是因这支乐曲而亡国的，那也不能将后人喜欢这支乐曲归罪于他；这里也没有所谓对商女的批评，因为她们全然不知道这首歌的历史背景如此重大，她们只不过是为满足听众的欲望罢了；更谈不上什么对唐王朝的预警，因为当时唐王朝还没有亡国的征兆。这里有的只是诗人对历史和人生何以会"俯仰之间以为陈迹"的思索。

就艺术技巧而言，这首诗在语言运用方面颇见匠心。首句七个字勾画出一幅生动的秦淮河的迷蒙夜景，精练、准确而形象。结尾上句明白如话，朴素自然；下句运用典故，表达了他的感慨，颇为雅丽清新。

国学经典精神家园丛书

【名家评点】

"烟笼寒水"，水色碧，故云"烟笼"。"月笼沙"，沙色白，故云"月笼"。下字极斟酌。夜泊秦淮而与酒家相近，酒家临河故也。商女，是以唱曲作生涯者，唱《后庭花》曲，唱而已矣，那知陈后主以此亡国，有恨于其内哉。杜牧之隔江听去，有无限兴亡之感，故作是诗。按《南史》：陈后主以官人有文学者袁大舍等，为女学士，后主每游宴，则使诸贵人及学士与狎客，共赋新诗，互相赠答，采其尤艳者，以为曲调，被以新声，选宫女有容色者以千百数，令习而歌之。其曲有《玉树后庭花》《临春乐》等，其略云："璧月夜夜满，琼树朝朝新。"

——［清］徐增《说唐诗》

题木兰庙〔1〕

弯弓征战作男儿，梦里曾经与画眉。
几度思归还把酒，拂云堆〔2〕上祝明妃〔3〕。

【注释】

〔1〕木兰庙：在湖北黄冈西一百五十里处的木兰山上。黄州人为木兰立庙，认为黄州是木兰的家乡。

〔2〕拂云堆：在今内蒙古自治区乌拉特前旗西北。堆上有神祠。

〔3〕明妃：即王昭君。

【赏析】

首句只用一"作"字，即概括了北朝民歌《木兰诗》的诗意。接着说木兰梦里"画眉"，把木兰终究是女儿本色表现得十分生动。第三句进而发挥想象，精心刻画木兰矛盾的内心世界：白日里在金戈铁马的战斗中，固然尽显英雄气概，但在战斗间歇时，情不自禁思乡心切，几度渴望脱下战袍，与亲人团聚。因何"把酒"？初看以为是借酒浇愁，好忘却思乡之苦。读到结句才知道，她是到拂云堆上把酒"祝明妃"。

木兰和昭君同是女性。她们来到塞外，一个从军，一个"和戎"，目的都是为了保家卫国。国之安危竟然要由女子来承担，不能不令人感叹。木兰把酒"祝明妃"的举动，让人肃然起敬。一位是女扮男装的英雄，一位是抱憾出塞的妃子，但时空和出处割不断她们惺惺相惜的情怀。木兰和昭君灵犀一点，神交千载，今天读之，依然令人怦然心动。

赠别二首

娉娉袅袅十三余， 豆蔻梢头二月初。
春风十里扬州路， 卷上珠帘总不如。

多情却似总无情， 唯觉樽前笑不成。
蜡烛有心还惜别， 替人垂泪到天明。

【赏析】

两首诗都是临别时赠送给爱人的，不过第一首是写相别的爱人是如何娇美；第二首是写两人无以言表的惜别之情。

司空图评诗有一妙语："不着一字，尽得风流。"（《诗品·含蓄》）杜牧可谓深得个中三昧。你看，这两首诗中都没有出现具体的描写对象，也没有出现我或她这样的人称代词。写貌冠扬州的情人，不用"美貌""如花似玉""沉鱼落雁"……诸如此类的老套笔法，却能将一位真正美到妙不可言的少女如画般地呈现在我们面前；写难舍难分的离别，具体的物象只有一支垂泪的蜡烛，惜别之情却被表现得刻骨铭心。我们不能不为诗人的艺术天才拍案叫绝。

还有一点我们应当注意，那就是杜牧许多七绝，第三句往往是诗眼，是枢纽。这两首也一样，都是用第三句统摄全局。

先看第一首。诗人要临别赠言的是一位与之相好的歌妓。第一句用"娉娉袅袅"形容她身姿的轻盈柔美，"十三余"则是说明情人的娇嫩妙龄。这一句的创意，空灵美妙极了。第二句写花，显然是将花比人。"豆蔻"产于南方，花蕾水灵欲滴，南方人摘其含苞待放者，名曰"含胎花"，用来比喻处女。更何况花在"梢头"，时当二月，鲜嫩艳美，可想而知。第三句诗人把他的所爱放在一个更大的环境里，予以突显高标。唐代的扬州经济文化繁荣，更何况是在"春风十里"的时节，无处不是车水马龙，歌舞通宵，美女如云。"珠帘"之下不知有多少红衣翠袖，然而又有哪一个能比得上她呢？卷起珠帘，让全扬州的美女都来个选美大赛，桂冠非她莫属。诗人写少女，写豆蔻，写春城闹市，目的是最后托出他的意中人。

通篇不用具体的名词，此即所谓"不著一字，尽得风流"也。

再看第二首。为什么"多情却似总无情"呢？因为离别在即，悲愁到无法表达，于是只好沉默。本该有千言万语，此刻反而默默无言，岂不无情？为什么"唯觉樽前笑不成"呢？离别的愁苦令人窒息，诗人自己强颜欢笑，本想使所爱的人不要这么悲痛欲绝，可这笑是真实的吗？笑一笑就不悲痛了吗？此时此刻，强颜欢笑，不是显得轻薄吗？这种看似矛盾的情态描写，才是最真实的内心感受。于是相对无言的二人，完全被同样的感情凝固在那里了。这时只有那燃烧的蜡烛仿佛了被他们感染，仿佛也生出了惜别之心。诗人想：那彻夜流泪的蜡烛，也在为我们伤心而落泪吧！

用如此流畅美妙、清爽俊逸的语言，表达如此悱恻缠绵的情思，风流蕴藉，出人意表，应当说，只有杜牧有此才情。

叹 花

自是[1]寻春去校迟，不须惆怅怨芳时。
狂风[2]落尽深红色[3]，绿叶成阴子满枝[4]。

【注释】

〔1〕自是：都怪自己的意思。

〔2〕狂风：指代无情的岁月，人事的变迁。

〔3〕深红色：指鲜花。

〔4〕子满枝：双关语。既是说花落结子，又暗指当年的少女如今已结婚生子。

【赏析】

这首诗又作"自恨寻芳到已迟，往年曾见未开时。如今风摆花狼藉，绿叶成阴子满枝。"题作《怅诗》。可参照欣赏。

据传，杜牧游湖州，遇一民女，年十余岁。杜牧与其母相约：过十年来娶。十四年后，杜出为湖州刺史，女子嫁人已三年，生二子。杜牧感叹其事而作此诗。诗人借寻春迟到，芳华已逝，花开花落，子满枝头，感慨人生情缘易失，时不再来。全诗围绕"叹"字展开。前两句是自叹寻春已迟，春尽花谢；随后自我宽解，说春暮花谢，这是很自然的事情，无须惆怅，也不必怨嗟。言词上宕开一笔，语意上却翻进一层，越发显出诗人懊悔、失落之意。后两句写岁月无情，风雨无时，红芳褪尽，绿叶成阴，结子满枝，这一切都无如其何。似乎只是冷静淡定地漫谈自然的变化，其实蕴含着诗人惋惜之至的深情。所有的描写似乎都是纯自然、纯客观的，却处处都在暗喻少女芳龄，出嫁生子；从前的心愿付之东流，好事难谐。可是这一切都怪谁呢？相约十年，母女如约苦等。十四年后，终于无望，只好寻找归宿。要怪也只能怪自己的爽约。但诗人将这一切难以直白的隐痛，全部隐藏在婉曲含蓄的比喻或隐喻中，构思新颖巧妙，温馨敦厚，我们今天读之，也情不自禁要和作者喟然长叹。

寄扬州韩绰[1]判官

青山隐隐水迢迢，秋尽江南草未凋。
二十四桥[2]明月夜，玉人何处教吹箫？

【注释】

〔1〕韩绰：事不详，杜牧另有《哭韩绰》诗。文宗大和七年至九年（833—835年），杜牧曾在淮南节度使牛僧孺幕中做推官，后转为掌书记，与韩绰是同僚。

〔2〕二十四桥：一说为二十四座桥。见沈括《梦溪笔谈·补笔谈》。一说为桥名。清李斗《扬州画舫录》卷十五："廿四桥即吴家砖桥，一名红药桥，在熙春台后。……《扬州鼓吹词序》云，是桥因古二十四美人吹箫于此，故名。"

【赏析】

青山逶迤，绿水如带，诗人落墨便将我们从广阔的空间带进了山清水秀、绰约多姿的江南。虽然深秋已过，江南的风光依旧秀美。正因为此，诗人越发怀念远在扬州的故人了。

"夜市千灯照碧云，高楼红袖客纷纷"（王建《夜看扬州市》）。诗人笑问友人，当此秋尽月明之夜，你又在何处教歌伎吹箫呢？这首诗巧妙地把二十四美人吹箫于桥上的传说与"月明桥上看神仙"的现实融合在一起，它所唤起的联想不是风流才子的放荡，而是对江南风光的无限神往。

江南春

千里莺啼绿映红，水村山郭酒旗风。
南朝四百八十寺，多少楼台烟雨中。

【赏析】

　　此诗不仅把江南春景的丰富多彩描绘出来了，还写出了江南的广阔、深邃与迷离，因此一直广为流传。开头两句运用典型概括的手法，缩千里为尺幅，描绘出千里江南的春色。接着两句，言南朝寺院，金碧辉煌，屋宇重重，在山水胜处，本已给人一种深邃的感觉，现又出没掩映于迷蒙烟雨之中，更增加了朦胧迷离的色彩。"四百八十寺"极言寺院之多。再接以"多少楼台烟雨中"这样的唱叹，使每一位读者亦如诗人一样，对江南美景充满了向往。

　　全诗均为景语，一句一景，各具特色，有声音，有色彩，有空间上的拓展，有时间上的追溯。层次分明，色调丰富，在杜牧的七绝中，别具一格，很有特色。

【名家评点】

　　前二句言江南之景，渡江梅柳，芳信早传。袁随园诗所谓"十里烟笼村店晓，一枝风压酒旗偏"，绝妙惠崇图画也。后言南朝寺院，多在山水胜处，有四百八十寺之多。况空濛烟雨之时，罨画楼台，益增佳景。小杜曾有"倚遍江南寺寺楼"句，刘梦得有"遍上南朝寺"句，可见琳宫梵宇，随处皆是。杭州湖山之间，唐以前有三百六十寺。宋南渡后，增至四百八十寺。见《西湖游览志》。唐宋两朝，吴越间寺院之多，其数适同也。

——［清］俞陛云《诗境浅说续编》

山　行

远上寒山石径斜，白云深处有人家。
停车坐爱枫林晚，霜叶红于二月花。

【赏析】

《山行》是一首描写和赞美深秋山林景色的七绝。诗人通过寒山、石径、白云、人家、枫林、霜叶等景物，描绘了一幅生机盎然、色彩绚丽的晚秋山林图。全诗的重点在第四句，前三句都是为这一句铺垫。第一句的"寒"字是为唤起第四句的"霜叶"。第二句写"白云"是为用色彩的强烈反衬"霜叶"的红艳。更有力的铺垫还是急于赶路而突然"停车"以及由此突出的那个"爱"字，还有"枫林晚"的那个"晚"字，意味着夕阳将落，火红的光芒斜射过来，满山枫叶如火如荼，红得快要燃烧似的。小诗构思新颖，布局精巧，于萧瑟秋风中摄取绚丽秋色，令人赏心悦目，精神焕发。兼之语言明畅，音韵和谐，宜其万口诵传。

【名家评点】

诗人之咏及红叶者多矣，如"林间暖酒烧红叶""红树青山好放船"等句，尤脍炙词坛，播诸图画。惟杜牧诗专赏其色之艳，谓胜于春花，当风劲霜严之际，独绚秋光。红黄绀紫，诸色咸备，笼山络野。春花无此大观，宜司勋特赏于艳李秾桃外也。

——［清］俞陛云《诗境浅说续编》

秋 夕

银烛秋光冷画屏，轻罗小扇扑流萤。
天阶夜色凉如水，坐看牵牛织女星。

【赏析】

诗写得很含蓄，选景也很平常：在凄凉的秋夜里，有位女子时而独自扑打流萤，时而呆望牛郎织女星。诗中的三个意象值得注意：一是这秋天的纨扇，古人本是用以比喻弃妇的；二是古人认为"流萤"是腐草所化，萤生于荒凉之处，比喻她已被冷落很久了；三是牛郎织女星，象征期待成了她生命中的唯一意义，哪怕是一年一会也好。"看"字传神，鲜明地反映出此女子对牛郎、织女的羡慕。诗到这里，幽怨之情不言而自明。编选《唐诗三百首》的蘅塘退士评曰："层层布景，是一幅着色人物画。只'卧看'（或作'坐看'）两字，逗出情思，便通身灵动。"

为秋闺咏七夕情事。前三句写景极清丽，宛若静院夜凉，见伊人逸致。结句仅言坐看双星，凡离合悲欢之迹，不着毫端，而闺人心事，尽在举头坐看之中。

——［清］俞陛云《诗境浅说续编》

清 明

清明时节雨纷纷，路上行人欲断魂。
借问酒家何处有？ 牧童遥指杏花村。

【赏析】

这首诗所写有情有景，情景交融，时间、地点、人物、事件齐全，宛如一篇小小说。整首诗处在一个动态的情景之中，体现在诗句中的"雨纷纷""行人""借问""遥指"以及对话部分，每个诗句都是一个活动的场景，贯穿起来就是一个情景剧。"纷纷"交代的是春雨的意境，然而这一天恰恰是清明，是人们按照习俗上坟扫墓的清明节，因此就有了那位雨中行路者"欲断魂"的心情，接下来便是一问一答，全诗可谓是"有声有色"。

诗歌的首句写道："清明时节雨纷纷。"诗歌一开始就点明诗人现在所置身的时间——清明节，气象——雨纷纷。清明节又叫踏青节，在仲春与暮春之交，是中国传统中祭祀节日之一，是祭祖和扫墓的日子。在这一天，或合家团聚，或上坟扫墓，或郊游踏青。但是诗人杜牧所写的清明节是不见阳光，而是"雨纷纷"的。这样，诗人首先就给诗歌营造了一个凄清的氛围。

接着写道："路上行人欲断魂。""欲断魂"形容愁苦极深，好像神魂要与身体分开一样。因为清明节，人们纷纷走出家门，来到自然之中。所以，诗人就由上句写客观景物转入到写主观情感意绪，把写作的重点落在写人上了，而且特别表现了人的主观情感。当然，这与节日的目的以及环境是联系起来的。其中，"欲断魂"三字就是表现出了路上行人因悼念逝去亲人所表现出来的悲思愁绪，同时也暗示了诗人的孤独与无奈。

接着第三句一转，诗人写道："借问酒家何处有。""借问"即请问。诗人也在"路上行人"中，也在"雨纷纷"中，自然的寒气，加上漂泊羁旅，游子他乡而不能与家人团聚，融景伤怀，心寒意冷。此时此刻，诗人多么希望借酒消愁。诗人在此运用一个问句，不但强调了因"雨纷纷"产生的孤独而凄然处境，而且为引出下文奠定了基础。

结句写道："牧童遥指杏花村。"诗人在结句中，点明了上句诗人问路的对象——牧童。而"牧童遥指"中，一个"遥"点名了空间距离是很远的。诗人问的是酒家，而牧童却回答了杏花村，不但很有情趣，而且有极为明显的画面感。杏花村是美的，在诗人看来，杏花村就是自己的理想或希望，是一个可以借酒愁解愁的美好的地方。这样结尾，不但回答了诗人的问题，引出了美好的杏花村，而且给读着留下了极为开阔的审美想象空间。

在艺术上，这首诗歌主要表现在以下几方面：首先，想象空间突出、画面明了，自然和谐；其次，前抑后扬，对比交错，相映成趣；再次，客观景物与主观情感和谐统一。

遣　怀

落魄江湖载酒行，楚腰〔1〕纤细掌中轻〔2〕。
十年一觉扬州梦，赢得青楼薄幸名。

【注释】

〔1〕楚腰：指细腰美女。《韩非子·二柄》载："楚灵王好细腰，而国中多饿人。"

〔2〕掌中轻：汉成帝皇后赵飞燕"体轻，能为掌上舞。"（汉伶玄《飞燕外传》）。

【赏析】

此追忆扬州岁月之作。杜牧于唐文宗大和七年至九年（833—835年）在淮南节度使牛僧孺幕府任推官，转掌书记，居扬州。当时他三十一二岁，颇好宴游。从此诗看，他与扬州青楼女子多有来往，诗酒风流，放浪形骸。故日后追忆，乃有如梦如幻、一事无成之叹。这是诗人感慨人生自伤怀才不遇之作，非如某些文学史所论游戏人生、轻佻颓废、庸俗放荡之作。《唐人绝句精华》云："才人不得见重于时之意，发为此诗，读来但见其兀傲不平之态。世称杜牧诗情豪迈，又谓其不为龌龊小谨，即此等诗可见其概。"

诗的前两句是对昔日扬州生活的回忆。首句起于"落魄"二字，定下了全诗感伤的基调，并借以说明"载酒行"的原因在于借酒消愁。第二句用了楚灵王好细腰和赵飞燕能在人的手掌上跳舞的典故，暗示了作者和妓女之间亲密的关系。这两句诗既写了诗人在扬州放浪形骸的生活，又写出了诗人很不满自己沉沦下僚、寄人篱下的境遇。

后两句从具体中抽离出来，抒发感慨，"十年"的时光对诗人来说，并不短暂，在这十年当中，他常置身于烟花柳巷之中，周旋于扬州名妓之间。如今看来，一切繁华皆为南柯一梦。在"十年"和"一觉"的对举中，蕴涵了诗人无尽的感伤：自己的凌云之志、自己的青春年华、自己的报国之心在十年之后都已烟消云散，梦醒时分，回首往事，自己在这些日子里都做了什么，留下了什么呢？"赢得青楼薄幸名"以调侃的语气给出了答案：这十年的光阴，都被耗费在了歌馆妓院之内，但即使是在自己终日揽腰于手、耳鬓厮磨的烟花女子那，"赢得"的却也只是一个薄情寡义的名声。诗人对仕途的失意，对生活的悔恨，通过"赢得"二字，以自嘲的方式表现得深刻且沉痛。

这四句诗在结构上可谓波澜起伏，首句因有"落魄"两字，调子是压抑的，而次句描写妓女美好的姿态，又掺杂着愉悦的感受，诗情在这里形成了一个转折。第三句将自己十年扬州生活归于一梦，是对过去的否定，诗情再次重重跌落，末句照应第二句诗，采用肯定的句式加以自嘲，"赢得"二字又使诗歌结构产生了变化。全诗句句转折却又彼此勾连，不愧为杜牧的重要代表作品。

盆　池

凿破苍苔地，偷他一片天。
白云生镜里，明月落阶前。

【赏析】

从杜牧的这首五绝中，我们能深切地体会到唐代诗人亲近自然、热爱自然、妙赏自然的审美意识与仁爱情怀。

所谓"盆池"，即埋盆于地，引水灌溉而成小池，用以种植可供观赏的鱼类与水生花草。这是唐代诗人喜好自然、观赏风景、陶情养性颇为普遍的情趣。杜牧此诗，首句交代建造盆池之事。次句写盆池的神奇功效。诗人着一"偷"字，境界全出。它不但体现出盆池的神奇，而且反映了诗人的得意。三、四两句是对"偷他一片天"内容的具体描述。"白云""明月"是两个纯洁无瑕、淡雅优美的鲜明意象，配之以透明如镜的盆池，便营造出了一个晶莹清澈、玲珑剔透的澄明世界。这当是诗人冰心玉壶、幽洁雅淡的心灵世界的美好象征。除此之外，《盆池》一诗还具有崇尚佛道、坐禅忘机的宗教情怀。

《盆池》在艺术表现手法上也有独异之处。这首先表现为语淡意浓、文情相谐。诗之怡淡无为与禅之无我定慧如水乳般浑然交融。其次是意象鲜明、境界淡雅。此诗四句，一句一意象。碧绿之"苔"，蔚蓝之"天"，雪白之"云"，朗照之"月"，营构出一种离尘超凡、天然淡雅之境，映照出诗人超然拔俗、心契自然的内心世界。

温庭筠

温庭筠（约812—866年），本名岐，字飞卿，太原祁（今山西祁县）人。幼时随家客游江淮，后定居鄠县（今陕西户县），靠近杜陵，所以他自称为"杜陵游客"。早年才思敏捷，八叉手而成八韵，时号"温八叉"。走笔成万言，兼善鼓琴吹笛，放浪不羁，难为世容。终生仕途不顺，官终国子助教。诗与李商隐齐名，并称"温李"；词与韦庄齐名，并称"温韦"。他是唐末第一个以词名家的诗人。其诗词工于体物，设色秀丽。吊古行旅之作感慨深切。多写女子闺情，风格浓艳精巧，清新明快，是花间派的重要作家之一，被称为"花间鼻祖"。有《温庭筠诗集》，词集名《金荃集》。

瑶瑟怨

冰簟[1]银床[2]梦不成，碧天如水夜云轻。
雁声远过潇湘[3]去，十二楼[4]中月自明。

【注释】

〔1〕冰簟：凉竹席。

〔2〕银床：指洒满月光的床。

〔3〕潇湘：二水名，潇水、湘江，都在今湖南境内。此处代指楚地。

〔4〕十二楼：原指神仙居所，此指女子住所。

【赏析】

这首诗写闺怨不着一个"怨"字，只说清秋的深夜，女子凄凉独居、寂寞难眠，以此来表现她深深的幽怨。蘅塘退士批注云："通首布景，只'梦不成'三字露怨意。"女子把所有的希望寄托在梦上，如今梦亦成空。更可悲的是"梦不成"之后的所感、所见、所闻，无不触目惊心。诗中虽无"怨"字，但怨意油然而生。

长空澄碧，月光似水，偶有几缕云絮从空中轻轻掠过，幽怨之情显得更加悠远。"雁声远过"，牵引思绪，暗示女子所思之人在遥远的楚地。此时，团圆的明月无情地勾起团圆的期望，她的孤寂、幽怨仿佛全都融化在这似水的月光中了。冰簟、银床、秋夜、碧空、明月、轻云、南雁、潇湘以及笼罩在月光下的玉楼，这一切组成了一幅寂寥、哀伤的画卷。

赠知音

翠羽花冠碧树鸡，未明先上短墙啼。
窗前谢女[1]青蛾敛[2]，门外萧郎白马嘶。
星汉渐移庭竹影，露珠犹缀野花迷[3]。
景阳宫里钟初动[4]，不语垂鞭过柳堤。

【注释】

〔1〕谢女：泛指女子。

〔2〕青蛾敛：愁眉不展。

〔3〕"星汉"二句：一本作"残曙微星当户没，淡烟斜月照楼低"。

〔4〕景阳宫：南北朝时南齐的宫殿，上有钟，宫女每日早晨听景阳楼钟声而起床。一本作"上阳宫"。

【赏析】

此诗写离别之情，描写细腻，情态婉约，跳跃多姿，已近词境，与柳永词《采莲令·月华收》意境相似，可对照欣赏。

首联侵晓别离之意。鸡鸣已闻，离别在即，故女子愁眉不展。门外白马啸嘶，情郎欲留不得。斜月微星，竹影迟迟；野花含露，泪眼迷离，黯然魂销之意自在言外。末联写自己走后，忽听钟声遥响，晨光熹微，心绪郁郁，垂鞭信马而行，唯见杨柳披拂长堤，而画楼人已渐行渐远矣。

《赠知音》在古代常被视为淫亵之作而遭到鄙视。可见古人与今人对"淫亵"一词的定义有多么不同。此诗在今人看来，不仅没有任何不堪入目、难以启齿的描写，而且把一对清晨离别的男女写得柔情款款、爱意绵绵，颇似一对令人艳美的鸳鸯侣，哪有半点"淫亵"？

新添声杨柳枝词（二首选一）

井底点灯深烛伊，共郎长行〔1〕莫围棋。
玲珑骰子安红豆〔2〕，入骨相思知不知？

【注释】

〔1〕长行：古博戏名。唐李肇《国史补》："今之博戏，有长行最盛，其具有局有子，子有黄黑各十五，掷采之骰有二。"此处比作游子的"长行"，隐喻"长别"。

〔2〕"玲珑"句：掷采的骰子刻有红点，诗人以红豆喻之，贴切形象。

【赏析】

诗多用民歌传统的谐声和比喻手法，如"深烛"谐"深嘱"、"围棋"谐"违期"，以喻女子与郎告别时，再三叮嘱勿过期不归。红豆即相思子，古人常用以象征爱情或相思。王维《相思》诗云："红豆生南国，春来发几枝？愿君多采撷，此物最相思。"诗人用骰子上镶嵌的鲜红浑圆的红点（红豆），比喻女子的入骨相思，既形象又新颖。在章法上，与前"深嘱"和"莫违期"呼应。而因情郎"违期"未归，女子"入骨相思"，最后以"知不知"设问，轻轻将全诗兜住，收得自然，余味不尽。其设想新奇，别开生面，在爱情诗中，使人耳目一新。

陈　陶

陈陶（约812—885年），字嵩伯，剑浦（今福建南平）人，一说鄱阳人。自号三教布衣。早年游学长安，善天文历象，尤工诗。举进士不第，遂恣游名山。唐宣宗大中时，隐居南昌西山，后不知所终。有诗十卷，已散佚，后人辑有《陈嵩伯诗集》一卷。

国学经典精神家园丛书

陇西行（四首选一）

誓扫匈奴不顾身，五千貂锦[1]丧胡尘。
可怜无定河[2]边骨，犹是春闺梦里人。

【注释】

〔1〕貂锦：唐时军士衣帽曰貂帽锦衣。

〔2〕无定河：发源于陕北白于山，流经毛乌素沙漠南缘，在陕西清涧入黄河。唐以前称奢延河、夏水、朔方水。唐代时因水势汹涌、卷石含沙、河床无定，故名。

【赏析】

首二句讲述了一个慷慨悲壮的战斗场面。冠貂衣锦的战士死了五千多，战斗之惨烈可想而知。接着作者笔锋一转，以"无定河边骨"和"春闺梦里人"做对比，写家中妻子思念战场上的丈夫，但山关阻隔，路途遥远，妻子对前方的战事一无所知，不知道梦中的丈夫已成无定河边的白骨。相思已苦，亲人已亡尚浑然不知，仍然盼望他归来，这才是真正的悲剧。

李商隐

李商隐（813—858年），字义山，号玉溪生、樊南生。原籍怀州河内（今河南沁阳市），祖辈迁荥阳（今属河南）。开元进士，曾任县尉、秘书郎、东川节度使判官等职。因处于牛李党争的夹缝中，终生不得志。其诗艺术价值很高，和杜牧合称"小李杜"，与温庭筠合称"温李"。他是无题诗的首创者，在艺术上形成了独特的风格。其诗构思新奇，风格浓丽，尤其是一些爱情诗，写得缠绵悱恻，情致婉曲，一直被后世传诵和赞赏。在创作方法上，大量运用比兴寄托手法，或借古讽今，或托物喻人，或言情寄慨，寓意空灵，索解无端，但又余味无穷。诗歌流传下来的约六百首，有《李义山诗集》。

锦 瑟

锦瑟无端五十弦[1]，一弦一柱思华年。
庄生晓梦迷蝴蝶[2]，望帝春心托杜鹃[3]。
沧海月明珠有泪[4]，蓝田日暖玉生烟[5]。
此情可待成追忆，只是当时已惘然。

【注释】

〔1〕"锦瑟"句：典出《汉书·郊祀志上》："秦帝使素女鼓五十弦瑟，悲，帝禁不止，故破其瑟为二十五弦。"无端：犹何故。怨怪之词。

〔2〕"庄生"句：典出《庄子·齐物论》："庄周梦为蝴蝶，栩栩然蝴蝶也；自喻适志与！不知周也。俄然觉，则蘧蘧然周也。不知周之梦为蝴蝶与，蝴蝶之梦为周与？"

〔3〕"望帝"句：见李白《蜀道难》注。

〔4〕"沧海"句：西晋张华《博物志》云："南海外有鲛人，水居如鱼，不废绩织，其眼泣则能出珠。"又东汉郭宪《别国洞冥记》："味勒国在日南，其人乘象入海底取宝，宿于鲛人之宫，得泪珠，则鲛人所泣之珠也，亦曰泣珠。"

〔5〕"蓝田"句：《元和郡县志》："关内道京兆府蓝田县：蓝田山，一名玉山，在县东二十八里。"

【赏析】

这首诗是李商隐的代表作，最享盛名，然而它又是最不易讲解的一首难诗。它虽以"锦瑟"为题，但只是截取开头两个字而已，并非咏瑟之作，实际上相当于一首无题诗。有关它的主旨，历来众说纷纭，有诗集总序说、爱情说、悼亡说、自伤身世说、政治寓意说、咏物说等十几种，自宋元以来，一直争论不休。

首联"锦瑟无端五十弦，一弦一柱思华年"用的是民歌的起兴手法。诗人用瑟起兴不是无因的，瑟这种乐器本可以演奏各种情调的乐曲，但诗人们往往喜欢把它跟哀怨的情调联在一起，如"何时诏此金钱会，暂醉佳人锦瑟旁"（杜甫《曲江对酒》），"瑶瑟凝尘清怨绝，可怜无女耀高丘"（鲁迅《悼丁君》）。这首诗虽未指出锦瑟所奏的曲名，但诗人既由此而思及"华年"，它的情调也就可想而知了。读这两句还应注意，诗人没有指出弹奏者是谁，如果不是佳人而恰恰是诗人自己呢，那就更能引人遐想了，这就造成了一种迷惘的意境。

颔联"庄生晓梦迷蝴蝶，望帝春心托杜鹃"紧承上文"思华年"一语，写诗人回忆中的感受。用庄周梦蝶的典故，似乎是表达昔日的理想和情思是那样美好，在回忆中又是如此真切，的确使人迷恋，致使诗人觉得它才是真实的存在，而眼下的困顿状况只不过是一场梦。但又可以反过来理解：如果眼下的困顿状况是真，则昔日美好的理想和情思岂不成了虚幻的梦？这真是"不知周之梦为蝴蝶与，蝴蝶之梦为周与"。诗人已经完全陷入一种迷惘的境界之中了。再用望帝魂化杜鹃事，则似乎表明了诗人对"华年"的一往情深，即无论是梦是真，他都不会让自己的"春心"（也就是他的美好理想和情思）自生自灭，即使他死去，也要像望帝那样借杜鹃的啼声唱出自己的悲哀。这两句各用一事，而衔接得如此自然，如出一意，也反映了诗人用典的工巧。

　　以上两联是"起"和"承"，下面的颈联该是"转"了——这是历来诗家在律诗创作上极为重视的一联，最能见出作者的功力，也最不易写好。

　　在颔联里，诗人用诗人用"庄周梦蝶""望帝春心"两个典故似乎已将他的"华年之思"说得差不多了，往下确实难以为继，孰料诗人在颈联中说："沧海月明珠有泪，蓝田日暖玉生烟。"又向读者展示了这两幅美好的画面，真可谓奇峰突起。前一幅以深青色的大海和天上的一轮明月为背景，塑造了鲛人泣泪成珠的形象。这是从民间传说中演化出来的，但又有作者的创造。"珠有泪"者，珠光、泪光融成一片，难以分清之谓也，它使人怅惘而又联想无穷。试想，鲛人在痛苦中哭泣，其泪却化为人们喜爱的珍珠，其中有多少情味可供读者品尝？至于这泪究竟是影射美人之泪还是作者本人之泪，大可不必去管，反正这意境是够美的了。后一幅以蓝田秀丽的群山和温暖的阳光为背景，塑造了"玉生烟"的形象。玉沉埋在地下，不为人所见，但它那温润的精气却能透过泥土，烟雾般升腾在空中，为山增辉。这个想象来源于古老的说法（晋陆机《文赋》里"石韫玉而山辉"一句也来自这个说法）。但诗人引用这个说法的意义非同寻常：从玉被掩埋这一面来说，那是很可悲的；从"生烟"这一面来说，却又使人感到欣慰，其中的况味也真是一言难尽。这两幅画面尽管色调不同，但在表达作者怅惘、悲伤之情上是完全一致的。

　　尾联"此情可待成追忆，只是当时已惘然"收束全篇，明白提出"此情"二字，与开端的"华年"相呼应。这两句是说如此情怀，岂待今朝回忆才感到无穷叹恨，就是在当时早已是令人不胜怅惘了。联系诗人一生志不得伸，始终在被排挤、被冷落中挣扎的情况来看，多少大志与理想早已化为泡影，全诗的感伤情调还是不难理解的。

　　李商隐的部分诗虽然含蓄隐晦，很难解读，但是并不影响他的诗作的艺术魅力以及他在文学史上的地位。他的诗构思新颖，想象神奇，词句精辟，形象鲜明，具有强烈的艺术感染力。这些特点在本诗中也有显著体现。比如由锦瑟的弦柱联想到华年，由华年而联想到庄周梦蝶、望帝啼鹃的典故，联想到明珠盈泪、蓝田美玉的传说，使本诗的内涵极为丰富；而这些美好的事物在诗中却与"迷"、"托"、"有泪"、"生烟"联系在一起，又变作那么迷离，那么朦胧，美好的理想终成泡影，其中感伤的情调油然而出，真是一弦一柱都有情，"弦弦掩抑声声思"，这就是本诗的魅力所在。

【名家评点】

望帝春心托杜鹃，佳人锦瑟怨华年。诗家总爱西昆好，独恨无人作郑笺。

——［金］元好问《论诗绝句》

流 莺

流莺飘荡复参差[1]，度陌临流不自持[2]。
巧啭岂能无本意，良辰未必有佳期。
风朝露夜阴晴里，万户千门开闭时。
曾苦伤春不忍听，凤城何处有花枝[3]？

【注释】

〔1〕参差：不齐错乱貌，比喻流莺飘飞，彷徨无依。

〔2〕不自持：不能自主把持。

〔3〕"曾苦"二句：凤城，指京城长安。冯注引赵次公注杜诗："弄玉吹箫，凤降其城，因号丹凤城。其后曰京师之盛曰凤城。"这二句言凤城虽有花枝，而流莺难以借寓，故有伤春之苦吟，而令人不忍卒听。

【赏析】

如果说《锦瑟》是李商隐用至美至幻的诗的语言，对自己一生的心灵历程所做的总结性的观照和审视的话，那么《流莺》则是他托物寓怀、借莺言己，用感伤无比、悲苦难言而又深情绵邈的艺术手法，对自己悲剧性的身世所做的高度概括。

诗人开宗明义，一落墨就把一只漂流不定、无所依从的流莺的形象展示在了我们眼前。"复"字说明它漂泊无依的情态绝非偶然，而是已经有好久了。它仿佛是在寻求什么、期待什么，否则为什么要如此久久地飘荡徘徊呢？诗人在给我们描述了流莺的外在情状后，接着从更深的层面说明流莺的不幸：它曾飞过无数田野和江河，可从未停息过，因为它仿佛被某种无形的力量主宰着，自己无法把握自己的命运。"度陌临流不自持"是诗人对自己终生沉浮无主、颠沛流离的生动概括。

自己虽有不世之才，却知音难遇；良辰美景固然所在多有，却似乎永远与自己无缘。这就是诗人在颔联中对自己命运的悲叹。然而，世无知音、佳期无缘的流莺并没有向命运屈服，无论是在凄风飘寒的清晨，还是霜露满天的夜晚；不管是在阴晴无定的日子里，还是在京城中"万户千门"开闭的时候，流莺从未停止过它的歌唱。

末联诗人笔锋一转，将自己和流莺合为一体，直抒内心的愤懑：自己曾为伤春所苦，有如流莺似的凄婉哀鸣，已经不忍心再听了。可是，京城之大，哪里有我的容身之处呢？诗人借"不忍听"流莺之哀鸣，以啼血般的痛惜，抒发了自己的伤春之情。

对于此诗，研究李商隐的专家冯浩在《玉谿生诗笺注》中说："通体悽惋，点点杜鹃血泪矣。"另一位专家张采田在《玉谿生诗辨正》中说："此种含思宛转，独绝古今之佳篇，自来无人敢议；惟盲目者方不能领其妙耳。"

无　题

相见时难别亦难，东风无力百花残。
春蚕到死丝方尽，蜡炬成灰泪始干。
晓镜但愁云鬓改，夜吟应觉月光寒。
蓬山此去无多路，青鸟殷勤为探看[1]。

【注释】

〔1〕"蓬山"二句：意谓想去探望你，虽说相距不远，然而有如要去仙山蓬莱一样，可望而不可即，因此只能寄希望于青鸟那样的信使殷勤往返了。蓬山：蓬莱、方丈、瀛洲三神山简称。《山海经》云："其上有仙人宫室，皆以金玉为之。鸟兽尽白，望之如云。"青鸟：传说中西王母信使，专司为她传递音讯。典出《山海经·大荒西经》。

【赏析】

此诗的本事我们今天已无从知晓，但其中所表现的情感脉络却不难把握。诗人感慨与情人相见之不易以及离别之悲苦，表白自己的爱至死不变。此诗字字句句，表现的都是恋爱中人常有的心理活动，只不过表现手法比较委婉含蓄罢了。

首联用东风对百花凋残的无可奈何，来比喻对于爱情难谐的无可奈何。两个"难"字，透露出这一爱情大概不合礼法。颔联用"春蚕"和"蜡炬"比喻诗人对爱情的至死不渝。第五句用照镜时黑发变白，暗示对时光在离别中白白流逝的惋惜和担忧。第六句用夜吟时感到月光寒冷，暗示情人不在身边的孤独。尾联则借用一个神话传说，来表达期盼互通音信的愿望。总而言之，通篇没有一句直截了当的表述，全是委婉含蓄的暗示。在对爱情这种人类情感中最为热烈的感情的表达方式上，西方诗人往往爱用奔放赤裸的方式即"绝对的措辞"来表达，而中国诗人用的却是委婉含蓄、缠绵多致的修辞手法。古典爱情诗的这种艺术表现方式，与其说是由于爱情的隐秘性，不可公开性，毋宁说是由于古代诗人对于爱情的独特认识。他们认为，爱欲是一种非常微妙而美好的情感，若用直露坦陈的言语表述，则是对这种情感的亵渎；同时他们认为，世俗的语言不足以表现这样的感情，所以他们才要借助各种意象，把情爱与种种美妙的自然景象联系在一起，从而使之获得更为广阔深邃、动人心弦的审美效应。

这首朦胧深情的爱情诗就是这样，作者巧用谐音双关、象征等手法，使之成了传诵不衰的爱情名篇。

【名家评点】

李商隐爱情诗的意象无论有多少微妙的用典的暗示，无论格律多么复杂多变，也无论历代注家怎样说法不一，却自有它强大而不会受伤害的生命力，产生于深深触动我们的一种主题。……它有时在英译文里几乎像在中文原诗里那样热烈动人。

——A.C.格雷厄姆《中国诗的翻译》

无 题

昨夜星辰昨夜风，画楼西畔桂堂[1]东。
身无彩凤双飞翼，心有灵犀一点通[2]。
隔座送钩[3]春酒暖，分曹[4]射覆[5]蜡灯红。
嗟余听鼓应官去，走马兰台类转蓬[6]。

【注释】

〔1〕画楼、桂堂：都是比喻富贵人家的屋舍。

〔2〕灵犀：旧说犀牛有神异，角中有白纹，如线贯通。

〔3〕送钩：也称藏钩。古代腊日的一种游戏，分二组以较胜负。把钩互相传送后，藏于一人手中，猜不中者罚酒。

〔4〕分曹：分组。

〔5〕射覆：在器皿下放东西让人猜。与传钩同，以猜中与否决定是否罚酒。

〔6〕"嗟余"二句：鼓：指更鼓。应官：犹上班。兰台：即秘书省，掌管图书秘籍。李商隐曾任秘书省正字。这二句从字面看，是参加宴会后，随即骑马去兰台值班，类似蓬草之飞转，亦隐自伤飘零意。

【赏析】

首联由今宵之美景引出对昨夜欢聚的追忆。这是一个美好的春夜，夜幕低垂，星光闪烁，清风徐来，到处弥漫着温馨的气息——这一切都似乎和昨夜相仿佛，然而"昨夜"在"画楼西畔桂堂东"相见的情景已经成为令人心醉的回忆。在这美妙的时刻、旖旎的环境中发生了什么故事，诗人只是独自在心中回味，我们却不由自主为诗中展示的风情所打动。

颔联写今日的相思。"身无彩凤双飞翼"写怀念之切、相思之苦：恨自己没有彩凤般的双翼，可以自由地飞到爱人身边。"心有灵犀一点通"写相知之深：彼此的心像灵异的犀角一样，息息相通。这一联正是诗人命意要点之所在：相爱的双方虽被门庭和礼教所阻隔，但他们心心相印、契合无间，愈阻隔愈珍贵、愈殷切。

颈联写宴会气氛之热烈。这应该是诗人与恋人都曾参加过的一个聚会。宴席上，人们隔座送钩、分组射覆，觥筹交错，灯红酒暖，昨日的欢声笑语，依稀还在耳畔回响。今天，这样的欢宴或许还在那里继续吧，可惜这一切都已与我无缘。他人的欢闹越发衬托出诗人的寂寥和凄凉。

终宵思念中，不知不觉，晨钟鸣响，朝班时间已到。"走马兰台"，有如蓬草飘转不定。这一结尾，将情爱的被阻与身世的漂泊结合在一起，时空之转换完全取决于心绪之变化。

李商隐以他独创的《无题》诗，将西方称为意识流的艺术手法已经应用到如此炉火纯青的地步，难怪拘泥于传统解诗法的评论家不知如何是好了。

无 题

来是空言去绝踪，月斜楼上五更钟。
梦为远别啼难唤，书被催成墨未浓[1]。
蜡照半笼金翡翠，麝薰微度绣芙蓉[2]。
刘郎[3]已恨蓬山[4]远，更隔蓬山一万重。

【注释】

〔1〕"书被"句：因梦醒之后，急着写信，墨还没有磨浓就写好了。

〔2〕"蜡照"二句：意思是说好梦醒来，残烛的光焰照在用金丝绣的翡翠鸟的锦被上，绣着芙蓉的罗帐似乎还有麝香飘进来，梦中人仿佛刚刚离他而去。

〔3〕刘郎：即阮郎。见元稹《古艳诗》注。

〔4〕蓬山：见前《无题·相见时难别亦难》注。

【赏析】

明清以来，解读李商隐诗歌的人日渐多起来了，尽管解读者人人使出浑身解数，可惜终归还是婆说公说，越说越让读者一头雾水。仅以此诗为例，至今连诗中主人公是男是女都没有一个统一的意见。我们知道，李商隐笃信佛教，通晓佛法，他用佛理统摄诗的意境，这就使他的诗充盈着一种亦空亦有、非空非有的灵性。因此，不懂佛法，就不可能成为李商隐诗歌的合格解读者。在这首七律中，我们便可以体会到诗人以佛理观照梦幻和相思的理念。

诗的主人公应当是一个男子，作者说他因思念远隔天涯的爱人，做了一个春梦。作者打破了时空顺序和正常的逻辑关系，将因何做梦、梦境、惊梦和梦醒后的一系列动作和复杂的心理活动熔铸为一个情感的整体，所有细节都被融入情感的有机的意象中，从而使读者享受到一席荡气回肠、朦胧迷幻的精神佳酿。

昔日佳人与他分手时，曾相约不久即可再来欢会，然而承诺竟然成了一句空话，谁知经此一别，竟成永远。诗人落墨就把我们领进一个"空"的意境中来，承诺是空，相会亦空。随后的景象便在这"空"境中展开。晓钟声声，惊破了好梦。这时，唯见斜月悬挂西天，梦中的情人已无影无踪。楼空灯暗，他神情恍惚，依稀还在梦中。慢慢地，他才恍恍惚惚想起似乎有过一个美梦。然而，在梦中他和她就曾因要"远别"而哭泣，醒来后他发现自己仍旧在哭喊，可这一切都已于事无补了。他还记得，梦中欢会时，她曾叮咛他一定要给她写信。于是立刻磨墨铺笺。写什么呢？对她倾诉自己刻骨铭心的相思，还是抱怨她来去匆匆，诉说他梦醒后的失落和忧伤？他自己也不知道。沉吟不决、彷徨犹豫之际，他情不自禁地环顾四下，希望重温绮梦：绣着金丝翡翠鸟图案的被子是他刚才盖过的，还没有来得及收拾，此刻半幅被子还在烛光中闪烁；麝香透过芙蓉帐，如缕如烟地飘浮到罗帐里来。梦中的种种真的有过吗？现实的"有"不但对伊人是否真的来过产生了疑问，反而引起了更加"空"的感觉，也更加证明了眼前的"有"全然是无法把握的相思之"空"变现出来的。

　　然而诗人并没有认为相思真的是空幻不实的，而是把相思提升到了永恒、不灭的天国。当年刘晨重入天台，寻仙不遇，刘郎已恨仙境渺茫；时下的我，距离那仙境更是无量无边的遥远。看来我苦苦相思的伊人是在色界天召唤我，如若想与她会面，在欲界天是决然无望了。结尾两句与首联的"空"境回环圆合，中间两联的绮丽凄美是"空"化为"有"的法尔使然，在艺术构思中巧妙地显现为令人心醉的审美情趣。因此可以说，不但这首诗所具有的艺术魅力将被世代赞赏，诗所传达的"真空妙有"的境界同样是永恒的。

无　题

飒飒东风细雨来，芙蓉塘外有轻雷。
金蟾啮锁烧香入〔1〕，玉虎牵丝汲井回〔2〕。
贾氏窥帘韩掾少〔3〕，宓妃留枕〔4〕魏王才。
春心莫共花争发，一寸相思一寸灰。

【注释】

　　〔1〕"金蟾"句：意谓金蟾形的香炉中升起袅袅香烟。金蟾是一种蛤蟆形的香炉，有一鼻钮可开合。将香料放入点燃，香烟即从四周镂空的花纹里飘散出来。

　　〔2〕"玉虎"句：意谓屋外传来转动辘轳汲水的声音。玉虎是指有玉石装饰的虎形辘轳。

　　〔3〕韩掾少：典出《世说新语·惑溺》，略云，西晋司空贾充有僚属韩寿，充每在家聚会，其女窥见韩寿貌美而爱之，与私通。充有御赐异香，闻见韩寿身有奇香，拷问女儿奴婢，知情后以女妻寿。后世常用此典喻男女偷情。

〔4〕宓妃留枕：传说曹丕的皇后甄妃因慕曹植之才，死后以金缕枕相赠。曹植携枕至洛水，梦甄后，遂作《洛神赋》。甄后因真情不泯，化为洛水女神。宓妃本为传说中的伏羲氏之女，《洛神赋》借以喻甄妃。参见曹植《洛神赋》。

【赏析】

和其他《无题》诗一样，对于这一首的理解，也是众说纷纭。泛览种种说辞，所有的解读者不外乎都要拟定诗是因谁而写，为何事而作？某一句象征、隐喻什么？这样解诗，纯粹是刻舟求剑。

其实这首诗的核心思想诗人已经表达得十分清楚了，那就是"春心莫共花争发，一寸相思一寸灰"。这是李商隐在反省自己一生的遭遇之后，对人生的一种认知。这种认知，说它是对情感生活的领悟也罢，说它是对仕途奔波的体验也罢，都一样。前三联只不过是对这一结论的诗意化的诠释而已。即使没有这些意象，单凭这一句，已经是全人类——不分时代，不分民族——都能感通的，因此也是永恒的。这才是诗歌的最高境界！

诗写一深锁幽闺的女子，因春情勃动，无法遏制，而爱情又无法实现，因此灰心绝望。这是一种人人都可能会有的情感体验。如若坐实了是因某人或某事而为，反倒削弱了诗的内涵和共性。

先看首联。春天的细雨借东风飒飒而来，还伴随着隐隐的雷声。深闺中女子凝神倾听，雷声轻而远，依稀仿佛，像是从芙蓉池塘那边驰来的马车声：莫非是所爱要来与我相聚？她一直痴痴地倾听着，随即又听见屋外辘轳汲水的咿哑声。这时候她的心绪有如那金蟾炉中的香烟一样，在悠悠地细细地飘荡。在这首诗里，诗人从一开始就运用了他自己所特有的修辞手法，有比喻，有暗示，有双关。东风细雨、远方轻雷，都是与情爱有关的来自典故的联想，"芙蓉塘"更是男女相悦欢会的代称；汲井之"丝"与金炉之"香"谐音"相思"，且与后面的韩寿偷香和成灰之香暗相呼应。其次，颔联还有一重象征性的含义：闭锁的炉香既可逸出，深井的清水亦可汲出，深闭于内心的春情萌动，能够禁锢得住吗？这种奇思妙想的艺术构思，就将首联之细雨轻雷，和颈联的两个典故所传达的幽会偷情和至情难遏的意蕴，生气流注地形成了一个有机的美感整体。这在中国古典诗歌史中，实属罕见其匹。

上联的"烧香"自然而然引出了贾氏窥帘、赠香韩寿的故事；"牵丝（思）"又水到渠成地引出了甄后留枕、魏王赋神的艳情。真是妙不可言！然而，顷刻之间，这一切至情至性、至美至妙的灵魂，都荡然无存了！"春心莫共花争发，一寸相思一寸灰"。人生中没有比这更残酷无情，更让人痛不欲生的了。

诗人为我们酿造了如此纯美的意境，我们有了如此令人心醉的审美享受，还需要可怜无补、徒费心神地去追究诗中传达的情感与谁相关、有何寄托吗？由诗人所酿造的美酒，激发读者的灵感，展开想象的翅膀，结合自己对爱情之酸甜苦辣的体会去思索，不是可以得到更多的启迪吗？

无题二首

凤尾香罗〔1〕薄几重，碧文圆顶〔2〕夜深缝。
扇裁月魄羞难掩，车走雷声语未通。
曾是寂寥金烬暗〔3〕，断无消息石榴红。
斑骓只系垂杨岸，何处西南待好风〔4〕。

重帏深下莫愁堂，卧后清宵细细长〔5〕。
神女生涯原是梦，小姑居处本无郎〔6〕。
风波不信菱枝弱，月露谁教桂叶香？
直道相思了无益，未妨惆怅是清狂〔7〕。

【注释】

　　〔1〕凤尾香罗：织有凤凰花纹的轻薄绮罗。

　　〔2〕碧文圆顶：绣着青碧花纹的圆顶罗帐。

　　〔3〕金烬暗：灯光暗淡。烬是蜡烛燃烧后的残存物。

　　〔4〕"斑骓"二句：意谓所思之人此时正将马系在垂杨岸边，希望能有好风，吹他到我身边来。斑骓：暗用乐府《神弦歌·明下童曲》"陆郎乘斑骓……望门不欲归"句意。

　　〔5〕"重帏"二句：独处深闺的女子在静寂清冷的深夜里，思情悠悠，倍感黑夜之漫长。

　　〔6〕"神女"二句：大意是说，巫山神女的追求，只不过是一场春梦而已；自己只能像青溪小姑那样，命里注定终身无伴，独处无郎。神女生涯：参见孟郊《巫山曲》诗。小姑：即清溪小姑。参见《古诗三百首》南朝民歌《青溪小姑曲》。

　　〔7〕"未妨"句：意思是说，不妨把惆怅失意当作清高，孤芳自赏，聊以自慰吧！

【赏析】

　　李商隐的七律无题，艺术境界最美妙，个性风格最独特，在晚唐诗坛独领风骚，无人企及。这两首无题虽然也是写青年女子因爱情失意而幽怨，相思无望而苦闷，又都采取女主人公深夜追思往事的方式，但不像其他无题诗那样，容易引发是否有所寄托的猜测。这两首诗，完全可以确定纯然是爱情诗。女主人公就是抒情主体，她的内心独白就是诗人创作冲动的意趣之所在。

　　第一首写女子长夜无眠，孤苦难耐，可是还要精心缝制罗帐。她的全部动作，表明她在一边缝纫，一边回忆往事，同时期待着什么。领联写的是回忆的具体事：与意中人的邂逅——"扇裁月魄羞难掩，车走雷声语未通。"他驱车而过，自己用团扇遮住羞红的颜面，居然没有来得及说一句话。为何要羞涩？因为他们曾经有过一次难忘的相会。可是作者在这里省略了许多情节，譬如他们是如何结识，如何相爱的，等等。

　　自从那次见面后，对方便"断无消息"了。黯淡烛光曾伴她度过无数寂寥之夜，时下又到石榴花红的季节。留给她的依然是期待！他也许和自己相隔并不遥远吧，也许此刻正在东边的什么地方系马垂杨岸呢？多么希望能有一阵好风啊！可是去哪寻求这把他吹送到自己身边的"好风"呢？

　　第二首写这女子醒后品梦。诗人从她所处的环境处落墨：罗帷深垂，夜深人静，独处幽室的她自伤身世，辗转不眠，倍感清夜之漫长。领联是她对自己追求真爱的结论：在情感生活方面，自己尽管也像巫山神女那样，有过梦想，但到头来不过是一场春梦而已；青溪小姑的命运才是自己的归宿。"原""本"二字颇有深意。

　　颈联从对爱情的回忆转到对身世的感伤：自己好像是一根柔弱的菱枝，却偏遭风波的吹打、摧折；又像芬芳美丽的桂叶，却无夜露滋润，不能使之飘香。"风波"句暗示她曾经受到过恶意伤害；"月露"句表示她渴望得到真爱的滋润。这样的表白既沉痛，且感人，让人不禁一洒同情之泪。

　　结联正话反说。孤苦、伤痛、迷惘、渴望，种种复杂的情感一齐涌上心头，这种几近无法承受的心理压力，终于迫使她喊出了几近绝望的心声："直道相思了无益，未妨惆怅是清狂！"这意思是说，既然相思了无益处，那我不妨就把惆怅失意当作清高，孤芳自赏，聊以自慰吧！可是我们透过这声痛彻心脾的呼喊，看到的依然是女主人公对真正爱情至死不渝地追求。

　　这样一首芬芳馥郁的好诗，索隐派的诗评家们非要说作者有所寄托，寄托的对象似乎是幕主东川观察史柳仲郢。诗中本来没有丝毫与"柳"有关的信息，可他们说，古诗常将杨柳连用，"垂杨岸"三字中就有"寓柳姓"的意思，从而把这两首诗说成是诗人"将赴东川，往别令狐（绹），留宿，而有悲歌之作"。按照接受美学的观点，同样一件艺术作品，甲领会到的意趣，乙会感莫名其妙。所以怎样理解，完全是读者自己的事。可是，如此解诗，还有何艺术享受可言！

重过圣女祠[1]

白石岩扉碧藓滋，上清[2]沦谪得归迟。
一春梦雨[3]常飘瓦，尽日灵风不满旗[4]。
萼绿华[5]来无定所，杜兰香[6]去未移时。
玉郎[7]会此通仙籍，忆向天阶问紫芝[8]。

【注释】

〔1〕圣女祠：《水经·漾水注》，"武都秦冈山，悬崖之侧，列壁之上，有神像，若图指状妇人之容，其形上赤下白，世名之曰'圣女神'。"武都，在今甘肃省陇南市武都区，是唐代由陕西到西川的要道。开成二年（837年）冬，商隐自兴元回长安时途经此地，作《圣女祠》诗。据张采田《笺》，大中十年（856年），商隐随柳仲郢自梓州还朝，再经此地，故题"重过"。

〔2〕上清：道教传说中仙家的最高天界。沦谪得归迟：谓神仙被贬谪人间，迟迟未归。比喻自己多年蹉跎于下僚。

〔3〕梦雨：王若虚《滹南诗话》，"盖雨之至细若有若无者谓之梦。"

〔4〕不满旗：谓神灵之风轻吹，没有把旗吹展。

〔5〕萼绿华：仙女名。见陶弘景《真诰·运象》，略云：萼绿华者，南山人。女子年可二十，容颜绝色。夜降羊权家，赠诗一篇及金玉手镯。自云姓杨，是九疑山得道女仙。

〔6〕杜兰香：仙女名。《晋书·曹毗传》《搜神记》等均有记载，文字互异。略云：杜兰香自云家昔在青草湖，风溺，大小尽没。香年三岁，西王母接而养之于昆仑山，于今千岁矣。

〔7〕玉郎：神仙名。道家典籍言，三清九宫有御史、玉郎诸小辈，官位甚多。

〔8〕紫芝：《茅君内传》，"句曲山有神芝五种，其三色紫，形如葵叶，光明洞彻，服之拜为龙虎仙君。"

【赏析】

这是一首类似无题的有题诗。意境扑朔迷离，诗旨或有寄托。诗作于随剑南、东川观察史柳仲郢自梓州还朝，途经武都秦冈山圣女祠。当时诗人以府僚的身份居蜀六年，因此以被"上清沦谪"的"圣女"自况，亦不为过。况且柳奉调将为吏部侍郎，执掌官吏铨选，犹如"通仙籍"的"玉郎"，希望他能向朝廷举荐任职朝中，也颇合情理。不过，在此之前，诗人就曾写过二首《圣女祠》，一为五言，一为七绝。二首皆为情诗，纪晓岚曾斥之"佻薄"，"有伤大雅"。《圣女祠》七绝云："松篁台殿蕙香帏，龙护瑶窗凤掩扉。无质易迷三里雾，不寒长著五铢衣。人间定有崔罗什，天上应无刘武威。寄问钗头双白燕，每朝珠馆几时归？"

不论歌咏圣女的这三首诗有无寄托，它们都首先是成功的爱情诗。作者在心中酝酿诗句的意旨时，上述的那些期望，以及自己的际遇，自觉不自觉地会在心间萦回。然而当我们把这首诗当作情诗来欣赏时，所享受到的审美情趣会更加清纯。

当作情诗欣赏，诗人歌咏的对象自然是道观中的女道士了。我们知道，李商隐和女道士多有交往，在他所有与女道士有关的诗作中，他总是把她们作为"仙女"加以赞美的。这一首也一样。

古代关于天上神女谪降人间的传说很多，诗人由眼前这座幽寂的圣女祠也势必会产生类似的联想——圣女祠前的白石门扉旁长满苔藓，这位从上清洞府谪降的圣女沦落凡尘，迟迟未能回归天上。如丝春雨飘洒在屋瓦上，如梦似幻；习习灵风，吹拂神旗，未能使它高扬。诗人所看到的，自然只是一段时间内的景象。这一联极富神韵，梦一般的细雨，又给人以高唐神女朝云暮雨的暗示。

萼绿华和杜兰香两位仙女的出场，更加衬托了"圣女"飘逸绝伦的形象。一"来"一"去"，若即若离，飘忽无定，平添神秘迷离之况。两位仙女的传说，与诗旨其实并没有太多的必然联系，让她们出场，完全是为加强神秘而绮丽的气氛。再说这两个美丽的人名的运用，无意间增添了诗的意象美。

诗的结尾透露了诗人潜意识中的真实想法："玉郎"我既然是"仙籍"有名之人，今天又有幸与你相会，你如若再去天界时，请你问问三清教主，我何时才能回归上清，脱离尘世？得成正果，这越到晚年，越成了李商隐的渴望，否则他也不会佛道皆修了。如果说这首诗隐含着自伤身世的话，那么解脱红尘的烦恼自然而然会成为他发自内心的希求。与女道士的密切交往，我们不妨视之为情感的需求，也是诗人希望远离尘劳的媒介。

春　雨

怅卧新春白袷衣〔1〕，白门〔2〕寥落意多违。
红楼隔雨相望冷，珠箔〔3〕飘灯独自归。
远路应悲春晼晚〔4〕，残宵犹得梦依稀。
玉珰缄札〔5〕何由达？万里云罗一雁飞〔6〕。

【注释】

〔1〕白袷衣：白布夹衫。

〔2〕白门：男女欢会之所。

〔3〕珠箔：珠帘。

〔4〕春晼晚：春天日晚时分。晼：太阳偏西，日将晚。

〔5〕玉珰缄札：以玉珰作为凭证的书信。

〔6〕万里云罗：比喻天云犹如罗网状。

【赏析】

　　这是一篇怀人之作。诗写在新春里的一天，他身着白衫，和衣而卧，怅然若失地回忆着寻访情人的经过：那是一个春雨绵绵、飘洒如丝的夜晚，他去他们曾经欢会的地方，然而门庭冷落，不见对方踪影。伫立雨中，眺望对方住过的红楼；昔日那里是那么温馨可意，今日却是如此凄冷。他在楼前呆望了多久，自己也不知道。直到他发现四周暗了下来，细雨从亮着灯光的窗口飘过，恍若一挂珠帘，这才恍恍惚惚独自走了回来。

　　颈联是说，路远日暮，即使千里迢迢去相会，只怕也来不及了。只好在梦中一见了。这就与首句形成呼应，点明了他所以"怅卧"的原因。

　　强烈的思念，深深的失落，促使他写了一封信，而且附上一件信物："玉珰"。可是路遥阻重，纵有信使，又如何送达呢？于是他幻想着能有"一雁"，能懂得他心中的苦痛，顷刻之间飞抵她的身边，把他的情书送到她的手里。

　　诗人的这首情诗，用优美奇幻的语言，通过自然景象如春雨、红楼、灯光等，与万里云天融成一个迷茫凄美的艺术有机体，同时贯注着真挚婉曲的动人情感，读之令人久久难忘。

蝉

本以高难饱，徒劳恨费声。
五更疏欲断，一树碧无情。
薄宦梗犹泛，故园芜已平。
烦君最相警〔1〕，我亦举家清。

【注释】

〔1〕"烦君"句：意思是说，有劳你给我的谆谆警示，我和你一样，虽然举家清贫，但不会丧失气节，屈从流俗的。

【赏析】

我相信，作为咏物诗，没有比玉溪生和骆宾王的同题《咏蝉》更好的了。清人誉之为"咏物最上乘"。诗中的蝉，就是诗人自己；自己就是那"本以高难饱，徒劳恨费声"的蝉。这很有点像庄周梦蝶："不知周之梦为蝴蝶欤？蝴蝶之梦为周欤？"

蝉在树上，日夜嘶鸣，这本来是再自然不过的现象，诗人却把它拟人化，说它因处高枝，终日饥寒，由"难饱"而"费声"，且鸣叫声中还带有"恨"。如此一来，诗人与蝉就有了一种同病相怜的同体之悲；诗人处世清高，生活清贫，仕途淹蹇，终生漂泊，还要苦吟歌咏，屡屡向有势力者陈情，然而终归徒劳——这与蝉不是一般无二吗？

蝉苦吟到天亮时，声音疏疏落落，快要断绝了；然而树叶还是那么碧绿，显得那么冷漠无情。接下来抛开咏蝉，转到自身。"薄宦梗犹泛，故园芜已平"——作者数次易地入幕，官职卑微，所以说是"薄宦"；辗转各地，犹如大水中的木偶，漂流无定，家乡的田园也荒芜了，这使他思归之情更加迫切。"薄宦"同"高难饱""恨费声"联系，小官微禄，所以难饱费声。经过这一转折，咏蝉的旨趣一目了然。

末联"君""我"对举，首尾呼应圆合，使咏物和抒情融洽无间。"烦君最相警"一句，诗人将蝉视为知己，对它不厌其烦地以哀怨的鸣叫来警示自己心存感念，表示我会和你一样，将甘于清苦，固守节操的。结尾二句，使这首诗的境界陡然升华。虽然有过因"难饱"而"费声"，因"树碧"而怨恨，因"薄宦"而漂泊，但人格不能扭曲，本性不能迷失。这样理解，才是对这首咏物诗的正确解读。

国学经典精神家园丛书

【名家评点】

　　蝉饥而哀鸣，树则漠然无动，油然自绿也（油然自绿是对"碧"字的很好说明）。树无情而人（"我"）有情，遂起同感。蝉栖树上，却却置（犹淡忘）之；蝉鸣非为"我"发，"我"却谓其"相警"，是蝉于我亦"无情"，而我与之为有情也。错综细腻。

——钱钟书《谈艺录》

安定^{〔1〕}城楼

　　迢递高城百尺楼，绿杨枝外尽汀洲^{〔2〕}。
　　贾生^{〔3〕}年少虚垂泪，王粲^{〔4〕}春来更远游。
　　永忆江湖归白发，欲回天地入扁舟^{〔5〕}。
　　不知腐鼠成滋味，猜意鹓雏竟未休^{〔6〕}！

【注释】

　　〔1〕安定：即泾州（今甘肃泾川县北）。唐泾原节度使治所。唐之泾原为隋之安定郡，故诗依习称为"安定城楼"。

　　〔2〕汀洲：汀指水边之地，洲是水中之洲渚。此句写登楼所见。

　　〔3〕贾生：指西汉文帝时文人贾谊。据《史记·贾生传》载，贾生年少博学，数上书陈事，不被采纳。后呕血而亡，年仅三十三岁。

　　〔4〕王粲：参见《古诗三百首》王粲篇。

　　〔5〕"永忆"二句：用春秋时范蠡辅佐越王勾践兴国灭吴、乘舟归隐五湖的典实。事见《史记》《越绝书》等典籍。

　　〔6〕"不知"二句：鹓雏是古代传说中一种形似凤凰的鸟。语出《庄子·秋水》，略云：惠施相梁，怕庄子夺他相位，百般防范，惟恐不周。于是庄子去见惠施，坦率地对他说：鹓雏（庄子自比）非梧桐不止，非竹实不食，非醴泉不饮，从未把鸱鹰（比惠施）的腐鼠（比相位）当美味而羡慕！

【赏析】

　　唐文宗开成三年（838年），李商隐应泾原节度使王茂元邀请，赴其幕，娶其女。诗人时年二十七岁。不巧此前不久，商隐幕主兼恩师令狐楚过世（开成二年末），刚过一年，即有此举，因而大受牛党特别是令狐楚之子令狐绹的非难、排斥，因此试博学宏辞科落选。诗人只好重返泾州岳父家。诗即是他回泾州后登楼感怀而作。

开成三年（838年）前后，实乃多事之秋。就国事而言，"甘露之变"余波未息，牛李党争越演越烈，藩镇割据有增无减；就李商隐自身而言，母丧不久，服孝未满，科考落败，去留无依，如今又阴差阳错地落入党争的漩涡中，里外不是人。然而诗人时当才情方茂，壮志凌云，有此力作，自是题中应有之义。

首联写登楼望远，颇有志在四方之意。以下六句的豪情壮志、无穷感慨均由此生发。颔联先以两位古人贾谊和王粲自比。贾谊献策之日，王粲作赋之年，都和作者一样年轻。贾谊上书给汉文帝的《治安策》，开头有"臣窃惟事势，可为痛哭者一，可为流涕者二，可为长太息者六"之语，故作者有"虚垂涕"之叹；王粲避乱荆州，依刘表，作者赴泾州，入王幕，皆属寄人篱下。颈联借用范蠡助越灭吴，功成身退，潇洒归隐的故事，表明自己也早有归隐江湖之志，只不过得等我尽展平生，回天撼地，旋转乾坤之时，才能白发扁舟，隐逸江湖；眼下时机还不到。这两句诗写得飘洒超脱而又遒劲铿锵。查慎行王安石最赏此联。

末联借庄子寓言表明自己视名利如"腐鼠"，正告他人不要妄加猜测，既与"永忆江湖"相呼应，又辛辣地嘲笑了那些居高位者不过是些嗜"腐鼠"为美味的禄蠹。

这首诗写得较有气势，表现了作者青年时代奋发激扬的精神风貌。诗人善用典故来言志抒怀，曲折尽致，而又铿锵有力，确为商隐诗中之佳作。

【名家评点】

言今日我适在此安定，彼旁之人不知，则必疑我有何所慕而特远来，至何所得方乃舍去？此殊未明我胸前区区之心者也！夫我上高城、倚危墙、窥绿杨、见汀洲，方欲呼风乱流，乘帆竟去。何则？满怀时事，事事可以垂泪；时正春日，日日可以远游。大丈夫眼观百世，志在四方，胡为而曾以安定为意哉！

——［清］金圣叹《金圣叹评点唐诗六百首》

夜雨寄北

君问归期未有期，巴山夜雨涨秋池。
何当共剪西窗烛，却话巴山夜雨时？

【赏析】

开成三年（838年），商隐新婚于王氏，两年后便移家关中。大中元年（847年），依桂管都防御经略使郑亚。自此后数年间，义山流转漂泊，几易幕府。这首诗就是在大中二年宦游巴蜀时写给妻子王氏的。巴山指四川省南江县以北的山脉。全诗虽然只有四句，构思却颇具特色：作者先写自己客居巴蜀，想象妻子望眼欲穿地问他："你哪天归来？"这里作者代妻设问"归期"，然后自己作答："未有期"。以妻之盼归写己之思归。在这客居异乡、秋池涨满的夜晚，对妻子的思念之情倍加强烈。三、四两句虚化想象，作一跳跃，从今日异地思念，跳跃到对将来见面时的设想：共剪窗烛，却话今时——在西窗烛下，向妻子忆谈今夜雨中思亲之情景。这种构思，把现在和未来紧紧联在一起，把强烈的归思和对妻子的深情写得极为感人。家庭温馨的细语，和二人同对昔日的回忆，虽纯属虚拟，却显得十分真切而多情。

诗由实拟虚，又由虚化实，虚实结合，妙合无端，跳跃腾挪，情思委婉，令人回味无穷。历来诗评家对这首诗都赞赏不已，或曰"即景见情，清空微妙，玉溪集中第一流也"；或曰"婉转缠绵，荡漾生姿"。就连对李商隐的所有诗多有雌黄的纪晓岚，也不得不说"此诗含蓄不露，却只似一气说完，故为高唱"。

我想补充几句的是，李商隐的这首诗，第一次流露出难得一见的乐观情调。诗人似乎确信，随着时间的推移，现在的不幸会成为未来的幸福的资粮。类似的心理为人类所共有，大家也许都还记得普希金的那首著名的抒情诗《假如生活欺骗了你》吧："假如生活欺骗了你，不要悲伤，不要性急！阴郁的日子须要镇静，相信吧，那愉快的日子即将来临。心永远憧憬着未来，现在却常是阴沉：一切都是瞬息，一切都会过去，而那过去了的，都会变成亲切的怀恋。"

在这首诗中，我们发现有一种和李商隐《夜雨寄北》所传达的同样的信念：时间将带走不幸，同样也会带来幸福。虽然普希金的诗在各国流传得更广，但要说到艺术造诣，我觉得远不及李商隐矣。

正月崇让宅

密锁重关掩绿苔，廊深阁迥此徘徊。
先知风起月含晕，尚自露寒花未开。
蝙拂帘旌终展转，鼠翻窗网小惊猜。

背灯独共余香语，不觉犹歌起夜来〔1〕。

【注释】

〔1〕起夜来：乐府曲调名，《乐府解题》云，"《起夜来》，其辞意犹念畴昔思君之来也。"此曲调内容大多写妻子对丈夫的思念。

【赏析】

这是诗人悼念亡妻之作。崇让宅是诗人的岳父、径原节度使王茂元在东都洛阳崇让坊的宅邸，诗人和妻子曾在此居住。王氏卒于大中五年（851年）夏秋间，诗作于大中十一年（857年）正月。

岁月蹉跎，物是人非，再回旧宅，触目生悲：偌大府邸，门户上锁，青苔满地，回廊楼阁，阒寂无人，处处显得幽深荒凉；昔日的亲人皆已风流云散，诗人只好独自彷徨。首联极写故园之凄凉、阴森、冷落，皆为下面情景的展开张目。

夜幕降临，寒风乍起，知道今晚定会月晕当空；露寒花敛，庭园了无生气。凄凉的风扑面而来。诗评家说，月晕多风隐喻诗人在妻子临终时已看出不祥之兆；下句暗喻婚后诗人未能让妻子开心一日，内疚中饱含伤悼之情。

下两联转入描述室内：蝙蝠在房间里乱飞，老鼠在窗棂中跳窜，想不到显赫一时的岳丈过世十余年，便荒凉败落到如此地步。此时，诗人或许历历在目地回忆着往事吧？辗转反侧，长夜无眠是必然的了。往事和现实交织成一片，朦胧恍惚中，鼠翻窗网的声音使他产生了错觉，以为是妻子走进屋里来了。"惊猜"令人有点毛发悚然。此时诗人神智已经恍惚，"背灯"是形容诗人转身寻找，他以为妻子就在他的身后；而且他依稀仿佛闻到了亡妻身上的香气，于是竟然跟妻子交谈起来。就在这时候，他又仿佛听见亡妻唱起了《起夜来》的哀歌。

因思念之深而至神志不清，更见出思念之痛，读之令人酸鼻。张采田的《玉溪生年谱会笺》说这首诗"情深一往，读之增伉俪之重，潘黄门（岳）后绝唱也"。

离亭赋得折杨柳二首

暂凭尊酒送无聊，莫损愁眉与细腰。
人世死前唯有别，春风争拟惜长条？

含烟惹雾每依依，万绪千条拂落晖。
为报行人休折尽，半留相送半迎归。

【赏析】

　　古人在驿站分别时，折柳送别，赋诗抒情，是一种由来已久的风俗。此亦为伤离惜别之作。

　　第一首写相爱的双方离别时，彼此皆感难堪，只好借杯酒浇浇无聊，慰离愁。次句劝慰送行者即诗人所爱的女子：离别既然无可挽回，那你就不要愁损自己的黛眉和细腰了吧。三、四两句出语惊人：人生在世，除了死亡，还有比离别更令人肠断心碎的吗？既如此，春风即便有情，又怎能因为爱惜它的枝条而不让离人攀折呢？

　　第二首写法截然不同。前二句写柳枝风姿之美，"含烟惹雾"，如若有怨；轻拂夕阳，依稀有情。既如此，它才会既送行人，又迎归客。杨柳尚且如此，送行的人们怎可忍心把它折光？留下一半，让我们迎接归来的亲人吧！

　　李商隐是位情怀格外敏感的诗人，他作诗如此巧思，实是缘于他对人生的深思和敏悟。非善解人生、巧解人生如义山者，难得有此妙语华章。

　　读懂了这两首诗，李商隐的另一首《柳》也就不难欣赏了，"曾逐东风拂舞筵，乐游春苑断肠天。如何肯到清秋日，已带斜阳又带蝉。"

【名家评点】

　　第一首先是用暗喻的方式教人莫折，然后转到明明白白地说出非折不可，把话说得斩钉截铁，充满悲观情调。但第二首又再来一个大翻腾，认为要折也只能折一半，把话说得宛转缠绵，富有乐观气息。于文为针锋相对，于情为绝处逢生。情之曲折深刻，文之腾挪变化，真使人惊叹。而这种两诗用意一正一反、一悲一乐互相针对的写法，实从赠答体演化而来。

——沈祖棻《唐人七绝诗浅释》

梦 泽[1]

梦泽悲风动白茅[2]，楚王葬尽满城娇。

未知歌舞能多少？ 虚减宫厨为细腰。

【注释】

〔1〕梦泽：楚地有云梦二泽，云泽在江北，梦泽在江南，即今洞庭湖一带。

〔2〕白茅：有秋春二说。此指秋季。又，白茅亦象征女性。典出《诗·召南·野有死麕》："白茅纯束，有女如玉。"

【赏析】

唐宣宗大中二年（848年）秋，李商隐由桂林北返长安，途经梦泽，作有此诗。诗人一改诗风，落笔即写梦泽秋景：湖水苍茫，白茅连天，一片悲凉肃杀之气，于是在脑海里浮现出人们悉知的楚宫多细腰的故事来。

楚灵王好细腰，先秦两汉典籍中多有记载。如《韩非子·二柄》："楚灵王好细腰，而国中多饿人。"《后汉书·马廖传》："传曰楚王好细腰，宫中多饿死。"由"多饿死"变成"葬尽满城娇"，突出了楚王这一癖好为祸之烈。这悲风阵阵，白茅萧萧，或许正是当日为细腰而断送青春与生命的宫中佳丽们的阴灵显现吧？信仰佛教的李商隐是相信灵魂不灭的，眼前的景象似乎让他更加强烈地感觉到了亡灵的存在。第三句痛斥楚王为满足自己的色欲，恨不得使天下的年轻女子都成为能轻歌曼舞的"细腰"，大减宫厨，不知道害死了多少女子；这些少女活着的时候心甘情愿饿饭瘦腰，希求博得青睐和宠幸，但死后的冤魂岂能甘心？这就与前面的萧萧"悲风"相互呼应，取得了完美的艺术效果。

【名家评点】

诗中所慨所讽者，为弥漫于当时楚国宫廷上下之"细腰"风。此风固倡自"好细腰"之楚灵王，然诗人用笔之重点则不在"好细腰"者，而在为"细腰"而减宫厨者。而于后者，又非仅讽其迎合邀宠，乃讽其身陷悲剧而不自知，为人戕害而不自知，自我戕害而不自知。……作者于此竟为细腰之现象中所发掘者，乃一种自愿而盲目地走向坟墓之悲剧。

——刘学锴、余恕诚《李商隐诗歌集解》

北齐二首

一笑相倾国便亡[1]，何劳荆棘始堪伤[2]。

小怜玉体横陈夜，已报周师入晋阳。

巧笑知堪敌万机，倾城最在著戎衣。
晋阳已陷休回顾，更请君王猎一围。

【注释】

　　〔1〕"一笑"句：典出周幽王宠褒姒，烽火戏诸侯，以博爱妃一笑，致使西周灭亡。见《史记·周本纪》。

　　〔2〕"何劳"句：西晋时索靖有先见之明，他预见天下将乱，指着洛阳宫门的铜驼叹道，"会见汝在荆棘中耳！"见《晋书·索靖传》。

【赏析】

　　赏识义山诗歌的人，都感觉到他有着很强的艺术创新意识。他不仅拓展了无题抒情诗的空间和意蕴，而且在咏史诗方面也另辟蹊径，别有洞天。

　　两晋南北朝到了北齐后期，齐后主高纬极其荒淫暴戾，他宠幸皇后的侍婢冯小怜，封为淑妃，行坐不离，恣乐无度。又大起宫殿，昼夜作业，一夕燃油万盆。后主好自弹琵琶，可是他弹的琵琶是用被杀的宫妃的肢骨和人皮制作的，而且还将弹奏的歌曲名为《无愁之曲》，因而民间称之为"无愁天子"。《北齐书》载：周建德五年（齐隆化元年，576年），周师大军直逼晋阳（今山西太原），高纬这时正和淑妃围猎取乐。晋州（今山西临汾）告急，帝将返，冯小怜请再猎一围。高纬在自身即将成为猎物的情势下，仍不忘追欢逐乐。北周武帝攻破晋阳，军民纷纷投降。高纬携小怜仓皇出逃，被俘，北齐遂灭。

　　两首咏史诗写的就是这段史实。在艺术表现手法上的特点是：议论与形象紧密结合，观念由意象自然引出。

　　第一首由两个典故引发议论，用典不见痕迹，议论极具震撼力。褒姒嫣然一笑，西周八百年江山便轰然倒塌，何必要等见到田园荒芜、荆棘载途才去悲伤呢？后两句把宫闱中妖美淫荡、云雨情浓，和前方战场上金戈铁马、刀剑齐鸣的两个画面放在一起，使幽王因博一笑和齐后主因荒淫失政而亡国有了一种本质性的内在联系。这种以个别见一般的思维方式，使形象思维同样达到了哲理思维的高度。

　　如果说第一首写得辛辣，第二首则几近"黑色幽默"。在昏君眼里，美人的嫣然巧笑抵得上国君的日理万机；绝代佳丽美到倾城倾国还没有达到美的极致，美的顶峰是在"著戎衣"。高纬这种"不爱红装爱武装"，和他用人皮做琵琶的诸如此类的乖戾行为，说明他是一个典型的心理变态狂。两个人死到临头仍在颠倒迷乱的梦中，还想"著戎衣"而再"猎一围"。诗人真是把这一对荒唐到胡天胡地的昏君和淫妃嘲讽到家了。

马嵬〔1〕二首

冀马燕犀动地来〔2〕，自埋红粉自成灰。
君王若道能倾国，玉辇何由过马嵬？

海外徒闻更九州，他生未卜此生休。
空闻虎旅〔3〕传宵柝〔4〕，无复鸡人〔5〕报晓筹。
此日六军同驻马，当时七夕笑牵牛。
如何四纪〔6〕为天子，不及卢家有莫愁！

【注释】

〔1〕马嵬：杨贵妃缢死的地方。详见白居易《长恨歌》诗与注。

〔2〕"冀马"句：天宝十四年（755年），东平郡王、三镇节度使安禄山从范阳起兵叛乱，长安很快沦陷。范阳即幽州，古属燕国。犀：犀利，指刀剑兵器。

〔3〕虎旅：跟随玄宗赴蜀的军队。

〔4〕宵柝：夜间报更的刁斗声。

〔5〕鸡人：皇宫里负责报时的卫士。筹：夜间计时之器。

〔6〕四纪：古以十二年为一纪。玄宗在位四十五年，将近"四纪"。

【赏析】

唐代及后世以马嵬为聚集点，咏叹安史之乱和贵妃之死的诗词曲赋有很多。相关历史背景和事件详情可参考白居易的《长恨歌》和陈鸿的《长恨歌传》。李商隐的这两首咏史诗在思想和艺术上却独辟蹊径，大异其趣。

安史之乱迅速使歌舞升平的唐王朝陷入空前的恐慌混乱，在唐明皇仓皇逃难的路上，六军威逼他下令缢死杨玉环。三年后，他自己也抑郁而死，因此说他是"自埋红粉自成灰"。杨贵妃冠世绝色，明皇认为她能"倾国倾城"，以至放心地"春宵苦短日高起，从此君王不早朝"。倘若果真如此，危难时只要让杨玉环使个媚眼，不就能让安禄山"倾马倾人"了吗，还用得着仓皇逃命，跑到马嵬坡让一柔弱的女人殉葬吗？这真是入木三分的嘲讽！

第一首七绝带有序言的性质，第二首的七律才进入主题。

"宛转娥眉马前死"的马嵬坡事件，把一场历史巨变的责任推给一个可怜无助的女人，她成了地地道道的替罪羊。参与这场谋杀的凶手，唐玄宗也难辞其咎，虽然他是不情愿的。自从"三千宠爱在一身"的爱妃死后，他的伤痛也是真诚的，因此才会有请道士"上穷碧落下黄泉"，寻求杨贵妃亡灵的举动。方士编造了杨玉环已在海外某一仙境升天的谎言。这样的传闻终归虚无缥缈，因此说是"徒闻"而已。可是当他听方士说，杨贵妃还记着他们当时在七夕夜半"愿世世为夫妇"的誓言，十分震惊，但这又有什么用呢？"他生"之事毕竟渺茫"未卜"，"此生"的关系却已分明永远结束了。

颔联和颈联是倒叙，是回过头描述逃难途中的情景：昔日在皇宫中，有"鸡人报晓"，如今只能听到军营中打更的刁斗声了。这"刁斗声"表面上是在保护皇帝皇妃的安全，实际上却在酝酿兵变。"六军同驻马"已经隐隐然透出不祥之兆，与"七夕笑牵牛"形成意味深长的对照。没有当年的狂妄，哪会有今天的大难？

所有这一切精心的构思和描述，目的全在于尾联的诘问：一个高居至尊宝座几近"四纪"的天子，为什么都不能像一个平民百姓那样，保全自己的妻子呢？这是对唐明皇的责问，也是对后世居高位者的警示。所以说，这首诗的内涵决非仅仅是嘲讽唐玄宗那么简单，它包含着更深广的意蕴和旨趣。

贾 生[1]

宣室[2]求贤访逐臣，贾生才调[3]更无伦。
可怜[4]夜半虚前席，不问苍生问鬼神。

【注释】

〔1〕贾生：贾谊，洛阳人，西汉著名政论家，以《过秦论》《治安策》等论文著名后世。他提出许多重要政治主张，却遭谗被贬，一生抑郁不得志。

〔2〕宣室：汉未央宫前殿的正室。逐臣：被贬之臣。贾谊被贬后，汉文帝曾将他召还，问事于宣室。

〔3〕才调：才华气格。

〔4〕可怜：可惜，可叹。

【赏析】

《史记·屈原贾生列传》载：贾生征见，孝文帝方受厘（刚举行过祭祀，接受神的福佑），坐宣室。上因感鬼神事，而问鬼神之本。贾生因具道所以然之状。至夜半，文帝前席（在座席上移膝靠近对方）。既罢，曰："吾久不见贾生，自以为过之，今不及也。"

首句之"求""访"，着意表现文帝思贤之殷切，待贤之谦诚。"求贤"而至"访逐臣"，可见其网罗贤才，野无遗贤。次句说明文帝对贾谊的推服赞叹，贾生议论风发、华彩照人的风姿如在目前。特别是"夜半前席"，把文帝当时那种凝神倾听以至于"不自知膝之前于席"的情状描绘得惟妙惟肖。然而"可怜"二字轻轻一拨，诗人便将这出悲喜剧推向了高潮："不问苍生问鬼神"！汉宣帝之前的种种动人表现，原来不是为询求治国安民之道，却是为了"问鬼神"，求长生！

此诗表面上是在讽刺汉文帝，真实用意却是针对晚唐那几位"不问苍生问鬼神"的皇帝，同时又寓有诗人自己怀才不遇的感慨。怜贾生实是自怜。

嫦　娥〔1〕

云母屏风烛影深，长河渐落晓星沉。
嫦娥应悔偷灵药，碧海青天夜夜心。

【注释】

〔1〕嫦娥：关于嫦娥奔月的神话传说详见《淮南子·览冥训》高诱注，"姮娥，羿妻。羿请不死之药于西王母，未及服食之，姮娥盗食之，得仙，奔入月中为月精也。"自汉晋至唐，逐渐演变出玉兔捣药、吴刚伐桂等内容。姮娥即嫦娥，古时常娥、嫦娥、姮娥通称。

【赏析】

此篇讽刺求长生者。以嫦娥为例，说她偷吃不死之药成仙以后，在月宫里永远品味着孤独寂寞的滋味。诗人在讽刺虚妄的同时，提出了一个重要的哲学命题：生命的意义到底是什么？由这一问题牵连而出的问题是：人应该怎样生活？长寿甚至长生的目的是什么？

在爱和长生不老之间，现实的人应该选择什么？作者显然并不赞成嫦娥那样牺牲现世的生活而换取长生不老。他认为那样孤独寂寞的长生，实际上正是对生命的折磨和摧残；与其如此，还不如像尘世间的儿女们那样悲欢离合地相爱，咫尺聚散地守望更有意义。

这首诗的艺术技巧也很成熟。全诗旨在揭示人生哲理，但完全不用概念化的语言，而是通过讲述一个动人的故事，启发人们去思考。

【名家评点】

悼亡说最不可通。……而自伤、怀人与女冠三说，虽似不相涉，实可相通。……推想嫦娥心理，实已暗透作者自身处境与心境。嫦娥窃药奔月，远离尘嚣，高居琼楼玉宇，虽极高洁清静，然夜夜碧海青天，清冷寂寥之情固难排遣；此与女冠之学道慕仙，追求清真而又不耐孤孑，与诗人之蔑弃庸俗，向往高洁而陷于身心孤寂之境均极相似，连类而及，原颇自然。故嫦娥、女冠、诗人，实三位而一体，境类而心通。

——刘学锴、余恕诚《李商隐诗歌集解》

夕阳楼

花明柳暗绕天愁，上尽重城更上楼。
欲问孤鸿向何处？不知身世自悠悠。

【赏析】

诗写于唐文宗大和九年（835年）秋。作者在诗题下自注云："在荥阳。是所知今遂宁萧侍郎牧荥阳日作者。"荥阳即今郑州。据自注可知，萧当时在遂州。夕阳楼是萧任荥阳刺史时所建。诗人昔曾投靠萧浣，有知遇之谊，故称"所知"。商隐此时在荥阳，闻知交远谪，今独上夕阳楼，抚今追昔，故有孤鸿零落，前程未卜之叹。

"花明柳暗"本是春色烂漫的季节，但笼罩在诗人心头的却是黯淡的愁云。"绕天愁"说明愁云之无垠；"上尽""更上"流露出不堪登高望远所带来的心理重压。更不堪的是此时仰望天空，万里寥廓，唯见孤鸿一点，在夕阳的映照下孑然远去。这使诗人自然联想到被贬离去、形单影只的萧浣；忽又顿悟自己和这秋空孤鸿不也同样渺然无适吗？因此才有"不知身世自悠悠"的慨叹。

日 射

日射纱窗风撼扉，香罗拭手春事违。
回廊四合掩寂寞，碧鹦鹉对红蔷薇。

【赏析】

诗写闺怨。这是古代诗词家都比较喜欢采用的一个传统性的题材。著名的有李白的《子夜吴歌》、王昌龄的《闺怨》、温庭筠的《望江南》等。李商隐的这一首独具特色，全诗无一"怨"字，怨情却无处不在。此即谓"不着一字，尽得风流"也。

这应该是一个"满园春色关不住"的美好季节吧，也该是王孙公子、倾城佳丽春情怡荡的时刻吧？然而照射在纱窗上的日光尽管明媚诱人，敲打着门扇的春风尽管叫人心神不宁，鸟架上尽管有绿鹦鹉疏翎振翅，庭园中尽管有红蔷薇灿然绽放，——可自己却只能玩弄手中的这幅香罗手帕。诗人为我们描绘的就是这样一幅闺中少妇的孤寂寥落和自然风光的生意盎然的工笔重彩图。在如此鲜明强烈的对照下，主人公的内心世界不就和盘托出了吗？

"绿鹦鹉对红蔷薇"是一名句，确实很美。

代 赠（二首选一）

楼上黄昏欲望休，玉梯[1]横绝月如钩。
芭蕉不展丁香结，同向春风各自愁。

【注释】

〔1〕玉梯：语出南朝诗人江淹《倡妇自悲赋》"青苔积兮银阁涩，网罗生兮玉梯虚"句意。玉梯横绝，无由得上，喻情人被阻，不能相会。

【赏析】

写女子不能与情人相会的忧愁。以缺月、芭蕉、丁香衬托女主人公内心的感情。"欲望休"道出了她的无奈。她渴望见到情人，但知道他必定不来，于是止步。三、四两句通过写景进一步揭示女子的内心活动：芭蕉不展，丁香又结，既是女子的眼前实景，又是借

国学经典精神家园丛书

物写人，以芭蕉喻情人，以丁香喻自己，隐喻二人异地同心，都在为不能相会而愁苦。以芭蕉与丁香之不能舒展开心，兴起主人公之相思难疗；以花草之抑郁，比喻主人公之失望。一举将传统的"比兴"手法全部用上，又仿佛是随手拈来，圆滑自然，足见诗人炉火纯青的艺术才华。

瑶　池

瑶池阿母[1]绮窗开，黄竹歌声[2]动地哀。
八骏[3]日行三万里，穆王何事不重来？

【注释】

〔1〕瑶池阿母：即西王母所居之瑶池。据《穆天子传》云，周穆王西游至昆仑山，遇西王母，于瑶池设宴招待他。临别，西王母作歌："白云在天，山陵自出。道里悠远，山川间之。将子毋死，尚能复来。"穆王答曰："比及三年，将复而野。"

〔2〕黄竹歌声：据《穆天子传》载，周穆王见"日中大寒，北风雨雪，有冻人。天子作诗三章以哀民"，其一云"我徂黄竹"云云，后人以"黄竹"喻对死者的哀悼。

〔3〕八骏：传说周穆王有八匹骏马，可日行三万里。

【赏析】

《瑶池》是一首构想奇异、脍炙人口的游仙诗。要想欣赏它的美妙之处，应当澄清被诗评家搅浑了的一些事实。首先，周穆王并不是神话人物，而是真实的历史人物。他是周昭王之子，姓姬名满。他活动于周武王灭纣，建立西周王朝百余年后。身为周王，志在周游，足迹几遍欧亚大陆。关于他的生平事迹，各种古籍多有记载，尤以西晋年间出土的"汲冢本"《穆天子传》最为详备，而且文本文字皆为甲骨文，后世作伪的可能性不大。

其次是《瑶池》一诗的主题思想是不是讽刺唐代皇帝服丹求仙？我们知道，李商隐自己就曾出家当过道士，他终生对佛道情有独钟，他又不是无神论者，怎么会专门作诗去讽刺有神论者的所作所为呢？有些诗论者站在自己无神论的立场上，高推古人，把他们都设想为是唯物主义者。用这种错误的先入之见，引领他人鉴赏古人的文学作品，效果会怎么样？不是很值得怀疑吗？

实事求是地用心品味《瑶池》一诗，不难看出李商隐是把与西王母和周穆王带有神话色彩的传说，用形象思维的方法加以整合，全部情节都是从穆王承诺"重来"这一起点展开的。西王母在宴请周穆王时，二人咏诗唱答，穆王说：三年之后，他希望能重新来王母的国土拜访。千百年过去了，穆王一去不返。于是诗人想象：西王母大概会不时推开彩饰的绮窗，眺望东方，等待着穆王吧；可是她听到了穆王所作的悼亡之歌哀声遍野，明白穆王已死，她想：穆王你不是有"日行三万里"的八匹骏马吗？什么事把你羁绊住了，为什么不在临终前驰马前来一聚呢？诗人这样的构想，与其说是对求仙的讽刺，不如说是对穆王无福重游仙境的失望和遗憾。

由此来看，诗人不作任何议论，全以西王母眼中之所见、心中之所想构思，立意奇巧，韵味无穷。纪晓岚在品读这首诗后，有一莫名其妙的断语，曰"太快！"《玉溪生年谱会笺》的作者张采田先生批评他说："此种皆脍炙人口之名篇，无容故作高论，横加丑诋，贻笑于后人也。"将这一批评拿来送给那些把李商隐当作无神论者的诗评家，不也很恰当吗。

宿骆氏亭寄怀崔雍崔衮[1]

竹坞无尘水槛清[2]，相思迢递隔重城。
秋阴不散霜飞晚，留得枯荷听雨声。

【注释】

〔1〕崔雍、崔衮：李商隐重表叔崔戎二子。

〔2〕"竹坞"句：竹坞：竹林环抱的船坞。水槛：傍水的有栏杆的亭轩，也就是诗题中的"骆氏亭"。

【赏析】

这首诗的创作背景是：唐文宗大和七年（834年），李商隐应试不中，投奔华州刺史崔戎。次年，崔戎调兖州观察使，刚到任即病故。诗人与崔氏家族情谊甚深。诗作于大和八年。诗人离开崔家，旅宿骆姓园亭，寂寥中为怀念崔氏昆仲而作。诗篇大意是说：园亭里竹林环绕，经秋雨洗刷，景色宜人。和崔雍、崔衮分别已有多日，虽远隔千山万水，思念之情不能自已，也不知他们近况如何。深秋的阴霾迟迟不散，雨意渐浓，夜霜来得也迟。因思友出神，不知不觉间，发现秋雨忽来，淅淅沥沥敲打着枯黄的荷叶，发出阵阵清响。

末句是"诗眼"。枯荷残败，本无可"留"之趣；但对一个旅宿思友不眠之人，静听秋雨敲打枯荷的清韵，不仅可消愁解闷，更可品味寂寥之美，清静之韵。能够享受孤独之况味者，不是伟人，即是诗人。作为晚唐诗坛的佼佼者，李商隐虽然没有了李白、杜甫那种盛唐的开阔宏大，却以自己的不世之才，开辟了一条新路，寻找到了新的审美天地，尽得朦胧含蓄之韵，极大地丰富了中国文化的精神内涵。

花下醉

寻芳不觉醉流霞[1]，倚树沉眠日已斜。
客散酒醒深夜后，更持红烛赏残花。

【注释】

〔1〕流霞：神话传说中一种仙酒。《论衡》云，项曼卿好道学仙，离家三年而返，自言："欲饮食，仙人辄饮我以流霞。每饮一杯，数日不饥。"

【赏析】

借景抒情，因外物而时时审视自己的内心世界，探寻不可思议的心灵，是古今中外所有诗人的共性。这在晚唐诗人中，如李贺、杜牧、温庭筠，尤其是李商隐，表现得格外突出。《花下醉》就是这样一首表面上写饮酒赏花，实质是在探求生命之境的绝美佳作。

爱花赏花，人之常情。为让赏花别具情趣，甚至愿意带着醉意流连于花下——"寻芳不觉醉流霞"。人因酒醉，心因花醉，这就是诗人所追求的意趣。目眩神迷，身心俱醉，不觉倚树而眠，醉眠之际，不觉日已西斜。试想这是何等痴情，何等境界！由此也可见出诗人对灿烂春光的迷恋，和因偶有此放纵、沉醉的雅兴而快意开怀。殊不知前两句的这种酣畅淋漓的大写意，完全是为与后两句的"冷冷清清、寻寻觅觅"作对照，从而揭示生命中令人怅惘的另一面。

夜深客散，残花满地，这就是诗人迷恋狂欢过后，酒醒夜静之时所见到的景象。他想找回那种生命的张狂，可惜眼前却是一片空虚寂寥。有沉迷就有挣扎，有激情就有低落，有顶峰接下来就是山谷。于是在这酒醒人散、秉烛寻花之际，他不得不面对空幻，重新回到自己的内心世界里来。这时候谁都会明白，激情原本是空虚的根源。也就是说，当我们以忘乎所以的激情感享受生活时，换来的只会是空虚，实际上是在浪费我们自己的生命。那么什么才是真实的呢？诗人告诉我们，就是那喧嚣狂妄过后的点点残花，和摇曳在深夜烛光中的重重叠叠、影影绰绰的光斑。

醉流霞，眠花树，甚至连那持红烛、赏残花，都很美。可诗人为什么要用如此绚丽的美，点燃了我们生命的激情后，又无情地拨响我们怅然若失、低回沉吟的心弦呢？此无它，就是想让我们从颠倒梦幻中悚然惊觉。因为这是诗人从绮丽之后的空虚中所能捕捉到的唯一的真实。

晚 晴

深居俯夹城，春去夏犹清。
天意怜幽草，人间重晚晴。
并添高阁迥，微注小窗明。
越鸟巢干后，归飞体更轻。

【赏析】

古人作诗，在意寄托。清人袁枚说："诗有寄托便佳。"所谓寄托，是指创作主体不明言自己的情感或意愿，而是通过所描写的物象，委婉曲折地予以传达；或者将自己的某种经历和时事评论隐藏在情景背后，也就是所谓的"寄情托兴"。因为作者不直抒胸臆，故而有些寄托太深或创作背景难以考较的诗词，强作解读，难免会引起种种猜测。李商隐的大部分诗篇就是这样。幸亏这首《晚晴》寄托不算太深，解读、赏析起来也就容易得多。

我们知道，自开成三年（838年），诗人入赘被视为李党的泾原节度使王茂元幕府后，便陷入党争，遭到牛党的忌恨与排挤。苦于无法辩白，万般无奈之下，他只得离开长安，在桂州刺史郑亚府中当幕僚。郑亚对他比较信任，这才使他多少能感受到一些人情的温暖；同时离开长安党争的漩涡，在精神上也是一种解脱，因此诗中所流露的情感不无欢欣。

首联说自己居处幽僻，俯临夹城，初夏凭高览眺，晚晴景象令人心旷神怡。初夏雨后转晴，傍晚云开日霁，山水万物，明丽可人。诗人在这绚丽多姿的万象中，独取生长在幽静之处的小草，由小草的沐余晖、沾雨露而生"天意怜幽草"的感动，进而引出"人间重晚晴"的感慨。世人寻常的心态是重清晨重新春，诗人为什么偏偏要说"人间重晚晴"呢？很明显，这里寄寓着在一个因党争而无辜受害者的期待，即人们常说的"谁笑在最后谁笑得最好"。

颈联对晚景的描绘，作者爽朗欣喜的心情跃然欲出。末联写飞鸟归巢，体态轻捷，更加鲜明地显示了诗人明朗雀跃的心态。如果说"幽草"是诗人借物自喻，那么"越鸟"则暗含着准备奋飞的渴望。幽草幸遇晚晴、越鸟喜归干巢的感慨，将他的这种心理活动表露得非常充分。

登乐游原

向晚意不适，驱车登古原。
夕阳无限好，只是近黄昏。

【赏析】

这首脍炙人口的小诗，是唐诗有数的名作之一，末二句更是家传户诵，已经成为日常用语的一部分了。

《登乐游原》充分表现了李义山诗章深情绵邈的特点，短短四句传达出了无限的感慨。乐游原在长安南，地势较高，四望宽敞，可以眺望长安全城，是当时著名的游览区。傍晚时分，诗人百无聊赖，于是驱车来到乐游原上，独立苍茫，静观夕阳在广袤无垠的天地间展现出来的壮丽辉煌，于是情不自禁地吟唱出"夕阳无限好"这一千古名句。遗憾的是让人心旌摇的美景转眼间就会消逝，接踵而来的便是漫漫长夜，这又让他无限叹惋。历史上的无数英雄豪杰，不也像这乐游原上的夕阳残照一样，随着漫漫长夜，终归要寂灭吗？然而历史长河并不会因为他们的叱咤风云而稍作停留，正如夜幕不会因人们留恋夕阳的美好而不降临一样。日出日落，春秋代序，沧海桑田，兴亡相续，其实都只是一瞬间的事，只不过世人视而不见罢了。

观望落日而引发人生迟暮之感，这是东西方诗人的共同感受，可是在表现手法上却有着明显的不同。德国著名诗人海涅是这样表述的：

"太阳纵然还是无限美丽，
最后它总要西沉。"

苏格兰诗人彭斯是这样表述的：

"明日沉入白色的波涛，

我的岁月也在下沉。"

尽管都用落日的景象来表现人生，但给读者的印象却迥然不同。显而易见，就意象运用的含蓄深刻而言，中国诗人比他们要高明得多。

【名家评点】

诗言薄暮无聊，藉登眺以舒怀抱。烟树人家，在微明夕照中，如天开图画。方吟赏不置，而无情暮景，已逐步逼人而来。一入黄昏，万象都灭。玉溪生若有深感者。莺花楼阁，石季伦金谷之园；锦绣江山，陈后主琼枝之曲。弹指兴亡，等斜阳之一瞥。夫阴阳昏晓，乃造物循例催人，无可避免。不若趁夕阳余暖，少驻吟筇。彼赵孟之视荫，徒自伤怀。且咏"人间重晚晴"句，较有清兴耳。

——［清］俞陛云《诗境浅说续编》

初食笋呈座中

嫩箨[1]香苞初出林，於陵[2]论价贵如金。
皇都[3]陆海应无数，忍剪凌云一寸心[4]？

【注释】

〔1〕嫩箨：鲜嫩的笋皮。香苞：藏于苞中之嫩笋。

〔2〕於陵：汉县名，唐时为长山县，在今山东省邹平县东南。

〔3〕"皇都"句：皇都：指京城长安。陆海：大片竹林。《汉书·地理志》："秦地有鄠杜竹林，南山檀柘，号称陆海，为九州膏腴。"

〔4〕凌云寸心：谓嫩笋一寸，而有凌云之志。此双关语，以嫩笋喻少年。

【赏析】

这是义山的早期诗作，诗人抒发了自己怀才不遇、壮志未酬的感慨。因他两次赴京应举不第，故有此一叹。

这首七绝已初步显示出李商隐诗歌"深情绵邈"（刘熙载《艺概》）的艺术特色。这样的哀怨之作出自一个年仅二十余岁的少年，说明诗人"先期零落"的悲观意识早已铭刻于心了。这种"先期零落"的意识伴随了他一生，这应该成为我们解读义山诗篇的一把钥匙。

李群玉

李群玉（约808—862年），字文山，澧州（今湖南澧县）人。性淡泊，应举不第即弃去。大中八年（854年）游长安，上表献诗三百，时裴休为相，荐授宏文馆校书郎。不久弃官回乡。

李群玉早有诗名，好吹笙，擅草书。与杜牧、段成式等均有往来，诗风清丽，含思深婉，别具幽芳冷艳之致。有《李群玉集》。

放 鱼

早觅为龙去〔1〕，江湖莫漫游。
须知香饵下，触口是铦〔2〕钩！

【注释】

〔1〕早觅为龙去：语出鲤鱼跃龙门之典。《水经注·河水》："鳣鲤出巩穴，三月则上度龙门，得度者为龙，否则点额而还。"

〔2〕铦：锋利。

【赏析】

诗人放生鱼时，以对鱼的慈悲嘱咐为题，揭示了尘世的险恶，人心的贪劣。首句借用鱼可化龙的典故，希望所放之鱼能找到一个没有机心、没有贪欲的自由世界，化龙而去，不要在自以为得意的江湖中漫游了。为什么？因为那些贪图口腹之乐而无恶不作的人们正在将"香饵"挂在鱼钩上，等着你们吞食呢？倘若你们也像他们一样，为一点儿美食上钩，等待你们的马上就是刀俎和油锅，这是所有贪求口腹之乐者迟早都会等到的必然下场。你们应当引以为戒啊！"触口是铦钩！"真叫人心惊胆战；但更可怕的不是那上钩之后的结局吗！寥寥二十字，紧扣"放鱼"落墨，遣词看似平易，用心却极为慈悲深切。

咏物之作，非专求用典也，必求其婉言而讽，小中见大，因此及彼，生人妙语，乃为上乘也。

——陶明濬《诗说杂记》

火炉前坐

孤灯照不寐，风雨满西林。
多少关心事，书灰到夜深。

【赏析】

孤灯照壁，夜不能寐；风声、雨声、林涛声——夜空中满是喧嚣之声。五绝、七绝的第三句于诗法常常被称作"取题之神"。这首诗也一样：第三句转折得力，有提神醒目之妙。全诗至此跌宕顿挫，尾句意趣既出人意料，又尽在情理之中。"多少关心事"究竟指什么？虽只字未提，只因有"书灰到夜深"一句，读者便完全可以心领神会。诗写得含蓄深远，诗人的寂寞身世和内心郁愤不言自明。确实高明！

书院二小松

一双幽色出凡尘，数粒秋烟二尺鳞[1]。
从此静窗闻细韵，琴声长伴读书人。

【注释】

〔1〕二尺鳞：形容松树的表皮。

【赏析】

这首七绝句连意圆，天然妙成，优美和谐，深得赋诗三昧。

首句以写意法着重表现两株小松的神韵。次句换作工笔。"秋烟"比喻幼松的稚嫩和枝叶的翠绿，与外表的"二尺鳞"，扣紧诗题"小松"。在诗人的听觉中，庭院里的两株小松，在幽静的窗前吟唱着如琴如瑟的"细韵"，似若有情有性，如同知音，"长伴"着读书人。这是多么温馨的境界！有此"书院"，何遑它求！

曹 邺

曹邺（约816—875年），字邺之，桂州（桂林）阳朔人。大中进士。官祠部郎中、扬州刺史。诗多讽刺时政。有《曹祠部集》二卷。

官仓鼠

官仓老鼠大如斗，见人开仓亦不走。
健儿无粮百姓饥，谁遣朝朝入君口？

【赏析】

社会之不公平现象自古就有，唯独大如斗的官仓之鼠，毫无畏惧地饱食仓粟，见人都了无惧意，这一景象却有些特别。如果用散文描述这种情形，会显得平淡无奇，可用诗写成有韵的艺术作品，就不一样了。

诗的真正用意在结尾二句：官仓里的老鼠被养得又肥又大，前方保家卫国的将士和后方辛勤耕耘的百姓却在挨饿！在如此强烈的对比下，谁都要发出这样的质问：是谁用血汗换来的粮食把你养得如此肥壮的？

至此，诗的真实用意一目了然：官仓鼠是比喻那些吮吸人民血汗的贪官污吏；"大老鼠"不过是用来指桑骂槐而已。既然开篇两句是以鼠喻人，那么让这些肆无忌惮地吸吮民脂民膏的两只脚的"大老鼠"的后台是谁，就不言而喻了。诗人巧妙地用"谁遣朝朝入君口？"一问，一箭中的地引导读者把矛头指向了最高统治者，回答了造成这种不公平不合理社会现实的根源之所在。

司马迁《史记·李斯列传》中有这样一则记载："李斯者，楚上蔡人也。年少时，为郡小吏，见吏舍厕中鼠食不洁，近人犬，数惊恐之。斯入仓，观仓中鼠，食积粟，居大庑之下，不见人犬之忧。于是李斯乃叹曰：'人之贤不肖譬如鼠矣，在所自处耳。'"这首《官仓鼠》显然是受此启发而作。

刘 驾

字司南，江东人。生卒年不详，约唐懿宗咸通前后在世。与曹邺友善，俱工古风，时称"曹刘"。大中六年（852年）进士。官国子博士。《全唐诗》存其诗一卷。

贾[1]客词

贾客灯下起，犹言发已迟。
高山有疾路，暗行终不疑[2]。
寇盗伏其路，猛兽来相追。
金玉四散去，空囊委路歧。
扬州有大宅，白骨无地归。
少妇当此日，对镜弄花枝。

【注释】

〔1〕贾：这里是指行旅商人。

〔2〕"高山"二句：意谓偷偷走高山峻岭中的小路，不会引起怀疑，比较安全。

【赏析】

刘驾写诗多用比兴手法，含蓄有味，体无定规，意尽即止，为时所宗。诗的第一段，写商人摸黑赶路，仍然担心会错过商机；又怕走大道遭抢劫，所以天不亮就偷偷摸摸从山间小路穿行而过。然而机关算尽，事与愿违，在林深路险的山里，反而既有盗贼埋伏，又有猛兽穷追，结果人财两空，衣囊被抛弃在了山路两旁。

最后两段异峰突起，揭开了惨祸背后更可怕的悲剧："扬州有大宅，白骨无地归。"——原来死者家住扬州，有豪门深宅，现在竟然落到暴尸荒野，连尸骨都不能回乡。这里是尸骨已弃野，那里此时娇妻正在对镜贴花，等着他满载而归呢！

看来，"人为财死，鸟为食亡"，要钱不要命，自古皆然。可命都没了，金山银山又有什么意义！遗憾的是世人看得破，却放不下；放下了，不就得大自在了吗！

国学经典精神家园丛书

黄　巢

生年不详，卒于884年，曹州冤句（今山东菏泽）人，生盐商家，富有资财，本人亦贩卖私盐。举进士不举，响应王仙芝率众起事。王被杀，巢为首领，号冲天大将军，于唐广明元年（880年）攻陷长安，立国号大齐。后败溃自杀于莱芜狼虎谷。《全唐诗》录其诗三首。

题菊花

飒飒西风满院栽，蕊寒香冷蝶难来。
他年我若为青帝[1]，报与桃花一处开。

菊　花

待到秋来九月八，我花开后百花杀。
冲天香阵透长安，满城尽带黄金甲[2]。

【注释】

〔1〕青帝：东方司春之神。

〔2〕"满城"句：黄金甲是双关语，既指菊花，又暗喻身披金甲的军士。

【赏析】

两首诗都是托物言志，借菊花发泄内心深处的不平之气，所以我们放在一起来赏析。

黄巢起义在中国历史上是一大拐点，从此以后，唐王朝迅速崩溃，接踵而至的就是五代十国的大分裂、大动荡。

如何客观正确地赏析黄巢的这两首咏菊诗，与如何客观正确地评价黄巢起兵有着直接的关系，因此不得不先简略地谈谈这件历史大事。

对于黄巢起事，马列主义者与传统史学的评价自来截然相反。旧史学观对历史上发生的所有起义的民众，一概称之为"贼寇""暴匪"，视为是对法统秩序的破坏，因此全盘否定，说得一无是处；而新史学观则只要是所谓的"农民起义"，就无一例外全盘肯定，大加赞颂，甚至不惜搬出黑格尔"恶是历史的动力"为之辩护，认为只因为有了农民起义，人类历史才得以发展。对黄巢也是这样。黄巢本来是山东曹州的盐商巨富，根本不是什么农民，范文澜在《中国通史》第三编《农民大超义》一节中为之辩护说：背叛了"原来的阶级"；黄巢在十年间，采用游击战术，流窜多省，逢州攻州，遇县掠县，杀人无数，范说"这是必要的"；黄巢攻克长安，尽杀唐宗室。一年后，"巢复入长安，怒民迎王师，纵击杀八万人，血流于路可涉也，谓之'洗城'"（欧阳修《新唐书·逆臣下》），致使百姓都逃入深山避难。范说这是毁谤，"统治阶级毁谤起义军是无所不用其极的"。

一个终生在怒火与杀戮中度过的人，培植出这样两朵暴戾的菊花，自在情理之中。

第一首《题菊花》充满怨愤之气。这首诗大概写于黄巢早年。南宋张端义《贵耳集》说黄巢五岁时作，虽不可信，但他根据这首诗，说黄巢早有造反之意，是不错的。此诗既没有陶潜那种"采菊东篱下，悠然见南山"的安谧高雅，也没有元稹那种"不是花中偏爱菊，此花开尽更无花"的坚贞气节，有的全是对西风冷峻、孤独难耐的怨恨。他说菊花虽然不畏秋寒，满院怒放，可惜因为"蕊寒香冷"，蜂蝶不来，故而感到倍受冷落。正是由于受到被冷遇的刺激，他才会愤愤不平地发誓：自己一旦成了执掌春天大权的"青帝"，必将下令让菊花与春天的桃李同时绽放，那就再不用受这种凄凄惨惨戚戚的命运了。争霸天下的野心溢于言表。新派诗评家说这两句的意思是：黄巢的"宏伟抱负"是想给人民带来温暖的春天。这显然是一种不顾事实的美化。

第二首《菊花》则充满了杀气。明人郎瑛《七修类稿》说这首诗是黄巢落第后的作品，《全唐诗》题为《不第后赋菊》。诗将"我花"放在一起，直言不讳地说明作者咏菊就是咏自己。可他为什么非要把百花"杀"尽才开放呢？新派诗评家说是为了和"八"与"甲"押韵。这又是在美化这位流寇头目了。与"杀"能押韵的还有"活""接""合"等字，为什么不说"我花开尽百花合"，而非要把百花"杀"尽呢？"杀"在潜意识中的闪现，起心动念间就把一个人的深层心理暴露无遗。后来的事实也证明，黄巢"满城尽带黄金甲"的这一心愿真的实现了。他二进长安后，放手屠城，杀戮惨烈，有八万居民死于他的刀剑之下。当时长安城中的民众死的死，逃的逃，已成一座空城，一斗米价贵至三十缗（唐时以千枚铜钱为一缗），黄巢从唐军中买人充粮，取皮骨置臼中捣破，连骨带皮一起吃。

宋代赵与时在《宾退录》就已经指出："殊不知此乃以无微之《智度师》诗审易磔裂，合二为一。"

贯 休

　　贯休（823—912年），俗姓姜，字德隐，婺州兰溪（今属浙江）人。七岁出家，日诵《法华经》千字，过目不忘。能诗善书擅画，尤以画罗汉著名，在绘画史上享有很高声誉。雍正曾特派画家去江南临摹其十六罗汉图。贯休于天复年间入蜀，蜀主王建赐号"禅月大师"。有《禅月集》传世。

陈情献蜀皇帝

　　河北江东处处灾，唯闻全蜀少尘埃[1]。
　　一瓶一钵垂垂[2]老，万水千山得得[3]来。
　　秦苑幽栖多胜景，汉廷陈贡愧非才[4]。
　　自惭林薮龙钟者，亦得亲登郭隗台[5]。

【注释】

　　〔1〕尘埃：这里是指战乱。

　　〔2〕垂垂：渐渐。

　　〔3〕得得：形容远行时以杖击地声。

　　〔4〕"秦苑"二句：秦苑、汉廷借指前蜀国的官苑。

　　〔5〕郭隗台：战国时燕国在齐国的侵凌下，国势穷蹙，燕昭王采纳老臣郭隗的建议，建郭隗台（亦称黄金台），置金台上，延请天下之士。乐毅、邹衍等纷纷投奔，在这些贤士的辅佐下，终于打败了齐国。

【赏析】

　　贯休为避黄巢之乱，唐昭宗乾宁初赴越，求谒吴越王钱镠，献诗五章，有曰："贵逼身来不自由，几年勤苦蹈林丘。满堂花醉三千客，一剑霜寒十四州。苈子衣裳宫锦窄，谢公篇咏绮霞羞。他年名上凌烟阁，岂美当时万户侯。"

　　钱让贯休改"十四州"为"四十州"，乃可相见。贯休吟诗回复曰："不美荣华不惧威，添州改字总难依。闲云野鹤无常住，何处江天不可飞？"

　　遂飘然入蜀，见五代十国前蜀的建立者王建，甚得礼遇，奉为国师。这是休公入蜀后献给蜀主王建的第一首诗，说明自己不远千里入蜀的原因。诗写得感慨万端，为休公代表作之一。

首联以中原战火纷飞、灾祸遍地和唯独蜀地偏安一隅相对比，说明自己不远千里、策杖入蜀的原因。次联"一瓶一钵垂垂老，万水万山得得来"是一被后世交口赞赏的名句，含意丰富，形象生动，既表达了他跋山涉水、不辞劳苦、慕名而来的诚意，在艺术手法上也起到了承前启后的作用。颈联以谦恭之语，借燕王招贤、人才齐聚的典故，暗喻自己虽然从前是一个隐居山林的老人，自愧非才，但也会像当年辅佐燕王称霸的乐毅那样，定将有所作为。

春晚书山家屋壁

柴门寂寂黍饭馨，山家烟火春雨晴。
庭花蒙蒙水泠泠，小儿啼索树上莺。

【赏析】

晚春时节，诗人在农家作客，山村农家和睦宁静的生活给他留下美好难忘的印象。他按捺不住喜悦之情，挥笔在墙壁上写下两首诗。这是其中的一首。

起首二句以赏心悦目的笔墨，抒写了"山家"生活情景的温馨喜庆：春雨过后，天宇田野清丽如洗。小院柴门内外静悄悄的，缕缕炊烟冉冉升起，黄米饭的香味阵阵飘来。庭院中水气迷蒙，庭花披纱，如烟如雾；雨后山泉泠泠，泉声清脆，空气清凉……正当诗人心旷神怡之际，突然被一个在别人看来很可能不以为然的镜头吸引住了：一个小孩哭哭啼啼非要大人给他捉拿在树上欢唱的黄莺。这一细节顿然使全景显得格外生动活泼起来。读者看到这里，也会情不自禁地莞尔一笑。

贯休的诗在语言上善用叠字，如"一瓶一钵垂垂老，万水千山得得来"等。这一首亦然，四句诗中叠字三见："寂寂"写春雨晴后，春耕大忙，家家无闲人；"蒙蒙"写雨后庭花宛若披上轻纱；"泠泠"描摹春水流动的声韵。这些叠字的运用，使诗章声韵悠扬，有一种民歌式的音乐美。

国学经典精神家园丛书

招友人宿

银地^{〔1〕}无尘金菊开，紫梨红枣堕莓苔。
一泓秋水一轮月，今夜故人来不来？

【注释】

〔1〕银地：菩萨所居处以琉璃铺地，故常代指佛寺。

【赏析】

　　为邀好友来宿，抵足夜谈，同参佛法，诗人妙笔生花，把佛寺的夜景写得如此之美：琉璃铺地的佛寺清洁可鉴，禅堂四周金菊盛开，紫色的秋梨、鲜亮的红枣都熟透了，坠落在碧绿的莓苔上；一轮明月倒影在清澈如镜的秋水里。今夜如此之美，恍若仙境，你还不来吗？

　　诗人煞费苦心，为渲染居所的美不胜收，三句中居然呈现出令人目眩的五颜六色：多彩的琉璃、金、紫、红、绿，还有上下交辉的月光。贯休在没有以诗著名前，就以《十六罗汉图》享有盛名，这里仅用二十一个字就绘制了这样一幅色彩斑斓的画面，自在情理之中。而这一切精心的构思，目的只有一个：吸引"故人"前来欢聚。那深情的一问——"今夜故人来不来？"是殷切的期盼，也是深情厚谊发自内心的流露。

罗　隐

　　罗隐（833—909年），字昭谏，钱塘（一作新登即今桐庐）人。本名横，以十举进士不第，遂改名。黄巢起事，避乱归乡。晚年依吴越王钱镠，任给事中等职。有诗集《甲乙集》。清人集有《罗昭谏集》。

西　施

家国兴亡自有时，吴人何苦怨西施。

西施若解倾吴国，越国亡来又是谁？

【赏析】

在吴越争霸的二十余年间（前494—前473年），西施是这段惊心动魄、云谲波诡的历史参与者，也是勾践复国灭吴的见证人。最初她只不过是越王勾践为亡吴而实施的九术之一，即针对"吴王淫而好色"的弱点设计的美人计的主角。勾践的雄图大略实现后，这一政治斗争的工具就再没有可利用的价值了，她的结局也成了历史之谜。西施所以会名垂千古，除了她在这场富于戏剧性的春秋争霸中，是一个十分特殊的主角，还在于她是一个闭月羞花、沉鱼落雁的绝代佳人，这可能与她已成千古之谜的结局也有一定关系。正因为如此，西施成了历代诗人歌咏不绝的传统话题，诗家的立意也个个不同，有沿袭贪色必然丧国这一主题的；有借歌咏西施美貌而嘲讽世态的；有羡慕这位绝色美女能与心爱的男人范蠡泛舟太湖，以寄托自己携美归隐之志的……罗隐的这首《西施》，观点非常客观公正，他反对将国之兴亡的责任强加在一个弱女子身上。他认为，国之兴亡成败是由于各种力量的彼此消长也就是"时运"造成的，倘若一叶遮目、不见泰山，将吴越的兴亡归咎于西施，那么后来又是哪个美女使越国灭亡的呢？诗人的反诘非常有说服力。

从这首诗可以看出，罗隐的思想没有被封建社会对待妇女的主流意识毒害，他能保持如此清醒的意识，实属难能可贵。罗隐反对将历史的巨变归罪妇女的态度是一贯的。僖宗广明年间（880—881年），黄巢乱军攻入长安，皇帝仓皇出逃四川，至光启元年（885年）才返回京城。诗人有《帝幸蜀》绝句记述这一事变曰："马嵬山色翠依依，又见銮舆幸蜀归。泉下阿蛮应有语，这回休更怨杨妃。"

阿蛮通假"阿瞒"，是唐玄宗的小名。当年玄宗避安史之乱入蜀，于马嵬坡缢杀杨贵妃以推卸罪责；这一回僖宗只怕是再也找不到杨贵妃那样的替罪羊了吧。两首诗联系鉴赏，不难发现罗隐在晚唐诗人中，确为独树一帜之才！

自　遣

得即高歌失即休，多愁多恨亦悠悠。
今朝有酒今朝醉，明日愁来明日愁。

【赏析】

此诗的显著特点是无一句无一字写景，全是坦率的抒情，却仍描绘出一个十分具体完整的人物形象。首句不说患得患失，而说"得即高歌失即休"，给人一种潇洒自如的舒畅之感；次句"多愁多恨亦悠悠"，这种悠然自得的心态，使愁和恨顷刻之间也就变得不再那么沉重了。"今朝有酒今朝醉，明日愁来明日愁"似乎有得过且过之嫌，可更多的是在描绘放歌纵情的旷达之士的形象。诗人说，今日有酒，只管一醉方休吧；明日忧愁来袭，来就来吧，考虑那么多干什么！这种情感，既有普遍性，又极具个性，因此获得了典型意义。"今朝有酒今朝醉"所以会被千百年来传诵不衰，原因也正在于此。

蜂

不论平地与山尖，无限风光尽被占。
采得百花成蜜后，为谁辛苦为谁甜？

【赏析】

有诗评家将这首诗解读为是歌颂劳动者的无私奉献。用心体会回荡在诗人心间的意蕴，不难明白这是一种误解。作为晚唐时期的士人，罗隐根本不会有此意识。流淌在作者心田的完全是不平和感慨。诗的主旨其实和秦韬玉的《贫女》非常相似。因此，"采得百花成蜜后，为谁辛苦为谁甜"与"苦恨年年压金线，为他人作嫁衣裳"才会一同被传诵不衰。

一年四季，无论是在平原田野，还是高山丘壑，凡是有花的地方，都是蜜蜂的领地。可以说，蜜蜂占尽了"无限风光"。它们忙碌终生，采花酿蜜，自己却只吃一点点，而且命终之时，都是自觉地死在远离蜂房的外边。它们一生的劳作，一生的辛苦，到头来，尝到"甜蜜"的只是毫不相干的他人。它们为什么要这样做呢？

诗人并非不明白作为无知无识的蜜蜂，这一切作为只不过是它们生命本能的表现。产生这种疑问的仅仅是人而已。因为社会上不平等不公正的现象太多了，一方面是终生劳苦的工作者，另一方面是坐享其成的受用者。这种不合理的现象，自古至今，到处存在，也正因为此，诗人最后发出的一问，才会引发后世无数读者的共鸣。

皮日休

皮日休（约838—883年），字袭美，一字逸少，襄阳人。晚唐思想家。居鹿门山，自号鹿门子。性嗜酒，癖诗，号醉吟先生。懿宗咸通八年（867年）登第。官苏州刺史从事、太常博士，出为毗陵副使。黄巢入长安称帝，任皮为翰林学士。关于他的死，说法不一。诗与陆龟蒙齐名，人称"皮陆"。诗继承白居易新乐府风骨。著有《皮子文薮》十卷。

国学经典精神家园丛书

馆娃宫怀古（六首选一）

绮阁飘香下太湖，乱兵侵晓上姑苏。
越王大有堪羞处，只把西施赚得吴。

【赏析】

《馆娃宫怀古》共有六首，是一组诗，皆为怀古之什，是皮日休任苏州刺史时，寻访馆娃宫遗迹所作。这是第一首，较为著名。

首句说西施身上的奇芳异香，直从绮丽流彩的楼阁飘溢到太湖上来。只此一句，沉迷声色的吴王沉浸在温柔迷梦中的情态，和西施倾国倾城的美貌，已经全部呈现在我们面前了。此时此刻，夫差做梦也想不到，勾践的大军以出其不意的进袭，正在直逼姑苏台。史载："越王乃令其中军，衔枚潜涉，不鼓不躁，以袭攻之。吴师大北。"（《国语》）一夜之间，吴国就灭亡了！岂不令人震惊？

勾践亡吴，国耻已雪，大仇已报，本该可以睥睨天下了吧？诗人却不以为然，他只用十六个字就将越王放在了"大有堪羞"之地，说你勾践只送去一个美女，便赚来一个吴国，岂不是很没面子吗？吴越争霸的史实，诸如越王十年生聚、卧薪尝胆；吴王沉湎酒色，杀伍子胥，错用太宰嚭，凡此种种，诗人不是不知道。吴越的兴亡当然不是系于西施一个弱女子。但写诗忌直贵曲，所以诗人顾左右而言他，明嘲勾践，暗刺夫差。就艺术效果而言，这要比直接列数吴王之荒淫昏庸巧妙得多。将此诗与罗隐的《西施》比较鉴赏，很有意思。

汴河^{〔1〕}怀古（二首选一）

尽道隋亡为此河，至今千里赖通波。
若无水殿龙舟事^{〔2〕}，共禹论功不较多^{〔3〕}。

【注释】

〔1〕汴河，亦即通济渠。隋炀帝开凿。

〔2〕水殿龙舟事：指隋炀帝大造龙舟下扬州、沿河风流的逸事。

〔3〕不较多：差不多。

【赏析】

　　隋炀帝征调河南淮北等地的民众，开掘了名为通济渠的大运河，其主干道在汴水一段，习惯上称之为汴河。隋炀帝的动机，并非是兴修水利，以利庶民，纯然是为满足一己之淫乐。唐诗不少作品都是吟咏这一历史题材的。作为亡国之君，隋炀帝必然多招非议。据野史记载，当年运河竣工后，隋炀帝率众二十万出游，乘高达四层的"龙舟"，还有称作浮景的"水殿"九艘，逶迤三百余里，万余牵船人皆为身着华服的宫女，其奢侈靡费，举世罕闻。唐魏征等人所撰《隋书》只是说："发河南诸郡男女百余万，开通济渠，自西苑引谷、洛水达于河……造龙舟……楼船等数万艘。"其实，统览这位个性特异的帝王，不难发现，正史对他的评价并不完全公正。皮日休对以往相沿习评价隋炀帝的观点，通过《汴河怀古》这首诗，提出了迥然不同的看法，立意独到，论辩精辟，不愧是出自思想家之手。

　　第一句即从欲破之论点提起：都说隋朝灭亡是因为开凿运河，然而大运河的开通使南北交通显著改善，对发展经济影响深远。诗人一反相沿成习的论调，令人悚然一惊；然后他说出自己的论断：倘若没有"水殿龙舟事"，仅就这一水利工程造福后世而言，隋炀帝开通运河的功绩，不是比大禹治水还要多吗？作者自己也知道，对于已成往事的历史来说，任何美好的假设都是没有现实意义的；他也不想为隋炀帝平反，更不是要贬低大禹。他的真正目的是要反驳那些一味否定隋炀帝的人，提醒他们评价一个历史人物要公正全面，因为"偏见比无知离真理更远"。

陆龟蒙

生年不详，卒于881年，字鲁望，别号天随子、江湖散人、甫里先生，姑苏（今苏州）人。幼而聪悟，有高致，善属文，尤能谈笑。有田数百亩，屋三十楹，常自耕耘。嗜茶远俗，放迹太湖。曾任湖州、苏州刺史幕僚，后隐居松江甫里。著有《甫里先生文集》。

别　离

丈夫非无泪，　不洒离别间。
杖剑对尊酒，　耻为游子颜。
蝮蛇一螫手，　壮士即解腕。
所志在功名，　离别何足叹！

【赏析】

诗写离别，一扫陈套，慷慨激昂，下笔挺拔刚健——"丈夫非无泪，　不洒离别间"，作者坚强刚毅的个性立显眼前。次联感慨风生，轩昂不凡，壮士"杖剑"豪饮，耻为俗人临别洒泪之状，字字透着豪情。颈联运用成语"蝮蛇螫手，壮士解腕"，比喻壮士为事业不怕流血牺牲的大无畏精神。尾联总束主旨：大丈夫为建功立业，断腕尚且在所不惜，又何必为眼前的离别而叹息呢！

虽以议论为诗，因充满情感，且文笔生动昂扬，雄奇慷慨，充满阳刚之美。

和袭美[1]春夕酒醒

几年无事傍江湖，醉倒黄公旧酒垆[2]。
觉后不知明月上，满身花影倩人[3]扶。

【注释】

〔1〕袭美：皮日休字袭美。

〔2〕黄公旧酒垆：本为晋代竹林七贤饮酒处，此处写作者与皮日休效仿竹林七贤的

放达纵饮。

〔3〕倩人：请人。

【赏析】

　　作者和皮日休友情甚笃，常在一起诗酒唱和。皮日休有《春夕酒醒》一诗，此即写诗人酒醉月下花丛，以奉和友人。

　　起句表明作者身心之逍遥自在。次句借竹林七贤纵饮的典故以示自己襟怀之旷达。结尾二句呈现出的形象鲜明生动，传神潇洒。明月朗洁、满身花影的情景是对前二句的形象诠释，使全诗顿然间栩栩如生，风韵远致。

张　乔

　　池州（治今安徽贵池）人。生卒年不详。咸通进士。后隐九华山。《全唐诗》存其诗二卷。

河湟[1]旧卒

少年随将讨河湟，头白时清返故乡。
十万汉军零落尽，独吹边曲向残阳。

【注释】

　　〔1〕河湟：湟水源出青海，东流入甘肃与黄河汇合，合流处称"河湟"。诗中之"河湟"是指吐蕃统治者从唐肃宗以来所侵占的河西陇右之地。

【赏析】

　　这首诗讲述的是一段真实的历史事件。作者以艺术化的手法，通过一个久戍幸存的老兵的遭遇，把一件枯燥的历史事件写得低回沉吟，令人慨叹不已。

　　唐宣宗大中五年（851年），张义潮平定瓜、伊等十州，遣使入献图籍，于是河湟之地尽复。至此，近百年间的战争频仍、山河动荡的悲剧终于暂时告结，但它给民众带来的苦难却永远留在了人们的心间。而这一切，完全是从一个老兵口中"慢慢道来"的。

起首二句看似说得轻松平静，可其中蕴涵着多少鲜为人知的故事啊！"十万汉军零落尽"，更见出这一历史事件之惨烈，同时也可真切地体会出这个老兵生还之不易。诗人写到这里，戛然而止，结尾却出现了一个意想不到的画面：黄昏时分，一个孤独的老兵，坐在故乡的废墟上，面对殷红如血的"残阳"，全神贯注地吹着从边地带回的羌笛。诗人似乎觉得，这个老兵正在通过凄怆的笛声，倾诉着他不幸的一生，倾诉他无尽的悲伤……

"独"字暗示了老兵从军后，故园所发生的重大变故和亲人的相继离散。但生还毕竟是不幸中之万幸，更多的兵士暴尸沙场，成了永世无家可归的孤魂野鬼。他西向边庭（"向残阳"）而吹笛，自然也含有对弃骨边地的战友的深切怀念之情。

高 蟾

河朔（今河北一带）人。生卒年不详。家贫，工诗，诗风气势雄伟。性偶傥，尚气节，虽人与千金，非义不取。与郎中郑谷为友。乾符三年（876年）始登进士。官至御史中丞。著有诗集一卷。

下第后上永崇高侍郎〔1〕

天上碧桃和露种，日边红杏倚云栽。
芙蓉生在秋江上，不向东风怨未开。

【注释】

〔1〕诗题：一作《下第上马侍郎》，今依《全唐诗》。《才调集》谓文中"马侍郎"当作"高侍郎"，或即高湘，僖宗朝官中书舍人、礼部侍郎。乾符年间数度为主考官。永崇：唐时长安街坊名。

【赏析】

由下附之"本事"看，可知此诗有所为而作。

唐代科举，一旦荣登进士，立马一步登天，诚如孟郊《登科后》一诗所言："春风得意马蹄疾，一日看尽长安花。"这首诗用"天上碧桃""日边红杏"来比拟登第；用"和露种""倚云栽"比喻进士们恃宠傲世的神态。用词之富丽高雅，与平步青云者的非凡气象十分相称。

然而作者自况：自己只不过是秋江中的芙蓉，生长得既不是时候，也不是地方，暗寓生不逢时之悲，寄兴幽微，感慨殊深。

章　碣

章碣（836—905年），字丽山。乾符三年（876年）进士。章氏三代，皆以风雅著称，浙中一时传为佳话。章碣首创"变体诗"，一时竞起效仿。有《章碣集》一卷传世。

焚书坑〔1〕

竹帛烟销帝业虚，关河空锁祖龙居〔2〕。
坑灰未冷山东乱，刘项原来不读书。

【注释】

〔1〕焚书坑：据传是当年秦始皇焚书的洞穴，旧址在今陕西省临潼区东南的骊山上。

〔2〕祖龙：秦亡前民间流传的隐语，暗指秦始皇。《史记·秦始皇本纪》载此传说云：秦始皇死前一年，有神人对秦使者说："今年祖龙死。"始皇听后自解曰："祖龙者，人之先也。"祖龙居：指首都咸阳。

【赏析】

秦始皇削平群雄，统一六国八年（前213年）后，为永保他的"万世一系"的统治地位，采纳丞相李斯的奏议，认为老百姓一旦掌握了知识文化，是对国家政权的极大危险；更可恨的是那些传播知识、议论时政的知识分子，以及传播思想文化的书籍，务必统消灭。于是下令在全国范围内搜集焚毁诸子百家之书。令下之后三十日不烧者，罚作筑城的苦役；持有非议的，格杀勿论，甚至连诛九族。中国历史上的这一场规模空前的文化浩劫，共坑杀儒生四百六十多人，图书文献毁灭殆尽。秦始皇望着焚烧"竹帛"的熊熊烟，得意忘形，自以为从此往后可以高枕无忧了；再加上咸阳四周有雄关险川的防卫，京都可谓固若金汤。于是"祖龙"开始了求长生、筑寝陵的"万世之业"。可惜历史不是任人摆布的娼妇，仅仅过了三年，陈胜、吴广揭竿而起，秦王朝的大厦轰然倒塌。推翻这个独裁王国的并不是使他担惊受怕的儒生，而是"不读书"的戍卒陈胜、市井酒徒刘邦和"学书不成"的项羽。在那样的时代，靠武力一统天下的秦始皇，自然根本不会明白：一个政权的稳固，从长远来看，没有维系人心的文化"软实力"，是根本不可能的。所以诗人劈头直奔主题的"竹帛烟销帝业虚，关河空锁祖龙居"，虽然没有上升到理论高度，却也是难得的真知灼见！

诗人最后的"坑灰未冷山东乱，刘项原来不读书"，是为前两句给出的观点提供的铁证，十分雄辩有力。通篇的主题思想明确而集中：实行愚民政策和文化专制主义，可以闭塞言路，但要熄灭人民心中的怒火，那是永远办不到的。正所谓："诗书余火竟烧秦！"（元萧立之《咸阳》）焚书者终自焚——这就是历史对实行文化专制主义者的无情嘲弄！

西汉政论家贾谊的千古名文《过秦论》在总结秦王朝覆亡的教训时说："及至始皇……废先王之道，焚百家之言，以愚黔首；堕名城，杀豪杰；收天下之兵，聚之咸阳，销锋镝，铸以为金人十二，以弱天下之民。然后践华为城，因河为池，据亿丈之城，临不测之渊以为固。良将劲弩守要害之处，信臣精卒陈利兵而谁何？天下已定，始皇之心，自以为关中之固，金城千里，子孙帝王万世之业也。"

然而"一夫作难而七庙隳，身死人手，为天下笑者，何也？仁义不施而攻守之势异也"。

把章碣的《焚书坑》与这篇名文对照阅读，启迪良多。同时也可以体会到逻辑思维与形象思维的种种不同。

韦 庄

韦庄（836—910年），字端己，长安杜陵（今陕西西安市东南）人，昭宗乾宁元年（894年）进士。后入蜀，唐亡，王建称帝，国号蜀，任韦庄为相，开国制诰多出其手。诗词清艳绝伦，情深语秀，多写闺情离愁和游乐宴饮。韦庄的《秦妇吟》是我国诗史上才华横溢的长篇叙事诗，后人把它与《孔雀东南飞》《木兰诗》并称为"乐府三绝"。韦庄与温庭筠同为花间派重要词人。他的大部分诗文已佚，其弟韦蔼编有《浣花集》。近人所辑《韦庄集》较为通行。

忆　昔

昔年曾向五陵^[1]游，子夜歌清月满楼。
银烛树前长似昼，露桃花里不知秋。
西园公子名无忌^[2]，南国佳人号莫愁^[3]。
今日乱离俱是梦，夕阳唯见水东流！

【注释】

　　〔1〕五陵：见杜甫《秋兴八首》注。

　　〔2〕"西园"句：曹丕兄弟的园林名"西园"，常于园中夜宴文士。丕有"逍遥步西园"、曹植有"清夜游西园"等诗句。无忌是战国时魏公子信陵君的名号。

　　〔3〕莫愁：见沈佺期《古意》诗注。乐府诗《莫愁乐》云："莫愁在何处，莫愁石城西。"古诗中常以莫愁代称歌女。

【赏析】

　　唐僖宗广明元年（880年），黄巢攻陷长安。当时韦庄在京应试，亲眼看见了这座古都的衰败，抚今伤昔，写下这首晚唐诗作中的名篇。

　　作者用典使事极为婉曲。首句"五陵"本为汉唐帝王的陵园，这里是泛指唐朝贵族聚居享乐之地；《子夜歌》是乐府古曲，歌词多写男女行乐，这里是暗喻豪门巨族的追欢逐乐。"子夜歌"暗含"半夜笙歌"之意；"不知秋"喻示不知末日将临。诗人将讽刺沉湎声色的意蕴淡化在"月满楼"的景色中，使诗旨显得含蓄有味。三、四两句同样辞彩清丽而旨意委婉，传统诗法将其称作"美刺"。"西园公子名无忌，南国佳人号莫愁"不但对仗工整，更是极尽委婉深曲之能事：巧妙地把曹魏之"魏"与战国七雄之"魏"联系在一起，由此引出"无忌"二字；又不把"无忌"作名词用，而是取其"无所忌惮"之意。所以这一句的实际意思是指斥王孙公子们的肆无忌惮。"南国佳人"句手法同此，用传说中歌女"莫愁"的名字，慨叹浮华女子不解时事，寄寓"隔江犹唱后庭花"之悲伤。这样的艺术技巧，使得全诗表面上但见花月美景、欢歌粉黛，享乐者肆无忌惮，献媚者无忧无虑；将沉痛难言的嘲讽深深隐藏在如梦如幻的多彩景象中，使读者在反复吟咏中更加感受到其中的沉痛和悲哀。

末联"俱是梦"将前面嘲讽和悲伤的情调推进一层："贞观盛世"也罢，"开元之治"也罢，在黄巢大军的冲击下，如今全部风流云散，土崩瓦解了。"一切有为法，如梦幻泡影，如露亦如电，应作如是观。"只有大自然亘古永恒，夕阳依旧明丽，碧水依旧东流。

国学经典精神家园丛书

台　城〔1〕

江雨霏霏江草齐，六朝〔2〕如梦鸟空啼。
无情最是台城柳，依旧烟笼十里堤。

【注释】

〔1〕台城：一名苑城，古代建康宫旧址，在今南京市玄武湖畔。

〔2〕六朝：指魏晋南北朝时的吴、东晋、宋、齐、梁、陈六个王朝。

【赏析】

六朝一向是文人墨客悼古伤今的古代遗址，因为这里经历了六个王朝的繁华之后，到了中晚唐，已是"万户千门成野草"的一派衰败景象，到唐末就更加荒废不堪了。

起句以江南轻柔婉丽的风光与"六朝如梦鸟空啼"对照。江雨霏霏，碧草烟笼，春华鸟啼，一切皆是梦幻，往昔的风云人物，如今皆成匆匆过客，豪华壮丽的台城也成了供人凭吊的历史遗迹。从东吴到陈，三百多年间，六个短命的王朝一个接一个地衰败覆亡，变迁之速，如梦如幻。

比鸟还要无情的是杨柳。当年十里长堤，杨柳堆烟，曾经也仿佛为台城的繁荣美胜着意增添过美色；如今，台城已成遗迹，而杨柳"依旧烟笼十里堤"，似乎有意要以它的永不衰败与转瞬即逝的六代豪华一较高下，岂不"无情"之极！"最是"二字强调了堤柳无视人世沧桑的冷漠，这就更加引发了诗人的无比感伤。因为唐王朝覆亡之势已成，六朝的悲剧即将重演，诗人的吊古伤今之情几近悲绝。

与东吴生[1]相遇

十年身事各如萍，白首相逢泪满缨。
老去不知花有态，乱来唯觉酒多情。
贫疑陋巷春偏少，贵想豪家月最明。
且对一尊开口笑，未衰应见泰阶[2]平。

【注释】

〔1〕东吴生：可能是作者的故人。未详待考。

〔2〕泰阶：星名。古人认为泰阶星现，预兆风调雨顺，国泰民安。

【赏析】

诗题下原注："及第后出关作。"韦庄自唐僖宗中和三年（883年）流落江南，直到昭宗乾宁元年（894年）擢第，历时十二年，已届花甲之年，所以起首便感慨万端。"各"字表明东吴生与自己同是天涯沦落人，不免同病相怜。

按理说，登第乃大喜之事，不该与故人泪眼相对，但诗人想到自己漂泊多年，"白首"花甲，不免悲从中来，涕泗滂沱，泪洒冠缨。颔联极有意趣：事到如今，彼此饱经沧桑，都已感觉不到鲜花的娇艳美妙了，虽然登第，再也没有"一日看尽长安花"的逸兴了；逢此乱世，颠沛游离，反倒觉得人世间最"多情"的还是酒啊！诗意虽美，然而读之不异掩泣哽咽。

生逢乱世，世情薄凉。颈联诗人用"贫"与"贵""陋巷"与"豪家"等字字对比的修辞手法，一声声都是饱含泪水的悲诉。尾联破涕为笑，实乃强颜作欢，聊以自慰。喜极而泣，悲极仰天，这是人的心理活动的一种貌似反常实乃合理的现象。以勉为其难的"开口笑"反衬前六句的悲情，比一"哭"给人的艺术感染力来得更强烈。诗人自己也知道，期待所谓的国泰民安，无异痴人说梦，这在《台城》《忆昔》等诗篇中对唐王朝"夕阳唯见水东流"的结局已不存丝毫幻想了。所以这一泪一笑，老实说，其实不过是"啼笑皆非"罢了。

聂夷中

聂夷中（837—约884年），字坦之，河东（今山西永济市）人，一作洛阳人。咸通十二年（871年）进士。久滞长安，授华阴县尉。后不知所终。其诗多为五言，尤工乐府，内容充实，质朴无华，深切感人。

伤田家

二月卖新丝，五月粜新谷。
医得眼前疮，剜却心头肉。
我愿君王心，化作光明烛。
不照绮罗筵，只照逃亡屋。

【赏析】

在以阶级斗争为主导思想的那个年代里，聂夷中的这首《咏田家》和李绅的《悯农》一样，都是被当作揭露统治阶级对农民的残酷剥削、对农民表示深切同情的代表作，为中小学课本和各种选本广泛宣传。诗作的主题思想确实是站在农民的立场上，对唐末社会上普遍存在的敲诈剥削给予了无情揭露。诗的前四句用痛彻心脾的生动语言，描写了上层权贵贪得无厌的盘剥给农民带来的剜心割肉般的痛楚。没有对劳动人民发自心底的同情，是难以想出"医得眼前疮，剜却心头肉"这样有力这样生动的言辞的。这首诗有的版本前面还有这样四句："父耕原上田，子凿山下荒。六月禾未秀，官家已修仓。"可见诗人抨击的矛头不仅仅是指向高利贷者，首先是指向统治阶层的。而且诗人讲述的是农民全家人的生存现状，有父子，有妇幼。

诗的后四句直言不讳地表达了诗人对解决社会矛盾的希望和设想。对诗人把解决矛盾的希望寄托在"君王"身上的想法，在必须要用阶级斗争的观点对待一切人和事，否则就是"修正主义"的那个年代，诗论家们批评作者"存在一定的时代和阶级的局限性"。他们也不想想，在一千多年的封建王朝时代，一个已经"修得文武艺，卖与帝王家"的进士，不把希望寄托在肩负治国安民的历史职责的统治阶级身上，难道要他去号召农民暴动造反，推翻封建王朝？不要忘记，其时诗人也正在因为黄巢的军队在长安大肆掠杀而忍饥挨饿呢！

希望"君王心"能像"光明烛"那样普照苍生，这无疑是诗人一厢情愿的美好意愿；

不过"不照绮罗筵，只照逃亡屋"二句，从另一个角度说明在整个社会动荡不安的形势下，贫富悬殊，苦乐不均是导致唐王朝覆灭的必然趋势。一边是权贵豪门的穷奢极欲；一边却是无数民众的贫苦逃亡。时局如此，谁也回天乏力了。

韩 偓

韩偓（约842—约923年），字致尧，一作致光，小名冬郎，号玉山樵人。京兆万年（今陕西西安市附近）人。龙纪元年（889年）进士，官翰林学士、中书舍人，曾为唐昭宗所倚重。后因忤触权臣朱温，贬濮州司马，两次诏还皆不应，南依闽王王审知而终。有《香奁集》，多写男女之情，风格纤巧，素有"香奁体"之称。

深 院

鹅儿唼喋〔1〕栀黄嘴，凤子〔2〕轻盈腻粉腰。
深院下帘人昼寝，红蔷薇架碧芭蕉。

【注释】

〔1〕唼喋：形容成群的鱼、水鸟等吃东西的声音。

〔2〕凤子：蛱蝶的昵称。《古今注·鱼虫》："蛱蝶其大如蝙蝠者，或黑色，或青斑，名为凤子。"

【赏析】

韩偓的这首七绝被多家列入考试辅助读物，且被许多高中作文辅导所重视，这是因为诗人用色彩浓重的画笔，别开生面地绘制出一幅"庭院深深深几许"的水墨画：庭院内，黄嘴的鹅雏在呷水嬉戏，美丽的蛱蝶在空中飞舞，红色的蔷薇花与绿色的芭蕉叶交相辉映……凡此种种，足见诗人配色选声、铸词造句的匠心。

禽虫花卉为何会如此自由自在，将满院的春光渲染得如此有声有色？因"深院下帘人昼寝"也。

韩偓自幼聪颖，十岁即席赋诗。李商隐特作《韩冬郎即席为诗相送，一座皆惊。他日余方追吟"连宵侍坐裴回久"之句，有老成之风，因成二绝寄酬，兼呈畏之员外》追忆此事："十岁裁诗走马成，冷灰残烛动离情。桐花万里丹山路，雏凤清于老凤声。"

春　尽

惜春连日醉昏昏，醒后衣裳见酒痕。
细水浮花归别浦，断云含雨入孤村。
人间易有芳时恨，地迥难招自古魂。
惭愧流莺相厚意，清晨犹为到西园。

【赏析】

　　韩偓的后半生，经历家国沦亡的沧桑巨变，晚年寄身异乡，诗风已脱尽早年"丽而无骨"的香艳体格，而多关乎时局乱离、家国兴亡。这首诗即为韩偓晚年寓居南安时所作。

　　诗写春尽，实有寓托。诗人因惜春而连日醉酒昏沉，以至醒后衣裳酒痕多多，心中的哀痛可想而知。水流花落，云随风去，衰飒中有身世飘零之感。人闲春归，无限怅惘；身处异乡，精魂难招，孤独寂寞，令人难耐。幸有流莺情谊深厚，清晨故来西园，堪慰寂寞。

　　全诗全用比兴，以托怨怀，所以诗格堪称"雅正"。写景抒情，也能做到兼容浑成，值得称道。

【名家评点】

　　致光少年，喜为香奁诗，其后节操岳然，诗格亦归雅正。此诗首二句言惜春情绪，借酒浇愁，追醒后见襟上余湿，始知沾醉之深。三句言落花无主，飘荡随波，花随春去远矣。四句言微阴不散，时有断云将雨，渐入孤村。此二句不过言春尽之景，而自有黯黯春愁之思。以三四句既写景，故后半首言情。五句谓世途扰扰，谁惜芳时，惟闲人坐惜流光，易生怅惘。六句言胜地欢场，经多少名士佳人之吟赏，乃良辰美景，不异当年，而楚醑招魂，安能更起。结句言多谢流莺念旧，犹到西园，伴余寂寞，则尘凝芳榭，足音不到可知矣。近人诗云：地经前路成惆怅，人对芳晨转寂寥。有同慨也。

　　　　　　　　　　　　　　　　　　——［清］俞陛云《诗境浅说》

国学经典精神家园丛书

鱼玄机

鱼玄机（约844—871年），字幼薇，一字蕙兰，长安人，市民家女，姿色倾国，天性聪慧，才思敏捷，好读书，喜属文。十五岁被李亿补缺（掌讽谏之官）纳为妾，与李情意甚笃，夫人妒不能容。唐懿宗咸通时，李亿遣其出家，在长安咸宜观为女道士。曾漫游江陵、汉阳、武昌、鄂川、九江等地；亦曾放纵情怀以求知己。后因妒杀侍婢绿翘，被京兆尹温璋处死。

玄机与薛涛、李冶合称唐代三才女。著有《鱼玄机诗》，传世之作共五十首，多为恋情相思之诗。清词丽句，对仗工稳。

赠邻女〔1〕

羞日遮罗袖，愁春懒起妆。
易求无价宝，难得有情郎。
枕上潜垂泪，花间暗断肠。
自能窥宋玉〔2〕，何必恨王昌〔3〕？

【注释】

〔1〕诗题：或作《寄李员外》《寄李亿员外》。

〔2〕窥宋玉：典出宋玉《登徒子好色赋》。略言宋玉家的东邻有女，风姿绝代，因爱慕宋玉，曾"登墙窥臣三年，至今未许也"。这里作者以"东邻女"自喻，以宋玉指李亿。

〔3〕王昌：唐人习语，代称美男子，犹今之"帅哥"。冯浩《玉溪生诗笺注》："王昌，字公伯，为东平相散骑常侍，……身为贵戚，则姿仪俊美，为世所共赏知。"此以王昌喻李亿。

【赏析】

诗写于唐懿宗咸通四年（863年）冬。鱼玄机追求恩师温庭筠未果，以写给温的两首诗结缘于李亿（一作李忆，字子安，江陵名门之后，以祖荫进京获补左补阙之职），二人一见钟情，在长安繁花如锦的阳春三月，一乘花轿把盛妆艳饰的鱼幼薇（鱼玄机原名）迎进了李亿为她在林亭置下的别墅中。林亭位于长安城西十余里，依山傍水，林木茂密，鸟语花香，是长安富人喜爱的一个别墅区。在这里，李鱼二人男欢女爱，度过了一段令人心醉的美好时光。在江陵，李亿原配裴氏见丈夫日久不归，多次致信催促。无奈之下，李亿只好接眷来京。后因李忆夫人不容，玄机于京郊咸宜观出家。她虽已为道士，但这段刻骨铭心的爱情使她终生难忘，曾写有许多怀念李亿的诗，如《情书寄李子安》《隔汉江寄子安》《江陵愁望有寄》《寄子安》等。她希望能与李忆早日重聚，可惜终成泡影，绝望之余，写下此诗。

这首诗可谓是一个痴情女子的至情至性之语。凡至情语，无不感人至深，故而"易求无价宝，难得有心郎"自来为世人称赏。首联罗袖遮羞，春愁懒妆；及至枕上偷偷垂泪，花间暗暗断肠，把一个失恋女子的情态表述得绘声绘色。结句是自我宽慰之语，意思是说，从前楚国的东邻女美艳绝伦，三年登墙偷看宋玉，都未能得到宋玉的允诺。如今自己热恋有如宋玉那样美貌的情郎，而且已经得偿所愿，即便中道见弃，比起"东邻女"来，毕竟幸运多了，又何必要怨恨他呢？

【名家评点】

娇在无端生想便有，痴在全由慧性使成，非有才有色人，不能容易到也。

——［明］钟惺《名媛诗归》

江陵[1]愁望寄子安

枫叶千枝复万枝，江桥掩映暮帆迟。
忆君心似西江水，日夜东流无歇时。

【注释】

〔1〕江陵：唐时江陵府东境达今湖北潜江、汉水南岸。诗中"江陵"指长江南岸之潜江，而非北岸之江陵。

【赏析】

首句以江陵秋景兴起愁情。"千枝复万枝"以枫叶之多写愁绪之重。极目远眺，江桥掩映于枫林之中，明暗迷蒙，令人心绪飘摇；日已垂暮，还不见他乘船归来。前两句写盼人不至，后两句接写相思之情，用江水东去，永无止息，比拟相思之绵绵无尽。这首诗运用重复、排比、反义字等手段，造成悠扬飘摇的"风调"，加强了抒情效果，起伏跌宕地抒发了女诗人绵绵不尽的刻骨相思。

迎李员外[1]

今日喜时闻喜鹊，昨宵灯下拜灯花；
焚香出户迎潘岳[2]，不羡牵牛织女家。

【注释】

〔1〕李员外：《全唐诗》作《迎李近仁员外》。遍查相关文献资料，晚唐无此人。诗题今依清王士禛选编《万首绝句》，当为李亿。

〔2〕潘岳：见《古诗三百首》潘岳篇。

【赏析】

据鱼玄机年谱，此诗作于咸通八年（867年），玄机是年二十三岁。这年秋天，适逢昔日丈夫（实为情人）来长安，两人久别重逢，喜出望外。玄机还有一首诗《左名场自泽州至京使人传语》，对这次重逢记述得更详细。诗中写道："忽喜扣门传语至，为怜邻巷小房幽。"明显是写他们幽会寻欢的。常言道："新婚不如久别。"当时二人的颠倒缠绵可想而知。但为什么是"邻巷小房"？因为此时玄机已出家，在道观里做这种事既不便也不当，于是临时租了邻巷的一间小房。因此，这首诗最后在临别时她还叮咛李亿："莫倦蓬门时一访。"

如果说《传语》一诗是写幽会的，那么这首七绝则是写尚未见面，正准备出门迎接情人的。当女诗人意外听李亿托人给她"传语"，说他已来京，要与她见面的喜讯后，欢愉之情如江水决堤，喷涌而出。她这时才明白，"昨宵"何故灯烛会暴花，今晨为何又有喜鹊鸣叫？自古民间习俗说，这两种现象都是有喜之兆。为见到自己朝思暮想的爱人，她焚香祝愿，出门亲迎，甚至觉得牛郎织女也不值得羡慕了。其惊喜若狂之态，让人如见其人，如闻其声。

鱼玄机是个才貌双全且又至情至性的女子，长安城中仰慕追求她的名士多矣。然而"情深不寿，刚极易折"。也许正因为如此，十五岁为人妾，十七岁见弃，二十二岁出家，二十六岁便横死非命。明诗人兼诗评家钟惺《名媛诗归》中评注此诗说："如此而犹遭弃斥，吾不知其尚有心胸否也！红颜薄命，为之深慨！"

郑　谷

字守愚，宜春（今属江西）人。幼颖悟绝伦，七岁能诗。光启三年（887年）进士，官郎中。以《鹧鸪诗》闻名，人称"郑鹧鸪"。诗多咏物，清婉通俗，律诗中时有警句。原有诗文集，已佚，存《云台集》。

淮上与友人别

扬子江头杨柳春，杨花愁杀渡江人。
数声风笛离亭晚，君向潇湘我向秦。

【赏析】

头两句是对送别情景的综述。诗人先点出杨柳，再从杨花生发，借杨花飞舞比拟离情别绪，寄寓书剑飘零之慨，正好与《诗经》"昔我往矣，杨柳依依"的意绪相合，虽是用典，又不着痕迹，仿佛信手拈出。时已向晚，分别在即，这时风送笛声，在这江畔，诗人和朋友一南行远向潇湘，一北向长安，离亭一别，各奔前程，从此天涯一方之感笼罩心头。

这首诗叠用"杨"字、"向"字，吟咏起来更觉得声情摇曳，绵绵情思悠悠不尽，富于江南民歌的神韵。王维的"西出阳关"已为绝唱，此诗可为"嗣响"。

【名家评点】

诗有极寻常语，以作发局无味，倒用作结方妙者。如郑谷《淮上别故人》诗……盖题中正意，只"君向潇湘我向秦"七字而已，若开头便说，则浅直无味，此却倒用作结，悠然情深，令读者低回流连，觉尚有数十句在后未竟者。唐人倒句之妙，往往如此。

——［清］贺贻孙《诗筏》

国学经典精神家园丛书

海　棠

春风用意匀颜色，销得携觞与赋诗。
秾丽最宜新著雨，娇娆全在欲开时。
莫愁粉黛临窗懒，梁广〔1〕丹青点笔迟。
朝醉暮吟看不足，羡他蝴蝶宿深枝。

【注释】

〔1〕梁广：传说中古代善画海棠的画家。

【赏析】

首联是说，海棠如此娇艳，仿佛是春风在用特别的颜色装扮点染她，因此诗人禁不住要为她销魂，要携酒赋诗，欣赏她，赞美她。于是诗人紧接着浓墨重彩地铺写海棠美在哪里：春回大地，春雨飘洒，海棠花闪烁着晶莹透亮的水珠，含苞待放。诗人说，这时的海棠有如少女含羞，娇羞而妩媚，望之绰绰如处子，是她最为美艳最为动人的时候。

第三联转换角度，从旁观者的视角对海棠之美进行烘托，正如《陌上桑》用"行者""休者"的举止烘托秦罗敷的美貌一样。以娇美著名的莫愁为欣赏海棠竟懒于梳妆，善画海棠的梁广在这"花中神仙"面前也不知该如何着色，因而迟迟不敢动笔。

末联写诗人面对海棠，饮酒赋诗，百看不足，竟至对蝴蝶能夜宿海棠花丛而生艳羡之情。行笔至此，作者对海棠的赞美与倾慕，算是表达到了无以复加的程度。

诗人既借海棠歌颂了自然美，也传达了诗人独到的审美情趣和对美的热爱与追求，这对我们欣赏自然之美和艺术之美，无疑都是有益的启迪。

中　年

漠漠秦云淡淡天，新年景象入中年。
情多最恨花无语，愁破方知酒有权。
苔色满墙寻故第，雨声一夜忆春田。
衰迟自喜添诗学，更把前题改数联。

【赏析】

诗写人到中年后的感受——这感受是诗人自己的，也可以说是人所共有的。首联写北方之春：秦云漠漠，碧空淡淡，随着又一个春天的来临，诗人感到自己也已人到中年。颈联撷取两个细节：对花情多而花无语；于是借酒浇愁，这时才知酒的力量和妙趣何在，把人到中年的复杂心态表现得淋漓尽致，笔墨不多，却非常具有典型性。青春年少的时候，是落花有意，流水无情；如今正好相反，是流水有意，落花无情。"天运苟如此，且进杯中物"（陶潜《责子》）。世人大多不是都有过这样的感慨吗？

颔联借旧宅、苍苔、夜雨、春田等物象，流露出诗人思念故里、弃官归隐以安度晚年的隐衷。当人生处在华年不再、桑榆日迫的十字路口时，常常会翻出那些曾经使自己春风得意的成就来，一则可以自我宽慰，二则可以增强自信。诗人在重新翻阅旧诗稿时，发现自己的"诗学"又有长进，"自喜"不已之余，再将从前的诗句润色一番，仿佛又回到了昔日的美好岁月，这不也是人生的快事吗？

这首诗在艺术手法上的突出特点是修辞考究，文笔清新，尤其是"情多最恨花无语，愁破方知酒有权"一联堪称佳句。如果说到"表达了作者哪些感情"，可以归纳为人到中年特有的怀旧的伤感，回归田园念头的萌动，和借回忆前半生的成就以恢复自信的喜悦。

杜荀鹤

杜荀鹤（846—904年），字彦之，号九华山人，池州石埭（今安徽太平）人。相传为杜牧出妾之子。出身寒微，数考不第，四十六岁方中举。因依附梁太祖朱温（全忠），为时论所惋惜。荀鹤善弹琴，风情儒雅，才华横溢，仕途坎坷，终未酬志，而在诗坛却享有盛名，自成一家，擅长于宫词。其诗平易自然，朴实明畅，清新秀逸，后人称为"杜荀鹤体"。部分作品反映唐末军阀混战局面下的社会矛盾和民不聊生。著有《唐风集》十卷，其中三卷收录于《全唐诗》。

题弟侄书堂

何事居穷道不穷？乱时还与静时同。
家山虽在干戈地，弟侄常修礼乐风。

窗竹影摇书案上，野泉声入砚池中。
少年辛苦终身事，莫向光阴惰寸功。

【赏析】

  这首诗被一些省市选入初中九年义务教育语文课本的"每周一诗"，因此诗对晚辈珍惜光阴、勿负终身的谆谆教诲，对荒废学业的青少年，确实启迪良多。枯燥刻板的说教往往适得其反。这首诗好就好在它没有摆出一副教师爷的面孔，重复"少壮不努力，老大徒伤悲"的陈词，而是以满怀关爱的情感，将哲理圆融在饶有情趣的描述中，使读者因审美愉悦的感动，从而领会其中的深刻道理。

  诗的首联就起点不凡。诗人醍醐灌顶般地问他的子侄：我们为什么能够身处贫穷之境，却依然坚守道德呢？因为我们虽然生逢乱世，仍旧能像清明治世那样立身处世，而不会因此动摇我们的信仰。"家贫知孝子，国难识忠臣"，能做到这一点，足见其家风庭教之严谨。颔联是对前二句的进一步阐述：家园虽然处在兵戎相见、战乱四起的地带，然而家族里的人仍旧把礼教纲常、仁义忠信作为修身总则。这种家风最明显的表现就是勤奋好学。"窗竹影摇书案上，野泉声入砚池中。"这是多么美妙的情景啊！

  诗人用这种层层推进、渐渐生动的修辞手法，使诗的主旨"少年辛苦终身事，莫向光阴惰寸功"显得那么入情入理，动人心弦，直如暮喜鼓晨钟，声声入耳，声声动心。

小　松

自小刺头^[1]深草里，而今渐觉出蓬蒿。
时人不识凌云木，直待凌云始道高。

【注释】

  〔1〕刺头：比喻长满尖刺的松树幼苗。

【赏析】

  这首小诗借松写人，托物讽喻，寓意深长。

  每一棵凌云巨松都是由刚出土的与草相似的小松成长起来的。诗的前两句，生动地刻画出松树的这一特点。"刺"字显示出小松具有强大的生命力；幼小的不为人重视的松苗，最初被蒿草掩盖着，并无特异之处，如今却已挺拔而起，卓然特立，逐渐显露出了它苍翠凌云、不惧严寒的风姿。

后二句连说两个"凌云"，前指小松，后指苍松。幼松初时与草无异，貌不惊人，"时人"盲目，将小松混同杂草而摧杀之，这样的事还少吗！只有独具慧眼的有识之士才能像伯乐那样，识千里马于"槽枥之间"，看出它是"凌云木"而加以爱护、培养。可惜世上这样的人太少了！

杜荀鹤出身寒微，虽然年轻时就才华毕露，但由于"帝里无相识"（《辞九江李郎中入关》），以致仕途屡挫，一生潦倒。埋没在深草里的"小松"，显然是诗人的自我写照。这首诗的描写和议论，诗情和哲理都得到了有机的统一。有怀才不遇之感的志士读了这首诗，自然会发生共鸣，感慨系之。

再经胡城县〔1〕

去岁曾经此县城，县民无口不冤声。
今来县宰加朱绂〔2〕，便是生灵血染成。

【注释】

〔1〕胡城县：故城在今安徽阜阳县北。

〔2〕朱绂：系官印的红色丝带，唐诗中多用以指绯衣。唐制，五品官服浅绯，四品官服深绯。

【赏析】

写"初经"的见闻，只从县民方面着墨；写"再经"，只从县宰方面落笔。诗人初经此县，已经听到老百姓人人喊冤。谁是这无数冤案的制造者呢？县太爷身为子民的"父母官"，该当为他的子民申冤奔走，想必不会是他吧？诗人这样想。然而出人意料的是，当他再次路经此县时，"冤声"照旧，县太爷不但没有受到任何责罚，反而加官晋爵，于是诗人这时才猛然醒悟：县宰的"朱绂"，原来是"生灵血染成"啊！只此一句，掷地有声，惊心动魄。千古冤魂，想必都要为之欢呼，为之拍手称快了。

曾经酿造过无数冤假错案的县太爷，反而官帽更红了，权势更大了，真不知道他还要干出多少伤天害理的恶事！这就是诗人留给读者去玩味去想象的言有尽而意无穷的弦外之音。